Meridiano de sangue

CORMAC McCARTHY

Meridiano de sangue
ou O rubor crepuscular no Oeste

TRADUÇÃO
Cássio de Arantes Leite

2ª edição
9ª reimpressão

ALFAGUARA

Copyright © 1985 by Cormac McCarthy

Grafia atualizada segundo o Acordo Ortográfico da Língua Portuguesa de 1990, que entrou em vigor no Brasil em 2009.

Título original
Blood Meridian; or the Evening Redness in the West

Capa e imagem de capa
Gustavo Piqueira e Samia Jacintho / Casa Rex

Revisão
Diogo Henriques
Tamara Sender
Lilia Zanetti
Carmen T. S. Costa

Dados Internacionais de Catalogação na Publicação (CIP)
(Câmara Brasileira do Livro, SP, Brasil)

McCarthy, Cormac
   Meridiano de sangue ou O rubor crepuscular no Oeste / Cormac McCarthy ; tradução de Cássio de Arantes Leite. — Rio de Janeiro : Alfaguara, 2020.

   Título original: Blood Meridian; or the Evening Redness in the West.
   ISBN: 978-85-5652-109-5

   1. Ficção histórica norte-americana I. Título. II. Título: The Evening Redness in the West.

20-42892   CDD-813.54

Índice para catálogo sistemático:
1. Ficção histórica : Literatura norte-americana   813.54
Cibele Maria Dias – Bibliotecária – CRB-8/9427

Todos os direitos desta edição reservados à
EDITORA SCHWARCZ S.A.
Praça Floriano, 19, sala 3001 — Cinelândia
20031-050 — Rio de Janeiro — RJ
Telefone: (21) 3993-7510
www.companhiadasletras.com.br
www.blogdacompanhia.com.br
facebook.com/editora.alfaguara
instagram.com/editora_alfaguara
twitter.com/alfaguara_br

O autor agradece à Lyndhurst Foundation, à John Simon Guggenheim Memorial Foundation e à John D. and Catherine MacArthur Foundation. E também gostaria de expressar sua gratidão a Albert Erskine, seu editor por vinte anos.

Pois suas ideias são terríveis e seus corações são fracos. Seus atos de piedade e de crueldade são absurdos, sem calma, como que irresistíveis. Enfim, vocês temem o sangue cada vez mais. Vocês temem o sangue e o tempo.
PAUL VALÉRY

Não se deve pensar que a vida da escuridão está mergulhada no sofrimento e perdida como que no pesar. Não existe pesar. Pois o pesar é algo que é tragado pela morte, e a morte e o momento em que se morre são a própria vida da escuridão.
JACOB BOEHME

Clark, que chefiou a expedição do ano passado à região de Afar, no norte da Etiópia, e seu colega da Universidade da Califórnia em Berkeley, Tim D. White, também afirmaram que um reexame do crânio fóssil de 300 mil anos de idade encontrado anteriormente nessa mesma região exibe sinais de ter sido escalpelado.
The Yuma Daily Sun, 13 de junho de 1982

1

Infância no Tennessee — Partida — New Orleans — Brigas — Baleado — Para Galveston — Nacogdoches — Reverendo Green — Juiz Holden — Um confronto — Toadvine — O incêndio do hotel — Fuga.

Vejam a criança. O menino é pálido e magro, usa uma camisa de linho puída e esfarrapada. Atiça o fogo na copa. Lá fora estão os escuros campos arados entremeados de fiapos de neve e além deles as florestas ainda mais escuras que abrigam uns poucos lobos remanescentes. Sua família é tida por cortadores de lenha e carregadores de água mas seu pai na verdade sempre foi um mestre-escola. Ele se afoga na bebida, cita poetas cujos nomes hoje estão esquecidos. O menino se agacha junto ao fogo e o observa.

A noite em que você nasceu. Trinta e três. Os Leonídeos, era como chamavam. Deus, como choviam estrelas. Busquei o negrume, buracos no firmamento. A Ursa despedaçada.

A mãe morta há catorze anos nutriu no próprio seio a criatura que a levaria deste mundo. O pai nunca menciona seu nome, a criança não o sabe. Ele tem uma irmã que nunca verá novamente. Ele observa, pálido e sujo. Não sabe ler nem escrever e em seu íntimo já incuba o gosto pela violência impensada. Toda a história presente nesse semblante, a criança o pai do homem.

Aos catorze anos foge. Não voltará a ver a cozinha gelada na escuridão que precede a aurora. A lenha, as tinas. Perambula para oeste até Memphis, migrante solitário na paisagem plana e pastoral. Pretos nos campos, magros e curvados, dedos como aranhas em meio aos casulos de algodão. Uma ensombrecida agonia no horto. Contra o declínio do sol silhuetas se movem ao crepúsculo letárgico através de um horizonte de papel. Um lavrador escuro e solitário atrás de mula e grade pelo aluvião encharcado de chuva rumo à noite.

Um ano depois está em Saint Louis. É levado a New Orleans a bordo de uma chata. Quarenta e dois dias no rio. À noite os vapores uivam morosos pelas águas negras, iluminados como cidades à deriva. Eles desmontam a barcaça e vendem a madeira e ele caminha pelas ruas e ouve línguas que nunca ouvira antes. Mora em um quarto acima do pátio nos fundos de uma taverna e desce à noite como alguma fera de contos de fada para brigar com os marinheiros. Não é grande, mas tem pulsos grandes, mãos grandes. Os ombros são estreitos. O rosto da criança permanece curiosamente intocado por trás das cicatrizes, os olhos singularmente inocentes. Lutam com punhos, com pés, com garrafas ou facas. Todas as raças, todos os tipos. Homens cuja fala soa como o grunhido de grandes macacos. Homens de terras tão distantes e exóticas que parado ali vendo-os sangrar na lama ele sente que a própria humanidade foi vingada.

Certa noite um contramestre maltês dá um tiro em suas costas com uma pequena pistola. Girando para confrontar o homem é baleado de novo pouco abaixo do coração. O homem foge e ele se apoia no balcão com o sangue correndo por sua camisa. Os outros desviam o olhar. Após um instante ele senta no chão.

Jaz em um catre no quarto de cima por duas semanas aos cuidados da mulher do taverneiro. Ela traz suas refeições, leva embora seus dejetos. Uma mulher de ar austero com um corpo fibroso como o de um homem. Quando está recuperado não tem dinheiro para pagá-la e parte à noite e dorme na beira do rio até encontrar um barco que o leve dali. O barco está de saída para o Texas.

Só agora a criança se despe enfim de tudo que foi. Suas origens tornam-se remotas como seu destino e nunca mais outra vez por mais voltas que o mundo dê haverá plagas tão selvagens e bárbaras a ponto de pôr à prova se a matéria da criação pode ser moldada à vontade do homem ou se o seu próprio coração não é uma argila de outro tipo. Os passageiros são um bando desconfiado. Enclausuram o olhar em cautela e um não pergunta ao outro o que o traz ali. Ele dorme no convés, um peregrino entre outros. Observa o litoral escuro que sobe e desce. Cinzentas aves marinhas de ar apalermado. Voos de pelicanos ao longo da costa acima das vagas cinzentas.

Desembarcam a bordo de uma barca, colonos e suas posses, todos examinando o baixo contorno do litoral, a fina angra de areia e pinheiros flutuando na neblina.

Caminha pelas ruas estreitas do porto. O ar cheira a sal e serragem fresca. À noite prostitutas o chamam da escuridão como almas carentes. Uma semana depois está de partida outra vez, na bolsa o punhado de dólares que ganhou, caminha sozinho pelas estradas arenosas da noite sulista, os punhos cerrados nos bolsos de algodão do casaco vagabundo. Estradas de terra elevadas no pântano. Bandos de garças brancas como velas em meio ao musgo. O vento é cortante e folhas trotam à beira do caminho e desabalam pelos campos noturnos. Ele segue o rumo norte através de pequenos povoados e fazendas, trabalhando em troca de pagas diárias e cama e comida. Vê um parricida sendo enforcado em uma aldeia na encruzilhada e os amigos do homem correm e puxam suas pernas e ele pende morto da corda enquanto a urina escurece sua calça.

Trabalha em uma serraria, trabalha em uma casa para pacientes de difteria. Aceita como pagamento de um fazendeiro uma mula velha e no dorso desse animal na primavera do ano de mil oitocentos e quarenta e nove atravessa a atual república de Fredonia e entra no vilarejo de Nacogdoches.

O reverendo Green vinha se apresentando diante de uma casa lotada diariamente desde que a chuva começara a cair e a chuva vinha caindo fazia duas semanas. Quando o kid se enfiou dentro da tenda de lona esfarrapada havia espaço para ficar de pé junto às paredes, um lugar ou dois, e de tal forma tresandavam os corpos molhados e sem banho que estes saíam de súbito para o aguaceiro vez e outra em busca de ar fresco antes que a chuva os obrigasse a entrar novamente.

Permaneceu com outros como ele na parede do fundo. A única coisa que poderia tê-lo diferenciado em meio àquela multidão era o fato de que não estava armado.

Amigos, disse o reverendo, ele não conseguia ficar de fora desses antros do inferno, antros do inferno bem aqui em Nacogdoches. Eu disse a ele, disse: Vai levar o filho de Deus ali dentro com você? E ele disse: Oh, não. Não, não vou. E eu disse: Não sabe que ele disse eu vou seguir você por todo o sempre até o fim da jornada?

Bem, ele disse, não pedi a ninguém pra ir aonde quer que seja. E eu disse: Amigo, não precisa pedir. Ele vai acompanhar você em cada passo do caminho, querendo ou não. Eu disse: Amigo, não pode se livrar dele. Ora. Vai arrastá-lo a ele, *a ele*, àquele antro do inferno ali?

Já viu um lugar onde chove desse jeito?

O kid observava o reverendo. Virou para o homem que falava. Usava longos bigodes à moda dos tropeiros e portava um chapéu de abas largas com uma copa baixa e redonda. Era levemente estrábico e observava o kid gravemente, como que ansioso por saber sua opinião sobre a chuva.

Acabei de chegar, disse o kid.

Bom, nunca vi nada igual.

O kid concordou com a cabeça. Um sujeito enorme vestindo um impermeável de oleado entrara na tenda e removera o chapéu. Era calvo como uma rocha e não tinha traço de barba e nenhuma sobrancelha acima dos olhos, tampouco cílios. Ultrapassava os dois metros e dez de altura e continuou fumando seu charuto até mesmo ali naquela casa nômade de Deus e ao que parecia removera o chapéu apenas para sacudir a chuva e agora o enfiava novamente.

O reverendo interrompera por completo o sermão. Não se ouvia um som dentro da tenda. Todos fitavam o homem. Ele ajeitou o chapéu e então abriu caminho até o púlpito de engradado onde ficava o reverendo e ali fez meia-volta para se dirigir à congregação do reverendo. Seu rosto era sereno e estranhamente infantil. Tinha mãos pequenas. Estendeu-as.

Senhoras e senhores, sinto que é meu dever informá-los que o homem que conduz este culto é um impostor. Não possui quaisquer documentos de ciência teológica de nenhuma instituição reconhecida ou improvisada. Carece inteiramente da mínima capacitação ao ofício que usurpou e limitou-se a memorizar umas poucas passagens do bom livro com o propósito de emprestar a seus sermões fraudulentos algum débil sabor da devoção que despreza. Na verdade, o cavalheiro nesse instante diante de vocês fazendo-se passar por ministro do Senhor é não só totalmente analfabeto como também procurado pela lei nos estados do Tennessee, Kentucky, Mississippi e Arkansas.

Ai, Deus, clamou o reverendo. Mentiras, mentiras! Começou a ler febrilmente de sua bíblia aberta.

Por uma variedade de acusações a mais recente das quais envolveu uma menina de onze anos — onze, repito — que dele se aproximou em confiança e à qual o surpreenderam no ato de violar enquanto ainda trajado nas vestes de seu Deus.

Um gemido percorreu a multidão. Uma senhora caiu de joelhos.

Este é ele, gemeu o reverendo, choramingando. Este é ele. O diabo. Aqui está ele.

Vamos enforcar esse merda, exclamou um bruto repulsivo no meio do grupo, virando para os fundos.

Nem três semanas atrás fugiu correndo de Fort Smith Arkansas por manter intercurso com uma cabra. Isso mesmo, senhoras, foi o que eu disse. Uma cabra.

Quero ser um maldito de um cego se não vou atirar nesse filho da puta, disse um sujeito erguendo-se em um canto distante da tenda, e puxando uma pistola de sua bota fez mira e disparou.

O jovem tropeiro na mesma hora sacou uma faca de sua roupa, rasgou a tenda e evadiu-se sob a chuva. O kid o seguiu. Curvados, correram através da lama na direção do hotel. O tiroteio já era geral dentro da tenda e uma dezena de passagens haviam sido abertas na lona e a multidão saía, as mulheres gritando, gente atropelada, gente pisoteada na lama. O kid e seu parceiro chegaram à varanda do hotel e limparam a água de seus olhos e viraram para olhar. Ao fazê-lo, a tenda começou a balançar e a vergar e como uma gigantesca medusa ferida vagarosamente tombou arrastando ao chão as paredes de lona rotas e os cabos puídos.

O calvo já estava no balcão quando entraram. Na madeira lustrosa diante dele havia dois chapéus e um punhado duplo de moedas. Ele ergueu o copo mas não para eles. Ficaram de pé junto ao balcão e pediram uísque e o kid tirou seu dinheiro mas o barman empurrou de volta com o polegar e abanou a cabeça.

Esta é por conta do juiz, disse.

Beberam. O tropeiro baixou o copo e fitou o kid, ou pareceu fazê-lo, não dava para ter certeza sobre a direção de seu olhar. O kid olhou para a ponta do balcão, onde estava o juiz. O balcão era tão alto que não era qualquer homem que conseguia apoiar os cotovelos no tampo, mas batia apenas na altura da cintura do juiz e este permanecia com a palma das mãos apoiada na madeira, ligeiramente curvado, como que prestes a dar uma nova declaração. Agora entravam homens em profusão pela porta, sangrando, cobertos de lama, praguejando. Reuniram-se em torno do juiz. Um destacamento era montado para ir atrás do pregador.

Juiz, como sabia dos podres daquele vagabundo?

Podres? disse o juiz.

Quando esteve em Fort Smith?

Fort Smith?

De onde conhecia o homem pra saber tudo aquilo sobre ele?

Quer dizer o reverendo Green?

Isso mesmo. Imagino que o senhor estava em Fort Smith antes de vir pra cá.

Nunca estive em Fort Smith em toda minha vida. Duvido que ele tenha estado.

Olharam uns para os outros.

Então onde foi que cruzou com ele?

Nunca pus os olhos no sujeito até hoje. Nem sequer ouvi falar dele.

Ergueu o copo e bebeu.

Um silêncio estranho pairou no ambiente. Os homens pareciam efígies de barro. Então alguém enfim começou a rir. Depois outro. Logo todos riam juntos. Pagaram uma bebida para o juiz.

Estava chovendo havia dezesseis dias quando conheceu Toadvine e ainda chovia. Ele continuava no mesmo saloon e bebera todo seu dinheiro, salvo dois dólares. O tropeiro partira, praticamente ninguém no lugar. A porta aberta permitia ver a chuva caindo no terreno vazio atrás do hotel. Esvaziou seu copo e saiu. Havia tábuas colocadas através da lama e ele se guiou pela faixa de luz pálida vinda da porta na direção das latrinas de madeira no fundo do terreno. Outro homem voltava das latrinas e encontraram-se no meio do caminho de tábuas estreitas. O sujeito diante dele cambaleava ligeiramente. A aba úmida do chapéu caía em seus ombros, exceto na testa, onde estava puxada para trás. Segurava frouxamente uma garrafa. Melhor sair do caminho, disse.

O kid não ia fazer isso e achou que não valia a pena discutir. Chutou o homem no maxilar. O homem caiu e voltou a ficar de pé. Disse: Vou te matar.

Golpeou com a garrafa e o kid abaixou e golpeou outra vez e o kid deu um passo para trás. Quando o kid o atingiu o homem quebrou a garrafa na lateral de sua cabeça. Saiu das tábuas para a lama e o homem se lançou atrás dele com o gargalo denteado e tentou enfiá-lo em seu olho. O kid o rechaçava com as mãos e os dois estavam grudentos de sangue. Ele tentava alcançar a faca em sua bota.

Vou acabar com a sua raça, disse o homem. Pelejaram na escuridão do terreno, perdendo as botas. O kid estava com sua faca agora e circulavam como dois caranguejos e quando o homem investiu ele abriu um rasgo em sua camisa. O homem jogou fora a garrafa e puxou uma enorme faca bowie de trás da cabeça. Seu chapéu caíra e seus cachos negros e viscosos pendiam-lhe em torno e ele sistematizara suas ameaças a uma única palavra matar como um mantra maníaco.

Aquele ali vai virar picadinho, disse um dos vários sujeitos parados nas tábuas assistindo.

Tematar tematar espumava o homem forcejando para a frente.

Mas algum outro veio pelo terreno, sons firmes e sonoros de sucção como uma vaca. Ele brandia um shellalegh imenso. Alcançou primeiro o kid e quando vibrou sua clava o kid caiu de cara na lama. Teria morrido se alguém não o virasse.

Quando acordou era dia e a chuva cessara e viu-se erguendo o olhar para o rosto de um homem de cabelos longos completamente coberto de lama. O homem dizia alguma coisa para ele.

O quê? disse o kid.

Eu disse estamos quites?

Quites?

Quites. Porque se quer mais alguma coisa de mim juro pelo demônio que vai ter.

Ele olhou para o céu. Muito alto, muito pequeno, um abutre. Olhou para o homem. Meu pescoço está quebrado? disse.

O homem ergueu o olhar para o terreno e cuspiu e tornou a encarar o rapaz. Consegue levantar?

Sei lá. Não tentei.

Não queria quebrar seu pescoço.

Não.

Queria te matar.

Ninguém conseguiu ainda. Cravou as garras no barro e impulsionou o corpo. O homem sentava nas tábuas com as botas do lado. Não tem nada quebrado aí, disse.

O kid observou o dia com um olhar duro. Onde estão minhas botas? disse.

O homem estreitou os olhos. Flocos de lama seca caíram do seu rosto.

Vou ter que matar algum filho da puta se pegaram minhas botas.

Ali parece uma.

O kid atravessou o barro com esforço e apanhou uma bota. Andou penosamente pelo terreno apalpando montículos de lama possíveis.

Essa é sua faca? disse.

O homem estreitou os olhos. Parece que sim, disse.

O kid a jogou em sua direção e ele se curvou e a apanhou e limpou a imensa lâmina na perna da calça. Pensei que alguém tinha te roubado, disse para a faca.

O kid encontrou a outra bota e se aproximou e sentou nas tábuas. Tinha as mãos enormes com a lama e limpou uma delas rapidamente no joelho e deixou-a pender outra vez.

Ficaram sentados lado a lado observando o terreno barrento. Havia uma cerca de estacas nos limites do terreno e além dela um menino tirava água de um poço e havia galinhas ali. Um homem veio pela porta da tasca e andou pelas tábuas na direção da casinha.

Parou onde estavam sentados e olhou para os dois e então desviou pisando na lama. Após algum tempo voltou e pisou na lama outra vez contornando e depois subiu de novo nas tábuas.

O kid olhou para o outro. Sua cabeça era esquisitamente estreita e seu cabelo estava emplastrado de lama em um penteado bizarro e primitivo. Em sua testa haviam sido marcadas a fogo as letras H T e mais abaixo e quase entre os olhos a letra F e os sinais eram largos e vivos como se o ferro houvesse sido deixado por tempo demais. Quando se virou para olhar o kid o kid viu que não tinha orelhas. Ficou de pé e embainhou a faca e caminhou pelas tábuas com as botas na mão e o kid se ergueu e o seguiu. A meio caminho do hotel o homem parou e olhou para o barro e então sentou nas tábuas e enfiou as botas com lama e tudo. Depois ficou de pé e se meteu pelo terreno para apanhar algo.

Dá só uma olhada nisso, disse. A droga do meu chapéu.

Não dava para dizer o que era, um negócio morto. Ele o sacudiu e o enfiou na cabeça e foi em frente e o kid o seguiu.

A taverna era um recinto comprido e estreito com paredes revestidas de lambris envernizados. Havia mesas junto à parede e escarradeiras no chão. Nada de clientes. O barman ergueu os olhos quando entraram e um negro que estava varrendo o chão encostou a vassoura na parede e saiu.

Cadê o Sidney? disse o homem em seu traje de lama.

Na cama, eu acho.

Foram em frente.

Toadvine, chamou o barman.

O kid olhou para trás.

O barman saíra de trás do balcão e ia atrás deles. Cruzaram a porta através do saguão do hotel na direção da escada deixando uma variedade de formas enlameadas atrás de si pelo assoalho. Quando subiam a escada o funcionário na recepção curvou-se e os chamou.

Toadvine.

Ele parou e olhou para trás.

Ele vai atirar em vocês.

O Sidney?

O Sidney.

Continuaram a subir a escada.

Após o último lance ficava um longo corredor com uma janela na ponta. Havia portas envernizadas nas paredes e tão próximas que poderiam ter sido armários. Toadvine seguiu adiante até chegar ao fim do corredor. Ficou à escuta na última porta e olhou para o kid.

Tem um fósforo?

O kid procurou nos bolsos e sacou uma caixinha amassada e cheia de manchas.

O homem a pegou. Preciso de um pouquinho de mecha aqui, disse. Estava esmagando a caixa e empilhando os pedaços contra a porta. Acendeu um fósforo e ateou fogo na pilha. Empurrou a pequena pilha de madeira queimando por baixo da porta e acrescentou mais fósforos.

Ele está aí dentro? disse o rapaz.

Isso é o que a gente vai dar um jeito de descobrir.

Uma espiral escura de fumaça subiu, uma chama azulada de verniz queimando. Agacharam-se no corredor e assistiram. Fiapos de fogo começaram a subir pelas almofadas e as chamas foram cuspidas de volta. Os dois observando pareciam formas escavadas de um pântano.

Bate na porta agora, disse Toadvine.

O kid ficou de pé. Toadvine se ergueu e esperou. Ouviam as chamas estalando dentro do quarto. O kid bateu.

Melhor bater mais forte que isso. O homem bebe um bocado.

Ele fechou o punho e esmurrou a porta umas cinco vezes.

Que diabo, disse uma voz.

Lá vem.

Esperaram.

Seu grande filho duma puta, disse a voz. Então a maçaneta girou e a porta abriu.

Vestia roupa de baixo e segurava na mão a toalha usada para girar a maçaneta. Quando deu com os dois girou nos calcanhares e começou a voltar por onde viera mas Toadvine agarrou-o pelo pescoço e com uma torção atirou-o ao chão e segurando-o pelos cabelos começou a arrancar um olho da órbita usando o polegar. O homem agarrou seu pulso e mordeu.

Chuta a boca dele, gritou Toadvine. Chuta.

O kid atravessou o quarto até passar pelos dois, girou e deu um chute no rosto do homem. Toadvine segurava sua cabeça para trás pelos cabelos.

Chuta, gritou. Vamos, chuta ele, veado.

Ele chutou.

Toadvine mexeu a cabeça ensanguentada e olhou para ela e deixou que caísse no assoalho e ficou de pé e foi sua vez de chutar o homem. Dois sujeitos observavam do corredor. A porta ardia inteira, bem como parte da parede e do teto. Saíram e seguiram pelo corredor. O recepcionista vinha subindo a escada de dois em dois degraus.

Toadvine seu filho da puta, disse.

Toadvine estava quatro degraus acima dele e quando o chutou atingiu sua garganta. O recepcionista sentou na escada. Quando o kid passou por ele acertou-o na lateral da cabeça e o recepcionista desabou e começou a deslizar na direção do patamar. O kid pulou por cima dele e desceu ao saguão e atravessou a porta da frente e saiu.

Toadvine corria pela rua gesticulando com os punhos acima da cabeça e rindo como louco. Parecia um grande boneco de vodu que ganhara vida e o kid parecia outro. Atrás deles as labaredas queimavam um dos cantos no topo do hotel e nuvens de fumaça escura ascendiam na quente manhã texana.

Ele deixara a mula com uma família de mexicanos que cuidava de animais na periferia da cidade e chegou ali com olhar esgazeado e sem fôlego. A mulher abriu a porta e olhou para ele.

Vim pegar minha mula, ofegou.

Ela ficou olhando para o homem por um instante, depois gritou na direção dos fundos. Ele contornou a casa. Alguns cavalos estavam amarrados no terreno e havia uma carroça chata encostada na cerca com uns perus empoleirados fitando o vazio. A velha senhora chegara à porta dos fundos. Nito, gritou. Hay un caballero aquí. Venga.

Ele atravessou o barracão até a sala dos arreios e pegou sua sela arruinada e seu rolo de coberta e os trouxe consigo. Encontrou a mula e a desamarrou e aparelhou-a com o cabresto de couro cru e a levou até a cerca. Apoiou-se com o ombro no animal e jogou a sela por cima e o encilhou, a mula jogando e refugando e batendo a cabeça na cerca. Levou-a através do terreno. A mula continuava sacudindo a cabeça como se houvesse alguma coisa em suas orelhas.

Levou-a até a estrada. Ao passar pela casa a mulher veio caminhando em sua direção. Quando viu que enfiava o pé no estribo começou a correr. Ele se aprumou na sela escangalhada e incitou a mula adiante. Ela parou no portão e observou-o partir. Ele não olhou para trás.

Quando passou de novo pela cidade o hotel estava em chamas e os homens assistiam sentados ao incêndio, uns segurando baldes vazios. Alguns homens assistiam ao fogo no dorso de cavalos e um desses era o juiz. Quando o kid passou o juiz virou e o viu. Ele girou o cavalo, como se quisesse que o animal também o visse. Quando o kid olhou para trás o juiz sorriu. O kid espicaçou a mula e seguiram afundando no barro e passando pelo velho forte de pedra junto à estrada para oeste.

2

Através da pradaria — Um eremita — O coração de um negro — Uma noite tempestuosa — Rumo oeste outra vez — Vaqueiros — A bondade deles — Em marcha outra vez — A carroça dos mortos — San Antonio de Bexar — Uma cantina mexicana — Outra briga — A igreja abandonada — Os mortos na sacristia — No vau — Banho no rio.

Agora são chegados os dias de mendicância, dias de roubo. Dias de cavalgar aonde nenhuma outra alma se aventurou senão ele. Deixou para trás a terra dos pinheirais e o sol crepuscular desce perante seus olhos além de uma baixada sem-fim e a escuridão cai por aqui como um estrondo de trovão e um vento gelado faz o mato bater os dentes. O céu noturno espraia-se tão coberto de estrelas que mal há espaços negros e elas caem à noite em arcos melancólicos e são em tal quantidade que seu número não diminui.

Ele evita a estrada real por medo de cruzar com pessoas. Os pequenos coiotes uivam a noite toda e a aurora vem a seu encontro em uma depressão relvada que usou para se proteger do vento. A mula manca assoma a seu lado e fita o leste por causa da luz.

O sol que nasce é da cor do aço. Sua sombra montada estende-se por quilômetros diante dele. Usa na cabeça um chapéu feito de folhas e elas secaram e racharam com o sol e seu aspecto é o de um espantalho fugido de alguma plantação onde costumava afugentar os pássaros.

Ao fim do dia avista uma espiral de fumaça ascendendo oblíqua entre as colinas baixas e antes que a noite chegue está chamando à porta de um velho anacoreta abrigado na terra como um megatério. Solitário, meio louco, os olhos orlados de vermelho como que enclausurados em suas gaiolas com arame em brasa. Mas de constituição considerável apesar de tudo. Observou mudo o kid apear rigidamente da mula. Um vento indócil soprava e seus trapos esvoaçaram.

Vi a fumaça, disse o kid. Achei que talvez pudesse arranjar um gole d'água para um homem.

O velho eremita coçou o cabelo imundo e fitou o chão. Virou e entrou em sua morada e o kid o seguiu.

Lá dentro escuridão e o cheiro do subterrâneo. Um pequeno fogo ardia no piso de terra batida e a única mobília era uma pilha de peles em um canto. O velho se moveu na penumbra, a cabeça curvada para evitar o teto baixo de raízes retorcidas e barro. Apontou para um balde no chão. O kid abaixou e apanhou a cabaça que ali boiava e a mergulhou e bebeu. A água era salgada, sulfurosa. Bebeu mais.

Posso levar água pra minha mula velha ali fora?

O velho começou a socar a palma da mão e a lançar olhares furiosos em torno.

Posso muito bem buscar água fresca. Só me diz onde.

Como pensa em dar água pra ela?

O kid olhou para o balde e olhou em torno da caverna escura.

Não vou beber depois de nenhuma mula, disse o eremita.

Não tem aí nenhum balde velho ou qualquer coisa?

Não, exclamou o eremita. Não. Não tenho. Com os punhos fechados, batia com ambas as munhecas contra seu peito.

O kid ficou de pé e olhou na direção da porta. Vou procurar um pouco, disse. Pra que lado é o poço?

Subindo a colina, só seguir a trilha.

Está muito escuro pra ver lá fora.

A trilha é funda. Segue seu passo. Segue sua mula. Eu não vou.

Ele saiu sob o vento e procurou a mula mas a mula não estava lá. Ao longe para o sul relâmpagos brilhavam sem som. Subiu a trilha entre o açoite das moitas e encontrou a mula junto ao poço.

Um buraco na areia com pedras empilhadas em torno. Um pedaço de couro seco como tampa e uma pedra fazendo peso. Havia um balde de couro cru com uma concha de couro cru e uma corda ensebada de couro curtido. O balde tinha uma pedra amarrada à concha para ajudar a afundar e encher e ele o baixou até a corda em sua mão afrouxar com a mula observando-o por sobre o ombro.

Puxou três baldes cheios e segurou-os para que a mula não os entornasse e depois pôs a tampa de volta no poço e conduziu a mula de volta pela trilha até a habitação.

Agradeço pela água, disse, da entrada.

O eremita apareceu envolto em trevas. Pode ficar aqui comigo, disse.

Tudo bem.

Melhor ficar. Vem uma tempestade.

Acha mesmo?

Acho e acho certo.

Bom.

Traz sua cama. Traz suas coisas.

Ele desencilhou a mula e baixou a sela ao chão e prendeu uma das patas dianteiras à traseira e entrou com seu rolo de cobertor. Não havia luz exceto o fogo e o velho ali sentava de pernas cruzadas como um alfaiate.

À vontade, à vontade, disse. Onde pôs a sela?

O kid apontou com o queixo.

Não deixe ali fora que algum bicho pode comer. É tudo faminto por essas bandas.

Ao sair topou com a mula no escuro. O animal tentava olhar o fogo.

Sai daí, sua idiota, disse. Apanhou a sela e voltou a entrar.

Agora fecha a porta antes que o vento leve a gente embora, disse o velho.

A porta eram umas tábuas presas por dobradiças de couro curtido. Ele a arrastou pelo chão e a prendeu com o trinco de couro curtido.

Parece que você é um desses desencaminhados, disse o eremita.

Nada disso, sempre andei no caminho certo.

Fez um gesto rápido com a mão, o velho. Não, não, disse. Quero dizer, você se perdeu e veio parar aqui. Foi uma tempestade de areia? Afastou-se da estrada no meio da noite? Foi roubado por ladrões?

O kid pensou a respeito. É, disse. A gente mais ou menos se extraviou da estrada.

Sabia que sim.

Há quanto tempo vive aqui?

Aqui?

O kid sentava sobre o cobertor enrolado diante do velho do outro lado do fogo. Aqui, disse. Neste lugar.

O velho não respondeu. Virou a cabeça subitamente de lado e apertou o nariz entre o polegar e o indicador e soprou dois fios de ranho no chão e limpou os dedos na costura do jeans. Venho do Mississippi. Mexia com escravos, não ligo de contar. Fazia um bom dinheiro. Nunca me pegaram. Mas cansei daquilo. Cansei dos negros. Espera, vou mostrar um negócio.

Virou e remexeu entre as peles e estendeu sobre as chamas uma pequena coisa escura. O kid a virou em sua mão. Um coração de homem, seco e enegrecido. Devolveu-o e o velho o segurou na palma da mão como que sentindo o peso.

Tem quatro coisas que podem destruir o mundo, disse. Mulher, uísque, dinheiro e negros.

Ficaram em silêncio. O vento uivava no pedaço de chaminé enfiado através do teto para expelir a fumaça. Depois de uns instantes o velho deixou o coração de lado.

Esse negócio me custou duzentos dólares, disse.

Deu duzentos dólares nisso aí?

Dei, pois esse era o preço que puseram no preto filho da puta onde isso ficava dentro.

Buscou no canto e apanhou um velho tacho escurecido de latão, ergueu a tampa e remexeu ali dentro com o dedo. Eram os restos de lebres magras da pradaria enterrados na gordura fria e cobertos por um bolor azulado felpudo. Voltou a tampar a panela e a pôs sobre o fogo. Não é muito mas a gente divide, disse.

Agradeço.

Perdeu seu caminho no escuro, disse o velho. Cutucou o fogo, erguendo pequenas lascas de osso no meio das cinzas.

O kid não respondeu.

O velho balançou a cabeça para trás e para a frente. É duro o caminho do transgressor. Deus fez este mundo, mas não o fez bom para todos, não é?

Não parece que pensava muito em mim.

Sei, disse o velho. Mas onde chega o homem com suas ideias. Que mundo já viu de que gostasse mais?

Posso imaginar muito lugar melhor e muita vida melhor.

Consegue fazer existir?

Não.

Não. Um mistério. Um homem sofre pra entender sua mente porque sua mente é tudo que ele tem pra entender a mente. Pode entender o coração, mas isso não quer fazer. E é o certo. Melhor nem olhar ali dentro. Não é o coração de uma criatura que pende pro caminho que Deus traçou pra ela. A baixeza é encontrada na menor das criaturas, mas quando Deus criou o homem o diabo estava bem ali do lado. Uma criatura capaz de fazer qualquer coisa. Fazer uma máquina. E uma máquina pra fazer uma máquina. E mal que pode se perpetuar sozinho por mil anos, sem ninguém pra cuidar dele. Acredita nisso?

Não sei.

Pode acreditar.

Quando o grude do homem esquentou ele o repartiu e comeram em silêncio. A trovoada se movia no rumo norte e não demorou muito para os estrondos estourarem acima de suas cabeças e pedaços de ferrugem começarem a pingar pela chaminé. Eles se curvaram sobre os pratos e rasparam a gordura com os dedos e beberam da cabaça.

O kid saiu e areou sua caneca e seu prato e voltou batendo lata com lata como que para espantar algum fantasma oculto na ravina seca sob a escuridão. Massas de nuvens tempestuosas recuavam na distância estremecendo contra o céu eletrificado e eram novamente sugadas pelo negror. O velho escutava com um ouvido atento aos uivos da terra desolada lá fora. O kid fechou a porta.

Não teria algum tabaco aí com você, hein?

Não tenho, disse o kid.

Não achei que tivesse.

Acha que vai chover?

É bem provável. Como também pode ser que não.

O kid fitava o fogo. Já começava a cochilar. Por fim se ergueu e abanou a cabeça. O eremita o observava por sobre as chamas fracas. Vai lá e arruma sua cama, disse.

Ele foi. Abrindo seus cobertores sobre a terra batida e arrancando as botas malcheirosas. O tubo da chaminé gemia e ele ouvia a mula pisotear e bufar lá fora e em seu sono debatia-se e murmurava como um cão sonhando.

Acordou em algum momento no meio da noite com o abrigo na total escuridão e o eremita curvado sobre ele quase em sua cama.

O que quer? disse. Mas o eremita se afastou rastejando e de manhã quando acordou o lugar estava vazio então apanhou suas coisas e saiu.

Por todo o dia observou ao norte uma tênue linha de poeira. Parecia imóvel e não foi senão no fim do entardecer que percebeu que vinha em sua direção. Atravessou uma floresta de carvalhos vivos e bebeu de um regato e seguiu ao crepúsculo e acampou sem fazer fogueira. Os pássaros o acordaram quando deitava em um bosque seco e poeirento.

Ao meio-dia estava na pradaria outra vez e o pó na direção norte alongava-se pela linha da terra. Ao anoitecer as primeiras cabeças de um rebanho ficaram visíveis. Bestas de aspecto cruel e patas longilíneas envergando chifres enormes. Nessa noite ele se sentou no acampamento dos vaqueiros e comeu feijões e bolachas duras e ouviu sobre a vida pelas trilhas.

Vinham de Abilene, já quarenta dias viajando, a caminho dos mercados na Louisiana. Seguidos por matilhas de lobos, coiotes, índios. O gado gemia em torno deles por quilômetros sob a escuridão.

Não fizeram pergunta alguma, eles próprios um bando maltrapilho. Alguns de raças mestiças, negros libertos, um ou dois índios.

Minhas coisas foram roubadas, disse.

Eles balançaram a cabeça à luz do fogo.

Levaram tudo que eu tinha. Não me ficou nem uma faca.

Se quiser pode se juntar com a gente. A gente perdeu dois homens. Se mandaram pra Califórnia.

Vou pros lados de vocês.

Acho que pode querer ir pra Califórnia também.

Pode ser. Não resolvi.

Os rapazes que iam com a gente se juntaram com um bando do Arkansas. Estavam indo pra Bexar. Vão seguir até o México e depois oeste.

Aposto que seus rapazes estão em Bexar bebendo como gambás.

Aposto que o velho Lonnie se acabou de tanto trepar com as prostitutas da cidade.

Que distância fica Bexar?

Uns dois dias.

Mais longe que isso. Acho que uns quatro.

Como dá pra ir se o sujeito quiser?

Você atravessa direto pro sul e chega na estrada em meio dia.

Tá indo pra Bexar?

Pode ser.

Se encontrar meu velho amigo Lonnie por lá diz pra ele dar uma por mim. Diz que o Oren mandou. Ele vai te pagar uma bebida se não torrou todo o dinheiro.

De manhã comeram panqueca com melado e os vaqueiros encilharam os cavalos e seguiram caminho. Quando encontrou sua mula havia uma pequena bolsa de fibra amarrada à corda do animal e dentro um punhado de feijões secos e um pouco de pimenta e uma velha faca greenriver com um cabo feito de cordão. Selou a mula de dorso ferido e cheio de falhas, os cascos rachados. Costelas como espinha de peixe. Manquitolaram através da planície sem fim.

Chegou a Bexar ao anoitecer do quarto dia e parou a mula em um pequeno morro e avistou a cidade, as tranquilas casas de adobe, a fileira de carvalhos verdes e álamos que acompanhava o curso do rio, a praça cheia de carroções com suas lonas de osnaburg e os prédios públicos caiados e o domo mourisco da igreja projetando-se em meio às árvores e o forte e o elevado paiol de pedra mais ao longe. Uma leve brisa agitou as frondes de seu chapéu, seu cabelo ensebado cheio de nós. Tinha os olhos escuros e encovados no rosto espectral e um fedor pestilento subia do cano de suas botas. O sol acabara de se pôr e a oeste surgiam veios de nuvens vermelho-sangue de onde subiam pequenos noitibós do deserto como fugitivos de um grande incêndio no fim do mundo. Ele expeliu uma cusparada seca e branca e fincou os estribos de madeira rachada nas costelas da mula e puseram-se em vacilante marcha outra vez.

Desceu uma estreita estrada arenosa e no caminho encontrou uma carroça de mortos e sua carga de cadáveres, com um pequeno sino abrindo passagem e uma lanterna balançando na cancela. Três homens sentavam à boleia, não diferentes dos próprios mortos ou de espíritos, tão brancos estavam com a cal e quase fosforescentes ao sol poente. Uma parelha de cavalos puxava o carro e seguiram adiante pela estrada envoltos em um tênue miasma de fenol e sumiram de vista. Ele virou e observou-os partir. Os pés descalços dos mortos sacolejando rigidamente de um lado para outro.

Escurecera quando entrou na cidade acompanhado por uma comitiva de cães aos ladridos, rostos abrindo cortinas nas janelas iluminadas. O leve retinir dos cascos da mula ecoando nas ruelas vazias. A mula farejou o ar e dobrou uma aleia estreita, dando em uma praça onde sob o céu estrelado viam-se um poço, uma gamela, um varão de amarrar animais. O kid apeou e pegou o balde na beirada de pedra e o baixou ao poço. Um leve som de água espirrando. Puxou o balde, a água pingando no escuro. Afundou a cabaça e bebeu e a mula cutucou seu cotovelo com o focinho. Quando terminou pôs o balde na rua e sentou na beira do poço e observou a mula beber do balde.

Atravessou a cidade puxando o animal. Não se via vivalma. Pouco depois chegou a uma plaza e ouviu violões e uma corneta. No extremo oposto havia luzes vindas de um café e risadas e gritos agudos. Conduziu a mula através da praça e chegou até lá passando por um longo pórtico em direção às luzes.

Viu uma trupe de dançarinos na rua e usavam roupas espalhafatosas e gritavam em espanhol. Ele e a mula permaneceram no limiar das luzes e observaram. Velhos sentavam ao longo da parede da taverna e crianças brincavam na terra. Usavam roupas estranhas todos eles, os homens com chapéus escuros de copa achatada, camisões brancos, calças de abotoar na lateral das pernas e as meninas com os rostos pintados de cores berrantes e pentes de tartaruga nos cabelos negros violáceos. O kid atravessou a rua com a mula e a amarrou e entrou no café. Alguns homens estavam de pé junto ao balcão e pararam de conversar quando ele entrou. Ele atravessou o piso de cerâmica encerado passando por um cachorro adormecido que abriu um olho e o observou e foi ao balcão e pôs as duas mãos sobre os ladrilhos. O barman acenou com a cabeça. Dígame, disse.

Não tenho dinheiro mas preciso de uma bebida. Eu tiro as fezes ou limpo o chão ou qualquer coisa.

O barman olhou através do bar para uma mesa onde dois sujeitos jogavam dominó. Abuelito, disse.

O mais velho dos dois ergueu a cabeça.

Qué dice el muchacho.

O velho olhou para o kid e voltou aos seus dominós.

O barman deu de ombros.

O kid virou para o velho. Fala americano? disse.

O velho ergueu os olhos de seu jogo. Fitava o kid sem expressão. Diga a ele que trabalho em troca de bebida. Não tenho dinheiro.

O velho apontou com o queixo e fez um estalo com a língua.

O kid olhou para o barman.

O velho fechou o punho com o polegar apontado para cima e o dedo mínimo para baixo e jogou a cabeça para trás e entornou uma bebida imaginária pela garganta. Quiere hecharse una copa, disse. Pero no puede pagar.

Os homens no balcão assistiam.

O barman olhou para o kid.

Quiere trabajo, disse o velho. Quién sabe. Voltou a suas peças e fez sua jogada sem mais conversa.

Quieres trabajar, disse um dos homens ao balcão.

Começaram a rir.

Do que estão rindo? disse o rapaz.

Pararam. Alguns olharam para ele, alguns franziram a boca ou deram de ombros. O rapaz virou para o barman. Diacho, sei que tem alguma coisa que posso fazer em troca de uma bebida.

Um dos homens no balcão disse qualquer coisa em espanhol. O rapaz os fuzilou com o olhar. Piscaram entre si, apanharam seus copos.

Ele virou outra vez para o barman. Fitou-o com olhos sombrios e estreitados. Varrer o chão, disse.

O barman piscou.

O kid deu um passo para trás e fez movimentos de varrer, uma pantomima que dobrou os homens em risadas silenciosas. Varrer, disse, apontando o chão.

No está sucio, disse o barman.

Ele varreu de novo. Varrer, droga, disse.

O barman deu de ombros. Foi até a ponta do balcão e apanhou uma vassoura e a trouxe. O rapaz a pegou e se dirigiu aos fundos do bar.

Era um espaço bem amplo. Ele varreu os cantos escuros e silenciosos com árvores em vasos. Varreu em volta das escarradeiras e varreu em volta dos jogadores na mesa e varreu em volta do cachorro. Varreu a frente do balcão e quando chegou ao lugar onde os homens bebiam endireitou o corpo e apoiou na vassoura e olhou para eles. Conversaram quietamente entre si até que enfim um tirou seu copo do balcão e recuou. Os outros fizeram o mesmo. O kid passou varrendo por eles em direção à porta.

Os dançarinos haviam sumido, assim como a música. Do outro lado da rua havia um homem sentado em um banco fracamente iluminado pela luz que vazava através da porta do café. A mula permanecia onde ele a amarrara. Bateu a vassoura nos degraus e voltou a entrar e levou a vassoura para o canto onde o barman a apanhara. Então se aproximou do balcão e aguardou.

O barman o ignorou.

O kid bateu no tampo com os nós dos dedos.

O barman virou e pôs a mão no quadril e franziu os lábios.

Que tal aquela bebida agora, disse o kid.

O barman não se mexeu.

O kid fez os movimentos de beber que o velho fizera e o barman abanou seu pano para ele com indolência.

Andale, disse. Fez um gesto de enxotar com o dorso da mão.

O rosto do kid se turvou. Seu filho da puta, disse. Fez menção de contornar o balcão. A expressão do barman não mudou. Sacou de sob o balcão uma antiquada pistola militar de pederneira e puxou o cão para trás com a almofada do dedo mínimo. Um enorme clique tenso no silêncio. Copos tilintaram ao longo do balcão. Depois cadeiras foram arrastadas pelos jogadores perto da parede.

O kid estacou. Velho, chamou.

O velho não respondeu. Não se ouvia som algum no café. O kid virou para buscá-lo com o olhar.

Está borracho, disse o velho.

O rapaz fitou o barman nos olhos.

O barman acenou com a pistola na direção da porta.

O velho falou algo para o bar em espanhol. Depois falou com o barman. Depois meteu o chapéu e saiu.

O rosto do barman perdeu a cor. Quando contornou a ponta do balcão pousara a pistola e carregava uma alavanca de abrir barris numa das mãos.

O kid retrocedeu até o centro do bar e o barman avançou pesadamente em sua direção como um homem incumbido de uma tarefa desagradável. Golpeou duas vezes na direção do kid e o kid pulou duas vezes para a direita. Então ele recuou. O barman estacou. O kid se içou agilmente sobre o balcão e apanhou a pistola. Ninguém se moveu. Ele abriu a caçoleta raspando-a contra o tampo do balcão e descarregou a escorva e então voltou a pousar a pistola. Então escolheu um par de garrafas cheias nas prateleiras às suas costas e contornou a ponta do balcão com uma em cada mão.

O barman continuava no centro do bar. Respirava com esforço e girava, seguindo os movimentos do kid. Quando o kid se aproximou ele ergueu a ferramenta. O kid agachou agilmente com as garrafas e ameaçou um golpe e então quebrou a garrafa direita na cabeça do homem. Sangue e álcool se derramaram e os joelhos do homem dobraram e seus olhos se reviraram. O kid já largara o caco de gargalo e com um movimento ágil de salteador jogara a segunda garrafa para a mão direita sem deixá-la cair no chão e golpeou o crânio do barman com a segunda garrafa e cravou o estilhaço restante em seu olho conforme ele tombava.

O kid olhou em torno pelo bar. Alguns dos homens carregavam pistolas em seus cintos mas ninguém se moveu. O kid pulou por cima do balcão e apanhou outra garrafa e a enfiou sob o braço e saiu pela porta. O cachorro se fora. O homem no banco também se fora. Desamarrou a mula e puxou-a através da praça.

Acordou na nave de uma igreja em ruínas, piscando para o teto em abóbada e as paredes altas e precárias com seus afrescos desbotados. O chão da igreja estava coberto por uma grossa camada de guano seco e excremento de vacas e ovelhas. Pombos esvoaçaram por entre os pilares de luz poeirenta e três abutres claudicavam no coro em torno da carcaça descarnada de algum animal morto.

Sua cabeça estava em tormento e sua língua inchada de sede. Sentou e olhou em volta. Havia deixado a garrafa sob a sela e a encontrou e ergueu e sacudiu e puxou a rolha e bebeu. Sentou de olhos fechados, o suor brotando da testa. Então abriu os olhos e deu outro gole. Os abutres desceram um de cada vez e foram saltitando para a sacristia. Após algum tempo ele ficou de pé e saiu para procurar a mula.

Não estava em parte alguma. A missão ocupava oito ou dez ares de um terreno cercado, uma área estéril com algumas cabras e burros. Nas paredes de barro do cercado havia choupanas habitadas por famílias invasoras e algumas fogueiras para cozinhar lançavam sua débil fumaça sob o sol. Ele contornou a lateral da igreja e entrou na sacristia. Abutres se afastaram em meio a palha e reboco como enormes aves domésticas. Os arcos do domo acima estavam cobertos por uma massa escura peluda que se agitava e respirava e piava. Dentro do lugar havia uma mesa de madeira com alguns potes de cerâmica e ao longo da parede do fundo jaziam os restos de vários corpos, entre eles uma criança. Ele atravessou a sacristia outra vez até a igreja e apanhou sua sela. Bebeu o resto da garrafa e jogou a sela sobre o ombro e saiu.

A fachada do edifício abrigava uma série de santos em seus nichos que haviam sido alvejados por tropas americanas experimentando os rifles, as estátuas mutiladas sem orelhas e narizes e a pedra delas mosqueada de manchas escuras de chumbo oxidado. As imensas portas entalhadas e almofadadas pendiam frouxas das dobradiças e uma Virgem de pedra esculpida segurava no colo um menino sem cabeça. O kid piscava sob o dia escaldante. Então viu os rastros da mula. Eram uma perturbação quase imperceptível na poeira que saía pela porta da igreja e cruzava o terreno até o portão na parede leste. Ajeitou a sela mais alto em seu ombro e foi atrás.

Um cachorro à sombra do pórtico se levantou e cambaleou desanimado sob o sol até que passasse e então cambaleou de volta. Ele tomou a estrada que descia a colina na direção do rio, um perfeito farrapo humano. Entrou em um bosque profundo de pecãs e carvalhos e a estrada subia num aclive e pôde ver o rio mais abaixo. Pretos lavavam uma carruagem no vau e ele desceu a colina e parou à beira d'água e após algum tempo os chamou.

Eles jogavam água sobre a laca negra e um deles se ergueu e virou para olhar. A correnteza batia na altura dos joelhos dos cavalos.

O quê? gritou o preto.

Viram uma mula?

Mula?

Perdi uma mula. Acho que veio por aqui.

O preto esfregou o rosto com o dorso da mão. Alguma coisa veio pela estrada faz uma hora. Acho que desceu o rio por ali. Podia ser uma mula. Não tinha rabo nem pelo que desse pra chamar por esse nome mas orelha comprida tinha.

Os outros dois pretos sorriram. O kid olhou naquela direção. Cuspiu e tomou a trilha entre os salgueiros e a várzea de capim.

Encontrou-a cerca de cem metros rio abaixo. Estava molhada até a barriga e olhou para ele e então baixou a cabeça outra vez para o luxuriante capim da margem. Ele deixou cair a sela e pegou a corda que se arrastava pelo chão e amarrou o animal em um galho e o chutou sem grande convicção. A besta se moveu ligeiramente para o lado e continuou a pastar. Ele levou a mão à cabeça mas perdera o chapéu absurdo em algum lugar. Desceu entre as árvores e ficou observando o turbilhão de água fria. Então vadeou o rio como o mais lamentável dos candidatos a um batismo.

3

Chamado a ingressar num exército — Conversa com o capitão White — Suas opiniões — O acampamento — Negocia sua mula — Uma cantina no Laredito — Um menonita — Companheiro morto.

Estava deitado nu sob as árvores com seus trapos estendidos acima dele quando outro cavaleiro descendo o rio puxou as rédeas e parou.

Ele virou a cabeça. Através dos salgueiros via as patas do cavalo. Rolou de bruços.

O homem apeou e ficou ao lado do cavalo.

Ele esticou o braço e pegou a faca de cabo de cordão.

Salve lá, disse o cavaleiro.

Ele não respondeu. Moveu-se para o lado para ver melhor através dos galhos.

Salve lá. Pra onde vai?

O que quer?

Só conversar com sua pessoa.

Sobre o quê?

Com os diabos, pode sair. Sou branco e cristão.

O kid esticava o braço através dos salgueiros tentando alcançar as calças. O cinto estava pendurado e ele deu um puxão mas os galhos prendiam uma perna.

Droga, disse o homem. Não está trepado na árvore, está?

Por que não segue em frente e me deixa em paz, diacho.

Só quero falar com você. Não era pra te deixar tão nervoso.

Mas deixou.

Foi você que acertou a cabeça daquele mexicano ontem à noite?

Não sou da lei.

Quem quer saber?

O capitão White. Ele quer chamar o sujeito para entrar para o exército.

Exército?

Sim senhor.

Que exército?

A companhia do capitão White. A gente está se reunindo pra lutar com os mexicanos.

A guerra acabou.

Ele diz que não. Onde está você?

Ele ficou de pé e puxou as calças do lugar onde estavam penduradas e vestiu. Calçou as botas e enfiou a faca no cano direito e saiu do meio dos salgueiros vestindo a camisa.

O homem estava sentado na relva de pernas cruzadas. Suas roupas eram de camurça e usava um chapéu-coco preto de seda coberto de poeira e mordia uma cigarrilha mexicana com o canto da boca. Quando viu o tipo que se aproximava por entre os salgueiros abanou a cabeça.

A sorte tem andado meio ruim pro seu lado, não, filho? disse

A sorte não tem andado pro meu lado.

Disposto a ir pro México?

Não tem nada pra mim lá.

É uma chance de melhorar de vida. Melhor tomar alguma atitude antes que afunde de vez.

O que é que eles dão pra gente?

Cada homem recebe um cavalo e munição. Imagino que a gente arrume umas roupas, no seu caso.

Não tenho rifle.

A gente consegue um.

E a paga?

Com os diabos, não vai precisar de paga nenhuma. Pode guardar pra você tudo que achar. A gente tá indo pro México. Butim de guerra.

Não tem um homem na companhia que não vire proprietário dos grandes. Quanta terra você tem hoje?

Não conheço coisa nenhuma da vida militar.

O homem olhou para ele. Tirou a cigarrilha apagada do meio dos dentes e virou a cabeça e cuspiu e tornou a enfiá-la na boca. De onde você é? disse.

Tennessee.

Tennessee. Bom, duvido que não saiba atirar com um rifle.

O kid agachou na relva. Olhou o cavalo do homem. O cavalo estava aparelhado em couro trabalhado com adornos de prata. Havia uma mancha branca em sua cabeça e nas quatro canelas e mastigava enormes tufos do rico capim. De onde você é, disse o kid.

Tenho andado pelo Texas desde trinta e oito. Se não tivesse topado com o capitão White não sei onde estaria hoje. Eu era uma visão mais deprimente até do que você e ele apareceu e me ergueu como Lázaro. Pôs meus passos no caminho da retidão. Eu tinha me entregado à bebida e às prostitutas dum jeito que nem o inferno ia me querer. Ele enxergou alguma coisa em mim que valia a pena salvar e eu enxerguei o mesmo em você. O que diz?

Não sei.

Pelo menos vem comigo e conhece o capitão.

O rapaz puxou um punhado de relva. Olhou o cavalo outra vez. Bom, disse. Acho que mal não vai fazer.

Cavalgaram através da cidade com o recrutador esplêndido sobre o cavalo de patas malhadas e o kid atrás dele na mula como alguém que o outro houvesse capturado. Cavalgaram por ruas estreitas onde as cabanas de palha fumegavam sob o calor. Mato e opúncias cresciam nos telhados e cabras andavam em torno deles e em algum lugar daquele reino de lama pequenos sinos tocavam fracamente o dobre fúnebre. Viraram na rua do Comércio atravessando a praça Principal em meio a montes de carroças e cruzaram outra praça onde meninos vendiam uvas e figos em carrinhos de mão. Cães esqueléticos se esquivavam à passagem deles. Seguiram pela praça Militar e passaram pela ruazinha onde o rapaz e a mula haviam bebido água na noite anterior e havia grupos de mulheres e garotas no poço e diversos formatos de jarros de cerâmica cobertos de vime espalhados em volta. Passaram por uma pequena casa onde as mulheres se lamuriavam ali dentro e o pequeno carro funerário aguardava na porta com os cavalos pacientes e imóveis sob o calor e as moscas.

O capitão estava alojado em um hotel acima de uma praça onde havia árvores e um pequeno gazebo verde com bancos. Um portão de ferro na frente do hotel se abriu para um passadiço com um pátio nos fundos. As paredes eram caiadas e decoradas com pequenos azulejos ornamentais coloridos. O ajudante do capitão usava botas de couro trabalhado com tacões altos que ecoaram vivamente nos ladrilhos e nos degraus que iam do pátio para os quartos acima. No pátio havia plantas vicejantes recém-regadas e exalando vapor. O ajudante do capitão marchou a passos largos pela comprida varanda e bateu firmemente na porta do final. Uma voz disse a eles que entrassem.

Sentava-se a uma mesa de vime escrevendo cartas, o capitão. Permaneceram de pé aguardando, o ajudante com o chapéu preto nas mãos. O capitão continuou a escrever sem erguer os olhos. Lá fora o kid podia ouvir uma mulher falando em espanhol. Fora isso tudo que se ouvia era o raspar da pena do capitão.

Quando terminou pousou a caneta e ergueu o rosto. Olhou para seu homem e então olhou para o kid e então curvou a cabeça para ler o que havia escrito. Balançou a cabeça para si mesmo e polvilhou a carta com areia tirada de uma caixinha de ônix e a dobrou. Tirando um fósforo de uma caixa sobre a mesa ele o acendeu e segurou junto a um bastão de cera de lacre até que um pequeno medalhão vermelho coagulou sobre o papel. Sacudiu a mão para apagar o fósforo, soprou brevemente o papel e imprimiu o sinete de seu anel. Então prendeu a carta entre duas caixas que estavam sobre a mesa e reclinou na cadeira e olhou para o kid outra vez. Balançou a cabeça gravemente. Sentem, disse.

Acomodaram-se em uma espécie de escabelo com espaldar alto feito de alguma madeira escura. O ajudante do capitão tinha um grande revólver em seu cinto e quando sentou girou o cinto de forma que a arma ficasse aninhada entre suas coxas. Jogou o chapéu por cima e se recostou. O kid cruzou as botas deploráveis uma atrás da outra e sentou ereto.

O capitão empurrou a cadeira para trás e deu a volta na mesa. Parou ali por um bom tempo e então içou o corpo sobre a mesa e sentou com as pernas pendentes. Havia fios grisalhos em seu cabelo e nos bigodes retorcidos que usava, mas não era velho. Então você é o sujeito, disse.

Que sujeito? disse o kid.

Que sujeito senhor, disse o ajudante.

Qual sua idade, filho?

Dezenove.

O capitão balançou a cabeça. Estava medindo o rapaz. O que aconteceu com você?

Como?

Diga senhor, disse o recrutador.

Senhor?

Eu disse o que aconteceu com você.

O kid fitou o homem sentado diante dele. Baixou os olhos e voltou a encarar o capitão. Fui atacado por ladrões, disse.

Ladrões, disse o capitão.

Levaram tudo que eu tinha. Meu relógio e tudo mais.

Você tem um rifle?

Agora não tenho mais.

Onde foi que roubaram você.

Não sei. Não tinha nome o lugar. Era no meio do nada.

De onde você estava vindo?

Eu estava vindo de Naca, Naca...

Nacogdoches?

Isso.

Sim senhor.

Sim senhor.

Quantos estavam por lá?

O kid o encarou.

Ladrões. Quantos ladrões.

Sete ou oito, acho. Levei uma pancada na cabeça com um porrete.

O capitão o fitou de soslaio. Eram mexicanos?

Alguns. Mexicanos e negros. Tinha um ou dois brancos com eles. Estavam com um rebanho de gado que roubaram. A única coisa que deixaram comigo foi minha velha faca que eu tinha na bota.

O capitão balançou a cabeça. Cruzou as mãos entre os joelhos. O que pensa do tratado? disse.

O kid olhou para o homem no banco a seu lado. Estava com os olhos fechados. Olhou para seus polegares. Não sei nada sobre isso, disse.

Receio que seja o caso da maioria dos americanos, disse o capitão. De onde você é, filho?

Tennessee.

Não esteve com os Voluntários em Monterrey, esteve?

Não senhor.

Acho que o bando de sujeitos mais corajosos que já vi sob um fogo cerrado. Imagino que mais homens do Tennessee sangraram e morreram no campo de batalha do norte do México do que de qualquer outro estado. Sabia disso?

Não senhor.

Foram traídos. Lutaram e morreram lá naquele deserto e então foram traídos por seu próprio país.

O kid ficou em silêncio.

O capitão se curvou para a frente. Lutamos por aquilo. Perdemos amigos e irmãos ali. E então por Deus se não entregamos tudo de volta. De volta para um bando de bárbaros que até o mais parcial a favor deles vai admitir que não têm ideia neste mundo de Deus do que seja honra ou justiça ou do significado de um governo republicano. Um povo que de forma tão covarde vem pagando tributo por cem anos a tribos de selvagens nus. Abrindo mão de suas colheitas e cabeças de gado. Minas fechadas. Cidades inteiras abandonadas. Enquanto uma horda de pagãos varre a terra saqueando e matando em total impunidade. Nem uma mão sequer se ergue contra eles. Que tipo de gente é essa? Os apaches nem sequer atiram neles. Sabia disso? Matam às pedradas. O capitão balançou a cabeça. Parecia ficar triste com o que tinha de contar.

Sabia que quando o coronel Doniphan tomou a cidade de Chihuahua infligiu mais de mil baixas ao inimigo e perdeu um só homem e que este foi quase um suicídio? Com um exército de tropas irregulares sem soldo que o chamavam de Bill, estavam seminus e tinham caminhado para o campo de batalha desde o Missouri?

Não senhor.

O capitão se curvou para trás e cruzou os braços. Estamos lidando aqui é com uma raça de degenerados, disse. Uma raça de mestiços, não muito melhor que negros. E talvez nem isso. Não existe governo no México. Diabo, não existe Deus no México. Nunca vai existir. A gente está lidando com um povo absolutamente incapaz de se governar sozinho. E sabe o que acontece com povos que não conseguem se governar sozinhos? Isso mesmo. Outros vêm e governam por eles.

Já existem por volta de catorze mil colonos franceses no estado de Sonora. Ganharam terras de graça para ficar. Ganharam ferramentas e gado. Mexicanos esclarecidos encorajam isso. Paredes já anda pedindo secessão do governo mexicano. Preferem ser dominados por aqueles comedores de rãs do que por ladrões e imbecis. O coronel Carrasco está pedindo a intervenção americana. E vai conseguir.

Bem agora estão formando em Washington uma comissão para vir para cá e fixar as linhas de fronteira entre nosso país e o México. Creio não restar a menor dúvida de que Sonora vai acabar se tornando território dos Estados Unidos. Guaymas um porto americano. Os americanos vão poder chegar na Califórnia sem precisar passar por nossa inculta república irmã e nossos cidadãos enfim vão ficar protegidos das notórias súcias de cortadores de garganta que no atual momento infestam os caminhos que são obrigados a percorrer.

O capitão observava o kid. O kid parecia desconfortável. Filho, disse o capitão. Cabe a nós sermos os instrumentos de libertação em uma terra sombria e turbulenta. Isso mesmo. Somos a vanguarda do ataque. Temos o apoio tácito do governador Burnett da Califórnia.

Curvou-se para a frente e pôs as mãos nos joelhos. E somos nós que vamos dividir o butim. Vai haver um trato de terra pra cada homem da minha companhia. Boas pastagens. As melhores do mundo. Uma terra rica em minérios, em ouro e prata além de toda imaginação, diria eu. Você é jovem. Mas não subestimo sua pessoa. Dificilmente me equivoco com um homem. Creio que pretende deixar sua marca neste mundo. Estou errado?

Não senhor.

Não. E acho que não é o tipo de sujeito que abandona pra uma potência estrangeira uma terra em que americanos lutaram e morreram. E guarde minhas palavras. A menos que os americanos tomem uma atitude, pessoas como você e eu que levam o país a sério enquanto aqueles filhinhos de mamãe lá em Washington não tiram a bunda da cadeira, a menos que tomemos uma atitude, o México — e quero dizer o país inteiro — um dia se curvará a uma bandeira europeia. Com ou sem Doutrina Monroe.

A voz do capitão se tornara suave e intensa. Inclinou a cabeça para o lado e fitou o kid com uma espécie de benevolência. O kid esfregou as palmas das mãos nos joelhos do jeans imundo. Olhou de esguelha para o homem a seu lado mas o sujeito parecia adormecido.

E que tal uma sela? disse.
Sela?
Sim senhor.
Não tem uma sela?
Não senhor.
Pensei que tivesse um cavalo.
Uma mula.
Sei.
Tenho uma casca velha que ponho em cima da mula mas não sobrou grande coisa. Da mula também não sobra grande coisa. Ele disse que eu receberia um cavalo e um rifle.
O sargento Trammel disse?
Não prometi a ele nenhuma sela, disse o sargento.
A gente arruma uma sela.
Mas eu disse que umas roupas a gente arruma, capitão.
Certo. As tropas podem ser irregulares mas não queremos que pareçam uns rabicós, queremos?
Não senhor.
Também não temos mais nenhum cavalo domado, disse o sargento.
A gente doma um.
Aquele sujeito que era tão bom em domar já não está de serviço.
Sei disso. Arranja outro.
Sim senhor. Quem sabe esse homem saiba domar. Já domou cavalo?
Não senhor.
Não precisa vir com senhor pra mim.

Sim senhor.
Sargento, disse o capitão, descendo da mesa.
Sim senhor.
Alista esse homem.

O acampamento era rio acima nos limites da cidade. Uma tenda remendada de velhas lonas de carroção, algumas choças de galhos e mais além um curral em oito também feito de galhos com pequenos pôneis malhados amuados sob o sol.
Cabo, gritou o sargento.
Ele não tá aqui.
Ele desmontou e marchou na direção da tenda e com um puxão na lona entrou. O kid ficou sentado na mula. Três homens sentados à sombra de uma árvore o estudaram. Salve lá, disse um.
Salve lá.
É um homem novo?
Provável.
O capitão disse quando vamos partir desse buraco pestilento?
Não disse não.
O sargento veio da tenda. Onde ele está? disse.
Foi até a cidade.
A cidade, disse o sargento. Vem cá.
O homem levantou do chão e andou lentamente até a tenda e parou com as mãos apoiadas nas ancas.
Esse homem aí não tem roupas, disse o sargento.
O sujeito balançou a cabeça.
O capitão deu uma camisa pra ele e um dinheiro pra consertar as botas. A gente precisa arrumar pra ele uma montaria e conseguir uma sela.
Uma sela.
Aquela mula deve dar o suficiente pra arranjar uma de algum tipo.
O homem olhou para a mula e se virou outra vez e estreitou os olhos para o sargento. Curvou-se e cuspiu. Aquela mula ali não vale nem dez dólares.
O que der deu.

Mataram outro boi.
Não quero ouvir falar disso.
Não consigo fazer nada com eles.
Vou dizer pro capitão. Os olhos dele vão revirar até soltar do eixo e cair no chão.
O homem cuspiu outra vez. Bom, é a verdade, juro por Deus.
Cuide desse homem agora. Vou indo.
Certo.
Nenhum deles está doente?
Não.
Graças a Deus.
Aprumou o corpo na sela e tocou o pescoço do cavalo levemente com as rédeas. Olhou para trás e abanou a cabeça.
Ao anoitecer o kid e dois outros recrutas foram à cidade. Havia tomado banho e se barbeado e usava um par de calças de veludo azul e a camisa de algodão que o capitão lhe dera e a não ser pelas botas parecia um homem novo em folha. Seus companheiros montavam pequenos cavalos coloridos que quarenta dias antes haviam sido animais selvagens das planícies e refugavam e ameaçavam empinar e mordiam como tartarugas.
Espera só até ter um desses, disse o segundo-cabo. Vai ver o que é diversão.
Esses cavalos são ótimos, disse o outro.
Ainda ficaram um ou dois lá atrás que talvez sirvam de montaria pra você.
O kid olhava para eles do alto de sua mula. Cavalgavam um de cada lado como a escoltá-lo e a mula trotava com a cabeça erguida, os olhos se agitando nervosamente. Qualquer um deles joga você de cabeça no chão, disse o segundo-cabo.
Atravessaram uma praça lotada de carros e gado. Com imigrantes e texanos e mexicanos e com escravos e índios lipans e delegações de karankawas altos e austeros, os rostos tingidos de azul e as mãos segurando os cabos de suas lanças de dois metros de comprimento, selvagens seminus que com suas peles pintadas e seu assim propalado gosto por carne humana pareciam presenças absurdas até mesmo naquele grupo fantástico. Os recrutas cavalgavam com os animais na rédea

curta e passaram pelo prédio do tribunal e ao longo dos altos muros do cárcel com cacos de vidro incrustados na última camada de tijolos. Na praça Principal uma banda se reunira e afinava seus instrumentos. Os cavaleiros dobraram a rua Salinas passando por pequenas casas de jogo e bancas de café e havia nessa rua diversos mexicanos seleiros e comerciantes e donos de galos de rinha e sapateiros e fabricantes de botas em pequenas bancas ou oficinas de barro. O segundo-cabo era do Texas e falava um pouco de espanhol e se dispôs a negociar a mula. O outro rapaz era do Missouri. Estavam bem-humorados, asseados e penteados, todos de camisa limpa. Todos antecipando uma noitada de bebedeira, talvez de amor. Quantos jovens não voltaram para casa frios e mortos depois de noites exatamente como essa e de planos exatamente como esses.

Trocaram a mula aparelhada como estava por uma sela texana de vaqueiro, uma armação simples coberta de couro cru, não nova, mas sólida. Por uma rédea e um freio que eram novos. Por uma manta de lã feita em Saltillo que estava empoeirada, fosse nova ou não. E finalmente por uma moeda de ouro de dois dólares e meio. O texano olhou para a pequena peça na palma da mão do kid e pediu mais dinheiro mas o fabricante de arreios abanou a cabeça e ergueu as mãos com total determinação.

E quanto a minhas botas? disse o kid.

Y sus botas, disse o texano.

Botas?

Sí. Fez uma mímica de costurar.

O fabricante de arreios baixou os olhos para as botas. Entortou os dedos em concha em um ligeiro gesto de impaciência e o kid tirou suas botas e pisou no chão descalço.

Quando tudo estava terminado ficaram ali na rua olhando um para o outro. O kid carregava os novos arreios no ombro. O segundo--cabo olhou para o rapaz do Missouri. Tem algum dinheiro, Earl?

Nem um centavo de cobre.

Bom, eu também não. Melhor ir andando e voltar praquele buraco miserável.

O kid ajeitou o peso dos petrechos no ombro. A gente ainda tem essa águia de ouro pra beber, disse.

* * *

    As sombras do crepúsculo já caíram sobre Laredito. Morcegos deixam seus poleiros no prédio do tribunal e sobrevoam e circulam o quarteirão. Cheiro de carvão em brasa enche o ar. Crianças e cachorros agacham junto aos alpendres de barro e galos de briga batem asas e param nos galhos das árvores frutíferas. Seguem a pé, esses camaradas, passando ao longo de um muro nu de adobe. A música da banda ecoa fracamente através da praça. Passam por uma carroça de água na rua e passam diante de um buraco na parede onde ao fogo pálido de uma forja um velho martela formas no metal. Passam por uma jovem parada na porta cuja beleza combina com as flores em torno.
    Finalmente chegam a uma porta de madeira. Esta é presa por dobradiças a uma porta ou portão maior e os três têm de transpor os dois palmos de degrau da soleira onde botas aos milhares rasparam na madeira, onde tolos às centenas tropeçaram ou caíram ou cambalearam bêbados para a rua. Atravessam um pátio e passam junto a uma latada tomada por uma velha videira onde pequenas galinhas bicam sob a penumbra entre os caules lenhosos retorcidos e estéreis e entram na cantina onde os lampiões estão acesos e passam curvados por sob uma viga baixa para encostar a barriga no balcão um dois três.
    Há ali um velho menonita perturbado e ele se vira para examiná-los. Um homem magro de colete de couro, chapéu preto de aba reta enterrado na cabeça, um fino contorno de suíças. Os recrutas pedem copos de uísque e entornam e pedem mais. Joga-se monte em mesas junto à parede e prostitutas em outra mesa olham para os recrutas. Os recrutas apoiam-se de lado no balcão com os polegares nos cintos e observam o bar. Conversam em voz alta sobre a expedição e o velho menonita balança tristemente a cabeça e dá um gole em sua bebida e resmunga.
    Vão deter vocês no rio, diz.
    O segundo-cabo olha por sobre os ombros para os companheiros. Tá falando comigo?
    No rio. Fiquem sabendo. Vão trancafiar até o último homem.
    Quem vai?
    O Exército dos Estados Unidos. O general Worth.

O diabo que vão.

Reze pra que sim.

Ele olha para os companheiros. Inclina na direção do menonita. O que isso quer dizer, velho?

Cruzem aquele rio com seu exército de flibusteiros e não vão cruzar de volta.

Ninguém quer cruzar de volta. Vamos pra Sonora.

E desde quando isso é da sua conta, velho?

O menonita fita as trevas ensombrecidas perante os homens conforme lhe são refletidas no espelho acima do balcão. Vira-se para eles. Seus olhos estão úmidos, fala vagarosamente. A ira de Deus está adormecida. Ficou escondida um milhão de anos antes dos homens e só os homens têm o poder de despertá--la. O inferno não encheu nem a metade. Escutem o que estou falando. Vão levar a guerra criada por um louco a uma terra estrangeira. Vão acordar bem mais que os cães.

Mas eles mandaram o velho calar a boca e o xingaram até que se afastasse para a outra ponta do balcão resmungando, e como poderia ser diferente?

É como essas coisas terminam. Em confusão e imprecações e sangue. Continuaram bebendo e o vento soprava nas ruas e as estrelas que estiveram acima de suas cabeças estavam baixas a oeste e aqueles jovens se desentenderam com outros e foram ditas palavras que não poderiam mais ser retiradas e ao alvorecer o kid e o segundo-cabo estavam de joelhos diante do rapaz do Missouri cujo nome fora Earl e diziam seu nome mas ele nunca mais respondeu. Jaz de lado na poeira do pátio. Os homens foram embora, as prostitutas foram embora. Um velho varria os ladrilhos do piso dentro da cantina. O menino tinha o crânio rachado em meio a uma poça de sangue, ninguém sabia o autor. Um terceiro atravessou o pátio ao encontro deles. Era o menonita. Um vento quente soprava e a leste despontava uma luz cinzenta. As aves empoleiradas entre a videira começaram a se mexer e a cacarejar.

Não existe alegria na taverna como na estrada que conduz a ela, disse o menonita. Segurava o chapéu nas mãos e agora o enfiava na cabeça outra vez e virou e saiu pelo portão.

4

Partindo com os flibusteiros — Em solo forasteiro — Alvejando antílopes — Perseguidos pelo cólera — Lobos — Consertos de carro — Um vasto deserto — Tempestades noturnas — A manada fantasma — Uma prece pela chuva — Uma fazenda no deserto — O velho — Novo país — Uma cidade abandonada — Tocadores de rebanho na planície — Ataque comanche.

Cinco dias depois no cavalo do morto ele seguiu os cavaleiros e carroças através da praça e saiu da cidade pela estrada país adentro. Passaram por Castroville onde coiotes haviam desencavado os mortos e espalhado seus ossos e cruzaram o rio Frio e cruzaram o Nueces e deixaram a estrada de Presidio e viraram para o norte com batedores postados à frente e na retaguarda. Cruzaram o del Norte à noite e transpuseram o vau raso e arenoso para dar em uma vastidão desolada.

A aurora os colheu em uma longa fila sobre a planície, as carroças de madeira seca gemendo, os cavalos bufando. Um baque surdo de cascos e o ruído metálico da carga e o tilintar leve e constante dos arreios. Exceto pelos tufos esparsos de ceanotos e opúncias e pelos raros trechos de mato emaranhado o solo era estéril e havia morros baixos ao sul e estes também estéreis. Na direção oeste o horizonte se distendia achatado e reto como um prumo de madeira.

Nesses primeiros dias não viram caça alguma, nenhuma ave salvo abutres. Avistaram rebanhos distantes de ovelhas e cabras em movimento na linha do horizonte em meio a cachecóis de poeira e comeram a carne de asnos selvagens abatidos na planície. O sargento levava no coldre de sua sela um pesado rifle Wesson que empregava um encaixe de falsa boca e cartucho de papel e disparava uma bala cônica. Com essa arma matou os pequenos porcos selvagens do deserto e mais tarde quando começaram a encontrar bandos de antilocapras ele parava sob o lusco-fusco com o sol oculto sob o horizonte e aparafusando um bipé na parte de baixo do cano matava esses animais enquanto pastavam a distâncias de oitocentos metros. O rifle tinha uma alça de mira no encaixe da coronha e ele estimava a distância e media o vento e calibrava a mira como um homem que usasse um micrômetro. O segundo-cabo ficava junto a seu cotovelo com uma luneta e cantava os tiros alto ou baixo caso errasse e um carro aguardava por perto até que houvesse alvejado uma sequência de três ou quatro para então partir estrepitosamente através do território cada vez mais frio com os peleiros chacoalhando e sorrindo na traseira. O sargento nunca guardava a arma senão depois de limpar e lubrificar o cano.

Iam bem armados, cada homem com um rifle e muitos com os revólveres Colt de cinco tiros de pequeno calibre. O capitão portava um par de revólveres dragoon em coldres presos ao cepilho da sela de modo a tê-los um diante de cada joelho. Essas armas eram artigos dos Estados Unidos, patente Colt, e ele as comprara de um desertor em uma cocheira de Soledad e pagara oitenta dólares em ouro por elas mais os coldres e o molde e polvorinho que as acompanhavam.

O rifle que o kid portava fora serrado e redimensionado até ficar de fato bem leve e o molde do novo calibre era tão pequeno que ele tinha de fazer os cartuchos das balas com camurça. Ele havia disparado algumas vezes e os tiros iam aonde bem entendiam. Carregava-o à sua frente sobre o arção da sela, pois não tinha coldre. Fora carregado desse mesmo modo antes, Deus sabe por quantos anos, e a coronha estava muito gasta embaixo.

Quando a escuridão caía os homens voltaram com a carne. Os peleiros haviam enchido a carroça com prosópis, tanto as ramas como os tocos desencavados com os cavalos, e descarregaram a lenha e começaram a esquartejar os antílopes eviscerados no chão do veículo com suas facas bowie e machadinhas, rindo e retalhando numa orgia de sangue, uma cena mefítica à luz de lampiões seguros por terceiros. Quando as trevas eram completas os cortes de costelas inclinavam-se fumegantes perto das fogueiras e uma justa era disputada pelos carvões com paus afiados onde haviam sido espetados nacos de carne e ouviam-se um retinir de cantis e uma troça incessante. E dormiram nessa noite nas planícies frias de uma terra estrangeira, quarenta e seis homens embrulhados em seus cobertores sob as mesmíssimas estrelas, os coiotes tão parecidos em seus lamentos e todavia tudo ali tão mudado e tão estranho.

Levantavam acampamento e partiam antes que o dia despontasse e comiam carne fria e bolacha dura e não faziam fogo. O sol se erguia sobre uma coluna já estropiada após seis dias de marcha. Entre suas roupas havia pouca harmonia e entre seus chapéus ainda menos. Os pequenos cavalos malhados trotavam de modo arisco e truculento e um asqueroso enxame de moscas pelejava constantemente no chão do carro de caça. A poeira erguida pelo grupo se dispersava e sumia rápido na imensidão daquela paisagem e não se via outro pó pois o pálido vivandeiro que seguia em sua esteira viaja invisível e seu cavalo esquálido e sua carreta esquálida não deixam rastro algum em solos como esse ou em qualquer outro solo. Junto a milhares de fogueiras sob o crepúsculo cobalto ele monta seu armazém e é um comerciante irônico e sorridente apropriado para seguir campanhas ou desentocar homens de seus buracos exatamente nessas paragens desmaiadas aonde foram para se esconder de Deus. Nesse dia dois soldados ficaram doentes e um morreu antes de escurecer. Pela manhã havia outro enfermo para tomar seu lugar. Dois deles deitavam-se entre as sacas de feijão e arroz e café no carro de suprimentos com cobertores sobre seus corpos para protegê-los do sol e os trancos e o sacolejar do veículo quase destacavam em pregas seus ossos de sua carne de modo que gritaram para serem deixados e então morreram. Na escuridão da alta madrugada os homens pararam para abrir suas covas com escápulas de antílope e então as cobriram de pedras e se puseram novamente em marcha.

Seguiram sua marcha e o sol a leste lançou pálidas estrias de luz e depois uma faixa mais profunda de cor como sangue filtrando para o alto em súbitas distensões planas e fulgurantes e onde a terra era absorvida pelo céu no limiar da criação a ponta do sol surgiu do nada como a cabeça de um enorme falo vermelho até que clareasse a orla invisível e se aboletasse gordo e pulsante e malévolo às costas deles. As sombras das pedras mais ínfimas corriam como riscos de lápis através da areia e as formas dos homens e suas montarias avançavam alongadas diante deles como filamentos da noite da qual emergiam, como se fossem tentáculos a puxá-los para as trevas que estavam por vir. Cavalgavam de cabeça baixa, sem rosto sob os chapéus, como um exército adormecido em movimento. Na metade da manhã mais um homem morreu e o ergueram do carro onde sujara as sacas entre as quais se deitara e o enterraram e seguiram adiante.

Agora lobos haviam aparecido para segui-los, grandes lobos cinzentos com olhos amarelos que marchavam lepidamente ou se agachavam sob o calor bruxuleante para observá-los na pausa da metade do dia. Em marcha outra vez. Trotando, andando ora furtivos, ora preguiçosos com os compridos focinhos junto ao chão. À noite seus olhos piscavam e brilhavam além do halo das fogueiras e pela manhã quando os cavaleiros punham-se em movimento sob a escuridão fria podiam ouvir os rosnados e estalos de suas bocas atrás de si conforme pilhavam o acampamento em busca de restos.

As carroças ficaram tão secas que gingavam de um lado para outro como cachorros e a areia as estava comendo. As rodas encolheram e os raios dançavam em seus cubos e matraqueavam como hastes de um tear e à noite eles enfiavam raios improvisados nos encaixes e os amarravam com tiras de couro cru e cravavam cunhas entre o ferro dos aros e as cambas rachadas de sol. Seguiam cambaleando, o rastro de seu esforço oscilante como os de uma cascavel na areia. As cavilhas nas pinas caindo frouxas e ficando para trás. Rodas começando a se desmantelar.

Dez dias e quatro mortos depois viram-se atravessando uma planície de puro púmice onde nenhum arbusto, nenhum mato crescia até onde a vista alcançava. O capitão ordenou que fizessem alto e chamou o mexicano que servia de guia. Conversaram e o mexicano gesticulou e o capitão gesticulou e depois de algum tempo retomaram a marcha.

Pra mim isso parece a estrada pro inferno, disse um homem nas fileiras.

O que ele acha que os cavalos vão comer?

Acho que é pra eles simplesmente se contentarem em roer essa areia que nem galinhas e ficar esperando o milho aparecer.

Dentro de dois dias começaram a encontrar ossos e roupas abandonadas. Viram esqueletos semienterrados de mulas com os ossos tão brancos e polidos que pareciam incandescentes até mesmo sob o calor causticante e viram paneiros e albardas e os ossos de homens e viram uma mula inteira, a carcaça seca e enegrecida dura como ferro. E marcharam. O branco sol meridiano os surpreendeu através da vastidão como um exército fantasma, tão pálidos estavam de pó, como vultos de figuras apagadas em uma lousa. Os lobos trotavam ainda mais pálidos e agrupavam-se e sobressaltavam-se e erguiam os compridos focinhos no ar. À noite os cavalos eram alimentados com a mão de sacos de farinha e bebiam de baldes. A doença se fora. Os sobreviventes permaneciam em silêncio naquele vazio cheio de crateras e observavam as estrelas dardejantes riscando o negror. Ou dormiam com os corações alheios batendo na areia como peregrinos exaustos sobre a face do planeta Anareta, presas de uma roda inefável girando na noite. Seguiram sua marcha e o polimento abrasivo do púmice deu ao ferro das rodas o brilho do cromo. Ao sul as cordilheiras azuis assomavam sobre sua própria imagem mais pálida na areia como reflexos em um lago e não havia mais lobos agora.

Passaram a viajar à noite, jornadas silenciosas a não ser pela rolagem das carroças e a respiração ofegante dos animais. Sob o luar um estranho grupo de anciãos com a poeira branca nos bigodes e sobrancelhas. Marcharam e marcharam e as estrelas colidiam e rasgavam o firmamento com arcos que morriam além das montanhas negras como nanquim. Acabaram por conhecer bem o céu noturno. Olhos ocidentais que percebem mais construções geométricas do que os nomes dados pelos antigos. Atrelados à estrela polar marcharam ao giro da Ursa enquanto Órion subia a sudoeste como um grande papagaio elétrico na ponta de uma linha. A areia brilhava azul sob o luar e as rodas de ferro dos carros rolavam entre as formas dos cavaleiros em aros cintilantes que oscilavam e cambavam numa navegação ferida e vaga como esguios astrolábios e as ferraduras polidas dos cavalos seguiam subindo e descendo como uma miríade de olhos faiscantes através da areia do deserto. Observaram tempestades tão distantes que não podiam ser ouvidas, os relâmpagos silenciosos fulgurando distendidos na superfície do céu e a espinha negra e fina da cadeia montanhosa vibrando para então ser sugada de volta pela escuridão. Viram cavalos selvagens correndo na planície, martelando a própria sombra noite adentro e lançando à luz da lua uma poeira vaporosa como a mancha mais pálida de sua passagem.

Por toda a noite o vento soprou e a poeira fina pôs seus dentes irritadiços. Areia em tudo, pedregulhos em tudo que comiam. Pela manhã um sol cor de urina subiu ofuscado por cortinas de pó em um mundo opaco e sem feitio. Os animais definhavam. Pararam e montaram um acampamento rude sem madeira ou água e os pôneis miseráveis amontoaram-se e choramingaram como cães.

Nessa noite atravessaram uma região elétrica e selvagem onde estranhas formas de fogo azul suave dançavam acima do metal dos arreios e as rodas das carroças giravam em arcos de fogo e pequenas formas de luz azul pálida vinham pousar nas orelhas dos cavalos e nas barbas dos homens. Por toda a noite relâmpagos difusos sem origem definida estremeceram a oeste atrás das massas tempestuosas de nuvens da meia-noite, provocando um dia azulado no deserto distante, as montanhas no horizonte súbito abruptas e negras e lívidas como uma terra longínqua de alguma outra ordem cuja genuína geologia fosse não pedra mas medo. Os trovões aproximavam-se a sudoeste e raios iluminavam todo o deserto em torno deles, azul e estéril, grandes extensões estrondeantes expelidas da noite absoluta como algum reino demoníaco sendo invocado ou uma terra changeling que com a chegada do dia não deixaria mais vestígio ou fumaça ou destruição do que qualquer sonho perturbador.

Pararam no escuro para descansar os animais e alguns homens guardaram suas armas nas carroças por medo de atrair raios e um sujeito chamado Hayward rezou pedindo chuva.

Ele rezou: Deus Todo-Poderoso, se não estiver muito além da ordem das coisas em seu plano infinito quem sabe poderíamos ter um pouco de chuva por aqui.

Reza mais alto, gritaram alguns, e prostrando-se de joelhos ele gritou em meio aos trovões e à ventania: Senhor estamos secos como charque por aqui. Só umas gotas para os rapazes aqui na pradaria e tão longe de casa.

Amém, disseram, e subindo nas montarias continuaram a marcha. Em uma hora o vento esfriou e gotas de chuva do tamanho de metralhas caíram sobre eles brotando da escuridão selvagem. Sentiram o cheiro de pedra molhada e o doce cheiro dos cavalos molhados e do couro molhado. Continuaram em marcha.

Marcharam sob o calor do dia seguinte com os barriletes de água vazios e os cavalos perecendo e ao anoitecer esses eleitos, estropiados e brancos de poeira como uma companhia de moleiros armados e montados vagando em demência, deixaram o deserto por um desfiladeiro entre os baixos morros rochosos e desceram até um jacal solitário, uma choupana tosca de taipa com um estábulo e currais rudimentares.

Paliçadas de ossos dividiam os arredores pequenos e poeirentos e a morte parecia ser a característica mais proeminente da paisagem. Estranhas cercas polidas pela areia e o vento e alvejadas e trincadas pelo sol como porcelana antiga com rachaduras secas e marrons da intempérie e onde nada vivo se movia. As formas enrugadas dos cavaleiros passaram tilintando pela terra seca cor de bistre e pela fachada de barro do jacal, os cavalos estremecendo, farejando água. O capitão ergueu a mão e o sargento falou e dois homens desmontaram e avançaram com rifles na direção da cabana. Empurraram a porta feita de couro cru e entraram. Instantes depois reapareceram.

Tem alguém por aqui. As brasas estão acesas.

O capitão perscrutou a distância com expressão cautelosa. Desmontou com a paciência de alguém acostumado a lidar com a incompetência e foi na direção do jacal. Quando saiu observou os arredores mais uma vez. Os cavalos se agitavam e faziam tilintar os arreios e pisoteavam e os homens puxavam suas queixadas para baixo e diziam coisas rudes para eles.

Sargento.

Senhor.

Essa gente não pode estar longe. Veja se consegue encontrar alguém. E veja se tem alguma forragem por aqui para os animais.

Forragem?

Forragem.

O sargento apoiou a mão na patilha da sela e olhou em torno do lugar onde estavam e balançou a cabeça e apeou.

Passaram por dentro do jacal e pelo cercado atrás e foram para o estábulo. Não havia animal algum e nada além de uma baia cheia até a metade com sotol seco a título de ração. Saíram pelos fundos e deram com uma fossa entre as pedras onde havia água e um fino riacho corria sobre a areia. Viam-se marcas de cascos em torno do tanque e estrume seco e pequenos pássaros corriam despreocupados ao longo da margem do pequeno regato.

O sargento estivera agachado sobre os calcanhares e agora ficava de pé e cuspia. Bom, disse. Tem alguma direção aqui onde não dê pra enxergar por trinta quilômetros?

Os recrutas examinaram a vastidão deserta.

Não acho que faz tanto tempo assim que o pessoal desse lugar foi embora.

Beberam e voltaram na direção do jacal. Cavalos eram conduzidos pelo caminho estreito.

O capitão tinha os polegares no cinto.

Não consigo imaginar onde foram se meter, disse o sargento.

O que tem no barracão.

Palha velha e seca.

O capitão enrugou a testa. Eles deviam ter uma cabra ou um porco. Alguma coisa. Galinhas.

Instantes depois dois homens vieram do estábulo arrastando um velho. Estava coberto de poeira e palha seca e tapava os olhos com o braço. Foi arrastado gemendo aos pés do capitão onde tombou prostrado e envolto no que pareciam faixas de algodão branco. Tapou as orelhas com as mãos projetando os cotovelos adiante como que chamado a testemunhar algum evento aterrador. O capitão desviou o rosto de nojo. O sargento o cutucou com o dedão da bota. Qual o problema com ele? disse.

Está se mijando, sargento. Está se mijando. O capitão fez um gesto para o homem com as mãos enluvadas.

Senhor.

Tirem ele daqui, diacho.

Quer que o Candelario fale com ele?

É meio retardado. Tirem esse homem daqui.

Arrastaram o velho para longe. Começara a balbuciar alguma coisa mas ninguém deu ouvidos e pela manhã ele sumira.

Bivacaram junto ao tanque e o ferrador cuidou das mulas e dos pôneis que haviam perdido as ferraduras e trabalharam no reparo das carroças à luz do fogo até bem avançada a noite. Puseram-se em marcha sob a aurora escarlate em que céu e terra se encontravam em um plano fendido a lâmina. Ao longe pequenos arquipélagos escuros de nuvem e o vasto mundo de areia e arbustos abreviado ao mergulhar no vazio sem margens acima onde aquelas ilhas azuis estremeciam e a terra ficava incerta, gravemente adernada e fixava o curso através dos matizes de rosa e das trevas além da aurora rumo à mais remota chanfradura do espaço.

Cavalgaram por regiões pedregosas multicoloridas projetadas em cortes denteados e saliências de rocha plutônica erigidas em falhas e anticlinais curvadas sobre si mesmas e partidas como tocos de grandes árvores petrificadas e rochas que o raio houvesse fendido em dois, infiltrações explodindo em vapor em alguma antiga tempestade. Passaram por solidificações magmáticas de rocha marrom descendo pelos estreitos espinhaços dos cumes e sobre a planície como as ruínas de antigos muros, por toda parte esses augúrios da mão do homem antes que o homem ou qualquer coisa viva existisse.

Atravessaram um vilarejo em ruínas então e em ruínas hoje e acamparam junto aos muros de uma elevada igreja de barro e queimaram as vigas do teto para fazer fogo enquanto corujas pousadas nos arcos piavam no escuro.

No dia seguinte no horizonte ao sul viram nuvens de poeira que se estendiam através da terra por quilômetros. Seguiram sua marcha, observando a poeira até que se aproximasse, e o capitão ergueu a mão para fazerem alto e tirou do alforje seu velho telescópio de cavalaria de latão e o abriu e esquadrinhou vagarosamente o território. O sargento parou com seu cavalo ao lado dele e após algum tempo o capitão lhe estendeu a luneta.

Um diacho de um rebanho qualquer.

Acho que são cavalos.

Que distância avalia que estão?

Difícil dizer.

Chama o Candelario aqui.

O sargento virou e fez um gesto para o mexicano. Quando subiu até onde estavam ele lhe estendeu a luneta e o mexicano a ergueu diante do olho e estreitou a vista. Então baixou o instrumento e observou a olho nu e então ergueu a luneta e olhou outra vez. Depois ficou sentado no cavalo com a luneta junto ao peito como um crucifixo.

Então? disse o capitão.

Ele balançou a cabeça.

Que diabo isso quer dizer? Não são búfalos, são?

Não. Acho que podem ser cavalos.

Me dá a luneta.

O mexicano passou o telescópio e ele olhou o horizonte outra vez e fechou o cilindro com a almofada do mindinho e enfiou o instrumento de volta no alforje e ergueu a mão e seguiram em frente.

Eram bois, mulas, cavalos. Havia muitos milhares de cabeças e avançavam a quarenta e cinco graus na direção da companhia. No fim da tarde cavaleiros eram visíveis a olho nu, um punhado de índios esfarrapados corrigindo os flancos externos da manada com seus pôneis ligeiros. Outros de chapéu, talvez mexicanos. O sargento reduziu a marcha para emparelhar com o capitão.

O que acha disso, capitão?

Pra mim parece um bando de pagãos ladrões de gado, é o que parece. E você?

A mesma coisa.

O capitão olhou com a luneta. Já devem ter visto a gente, disse.

Já viram a gente.

Quantos cavaleiros acha que são?

Uma dúzia, quem sabe.

O capitão bateu com o instrumento na mão enluvada. Não parecem preocupados, parecem?

Não senhor. Não parecem.

O capitão deu um sorriso lúgubre. Pode ser que a gente ainda tenha um pouco de ação por aqui antes do dia acabar.

O início da manada começou a passar por eles em um manto de pó amarelo, reses de patas longilíneas e costelas proeminentes com chifres que cresciam tortos e nunca dois iguais e pequenas mulas magras cor de carvão que andavam lado a lado e erguiam as cabeças em forma de malho acima dos dorsos umas das outras e então mais bois e finalmente os primeiros boiadeiros cavalgando pelos flancos e mantendo o gado entre si e a companhia a cavalo. Atrás deles vinha um bando de várias centenas de pôneis. O sargento procurou Candelario. Por mais que retrocedesse o olhar ao longo das fileiras não o pôde encontrar. Instigou o cavalo através da coluna e se dirigiu para a outra ponta. Os últimos tocadores surgiam agora em meio à poeira e o capitão gesticulava e gritava. Os pôneis haviam começado a se desviar da manada e os tocadores abriam caminho às chicotadas na direção dessa companhia armada que cruzava seu caminho na planície. Já se podia ver por entre a poeira pintados sobre o couro dos pôneis asnas e mãos e sóis nascentes e pássaros e peixes de todos os feitios como vestígios de trabalho antigo sob o selante de uma tela e agora também se podia ouvir acima do martelar dos cascos desferrados o sopro das quenas, flautas de ossos humanos, e alguns dentre a companhia começaram a olhar para trás em suas montarias e outros a se atropelar em confusão quando de um ponto além daqueles pôneis assomou uma horda fantástica de lanceiros e arqueiros a cavalo portando escudos adornados com pedaços de espelhos quebrados que lançavam mil sóis fragmentados contra os olhos de seus inimigos. Uma legião medonha, às centenas em número, seminus ou vestidos em trajes áticos ou bíblicos ou ataviados como num sonho febril com as peles de animais e ornatos de seda e peças de uniforme ainda marcadas pelo sangue de seus donos originais, capotes de dragoons trucidados, casacos de cavalaria com galões e alamares, um de cartola e outro com um guarda-chuva e mais outro com longas meias brancas de mulher e um véu de noiva manchado de sangue e alguns com cocares de penas de grou ou capacetes de couro cru ostentando chifres de touro ou búfalo e um metido em um fraque ao contrário e de resto nu e outro com a armadura de um conquistador espanhol, o peitoral e as espaldeiras com fundas mossas de antigos golpes de maça ou sabre feitos em outro país por homens cujos ossos eram agora pó e muitos ainda com suas tranças entrelaçadas ao pelo de outras feras a ponto de arrastar no chão e as orelhas e rabos de seus cavalos ornamentados com retalhos de tecidos coloridos brilhantes e um cujo animal tinha a cabeça inteira pintada de escarlate e os rostos de todos os cavaleiros lambuzados de tinta de um jeito espalhafatoso e grotesco como uma companhia de palhaços a cavalo, hilários mortais, todos ululando em uma língua bárbara e caindo sobre eles como uma horda de um inferno ainda mais horrível que o mundo sulfuroso do juízo cristão, guinchando e gritando e amortalhados em fumaça como esses seres vaporosos de regiões além da justa apreensão onde o olho erra e os lábios balbuciam e babam.

Oh meu deus, disse o sargento.

Uma sonora revoada de flechas atravessou a companhia e homens cambalearam e tombaram de suas montarias. Cavalos empinavam e mergulhavam e as hordas mongólicas os envolveram pelos flancos e viraram e investiram à plena carga com suas lanças.

A companhia cessara de avançar a essa altura e os primeiros tiros foram disparados e a fumaça cinza dos rifles rolou em meio à poeira conforme os lanceiros abriam brechas nas fileiras. O cavalo do kid afundou sob seu corpo com um longo suspiro pneumático. Ele já havia disparado seu rifle e agora estava no chão e mexia na bolsa de munição. Um homem a seu lado tinha uma flecha cravada no pescoço. Estava levemente curvado como que rezando. O kid pensou em extrair a ponta de ferro farpada ensanguentada mas então viu que o homem tinha outra flecha enterrada até as penas em seu peito e estava morto. Por toda parte havia cavalos caídos e homens se debatendo e ele viu um homem abaixado carregando seu rifle com o sangue escorrendo de seus ouvidos e viu homens com seus revólveres desmontados tentando encaixar os tambores de reserva carregados que tinham consigo e viu homens de joelhos que curvaram o corpo e cravaram os dedos na própria sombra no chão e viu homens perfurados por lanças e agarrados pelos cabelos e escalpelados ainda de pé e viu os cavalos de batalha atropelando os caídos e um pequeno pônei de cara branca com um olho toldado esticou o pescoço do meio das sombras e deu uma dentada em sua direção e depois sumiu. Entre os feridos alguns pareciam aturdidos e sem discernimento e alguns estavam pálidos sob as máscaras de pó e outros se borraram ou cambaleavam atordoados para as lanças dos selvagens. Agora arremetendo um friso selvagem de cavalos impetuosos de olhar esgazeado e dentes arreganhados e cavaleiros nus com punhados de flechas travados entre os maxilares e seus escudos tremeluzindo entre a poeira e no extremo oposto das fileiras desbaratadas em meio ao sopro das flautas de osso e dobrando--se lateralmente em suas montarias com um calcanhar preso à correia das cernelhas e os corpos ligeiramente curvos flexionados sob o pescoço distendido dos pôneis até que houvessem circundado a companhia e cortado suas fileiras em dois para então se reerguer como bonecos de parques de diversões, alguns com rosto de pesadelo pintado no peito, perseguindo os saxões sem cavalo e trespassando-os com suas lanças e esmagando-os com suas clavas e pulando de suas montarias com facas e correndo pelo solo com um peculiar trote genuvaro como criaturas impelidas a modos antinaturais de locomoção e arrancando as roupas dos mortos e agarrando-os pelos cabelos e passando suas lâminas em torno do crânio de vivos e mortos igualmente e rasgando e erguendo as perucas sangrentas e retalhando e dilacerando os corpos despidos, arrancando membros, cabeças, eviscerando os estranhos torsos brancos e segurando no ar enormes punhados de tripas, genitais, alguns selvagens tão besuntados de sangue que poderiam ter se espojado sobre ele como cães e alguns que caíram sobre os moribundos e os sodomizaram com gritos agudos para os companheiros. E agora os cavalos dos mortos vinham num tropel saídos da fumaça e do pó e se revolviam com abas de couro abanando e crinas desgrenhadas e olhos esbranquiçados de medo como os olhos de um cego e alguns estavam emplumados com flechas e outros vazados de lanças e vacilando e vomitando sangue enquanto circulavam pela área da carnificina e galopavam para sumir de vista outra vez. A poeira estancava o sangue das cabeças úmidas e expostas dos escalpelados que com a orla de cabelo sob as feridas e tonsurados até o osso agora jaziam como monges mutilados e nus no pó estagnado de sangue e por toda parte os moribundos se lamuriavam e gemiam coisas ininteligíveis e os cavalos jaziam gritando.

5

Sem rumo no Bolson de Mapimi — Sproule — Árvore dos bebês mortos — Cenas de um massacre — Sopilotes — Os assassinados na igreja — Noite entre os mortos — Lobos — As lavadeiras no vau — Caminhada para oeste — Miragem — Um encontro com bandidos — Atacado por um vampiro — Cavando um poço — Uma encruzilhada no nada — A carreta — Morte de Sproule — Preso — A cabeça do capitão — Sobreviventes — A caminho de Chihuahua — A cidade — A prisão — Toadvine.

Com a escuridão uma alma ergueu-se milagrosamente do meio do morticínio recente e fugiu sob o luar. O terreno onde ficara caído estava empapado de sangue e da urina das bexigas esvaziadas dos animais e ele seguiu em frente sujo e malcheiroso como algum fétido filhote da fêmea encarnada da própria guerra. Os selvagens haviam se deslocado para terras elevadas e ele pôde ver a luz de suas fogueiras e ouvir seus cantos, uma cantoria estranha e lamentosa vinda ali do alto onde tinham ido assar as mulas. Abriu caminho em meio aos pálidos e desmembrados, em meio aos cavalos prostrados e escarrapachados, e tomou tento das estrelas e partiu para o sul a pé. A noite assumia mil e uma formas ali naqueles ermos e ele mantinha os olhos fixos no terreno diante de si. A luz das estrelas e a lua minguante lançavam uma tênue sombra de suas andanças na escuridão do deserto e ao longo de todos os cumes os lobos uivavam e se deslocavam para o norte em direção à matança. Andou a noite inteira e ainda assim conseguia ver as fogueiras atrás de si.

Com a luz do dia ele rumou na direção de uns afloramentos rochosos por um quilômetro e meio no fundo do vale. Estava escalando o penhasco de matacões quando escutou uma voz chamando de algum lugar naquela vasteza. Olhou para a planície mas não viu ninguém. Quando a voz chamou outra vez ele se virou e sentou para descansar e logo avistou alguma coisa se movendo pela rampa, um farrapo de homem subindo em sua direção pelos deslizamentos de tálus. Escolhendo o caminho com cuidado, olhando por sobre o ombro. O kid podia ver que nada o seguia.

Levava um cobertor sobre os ombros e tinha a manga da camisa rasgada e escura de sangue e segurava o braço junto do corpo com a mão livre. Seu nome era Sproule.

Oito deles haviam escapado. Seu cavalo levara várias flechadas e desabara sob ele no meio da noite e os demais haviam seguido adiante, o capitão entre eles.

Sentaram lado a lado entre as rochas e observaram o dia se alongando na planície abaixo.

Salvou algum de seus pertences? disse Sproule.

O kid cuspiu e abanou a cabeça. Olhou para Sproule.

Seu braço está muito ruim?

O outro o puxou para junto do corpo. Já vi pior, disse.

Ficaram sentados observando aquelas extensões de areia e rocha e vento.

Que tipo de índios eram aqueles?

Não sei.

Sproule tossiu profundamente no punho fechado. Puxou o braço ensanguentado para junto do corpo. Com os diabos se não são um belo aviso para os cristãos, disse.

Deitaram à sombra de uma saliência rochosa até depois do meio-dia, limpando um lugar na poeira de lava cinzenta para dormir, e ao entardecer puseram-se em marcha descendo pelo vale no rastro da guerra e eram minúsculos e se moviam muito lentamente na imensidão da paisagem.

Quando chegou o anoitecer subiram rumo à borda rochosa outra vez e Sproule apontou uma mancha escura na vertente do penhasco estéril. Parecia o negro de fogueiras extintas. O kid fez uma viseira com a mão para olhar. Os paredões concoidais do cânion ondulavam sob o calor como panos pregueados.
Pode ser uma bica, disse Sproule.
É uma bela caminhada até lá.
Bom, se estiver vendo alguma água mais perto a gente vai atrás.
O kid olhou para ele e puseram-se em marcha.
O lugar ficava acima de uma depressão e o caminho era uma confusão de rochas caídas e escória e plantas com feitio de baioneta e aspecto mortífero. Pequenos arbustos de cor preta e verde-oliva calcinavam ao sol. Cambalearam subindo o leito de argila gretada de um curso d'água seco. Descansaram e retomaram a marcha.
A fonte ficava bem no alto entre as saliências, água vadosa pingando na rocha negra escorregadia e nos mímulos e nos zigadenos como um pequeno e perigoso jardim suspenso. A água que chegava ao fundo do cânion não passava de um gotejamento e os dois se curvavam alternadamente com lábios franzidos para a pedra como devotos em um santuário.
Passaram a noite em uma caverna rasa abaixo desse ponto, um antigo relicário de lascas de sílex e cascalhos esparramados pelo chão de pedra em meio a contas de conchas e ossos polidos e carvão de antigas fogueiras. Compartilharam o cobertor contra o frio e Sproule tossia contidamente no escuro e levantavam de tempos em tempos para descer e beber junto à pedra. Partiram antes do nascer do sol e a aurora os colheu novamente na planície.
Seguiram o terreno pisoteado deixado pelos guerreiros e à tarde encontraram uma mula que não pudera prosseguir e fora perfurada por lanças e abandonada sem vida e depois encontraram outra. O caminho foi se estreitando entre rochedos e após algum tempo chegaram a um arbusto de cujos ramos pendiam bebês mortos.
Pararam lado a lado, hesitantes sob o calor. Aquelas pequenas vítimas, sete, oito delas, haviam sido perfuradas no maxilar inferior e estavam desse modo penduradas pelas gargantas nos galhos partidos de um pé de prosópis para fitar cegamente o céu nu. Calvas e pálidas

e inchadas, larvais de algum ser indefinido. Os desterrados passaram mancando, olharam para trás. Nada se mexia. Ao entardecer chegaram a um vilarejo na planície onde a fumaça ainda subia das ruínas e tudo fora reduzido à morte. De certa distância parecia um forno de olaria decrépito. Permaneceram do lado de fora dos muros por um longo tempo escutando o silêncio antes de entrar.

Seguiram lentamente pelas pequenas ruas de lama. Havia cabras e ovelhas trucidadas em seus cercados e porcos mortos na lama. Passaram por choupanas de lama onde as pessoas jaziam mortas em todas as posturas de morte nas portas e nos pisos, despidas e inchadas e estranhas. Encontraram pratos de comida largados pela metade e um gato veio e sentou sob o sol e observou-os sem interesse e as moscas zumbiam por toda parte no ar quente e mortiço.

No fim da rua chegaram a uma plaza com bancos e árvores onde urubus se amontoavam em colônias negras pútridas. Um cavalo morto jazia na praça e algumas galinhas bicavam uma área com farinha espalhada junto a uma porta. Postes carbonizados fumegavam onde os telhados haviam cedido e havia um burro parado na porta aberta da igreja.

Sentaram em um banco e Sproule segurou o braço ferido junto ao peito e balançou para a frente e para trás e piscou os olhos sob o sol.

O que quer fazer? disse ao kid.

Tomar um gole d'água.

Fora isso.

Não sei.

Quer tentar voltar?

Pro Texas?

Não sei de outro lugar.

A gente não vai conseguir nunca.

Bom, então diz você.

Não tenho nada pra dizer.

Ele estava tossindo outra vez. Segurou o peito com a mão boa e ficou como que tentando recuperar o fôlego.

Qual seu problema, resfriado?

Sou tísico.

Tísico?

Balançou a cabeça. Vim pra cá por causa da saúde.

O kid olhou para ele. Abanou a cabeça e ficou de pé e atravessou a plaza na direção da igreja. Havia abutres agachados entre as velhas mísulas de madeira entalhada e apanhou uma pedra e atirou na direção deles mas nem se moveram.

As sombras haviam se alongado na plaza e pequenas espirais de poeira moviam-se pelas ruas de terra crestada. Os pássaros necrófagos pousavam nas quinas mais elevadas das casas com as asas estendidas em atitudes de exortação como pequenos bispos negros. O kid voltou e apoiou um pé no banco e se inclinou dobrando o joelho. Sproule continuava sentado como antes, ainda segurando o braço.

Esse filho da puta tá acabando comigo, disse.

O kid cuspiu e olhou o fim da rua. Melhor ficar aqui essa noite.

Acha que não vai ter problema?

Como assim?

E se os índios voltarem?

Pra que eles iam voltar?

Bom, e se eles voltarem?

Eles não vão voltar.

Segurou o braço.

Pena que você não tem uma faca aí, disse o kid.

Pena que você não tem.

Tem carne aqui se o sujeito tiver uma faca.

Não estou com fome.

Acho que a gente devia dar uma fuçada nessas casas e ver o que tem por aí.

Vai você.

A gente precisa encontrar um lugar pra dormir.

Sproule olhou para ele. Não preciso ir pra lugar nenhum, disse.

Bom. Faça como quiser.

Sproule tossiu e cuspiu. Pode deixar, disse.

O kid virou e desceu a rua.

As portas eram baixas e ele tinha de se curvar para desviar das vigas do lintel, descendo os degraus e penetrando nos ambientes frescos e terrosos. Não havia mobília exceto catres para dormir, talvez um pequeno armário de despensa. Foi de casa em casa. Em um cômodo os ossos de um pequeno vulto negro e fumegando. Em outro um homem, a carne queimada esticada e tesa, os olhos cozidos nas órbitas. Havia um nicho na parede de barro com estatuetas de santos vestidos com roupas de bonecas, as toscas faces de madeira pintadas de cores brilhantes. Ilustrações cortadas de um jornal velho e coladas na parede, um retrato pequeno de uma rainha, uma carta de tarô correspondente ao quatro de copas. Havia réstias de pimentas secas e algumas cabaças. Uma garrafa de vidro contendo ervas. Do lado de fora um quintal de terra batida com cercado de ocotillo e um forno de barro redondo com uma abertura onde coalho preto tremulava sob a luz do interior.

Encontrou um pote de argila com feijões e algumas tortilhas secas e levou tudo para uma casa no fim da rua onde as brasas do teto ainda fumegavam e esquentou a comida nas cinzas e comeu, agachado ali como algum desertor vasculhando as ruínas de uma cidade da qual fugira.

Quando regressou à praça Sproule sumira. Tudo estava mergulhado em sombras. Atravessou a praça e subiu os degraus de pedra até a porta da igreja e entrou. Sproule estava parado no átrio. Arcobotantes de luz desciam das elevadas janelas na parede oeste. Não havia bancos na igreja e no piso de pedra estava uma pilha de corpos escalpelados e nus e parcialmente comidos das cerca de quarenta almas que haviam se entrincheirado naquela casa de Deus contra os pagãos. Os selvagens haviam aberto buracos no telhado e os abateram dali do alto e o chão estava coberto de hastes de flechas partidas usadas para arrancar as roupas dos mortos. Os altares haviam sido derrubados e o sacrário saqueado e o grande Deus adormecido dos mexicanos extirpado de seu cálice dourado. As pinturas primitivas de santos em suas molduras pendiam tortas nas paredes como se um terremoto houvesse afligido o lugar e um Cristo morto em um esquife de vidro estava em pedaços no chão do coro.

Os mortos jaziam em uma imensa poça de seu sangue comunal. O líquido coagulara numa espécie de gelatina atravessada de todos os lados pelos rastros de lobos ou cães e ao longo das beiradas secara e rachara como uma cerâmica cor de borgonha. O sangue se esparramara em línguas escuras pelo chão e o sangue rejuntara as lajes e escorrera até o átrio onde as pedras estavam marcadas pelos pés dos fiéis e de seus pais antes deles e fios de sangue haviam descido pelos degraus e gotejado das pedras por entre os rastros vermelho-escuros dos carniceiros.

Sproule se virou e olhou para o kid como se soubesse o que estava pensando mas o kid apenas abanou a cabeça. Moscas trepavam pelos crânios sem pele e sem pelos dos mortos e moscas passeavam em seus globos oculares enrugados.

Vamos, disse o kid.

Cruzaram a praça com a última luz e desceram a rua estreita. Na porta jazia uma criança morta com dois abutres em cima. Sproule tentou enxotar os abutres com a mão boa e eles bateram as asas e sibilaram e se agitaram desgraciosamente mas não voaram.

Puseram-se em marcha pela manhã com a primeira luz enquanto lobos esgueiravam-se pelas portas e dissolviam-se na neblina das ruas. Tomaram a estrada sudoeste por onde os selvagens vieram. Um pequeno riacho arenoso, álamos, três cabras brancas. Vadearam um trecho onde mulheres haviam sido mortas ao lavar roupa.

Avançaram laboriosamente o dia todo através de uma terra damnata de escória fumegante, passando de tempos em tempos pelas formas intumescidas de mulas ou cavalos mortos. Ao anoitecer haviam consumido toda a água que levavam. Adormeceram na areia e acordaram nas horas frias e escuras da madrugada e seguiram em frente e percorreram a terra calcinada até beirar o desfalecimento. À tarde toparam em seu caminho com uma carreta, tombada sobre o varal, as grandes rodas feitas de seções do tronco de um álamo e presas aos eixos de madeira com espigas. Rastejaram sob sua sombra e dormiram até escurecer e seguiram em frente.

Um fiapo de lua que estivera no céu o dia todo sumira e seguiram a trilha através do deserto pela luz das estrelas, as Plêiades minúsculas bem acima de suas cabeças e a Ursa Maior caminhando sobre as montanhas para o norte.

Meu braço está cheirando mal, disse Sproule.

O quê?

Disse que meu braço está cheirando mal.

Quer que eu dê uma olhada?

Pra quê? Não vai poder fazer nada.
Bom. Você é quem sabe.
Pode deixar, disse Sproule.
Seguiram em frente. Por duas vezes na noite ouviram as pequenas cascavéis da pradaria sacudindo o chocalho entre os arbustos e sentiram medo. Ao alvorecer estavam escalando entre xisto e dolerito e sílex sob uma escura parede monoclinal onde se projetavam torres como profetas de basalto e passaram ao lado da estrada em que se viam pequenas cruzes de madeira fincadas em montículos de pedras onde viajantes haviam ido ao encontro da morte. A estrada serpenteando entre as colinas e os desterrados arrastando-se pelas curvas íngremes, enegrecendo sob o sol, os globos oculares em fogo e os espectros coloridos fugindo em seu campo periférico. Escalando por entre ocotillos e opúncias onde as rochas estremeciam e sumiam ao sol, rocha e nenhuma água e o caminho arenoso e ficavam de olho em qualquer coisa verde que pudesse ser indício de água mas água não havia. Com os dedos comeram piñoles de um saco e seguiram em frente. Pelo calor do meio-dia e então o crepúsculo onde lagartos ficavam com seus queixos de couro nivelados às rochas refrescantes e rechaçavam o mundo com débeis sorrisos e olhos como pires de pedra rachada.
Galgaram a montanha ao pôr do sol e puderam enxergar por quilômetros. Um imenso lago se esparramava sob eles com as distantes montanhas azuladas assomando em meio à inerte extensão de água e a forma de um falcão flutuando e árvores que bruxuleavam sob o calor e uma cidade distante muito branca contra o azul e colinas sombreadas. Sentaram e observaram. Viram o sol descer sob a borda serrilhada da terra a oeste e viram o sol se inflamar atrás das montanhas e viram a superfície do lago escurecer e a silhueta da cidade se dissolver acima dela. Dormiram entre as rochas com o rosto para o céu como homens mortos e pela manhã quando levantaram não havia cidade nem árvores nem lago apenas uma planície estéril e poeirenta.
Sproule gemeu e caiu prostrado entre as rochas. O kid olhou para ele. Havia bolhas em seu lábio inferior e seu braço sob a camisa rasgada estava inchado e alguma coisa repugnante supurara por entre as manchas de sangue mais escuras. Ele virou para trás e abarcou o vale com o olhar.

Ali vem vindo alguém, disse.
Sproule não respondeu. O kid olhou para ele. Sério, disse.
Índios, disse Sproule. Não é?
Não sei. Longe demais pra dizer.
O que quer fazer?
Não sei.
O que aconteceu com o lago?
Eu é que vou saber.
A gente viu, os dois.
A pessoa vê o que quer ver.
Então por que não estou vendo agora? O diabo sabe como eu queria.
O kid olhou a planície abaixo.
E se forem índios? disse Sproule.
É provável que seja.
Onde a gente pode se esconder?
O kid cuspiu seco e limpou a boca com o dorso da mão. Um lagarto saiu de sob uma pedra e se acocorou com os pequenos cotovelos erguidos sobre a mancha espumosa e sorveu tudo e voltou outra vez para a pedra deixando apenas uma leve marca na areia que evaporou quase instantaneamente.

Esperaram o dia todo. O kid fez incursões pelos cânions à procura de água mas não encontrou nenhuma. Nada se movia naquele purgatório desolado exceto aves de rapina. No início da tarde puderam avistar os cavaleiros pela estrada íngreme e sinuosa subindo a face da montanha abaixo deles. Mexicanos.

Sproule sentava com as pernas esticadas diante do corpo. Fiquei triste porque pensei que minhas velhas botas vão durar mais que eu, disse. Ergueu o rosto. Pode ir, disse. Se salve você. Acenou com a mão.

Estavam abrigados sob uma saliência de rocha em uma sombra exígua. O kid não respondeu. Em uma hora puderam escutar o raspar seco de cascos entre as pedras e o entrechoque metálico dos arreios. O primeiro cavalo a dobrar a colina rochosa e passar através do desfiladeiro na montanha foi o grande baio do capitão e ia com a sela do capitão mas o capitão não ia nele. Os refugiados ficaram ao lado da estrada. Os cavaleiros tinham a pele queimada e pareciam esfalfados após a marcha sob o sol e montavam seus cavalos como se nada pesassem. Havia sete deles, oito. Usavam chapéus de abas largas e roupas de couro curtido e carregavam escopetas de través no cepilho de suas selas e ao passarem por eles o líder sobre o cavalo do capitão acenou gravemente com a cabeça e tocou a aba do chapéu e seguiram em frente.

Sproule e o kid os acompanharam com o olhar. O kid chamou e Sproule começara a trotar desajeitado atrás dos cavalos.

Os cavaleiros começaram a se curvar nas selas e a oscilar como bêbados. Suas cabeças balançavam. Suas gargalhadas ecoaram entre as rochas e deram meia-volta nas montarias e pararam e ficaram olhando os viajantes com largos sorrisos.

Qué quiere? exclamou o líder.

Os cavaleiros riram e deram tapinhas uns nos outros. Haviam tocado os cavalos e começaram a andar em torno. O líder virou para a dupla a pé.

Buscan a los indios?

Com isso alguns homens desmontaram e caíram nos braços uns dos outros às lágrimas no maior descaramento. O líder olhou para eles e sorriu, seus dentes brancos e maciços, feitos para mastigar e pilhar.

Birutas, disse Sproule. São birutas.

O kid ergueu o rosto para o líder. Que tal um gole d'água, disse.

O líder parou de sorrir, fechou o rosto. Água? disse.

Não temos água nenhuma, disse Sproule.

Mas amigo, como não? Aqui muito seco.

Esticou o braço para trás sem se virar e um cantil de couro foi passado de mão em mão pelos cavaleiros até chegar a sua mão. Sacudiu-o e ofereceu. O kid puxou a rolha e bebeu e parou ofegante e bebeu outra vez. O líder esticou o braço e bateu no cantil. Basta, disse.

Ele continuou dando goles. Não pôde ver o rosto do cavaleiro se turvando. O homem tirou uma bota do estribo e chutou o cantil das mãos do kid deixando-o por um momento num gesto congelado de exclamação com o cantil subindo e girando no ar e os lóbulos de água cintilando sob o sol antes que caísse ruidosamente sobre as rochas. Sproule cambaleou em sua direção e o apanhou onde estava tombado entornando o conteúdo e começou a beber, olhando por sobre a borda. O cavaleiro e o kid se encaravam. Sproule sentou ofegando e tossindo.

O kid caminhou entre as rochas e tirou o cantil dele. O líder cutucou o cavalo com os joelhos e puxou uma espada de uma bainha sob a perna e curvando-se para a frente correu a lâmina por sob a correia e a ergueu. A ponta da espada ficou a meio palmo do rosto do kid e a correia do cantil estava pendurada na lateral da lâmina. O kid não se movia e o cavaleiro ergueu o cantil de suas mãos suavemente e deixou que deslizasse pela lâmina e fosse repousar a seu lado. Virou para os homens e sorriu e estes mais uma vez começaram a cacarejar e a dar socos uns nos outros como macacos.

Impulsionou a rolha pendurada por uma tira de couro e a enfiou no bocal com o canto da munheca. Jogou o cantil para o homem de trás e baixou o rosto para os viajantes. Por que vocês não esconde? disse.

De você?

De eu.

A gente estava com sede.

Muita sede. Hein?

Não responderam. Batia a lateral da espada levemente contra a maçaneta da sela e parecia formar palavras em sua cabeça. Curvou-se ligeiramente para a frente. Quando os cordeiros está perdido na montanha, disse. Eles lloran. Às vezes mãe aparece. Às vezes lobo. Sorriu para os dois e ergueu a espada e a enfiou de volta no lugar de onde a tirara e virou o cavalo agilmente e trotou entre os demais cavalos atrás dele e os homens montaram e foram atrás e logo todos haviam sumido.

Sproule sentou imóvel. O kid o fitou mas ele desviou o rosto. Estava ferido em um país inimigo longe de casa e embora seus olhos apreendessem as pedras estranhas em torno o vazio ainda mais amplo além delas parecia engolir sua alma.

Desceram a montanha, pisando nas rochas com as mãos esticadas diante do corpo e suas sombras eram retorcidas no terreno irregular como criaturas buscando as próprias formas. Chegaram no fundo do vale ao crepúsculo e puseram-se em marcha pela terra azul e cada vez mais fria, as montanhas a oeste uma linha de lajes denteadas atravessando o mundo de ponta a ponta e o mato seco sacudido e enroscado por um vento vindo de lugar nenhum.

    Caminharam até penetrar na escuridão e dormiram como cachorros na areia e desse modo dormiam quando uma forma negra vinda do chão bateu asas dentro da noite e pousou no peito de Sproule. A fina armação óssea dos dedos esticava as asas coriáceas com que se firmava para caminhar. Um focinho achatado e enrugado, pequeno e maligno, lábios arreganhados e franzidos em um sorriso terrível e dentes pálidos azulados sob a luz das estrelas. Curvou-se sobre a presa. Destramente abriu dois estreitos sulcos em seu pescoço e dobrando as asas em cima dele começou a beber seu sangue.

    Não suave o bastante. Ele acordou, levou a mão ao lugar. Soltou um grito e o morcego hematófago esvoaçou e recuou de seu peito e se equilibrou outra vez e guinchou e estalou os dentes.

    O kid se levantara e pegara uma pedra mas o morcego pulou para longe e desapareceu na escuridão. Sproule agarrava o próprio pescoço e balbuciava histericamente e quando viu o kid ali de pé olhando para ele estendeu as mãos ensanguentadas em sua direção como que num gesto acusatório e então tapou os ouvidos e gritou como se ele próprio não fosse escutar, um uivo de tal afronta como que a suturar uma cesura na pulsação do mundo. Mas o kid simplesmente cuspiu na escuridão do espaço entre os dois. Conheço a sua laia, disse. O que deixa você remoído é o que corrói você por dentro.

    De manhã atravessaram um leito seco e o kid subiu por ele à procura de um tanque ou sumidouro mas não encontrou nada. Parou junto a uma cavidade no solo e começou a abrir um buraco com um osso e depois de cavar a areia por cerca de meio metro a areia ficou úmida e então um pouco mais e um lento fio d'água começou a preencher os sulcos que ele abria com os dedos. Arrancou a camisa e enfiou na areia e ficou observando o modo como escurecia e observou a água subir devagar entre as pregas do tecido até juntar mais ou menos o que daria uma caneca cheia e aí baixou a cabeça na escavação e bebeu. Depois sentou e observou a camisa encharcar novamente. Fez isso por mais ou menos uma hora. Então vestiu a camisa e percorreu de volta o leito seco.

Sproule não quis tirar a camisa. Tentou sorver a água e encheu a boca de areia.

Será que dava pra você me emprestar a camisa, disse.

O kid estava agachado no cascalho seco do leito. Cada um bebe com a sua, disse.

Ele tirou a camisa. Havia grudado na pele e um pus amarelo corria. Seu braço inchara do tamanho da coxa e estava com descolorações contrastantes e pequenos vermes se agitavam na ferida aberta. Ele empurrou a camisa no buraco e se curvou e bebeu.

À tarde toparam com uma encruzilhada, na falta de nome melhor. Um tênue vestígio de carroças que vinha do norte e cruzava sua trilha e seguia para o sul. Ficaram esquadrinhando a paisagem à procura de algum ponto de orientação naquele vazio. Sproule sentou onde os caminhos se cruzavam e lançou um olhar das profundas cavernas de seu crânio onde estavam alojados seus olhos. Disse que não sairia dali.

Ali tem um lago, disse o kid.

Ele não olhou.

O lago bruxuleava na distância. As margens bordejadas de sal. O kid o examinou e examinou as trilhas. Após alguns instantes apontou o queixo para o sul. Acho que esse aqui é o caminho mais usado.

Tudo bem, disse Sproule. Vai você.

Faça como quiser.

Sproule observou o outro ir. Após alguns instantes ficou de pé e foi atrás.

Haviam percorrido talvez três quilômetros quando pararam para descansar, Sproule sentando com as pernas esticadas e as mãos no colo e o kid de cócoras a poucos passos. Piscando e barbudos e imundos em seus trapos.

Esse som parece de trovão pra você? disse Sproule.

O kid ergueu a cabeça.

Ouve.

O kid olhou para o céu, azul pálido, límpido a não ser pelo sol queimando como um buraco branco.

Dá pra sentir no chão, disse Sproule.

Não é nada.

Ouve.

O kid ficou de pé e olhou em volta. Ao norte, uma pequena agitação de pó. Ele observou. A poeira não subia nem se dissipava.

Era uma carreta, rolando penosamente pela planície, uma pequena mula a puxar. Podia ser que o condutor pegara no sono. Quando viu os fugitivos na trilha a sua frente deteve a mula e começou a esticar a rédea para dar meia-volta e conseguiu de fato fazê-la virar mas a essa altura o kid agarrara a testeira de couro cru e segurava o animal com firmeza. Sproule veio atrás manquitolando. Da traseira da carroça duas crianças espiavam. Estavam tão pálidas de pó, o cabelo branco e os rostos encovados, que pareciam pequenos gnomos ali agachados. Ao ver o kid diante dele o condutor se encolheu todo e a mulher a seu lado começou a chilrear e a guinchar e a apontar de um horizonte para outro mas ele içou o corpo para dentro do carro e Sproule veio se arrastando mais atrás e ficaram fitando intensamente a quente cobertura de lona enquanto os dois pequenos desamparados recuaram para um canto e os observaram com seus olhos negros de camundongo e o carro retomou o rumo sul e seguiu rodando com um crescente estrépito surdo e o chocalhar da carga.

Havia uma jarra de barro com água pendurada em uma tira de couro na armação da lona e o kid a pegou e bebeu e passou para Sproule. Depois pegou de volta e bebeu o resto. Deitaram no chão da carroça entre umas peles velhas e sal esparramado e depois de algum tempo dormiram.

Estava escuro quando entraram na cidade. O solavanco do carro parando foi o que acordou os dois. O kid se levantou e olhou para fora. Uma rua de terra à luz das estrelas. A carroça vazia. A mula ofegava e batia os cascos no chão. Depois de algum tempo o homem veio das sombras e os conduziu por uma passagem até um quintal e recuou a mula até que o carro estivesse lado a lado com um muro e então desatrelou o animal e o levou para outro lugar.

Ele se deitou de novo no piso torto da carroça. Fazia frio na noite e ficou com os joelhos encolhidos sob um pedaço de couro que cheirava a mofo e urina e dormiu e acordou a noite toda e por toda a noite cachorros latiram e ao nascer do dia galos cantaram e ele escutou cavalos na rua.

Com a primeira luz cinzenta moscas começaram a pousar sobre ele. Tocaram seu rosto e o acordaram e ele as espantou. Depois de algum tempo sentou.

Estavam em um pátio deserto com muros de barro e havia uma casa feita de caniços e argila. Galinhas andavam em volta cacarejando e ciscando. Um menininho saiu da casa e abaixou as calças e cagou no quintal e se ergueu e entrou outra vez. O kid olhou para Sproule. Estava deitado com o rosto enterrado nas tábuas da carroça. O cobertor o cobria parcialmente e moscas caminhavam sobre ele. O kid esticou o braço para sacudi-lo. Era um pedaço de pau duro e frio. As moscas voaram, depois pousaram outra vez.

O kid mijava ao lado do carro quando os soldados a cavalo entraram no quintal. Prenderam-no e amarraram suas mãos às costas e inspecionaram a carreta e conversaram entre si e então o conduziram pela rua.

Foi levado a uma construção de adobe e deixado em uma sala vazia. Ficou sentado no chão vigiado por um rapaz de olhos arregalados segurando um velho mosquete. Após algum tempo vieram e o levaram outra vez.

Conduziram-no pelas estreitas ruas de terra e ele ouviu uma música como de fanfarra cada vez mais alta. Primeiro crianças caminharam com ele e então os velhos e finalmente um ajuntamento de aldeães de pele escura vestidos todos com roupas brancas de algodão como assistentes de um sanatório, as mulheres em rebozos escuros, algumas com o peito exposto, os rostos vermelhos de almagre, fumando cigarrilhas. A multidão cresceu e os guardas com suas espingardas no ombro faziam cara feia e gritavam para os que empurravam e seguiram ao longo do elevado muro de adobe de uma igreja e entraram na plaza.

Uma feira tinha lugar ali. Uma exibição itinerante de panaceias, um circo primitivo. Passaram por robustas gaiolas de salgueiro cheias de cobras venenosas, com grandes serpentes verdes de alguma latitude mais meridional ou monstros-de-gila com a boca negra úmida de veneno. Um leproso velho e muito magro segurava punhados de tênias tiradas de um pote para que todos vissem e apregoava seus remédios contra elas e foram empurrados por outros boticários grosseiros e por vendedores e pedintes até que todos chegaram enfim diante de um suporte de madeira sobre o qual estava uma botija de vidro com mescal cristalino. Nesse vasilhame com os cabelos flutuando e os olhos virados para o alto em um rosto lívido havia uma cabeça humana.

Arrastaram-no adiante com gritos e gestos. Mire, mire, exclamavam. Ele ficou diante do recipiente e insistiram que olhasse e balançaram o vidro até girar de modo que a cabeça ficasse de frente para ele. Era o capitão White. Recentemente em guerra entre os pagãos. O kid fitou os olhos imersos vazios do antigo comandante. Olhou em torno para os aldeães e os soldados, todos os olhos sobre ele, e cuspiu e limpou a boca. Ele não é nada meu, disse.

Jogaram-no em um velho curral de pedra com três outros refugiados maltrapilhos da expedição. Ficavam sentados contra a parede com ar abestalhado ou circundavam o perímetro sobre o rastro seco de mulas e cavalos e vomitavam e cagavam sob os apupos de meninos pequenos empoleirados no parapeito.

Conversou com um rapazote magro da Georgia. Tremi mais que um cachorro, disse o rapaz. Fiquei com medo porque achei que ia morrer e depois fiquei porque achei que não ia.

Vi um homem cavalgando o cavalo do capitão aí pelo deserto, disse o kid.

Sei, disse o georgiano. Mataram ele e o Clark e um outro rapaz que não sei o nome. A gente chegou na cidade e logo no dia seguinte meteram a gente no calabozo e esse mesmo filho da puta estava aí com os guardas rindo e bebendo e jogando cartas, ele e o jefe, pra ver quem ficava com o cavalo do capitão e quem ficava com a pistola. Você deve ter visto a cabeça do capitão.

Vi.

A pior coisa que já vi na vida.

Deviam ter enfiado ela num vidro de conserva faz tempo. E a minha também, pra ser justo. Só por seguir um imbecil daqueles.

Iam de parede em parede à medida que o dia avançava para se proteger do sol. O rapaz da Georgia contou a ele de seus camaradas frios e mortos exibidos sobre lajes no mercado. O capitão decapitado em um chiqueiro, meio comido pelos porcos. Fincou o calcanhar na terra e abriu um lugarzinho para descansar o pé. Estão se preparando pra mandar a gente pra cidade de Chihuahua, disse.

Como você sabe?

É o que dizem. Não sei.

Quem disse?

O marujo ali. Ele fala essa língua deles.

O kid fitou o homem de quem ele falava. Abanou a cabeça e cuspiu seco.

Durante todo o dia meninos pequenos escalavam o muro de tempos em tempos para observá-los e apontar e tagarelar. Caminhavam ao longo do parapeito e tentavam mijar nos que estavam adormecidos à sombra mas os prisioneiros permaneciam alerta. Alguns no começo jogaram pedras mas o kid apanhou uma do tamanho de um ovo em meio à terra e com um arremesso destro derrubou uma criança pequena sem nenhum outro som além do baque surdo da aterrissagem no outro lado.

Agora você arranjou pra nossa cabeça, disse o georgiano.

O kid olhou para ele.

Vão vir aqui com chicotes e não sei mais o quê.

O kid cuspiu. Vão vir nada pra não levar uma surra com o próprio chicote.

E não foram mesmo. Uma mulher trouxe tigelas de feijões e tortilhas chamuscadas em um prato de barro cru. Parecia nervosa e sorriu para eles e escondera doces por baixo do xale e havia pedaços de carne no fundo das tigelas que vieram de sua própria mesa.

Três dias depois no dorso de pequenas mulas de joelhos eczematosos partiram rumo à capital como o previsto.

Cavalgaram cinco dias pelo deserto e por montanhas e através de pueblos poeirentos onde o populacho saía para vê-los. Sua escolta em variados trajes de requinte carcomidos pelo tempo, os prisioneiros em trapos. Haviam ganho cobertores e agachados junto às fogueiras no deserto à noite queimados de sol e ossudos e embrulhados nesses sarapes pareciam os servos mais compenetrados de Deus. Nenhum dos soldados falava inglês e orientavam seus cativos com grunhidos ou

gestos. Estavam fracamente armados e morriam de medo dos índios. Enrolavam seu tabaco em cascas de milho e sentavam diante do fogo em silêncio e esticavam os ouvidos para a noite. A conversa quando havia era sobre bruxas ou pior e sempre tentavam pinçar na escuridão alguma voz ou grito entre os gritos que não fosse fera natural. La gente dice que el coyote es un brujo. Muchas veces el brujo es un coyote.
Y los indios también. Muchas veces llaman como los coyotes.
Y qué es eso?
Un tecolote. Nada mas.
Quizás.
Quando cavalgaram pela garganta nas montanhas e avistaram a cidade diminuta ao longe o sargento da expedição ordenou que fizessem alto e falou com o homem de trás e este por sua vez desmontou e apanhou tiras de couro cru no alforje em sua sela e se aproximou dos prisioneiros e gesticulou para que cruzassem os pulsos e os esticassem, mostrando como com as próprias mãos. Amarrou um por um dessa maneira e seguiram em frente.
Entraram na cidade sob um corredor de vísceras podres jogadas sobre eles, conduzidos como gado pelas ruas pavimentadas com gritos elevados em sua esteira para a soldadesca que sorria do modo apropriado e acenava com a cabeça entre as flores e copos oferecidos, tocando os caça-fortunas maltrapilhos através da plaza onde uma fonte jorrava e ociosos se reclinavam em bancos de pórfiro branco esculpido e passaram pelo palácio do governo e depois pela catedral onde urubus se acocoravam ao longo dos entablamentos empoeirados e entre os nichos na fachada esculpida bem ao pé das estátuas do Cristo e dos apóstolos, as aves ostentando suas próprias vestes negras em posturas de estranha benevolência enquanto em torno delas adejavam ao vento os escalpos secos de índios massacrados pendurados em cordas, os cabelos longos e cinzentos ondulando como filamentos de criaturas marinhas e os couros cabeludos ressecados batendo contra as pedras.
Passaram por velhos esmoleiros à porta da igreja que estendiam as palmas das mãos profundamente vincadas e aleijados esfarrapados de olhar lacrimoso e crianças adormecidas nas sombras com moscas andando em seus rostos sem sonhos. Cobres enegrecidos em um prato metálico, os olhos murchos do cego. Escribas agachados nos degraus

com suas penas e tinteiros e tigelas de areia e leprosos gemendo pelas ruas e cachorros esfolados que pareciam feitos inteiramente de osso e vendedores de tamales e velhas com o rosto escuro e sulcado como a terra arada agachadas na sarjeta diante de braseiros onde tiras enegrecidas de carne indefinível chiavam e crepitavam. Pequenos órfãos circulavam em volta como anões raivosos e loucos e bêbados babando e agitando os braços nos pequenos mercados da metrópole e os prisioneiros passaram pela carnagem das barracas de açougue e o odor pegajoso das vísceras penduradas negras de moscas e as carnes esfoladas em grandes nacos vermelhos agora escurecidos com o avançar do dia e os crânios escorchados e nus de vacas e ovelhas com seus baços olhos azuis esbugalhados de horror e os corpos rígidos de veados e pecaris e patos e codornizes e papagaios, todas as criaturas selvagens da terra em torno pendendo de cabeça para baixo nos ganchos.

Receberam ordem de desmontar e foram levados a pé em meio à multidão e desceram uma velha escadaria de pedra e cruzaram uma soleira de porta gasta como sabão e depois uma poterna de ferro para dar em uma fria adega de pedra havia muito transformada em prisão a fim de tomar seu lugar entre os fantasmas de antigos mártires e patriotas enquanto a porta era fechada com estrépito metálico às suas costas.

Quando a cegueira deixou seus olhos conseguiram divisar vultos agachados junto à parede. O farfalhar em leitos de feno como ninhos de camundongos sendo perturbados. Um ronco leve. Do lado de fora uma carroça matraqueando e o martelar surdo de cascos pela rua e através das pedras um retinido abafado dos malhos de um ferreiro em alguma outra parte da masmorra. O kid olhou em torno. Pedaços enegrecidos de pavios jaziam aqui e ali em poças de gordura suja pelo chão de pedra e fios ressecados de cusparadas pendiam das paredes. Alguns nomes entalhados onde a luz chegava. Ele se agachou e esfregou os olhos. Alguém em roupas de baixo passou diante dele até um balde no centro da prisão e parou e mijou. Esse homem então se virou e veio em sua direção. Era alto e tinha o cabelo nos ombros. Arrastou os pés através da palha e baixou o rosto para fitá-lo. Não me conhece, conhece? disse.

O kid cuspiu e estreitou os olhos para ele. Conheço, disse. O seu couro eu conheço até num curtume.

6

Pelas ruas — Brassteeth — Los heréticos — Um veterano da última guerra — Mier — Doniphan — A sepultura dos lipans — Caçadores de ouro — Caçadores de escalpos — O juiz — Libertados da prisão — Et de ceo se mettent en le pays.

Com a luz do dia os homens se ergueram do feno e agacharam sobre os quadris e fitaram os recém-chegados sem curiosidade. Estavam seminus e chupavam entre os dentes e fungavam e se ajeitavam e se catavam como macacos. Uma luz tímida revelara uma pequena janela elevada em meio à escuridão e um vendedor ambulante madrugador começou a apregoar suas mercadorias.

O desjejum consistiu de tigelas de piñole frio e foram acorrentados com grilhões e enxotados para a rua retinindo e fedendo. Vigiados o dia todo por um depravado de dentes de ouro que portava um látego trançado de couro cru e os fustigava de joelhos nas sarjetas para que juntassem a imundície. Abaixo das rodas dos carrinhos dos ambulantes, das pernas dos mendigos, arrastando atrás de si seus sacos de lixo. À tarde sentaram à sombra de um muro e comeram sua refeição e observaram dois cães unidos andando de lado pela rua.

O que acha da vida na cidade? disse Toadvine.

Uma bela de uma droga, até agora.

Fico esperando que caia no meu agrado mas por enquanto nada.

Observaram furtivamente o capataz quando passou, as mãos cruzadas às costas, o quepe caído sobre um olho. O kid cuspiu.

Já tinha visto ele antes, disse Toadvine.
Visto quem antes.
Sabe quem. O velho Brassteeth ali.
O kid seguiu com os olhos a figura que caminhava.
Minha maior preocupação é que alguma coisa aconteça com ele. Rezo todo dia para que o Senhor cuide dele.
Como você acha que vai sair dessa enrascada em que se meteu?
Vamos sair. Não é como o cárcel.
O que é o cárcel?
A penitenciária. Lá tem velhos peregrinos que vieram pela trilha desde os anos vinte.
O kid observou os cães.
Após algum tempo o guarda voltou pela parede chutando os pés dos que dormiam. O guarda mais jovem carregava a escopeta engatilhada como se pudesse acontecer alguma fantástica revolta entre aqueles delinquentes acorrentados e maltrapilhos. Vamonos, vamonos, gritava. Os prisioneiros se ergueram e saíram arrastando os pés sob o sol. Um pequeno sino soava e um coche vinha subindo pela rua. Eles pararam no meio-fio e tiraram os chapéus. O guião passou tocando a sineta e depois veio o coche. Tinha um olho pintado na lateral e era puxado por quatro mulas, levando a hóstia a alguma alma. Um padre gordo cambaleava atrás carregando uma imagem. Os guardas estavam entre os prisioneiros arrancando os chapéus das cabeças dos recém-chegados e enfiando-os em suas mãos infiéis.
Quando o coche passou voltaram a cobrir a cabeça e seguiram em frente. Os cães continuavam colados. Dois outros cães ficavam por perto, agachados em suas peles frouxas, meras carcaças de cachorros de couro esfolado vendo os cães acoplados e então os prisioneiros com suas correntes ruidosas subindo a rua. Tudo bruxuleando ligeiramente sob o calor, todas essas formas de vida, como milagres muito degradados. Imagens grosseiras vomitadas de ouvir dizer depois que os seres propriamente ditos houvessem desvanecido na mente dos homens.

Ele se arranjara em um catre entre Toadvine e outro sujeito do Kentucky, um veterano da guerra. Esse homem regressara para reclamar um certo amor de olhos escuros que deixara para trás dois anos antes quando a unidade de Doniphan se deslocava no rumo leste para Saltillo e os oficiais tiveram de repelir de volta centenas de jovens vestidas de rapazes que seguiam pela estrada atrás do exército. Agora ficava solitário na rua em suas correntes, estranhamente recatado, os olhos fixos acima das cabeças dos moradores locais, e à noite contava aos dois sobre seus anos no oeste, um guerreiro afável, um homem reservado. Estivera em Mier onde combateram até que o sangue corresse aos galões pelas canaletas e sarjetas e pelas biqueiras das azoteas e contou a eles como os frágeis sinos antigos espanhóis explodiam quando atingidos e como ele sentou contra um muro com a perna em frangalhos esticada diante do corpo sobre as pedras de pavimentação escutando uma calmaria nos disparos que se tornou um estranho silêncio e nesse silêncio cresceu um rumor baixo que ele tomou por um trovão até que uma bala de canhão dobrou a esquina rolando sobre as pedras como uma bola de boliche imprevisível e passou por ele e desceu a rua e desapareceu de vista. Contou como haviam tomado a cidade de Chihuahua, um exército de tropas irregulares que lutava usando farrapos e roupas de baixo e como as balas de canhão eram de cobre maciço e vinham trotando pela relva como sóis desgovernados e até os cavalos aprenderam a dar um passo para o lado ou abrir as patas e como as damas da cidade subiam as colinas em suas caleches para fazer piqueniques e assistiam à batalha e como à noite sentados junto às fogueiras eles escutavam os gemidos dos feridos morrendo na planície e viam sob a luz da lanterna a carroça dos mortos se movendo entre os corpos como um carro funerário saído do limbo.

Tenacidade não lhes faltava, disse o veterano, mas não sabiam lutar. Não recuavam. A gente ouvia histórias de como foram encontrados acorrentados aos reparos de seus canhões, soldados do trem de artilharia e tudo mais, mas se era verdade nunca vi. A gente enfiou pólvora nessas fechaduras aí. Explodimos os portões. As pessoas aqui dentro pareciam ratos pelados. Os mexicanos mais brancos que alguém já viu. Curvaram-se até o chão e começaram a beijar nossos pés e coisas assim. O velho Bill, ele simplesmente soltou todo mundo. Diabos, nem sabia o que tinham feito. Apenas disse a eles que não roubassem. Claro que roubaram tudo em que conseguiram pôr as mãos. Açoitamos dois deles e os dois morreram com a surra e já no dia seguinte outro bando fugiu com umas mulas e o Bill mandou enforcar os imbecis sem nem pestanejar. E foi assim também que morreram. Mas nunca pensei que eu mesmo um dia estaria aqui dentro.

    Estavam sentados de pernas cruzadas à luz de uma vela comendo em tigelas de argila com os dedos. O kid ergueu o rosto. Enfiou o dedo na tigela.

    Que é isso? disse.

    É carne de touro de primeira, filho. Da corrida. Vai ganhar isso no domingo à noite.

    Melhor continuar mastigando. Não deixe que ela perceba que você está amarelando.

    Ele mastigou. Mastigou e contou a eles do encontro com os comanches e eles mastigavam e ouviam e balançavam a cabeça.

    Ainda bem que essa festa eu perdi, disse o veterano. Aqueles são uns filhos da puta cruéis. Sei de um sujeito lá no Llano, perto dos colonos holandeses, eles o pegaram, levaram seu cavalo e tudo mais. Deixaram o homem a pé. Ele chegou em Fredericksburg rastejando de quatro e nu em pelo uns seis dias depois e sabem o que eles tinham feito? Cortado fora as solas dos pés.

    Toadvine abanou a cabeça. Fez um gesto na direção do veterano. O Grannyrat aqui conhece bem eles, disse para o kid. Combateu eles. Não foi, Granny?

    O veterano fez um gesto com a mão. Atirei em alguns roubando cavalos, só isso. Lá pros lados de Saltillo. Nada de mais. Tinha uma caverna por lá que tinha servido de sepultura lipan. Devia ter ao todo uns mil índios ali dentro. Estavam com suas melhores vestimentas e cobertores e tudo mais. Estavam com seus arcos e suas facas, sei lá o quê. Contas. Os mexicanos levaram tudo. Deixaram os corpos pelados. Carregaram tudo. Levavam índios inteiros pra casa e punham eles num canto com roupa e tudo mais mas eles começavam a desmanchar quando saíam daquele ar da caverna e tiveram que jogar fora. Quando já não tinha quase mais nenhum teve uns americanos que entraram lá e escalpelaram o que sobrou deles e tentaram vender os escalpos em Durango. Não sei se conseguiram ou não. Imagino que alguns daqueles injins já tinham morrido fazia uns cem anos.

Toadvine estava raspando a gordura de sua tigela com uma tortilha dobrada. Estreitou os olhos para o kid sob a luz da vela. Quanto acha que a gente consegue pelos dentes do nosso velho Brassteeth? disse.

Viram argonautas esfarrapados dos States conduzindo mulas pelas ruas a caminho do sul através das montanhas para o litoral. Caçadores de ouro. Degenerados itinerantes sangrando no rumo oeste como uma praga heliotrópica. Balançavam a cabeça ou falavam com os prisioneiros e deixavam cair tabaco e moedas na rua ao lado deles.
Viram jovenzinhas de olhos negros com o rosto pintado fumando cigarrilhas, andando de braços dados e lançando-lhes olhares impudentes. Viram o governador em pessoa ereto e formal em sua aranha estofada de seda deixar estrepitosamente as portas duplas do pátio do palácio e viram certo dia um bando de humanos de aspecto malévolo montados em pôneis índios desferrados cavalgando meio bêbados pelas ruas, barbudos, bárbaros, trajados em peles de animais costuradas com tendões e munidos de armas de todo gênero, revólveres de enorme peso e facas bowie do tamanho de claymores e rifles curtos de cano duplo com bocas em que dava para enfiar o polegar e os xairéis de seus cavalos feitos de pele humana e os jaezes de cabelo humano trançado e adornados com dentes humanos e os cavaleiros usando escapulários ou colares de orelhas humanas secas e enegrecidas e os cavalos de aspecto indócil e olhar bravio arreganhando os dentes como cães ferozes e cavalgando também com o bando um certo número de selvagens seminus bambos sobre a sela, perigosos, imundos, brutais, o grupo todo como uma visita divina de alguma terra pagã onde eles e outros como eles se alimentavam de carne humana.
À testa do grupo, desproporcional e infantil no rosto sem pelos, ia o juiz. Tinha as maçãs coradas e sorria e fazia mesuras para as damas e tirava o chapéu imundo. O domo enorme de sua cabeça quando a descobria era de uma brancura ofuscante e seus contornos de tal maneira perfeitamente delimitados que pareciam ter sido pintados. Ele e a horda nauseabunda da ralé que ia com ele cruzaram as ruas pasmadas e pararam diante do palácio do governador, onde seu líder, um homem pequeno de cabelos pretos, pediu entrada chutando as

portas de carvalho com sua bota. As portas foram abertas na mesma hora e entraram, todos eles, e as portas voltaram a ser fechadas.

Senhores, disse Toadvine, quero ser uma bosta de cavalo se não sei o que é tudo isso.

No dia seguinte o juiz na companhia dos demais ficou na rua fumando um charuto e balançando nos calcanhares. Ele usava um belo par de botas de pelica e examinava os prisioneiros ajoelhados na sarjeta apanhando a imundície com as mãos nuas. O kid observava o juiz. Quando os olhos do juiz caíram sobre o kid ele tirou o charuto do meio dos dentes e sorriu. Ou pareceu sorrir. Então voltou a enfiar o charuto entre os dentes.

Nessa noite Toadvine convocou uma reunião e se agacharam junto à parede e falaram aos sussurros.

O nome dele é Glanton, disse Toadvine. Fez um contrato com Trias. Vão pagar a ele cem dólares a cabeça por escalpos e mil pela cabeça de Gómez. Disse a ele que somos três. Senhores, estamos de saída desse buraco de merda.

Não temos arma nem nada.

Ele sabe disso. Ele disse que pegava qualquer um com mão certeira e que tiram da parte deles. Então não pareçam como se não fossem uns belos de uns matadores de índios muito tarimbados porque eu disse que a gente era três dos melhores.

Três dias depois cavalgavam em fila única pelas ruas com o governador e seu grupo, o governador em um garanhão cinza-claro e os matadores em seus pequenos pôneis de batalha sorrindo e distribuindo mesuras e as lindas jovens de pele escura atirando flores das janelas e algumas jogando beijos e meninos pequenos correndo ao lado do cortejo e velhos acenando com os chapéus e gritando vivas e Toadvine e o kid e o veterano à retaguarda, os pés do veterano metidos em tapaderos pendendo rente ao chão, tão longas as suas pernas, tão curtas as do cavalo. E atravessaram o limite da cidade passando pelo velho aqueduto de pedra onde o governador lhes deu as bênçãos e bebeu à saúde e ao sucesso deles numa cerimônia simples e desse modo tomaram a estrada país adentro.

7

Jackson preto e Jackson branco — Um encontro nos arredores da cidade — Colts Whitneyville — Um pleito — O juiz entre dois lados — Índios delawares — O vandiemenlander — Uma hacienda — A cidade de Corralitos — Pasajeros de un país antiguo — Cenário de um massacre — Hiccius Doccius — Leitura da sorte — Sem rodas sobre um rio escuro — O vento cruel — Tertium quid — A cidade de Janos — Glanton tira um escalpo — Jackson entra em cena.

No grupo seguiam dois homens chamados Jackson, um preto, o outro branco, ambos de prenome John. O rancor reinava entre os dois e quando cavalgavam pelas escarpas das montanhas desoladas o branco atrasava o cavalo para emparelhar com o outro e usava sua sombra para se proteger e sussurrava para ele. O preto parava ou incitava o cavalo para se livrar do outro. Como se o branco estivesse cometendo alguma profanação de sua pessoa, houvesse topado com algum rito adormecido em seu sangue escuro ou sua alma escura pelo qual a forma delineada pelo sol naquele solo rochoso sobre a qual pisava carregasse algo do próprio homem e nisso residisse perigo. O branco ria e cantarolava coisas para ele que soavam como palavras de amor. Todos observavam para saber onde isso ia dar mas ninguém admoestava nem um nem outro para que parassem com aquilo e quando Glanton olhava a traseira da coluna de tempos em tempos parecia simplesmente verificar suas presenças em meio ao bando e seguia adiante.

Mais cedo nessa manhã a companhia tivera um encontro em um pátio atrás de uma casa nos arredores da cidade. Dois homens descarregaram de um carroção uma caixa de equipamento militar com letras estampadas do arsenal de Baton Rouge e um judeu prussiano chamado Speyer abriu a caixa com um formão de craveiras e um martelo de ferrador e puxou um pacote achatado de papel pardo transparente de gordura como um papel de padeiro. Glanton abriu o embrulho e deixou que o papel caísse no chão de terra. Em sua mão segurava um revólver de patente Colt de cano longo e seis tiros. Era uma arma imensa destinada ao uso de dragoons e em seu tambor alongado ia o correspondente à carga de um rifle e carregada pesava cerca de cinco libras. Pistolas como essa podiam fazer uma bala cônica de meia onça penetrar quinze centímetros em madeira de lei e havia quatro dúzias delas na caixa. Speyer estava abrindo os jogos de moldes de balas e os polvorinhos e ferramentas e o juiz Holden desembrulhava mais uma pistola. Os homens fecharam uma roda em torno. Glanton limpou o cano e as câmaras da arma e apanhou o polvorinho que Speyer lhe passou.

Parece um bocado sólida, disse um.

Ele encheu o tambor e enfiou uma bala e a ajustou no lugar com a alavanca articulada presa sob o cano. Depois que todas as câmaras estavam carregadas colocou os fulminantes e olhou em volta. Naquele pátio além de comerciantes e clientes havia um certo número de coisas vivas. A primeira delas sobre a qual Glanton deitou os olhos foi um gato que nesse preciso momento surgiu no topo de um muro do lado oposto tão silenciosamente quanto um pássaro pousando. O animal começou a caminhar entre os pontiagudos cacos de vidro encravados na alvenaria de barro. Glanton ergueu a arma imensa na mão e puxou o cão com o polegar. A explosão no silêncio absoluto foi imensa. O gato simplesmente desapareceu. Nada de sangue ou guinchos, apenas evaporou. Speyer olhou sem graça para os mexicanos. Estavam observando Glanton. Glanton voltou a puxar o cão com o polegar e apontou com a pistola. Um bando de galinhas que ciscavam na poeira seca no canto do pátio se agitou nervosamente, as cabeças em ângulos variados. A pistola rugiu e uma ave explodiu numa nuvem de penas. As outras começaram a correr emudecidas, os longos pescoços esticados. Ele fez fogo outra vez. Uma segunda ave rodopiou e caiu estrebuchando. As outras esvoaçaram, pipilando debilmente, e Glanton virou a pistola e atirou em uma pequena cabra parada com a garganta apoiada no muro de puro terror e o animal tombou morto na poeira e ele atirou em uma botelha de argila que explodiu numa chuva de cacos e água e ergueu a pistola e apontou na direção da casa e tocou o sino em sua torre de barro acima do telhado, um dobre solene que pairou no vazio após os ecos dos tiros terem morrido.

Uma névoa de fumaça cinza pairava sobre o pátio. Glanton travou o cão em meio-gatilho e girou o tambor e voltou a baixar o cão. Uma mulher apareceu na porta da casa e um dos mexicanos disse algo e ela voltou a entrar.

Glanton olhou para Holden e depois olhou para Speyer. O judeu sorria nervosamente.

Elas não valem cinquenta dólares.

Speyer ficou sério. E sua vida vale o quê? disse.

No Texas quinhentos mas a pessoa precisa descontar a promissória com a própria pele.

Mister Riddle acha que é um preço justo.

Mister Riddle não está pagando.

Quem está adiantando o dinheiro é ele.

Glanton virou a pistola em sua mão e a examinou.

Pensei que estivesse fechado, disse Speyer.

Não tem nada fechado.

Elas foram compradas pra guerra. Nunca mais vai ver iguais.

Enquanto o dinheiro não muda de mão não tem nada fechado.

Um destacamento de soldados, dez ou doze, chegou da rua com armas de prontidão.

Qué pasa aquí?

Glanton olhou para os soldados sem interesse.

Nada, disse Speyer. Todo va bien.

Bien? O sargento olhava para as aves mortas, a cabra.

A mulher apareceu na porta outra vez.

Está bien, disse Holden. Negocios del Governador.

O sargento olhou para eles e olhou para a mulher na porta.

Somos amigos del Señor Riddle, disse Speyer.

Andale, disse Glanton. Você e esses seus negroides bunda-moles.

O sargento deu um passo à frente e assumiu uma postura de autoridade. Glanton cuspiu. O juiz já se interpusera no espaço entre os dois e agora puxava o sargento de lado e começava a conversar com ele. O sargento ficou sob o braço do outro e o juiz falava animadamente e fazia gestos expansivos. Os soldados agacharam na poeira com os mosquetes e observavam o juiz sem expressão.

Não dá dinheiro pra esse filho da puta, disse Glanton.

Mas o juiz já vinha trazendo o homem para fazer uma apresentação formal.

Le presento al sargento Aguilar, exclamou, estreitando o militar maltrapilho em seu abraço. O sargento estendeu a mão com ar muito sério. Ela ocupou aquele espaço e a atenção de todos que estavam ali como se fosse algo sendo apresentado para validação e então Speyer deu um passo adiante e a apertou.

Mucho gusto.

Igualmente, disse o sargento.

O juiz o escoltou perante a companhia um a um, o sargento todo formal e os americanos murmurando obscenidades ou sacudindo a cabeça em silêncio. Os soldados agachavam sobre os calcanhares e observavam cada movimento daquela farsa com o mesmo ar enfastiado e enfim o juiz parou diante do negro.

Aquele rosto escuro irritado. Ele o examinou e puxou o sargento mais perto para que o observasse melhor e então começou sua laboriosa apresentação em espanhol. Esboçou para o sargento um problemático percurso do homem diante deles, suas mãos traçando com uma destreza maravilhosa com que multiplicidade de formas as veredas se combinaram ali na autoridade última do inextinto — tais foram suas palavras — como fios sendo puxados pelo buraco de uma argola. Aduziu para a consideração geral referências aos filhos de Cam, as tribos perdidas dos israelitas, certas passagens dos poetas gregos, especulações antropológicas quanto à propagação das raças em sua dispersão e isolamento mediante a ação de cataclismo geológico e uma apreciação das características raciais com respeito a influências climáticas e geográficas. O sargento escutou isso e coisas mais com grande atenção e quando o juiz encerrou deu um passo adiante e estendeu a mão.

Jackson o ignorou. Ele olhou para o juiz.
O que você disse pra ele, Holden?
Não o insulte, homem.
O que você disse pra ele?
O rosto do sargento se anuviara. O juiz conduziu-o pelo ombro e se curvou e falou em seu ouvido e o sargento balançou a cabeça e deu um passo para trás e bateu continência para o negro.
O que você disse pra ele, Holden?
Que apertar as mãos não era um costume em seu país.
Antes disso. O que você disse pra ele antes disso?
O juiz sorriu. Não é necessário, disse, que os implicados aqui se encontrem em posse dos fatos concernentes a seu caso, pois seus atos irão no fim das contas se adaptar à história com ou sem a sua compreensão. Mas é uma questão de coerência com as noções de princípio justo que esses fatos — na medida em que possam prontamente prestar-se a tanto — encontrem um repositório no testemunho de terceiros. O sargento Aguilar é justamente essa terceira parte e qualquer menosprezo a sua posição não é senão uma consideração secundária quando comparada a divergências nesse protocolo mais amplo exigido pela agenda formal de um destino absoluto. Palavras são coisas. As palavras de cuja posse ele ora usufrui não lhe podem ser espoliadas. A autoridade delas transcende a ignorância desse homem quanto ao significado que possuem.

O negro suava. Uma veia escura em sua têmpora pulsava como um rastilho. O grupo escutara o juiz em silêncio. Alguns sorriam. Um assassino meio retardado do Missouri gargalhou inaudivelmente como um asmático. O juiz se voltou outra vez para o sargento e conversaram entre si e o juiz e ele foram até o lugar do pátio onde estava o engradado e o juiz lhe mostrou uma das pistolas e explicou seus mecanismos com grande paciência. Os homens do sargento haviam se erguido e aguardavam. No portão o juiz esmolou algumas moedas na palma da mão de Aguilar e apertou formalmente a mão de cada subalterno esfarrapado e elogiou-os pela postura militar e eles saíram para a rua.

Nesse mesmo dia com o sol a pino os guerrilheiros cavalgavam cada homem armado de um par de pistolas e tomavam a estrada país adentro, como já foi dito.

A patrulha de reconhecimento regressou ao anoitecer e os homens desmontaram pela primeira vez nesse dia e descansaram seus cavalos na exígua baixada enquanto Glanton conferenciava com os batedores. Então cavalgaram até escurecer e montaram acampamento. Toadvine e o veterano e o kid ficaram acocorados a uma pequena distância das fogueiras. Não sabiam que haviam sido incorporados àquela companhia no lugar de três sujeitos trucidados no deserto. Observavam os delawares, dos quais havia um certo número no grupo, e estes também ficavam um pouco à parte, agachados sobre os calcanhares, um deles moendo grãos de café com uma rocha em um couro de veado enquanto os outros fitavam fixamente o fogo com olhos negros como a boca de uma arma. Nessa noite o kid veria um deles remexer os carvões em brasa com a mão à procura do lume certo para acender o cachimbo.

Já se arrumavam pela manhã antes do raiar do dia e terminaram e selaram suas montarias assim que a luz foi suficiente para enxergar. As montanhas serrilhadas eram puro azul sob a aurora e por toda parte pássaros trinavam e o sol quando apareceu surpreendeu a lua a oeste de modo que um astro se opunha ao outro através da terra, o sol com sua brancura incandescente e a lua uma réplica pálida, como se fossem as pontas do cano de uma mesma arma além de cujas bocas ardessem mundos inapreensíveis à razão. Conforme os cavaleiros avançavam em meio aos arbustos de prosópis e piracanta em fila única com o suave retinir das armas e o tilintar dos freios o sol subia e a lua descia e dos cavalos e das mulas encharcadas de orvalho começou a emanar vapor de seus corpos e sombras.

Toadvine travara diálogo com um sujeito de Vandiemen's Land chamado Bathcat que viera para o oeste fugido da lei. Era natural do País de Gales e tinha apenas três dedos na mão direita e poucos dentes. Talvez enxergasse em Toadvine um colega fugitivo — um criminoso sem orelhas e marcado a ferro que fizera suas escolhas na vida assim como ele — e propôs uma aposta sobre qual Jackson mataria qual.

Não conheço aqueles rapazes, disse Toadvine.

Então que tal?

Toadvine cuspiu de lado em silêncio e olhou para o homem. Não sinto vontade de apostar, disse.

Não é chegado num jogo?

Depende do jogo.

O pretinho vai dar cabo do outro. Apostas na mesa.

Toadvine olhou para ele. O colar de orelhas humanas que usava parecia uma fiada de figos secos. Era um homem grande e de aspecto cruel e tinha uma pálpebra caída onde uma faca seccionara os pequenos músculos e estava equipado com artigos de toda classe, do mais fino ao mais ordinário. Usava botas de qualidade e carregava um elegante rifle com ornamentos de alpaca mas o rifle ia pendurado em um cano de bota cortado e sua camisa era um farrapo e seu chapéu rançoso.

Nunca caçou os aborígenes antes, disse Bathcat.

Quem disse?

Eu sei.

Toadvine não respondeu.

Vai ver como são vivos.

Foi o que ouvi dizer.

O vandiemenlander sorriu. Mudou muita coisa, disse. Quando cheguei nesta terra tinha selvagens até no San Saba e que mal tinham visto um homem branco. Eles se aproximaram do nosso acampamento e a gente dividiu o rancho com eles e eles não conseguiam tirar os olhos das nossas facas. No dia seguinte trouxeram um bando inteiro de cavalos até o acampamento pra negociar. A gente não sabia o que eles queriam. Eles tinham suas próprias facas, feitas do jeito deles. Mas o negócio, sabe, o negócio é que nunca tinham visto osso serrado num guisado antes.

Toadvine relanceou a fronte do homem mas o chapéu dele estava enterrado quase até os olhos. O homem sorriu e empurrou o chapéu ligeiramente para trás com o polegar. A impressão da fita ficou em sua testa como uma cicatriz mas não se via outra marca. Apenas no lado interno de seu antebraço havia um número tatuado que Toadvine veria em uma casa de banho em Chihuahua e depois de novo ao desprender o torso de um homem preso pelos calcanhares com um espeto no galho de uma árvore lá pelos ermos de Pimería Alta no outono desse ano.

Cavalgaram entre pés de cholla e nopal, uma floresta anã de coisas espinhentas, por um desfiladeiro rochoso através das montanhas e descendo entre artemísias e agaves em flor. Atravessaram uma vasta planície desértica de capim pontilhada de palmilla. Nas encostas havia paredões de pedra cinzenta que acompanhavam as linhas descendentes das cristas para então se esparramar confusamente pela planície. Não fizeram paradas no auge do calor nem tampouco para a siesta e o olho de algodão da lua aboletava-se em pleno dia na garganta das montanhas a leste e eles ainda cavalgavam quando ela os alcançou em seu meridiano da meia-noite, esculpindo na planície sob si um camafeu azul daqueles peregrinos aterradores chacoalhando com suas tralhas rumo ao norte.

Passaram a noite no curral de uma hacienda onde por toda a noite os homens mantinham as fogueiras acesas nas azoteas ou telhados. Duas semanas antes disso um grupo de camponeses fora trucidado às enxadadas com suas próprias ferramentas e parcialmente comido pelos porcos enquanto os apaches reuniam todo o gado que podiam e desapareciam nas montanhas. Glanton mandou matar uma cabra e fizeram isso no curral com os cavalos assustados e tremendo e sob o fulgor luminoso das fogueiras os homens se acocoraram e assaram a carne e a comeram com suas facas e limparam os dedos nos cabelos e se viraram para dormir sobre o chão de terra batida.

Ao crepúsculo do terceiro dia entraram na cidade de Corralitos, os cavalos afundando os cascos na pasta de cinzas e o sol brilhando vermelho através da fumaça. As chaminés das fundições perfilavam-se contra um céu cinéreo e as luzes informes das fornalhas faiscavam sob o vulto das montanhas. Chovera durante o dia e as janelas iluminadas das casas de barro pouco elevadas se refletiam nas poças ao longo da rua alagada de onde grandes suínos encharcados se erguiam grunhindo ante o avanço dos cavalos como demônios aparvalhados debandando de um pântano. As casas tinham seteiras e parapeitos defensivos e o ar estava impregnado com os vapores do arsênico. As pessoas haviam saído para ver os texanos, como os chamavam, perfilando-se solenemente ao longo do caminho e reagindo aos mínimos gestos deles com expressão admirada, com ares de assombro.

Acamparam na plaza, enegrecendo os álamos com suas fogueiras e expulsando os pássaros adormecidos, as chamas iluminando o desafortunado vilarejo em seus recônditos mais obscuros e atraindo até os cegos que vinham cambaleando com as mãos esticadas à frente do corpo na direção daquele suposto dia. Glanton e o juiz com os irmãos Brown se dirigiram à hacienda do general Zuloaga onde foram recebidos e convidados a jantar e a noite transcorreu sem qualquer incidente.

Pela manhã quando haviam selado suas montarias e estavam reunidos na praça para partir foram abordados por uma família de prestidigitadores itinerantes em busca de passagem segura para o interior até Janos. Glanton mediu-os de seu posto à testa da coluna. Seus pertences estavam amontoados em paneiros escangalhados atrelados aos dorsos de três burros e eram um homem e sua esposa e um menino e uma menina crescidos. Trajavam fantasias de bobos bordadas com estrelas e crescentes e as cores outrora alegres estavam apagadas e esmaecidas da poeira da estrada e pareciam uma gente correta lançada naquela terra vil. O velho se adiantou e segurou a rédea do cavalo de Glanton.

Tira a mão do cavalo, disse Glanton.

Ele não falava nada de inglês mas fez como ordenado. Começou a expor seu caso. Gesticulava, apontava para os outros. Glanton o observava, deus sabe se escutando alguma coisa. Virou e olhou para o menino e para as duas mulheres e depois voltou a baixar os olhos para o homem.

O que são vocês? disse.

O homem pôs a mão em concha atrás da orelha na direção de Glanton e ergueu o rosto de boca aberta.

Eu disse o que são vocês? São um show?

Ele olhou para os outros.

Um show, disse Glanton. Bufones.

O rosto do homem se iluminou. Sí, disse. Sí, bufones. Todo. Virou para o menino. Casimero! Los perros!

O menino correu até um dos burros e começou a remexer na bagagem. Voltou com um par de animais pelados e orelhudos de coloração castanho-clara pouco maiores que ratos e atirou-os no ar e os amparou na palma das mãos onde começaram a fazer piruetas tolas.

Mire, mire! exclamou o homem. Estava remexendo em seus bolsos e logo começava a fazer malabarismos com quatro pequenas bolas de madeira diante do cavalo de Glanton. O cavalo bufou e ergueu a cabeça e Glanton se curvou sobre a sela e cuspiu e limpou a boca com o dorso da mão.

É ou não é um espetáculo deprimente de merda, disse.

O homem seguia com o malabarismo e chamava as mulheres por sobre o ombro e os cães dançavam e as mulheres se ocupavam na preparação de alguma coisa quando Glanton falou para o sujeito.

Chega dessa palhaçada de merda. Se quer viajar com a gente venham atrás. Não prometo nada. Vamonos.

Começou a andar. O grupo se pôs em movimento ruidosamente e o malabarista correu tocando as mulheres na direção dos burros e o menino permaneceu de olhos arregalados com os cachorros debaixo do braço até que o homem falou com ele. Cavalgaram em meio ao povaréu passando por imensos cones de escória e refugo. As pessoas os assistiram partir. Alguns homens estavam de mãos dadas como namorados e uma criança pequena conduziu um cego por uma corda até um ponto de observação.

Ao meio-dia cruzaram o leito pedregoso do rio Casas Grandes e cavalgaram ao longo de um terraço acima do arroio desolador passando por uma área coberta de ossos onde soldados mexicanos haviam massacrado um acampamento apache alguns anos antes, mulheres e seus filhos, os ossos e crânios espalhados pelo terraço por mais de meio quilômetro e os membros minúsculos e crânios de papel desdentados de bebês como a ossatura de pequenos macacos no local do morticínio e velhos restos de cestaria exposta à intempérie e potes quebrados no cascalho. Seguiram em frente. O rio estabelecia o curso de um corredor verde-claro de árvores descendo as montanhas estéreis. A oeste assomava a irregular Carcaj e ao norte os picos pálidos e azulados das Animas.

Montaram acampamento essa noite em um platô varrido pelo vento entre pés de piñon e juníperos e as fogueiras se inclinavam na escuridão e as colunas quentes de fagulhas lambiam o ar entre os arbustos. Os saltimbancos descarregaram os burros e começaram a armar uma grande tenda cinza. Símbolos arcanos estavam rabiscados na lona que esvoaçou e se agitou bruscamente, ergueu-se acima de suas cabeças, enfunou-se e os envolveu a todos. A menina tombara ao chão segurando uma ponta. Começou a ser arrastada pela areia. O malabarista dava passinhos. Os olhos da mulher permaneciam estáticos contra a luz. Sob os olhares da companhia os quatro presos à lona estalante foram arrastados emudecidos para longe das vistas e para além do alcance da luminosidade da fogueira e para o deserto ululante como suplicantes agarrados à barra da saia de uma deusa selvagem e colérica.

Os que estavam de sentinela viram a tenda rolar horrivelmente noite adentro. Quando a família de saltimbancos voltou eles discutiam entre si e o homem foi novamente até o limiar da luz do fogo e perscrutou o negrume furioso e disse algumas palavras nessa direção e gesticulou com o punho e não voltou enquanto a mulher não mandou o menino buscá-lo. Agora sentava fitando as chamas enquanto a família desfazia a bagagem. Eles o observavam com apreensão. Glanton também observava.

Showman, disse.

O malabarista ergueu o rosto. Pôs um dedo no peito.

Você, disse Glanton.

Ele se levantou e avançou arrastando os pés. Glanton fumava uma cigarrilha preta. Olhou para o malabarista.

Sabe ler a sorte?

Os olhos do malabarista oscilaram. Cómo? disse.

Glanton enfiou a cigarrilha na boca e fez que dava cartas com as mãos. La baraja, disse. Para adivinar la suerte.

O malabarista jogou uma das mãos para o ar. Sí, sí, disse, balançando a cabeça com vigor. Todo, todo. Ergueu um dedo e então se virou e se dirigiu à pilha de trastes que já fora descarregada dos burros. Quando voltou sorria afavelmente e manipulava as cartas com grande maestria.

Venga, chamou. Venga.

A mulher o seguiu. O malabarista agachou diante de Glanton e falou com ele em voz baixa. Virou e olhou para a mulher e embaralhou as cartas e ficou de pé e tomou a mulher pela mão e a levou através do terreno para longe do fogo e a fez sentar com o rosto voltado para a noite. Ela arrepanhou a saia e se acomodou e ele puxou um lenço da camisa e usou-o para vendar seus olhos.

Bueno, exclamou. Puedes ver?

No.

Nada?

Nada, disse a mulher.

Bueno, disse o malabarista.

Ele se virou com o baralho de cartas e avançou na direção de Glanton. A mulher permaneceu sentada como uma pedra. Glanton o repeliu com a mão.

Los caballeros, disse.

O malabarista se virou. O negro estava agachado junto ao fogo observando e quando o malabarista fez um leque com as cartas ele se levantou e avançou.

O malabarista ergueu o rosto para ele. Fechou o leque e abriu novamente e passou a mão esquerda sobre elas e as ofereceu e Jackson puxou uma carta e olhou para ela.

Bueno, disse o malabarista. Bueno. Fez um gesto de cautela com o indicador colado aos lábios finos e recebeu a carta e a segurou no alto e girou com ela na mão. A carta estalou audivelmente uma única vez. Ele olhou para o grupo sentado em volta da fogueira. Eles fumavam e observavam. Fez um vagaroso meneio diante de si com a carta estendida. Ela trazia a imagem de um arlequim e um gato.

El tonto, disse a mulher. Ergueu o queixo ligeiramente e começou a entoar uma cantilena. O consulente negro aguardava com ar solene, como um homem no banco dos réus. Seus olhos passeavam pelo grupo. O juiz sentava contra o vento junto à fogueira, de torso nu, ele próprio uma grande divindade pálida, e quando os olhos do negro cruzaram com os seus ele sorriu. A mulher parou. O vento soprava línguas de fogo.

Quién, quién, gemeu o malabarista.

Ela fez uma pausa. El negro, disse.

El negro, gemeu o malabarista, girando com a carta. Suas roupas estalavam ao vento. A mulher ergueu a voz e falou novamente e o preto virou para os companheiros.

O que ela disse?

O malabarista havia se virado e fazia ligeiras mesuras para o grupo.

O que ela disse? Tobin?

O ex-padre abanou a cabeça. Idolatria, Pretinho, idolatria. Deixa ela pra lá.

O que ela disse, Juiz?

O juiz sorriu. Com o polegar estivera desalojando pequenas vidas das dobras de sua pele sem pelos e agora esticava a mão com o polegar e o indicador em pinça num gesto que parecia ser de abençoar até atirar alguma coisa invisível no fogo a sua frente. O que ela disse?

O que ela disse.

Acho que o que ela quis dizer foi que na sua sorte residem as sortes de todos nós.

E que sorte é essa?

O juiz sorriu brandamente, a testa pregueada não diferente da de um golfinho. É chegado numa bebida, Jackie?

Tanto quanto qualquer um.

Acho que ela o advertiu contra o demônio do rum. Um conselho bastante prudente, o que acha?

Isso não é leitura da sorte coisa nenhuma.

Exato. O padre tem razão.

O negro franziu o rosto para o juiz mas o juiz se curvou para a frente a fim de encará-lo. Não vinques esta fronte cor do sable para mim, meu amigo. Ao final tudo ser-te-á revelado. A você e a todos os homens.

Agora alguns dentre o grupo sentados ali pareciam pesar as palavras do juiz e alguns se viraram para encarar o negro. Ele ocupou com desconforto esse lugar de honra até que finalmente recuou da luz do fogo e o malabarista ficou de pé e fez um movimento com as cartas, abrindo-as em um leque diante de si e então percorreu o círculo passando pelas botas dos homens com as cartas estendidas como se fossem encontrar sua própria vítima.

Quién, quién, ele sussurrava em meio à companhia.

Eles relutavam, todos eles. Quando passou diante do juiz o juiz, sentado com a mão espalmada sobre a ampla superfície de sua barriga, ergueu um dedo e apontou.

O jovem Blasarius ali, disse.

Como?

El joven.

El joven, sussurrou o malabarista. Olhou em torno de si vagarosamente com um ar de mistério até deitar os olhos sobre o rapaz em questão. Moveu-se em meio aos aventureiros acelerando o passo. Parou diante do kid, agachou com as cartas e abriu o leque em um gesto lento e harmonioso semelhante aos movimentos de certos pássaros fazendo a corte.

Una carta, una carta, ofegou.

O kid olhou para o homem e olhou para o grupo em torno.

Sí, sí, disse o malabarista, oferecendo as cartas.

Ele tirou uma. Nunca vira cartas daquele tipo antes, embora a que segurava lhe parecesse familiar. Virou-a de ponta-cabeça e a examinou e depois a virou de volta.

O malabarista tomou a mão do rapaz na sua e virou a carta para poder ver. Então apanhou a carta e segurou-a estendida.

Cuatro de copas, exclamou.

A mulher ergueu a cabeça. Era como um manequim vendado despertado por cordões.

Cuatro de copas, disse. Moveu os ombros. O vento passou entre suas roupas e seu cabelo.

Quién, exclamou o malabarista.

El hombre... ela disse. El hombre más joven. El muchacho.

El muchacho, exclamou o malabarista. Virou a carta para que todos a vissem. A mulher estava sentada como aquela interlocutora cega entre Booz e Jaquin ilustrada na única carta do baralho do malabarista que não quereriam ver surgir, verdadeiras colunas e verdadeira carta, falsa profetisa para todos. Ela começou a cantoria.

O juiz ria em silêncio. Curvou-se ligeiramente para ver melhor o kid. O kid olhou para Tobin e para David Brown e para o próprio Glanton mas ninguém ria. O malabarista ajoelhado diante dele o encarava com estranha intensidade. Seguiu o olhar do kid até o juiz e voltou a fitar o rapaz. Quando o kid baixou o olhar para ele o homem sorriu um sorriso maligno.

Sai de perto de mim, com o diabo, disse o kid.

O malabarista curvou a orelha para a frente. Um gesto comum e reconhecível em qualquer língua. A orelha era escura e disforme, como se, ao ser oferecida assim dessa maneira, houvesse sofrido não poucos golpes, ou talvez as próprias notícias que os homens tinham para ele a houvessem arruinado. O kid se dirigiu a ele outra vez mas um homem chamado Tate do Kentucky que assim como Tobin e outros dentre eles lutara com os Rangers de McCulloch curvou-se e sussurrou para o adivinho maltrapilho e ele ficou de pé e fez uma ligeira mesura e se afastou. A mulher interrompera a cantoria. O malabarista permaneceu sob o açoite do vento e o fogo cuspiu uma longa labareda ardente rente ao chão. Quién, quién, ele exclamou.

El jefe, disse o juiz.

Os olhos do malabarista pousaram sobre Glanton. Este quedava imóvel. O malabarista olhou para a velha sentada em seu lugar, de frente para a escuridão, oscilando suavemente em seus trapos, apostando corrida com a noite. Ergueu o dedo para os lábios e abriu os braços num gesto de incerteza.

El jefe, sibilou o juiz.

O homem se virou e percorreu o grupo em torno do fogo e parou diante de Glanton e agachou e lhe ofereceu as cartas, abrindo-as nas duas mãos. Se disse alguma coisa suas palavras foram varridas sem que ninguém ouvisse. Glanton sorriu, os olhos apertados contra os salpicos de areia. Estendeu a mão e esperou, olhou para o malabarista. Então apanhou uma carta.

O malabarista fechou o baralho e o enfiou entre as roupas. Fez menção de apanhar a carta na mão de Glanton. Talvez a houvesse tocado, talvez não. A carta evaporou. Estava na mão de Glanton e depois não estava mais. Os olhos do malabarista se moveram num átimo para o escuro aonde ela fora. Talvez Glanton houvesse visto a frente da carta. O que teria significado para ele? O malabarista esticou os braços para aquele caos inóspito além da luz do fogo mas ao fazê-lo perdeu o equilíbrio e tombou de frente sobre Glanton e criou um momento de estranha ligação com seus braços de homem velho em cima do líder, como que a consolá-lo em seu seio esquelético.

Glanton praguejou e o empurrou e nesse momento a velha começou a cantar.

Glanton ficou de pé.

Ela elevou o queixo, tartamudeando dentro da noite.

Faz ela calar a boca, disse Glanton.

La carroza, la carroza, gemeu a megera. Invertido. Carta de guerra, de venganza. La ví sin ruedas sobre un rio obscuro...

Glanton a chamou e ela parou como se o tivesse escutado mas não era o caso. Parecia captar algum novo rumo no curso de seus vaticínios.

Perdida, perdida. La carta está perdida en la noche.

A garota que esse tempo todo permanecera no limiar das trevas plangentes fez o sinal da cruz em silêncio. O velho malabarista estava de joelhos no ponto onde fora empurrado. Perdida, perdida, sussurrava.

Un maleficio, gemeu a velha. Qué viento tan maleante...

Por deus se não vai calar a boca, disse Glanton, puxando o revólver.

Carroza de muertos, llena de huesos. El joven qué...

Como um enorme e pesado djim o juiz avançou através do fogo e as chamas o conceberam como se ele fosse de algum modo natural a seu elemento. Passou os braços em torno de Glanton. Alguém arrancou a venda da mulher e ela e o malabarista foram enxotados às bofetadas e quando a companhia se arrumou para dormir e a fogueira agonizante rugia sob o açoite do vento como uma coisa viva aqueles quatro ainda se agachavam na orla da luz entre seus estranhos pertences e observavam o modo como as chamas desiguais vergavam ao sabor do vento como que sugadas por algum maelstrom ali no meio do nada, algum vórtice naquela vastidão desolada para o qual tanto a passagem do homem como seus juízos houvessem sido abolidos. Como se para além da vontade ou da fatalidade ele e suas bestas e seus adornos se movessem tanto em cartas como em essência confiados às mãos de um terceiro e outro destino.

Pela manhã quando retomaram a marcha era um desses dias desmaiados com o sol sem se erguer e o vento arrefecera durante a noite e as coisas da noite haviam ficado para trás. O malabarista em seu burro trotou até a testa da coluna e emparelhou com Glanton e seguiram lado a lado e desse modo cavalgavam à tarde quando o grupo adentrou a cidade de Janos.

Um antigo presidio murado composto inteiramente de barro, uma igreja alta de barro e torres de observação de barro e tudo isso banhado pela chuva e cheio de calombos e se desfazendo em flácida decadência. A chegada dos cavaleiros alardeada por vira-latas desnutridos que uivaram dolorosamente e se esgueiraram por entre paredes desmoronando.

Passaram pela igreja onde velhos sinos espanhóis esverdeados da idade pendiam de uma trave entre dólmens de barro pouco elevados. Crianças de olhos encovados observavam dos casebres miseráveis. O ar era pesado da fumaça de carvão queimando e desocupados sentavam-se mudos às portas e inúmeras casas haviam desabado e as ruínas eram usadas como cercados de animais. Um velho de olhar pegajoso se acercou deles e estendeu a mão. Una corta caridad, gemeu roucamente para os cavalos que passavam. Por Dios.

Na praça dois dos delawares e o batedor Webster estavam acocorados no chão junto a uma mulher encarquilhada da cor da argila branca. Uma coruja velha e seca, quase sem roupas, as tetas como berinjelas enrugadas pendendo sob o xale que a cobria. Fitava fixamente o chão e não ergueu o rosto nem quando os cavalos pararam diante dela.

Glanton esquadrinhou a praça. A cidade parecia vazia. Havia uma pequena guarnição estacionada ali mas nenhum soldado apareceu. A poeira era soprada pelas ruas. Seu cavalo se curvou e cheirou a velha e contraiu a cabeça e estremeceu e Glanton deu tapinhas no pescoço do animal e apeou.

Ela estava em um acampamento de charqueio uns dez quilômetros rio acima, disse Webster. Não consegue andar.

Quantos tem lá?

Uns quinze ou vinte, a gente acha. Não tinham gado nem nada. Não sei o que ela estava fazendo lá.

Glanton mudou de lado diante do cavalo, passando as rédeas pelas costas.

Cuidado aí, capitão. Ela morde.

Ela erguera os olhos na altura de seus joelhos. Glanton empurrou o cavalo para trás e puxou uma das pesadas pistolas do coldre na sela e engatilhou.

Cuidado aí vocês.

Vários homens deram um passo para trás.

A mulher ergueu o rosto. Nem coragem nem prostração nos olhos velhos. Ele apontou com a mão esquerda e ela seguiu sua mão com o olhar e ele pôs a pistola em sua cabeça e disparou.

A detonação encheu toda a pracinha desolada. Alguns cavalos se alarmaram e bateram os cascos. Um buraco do tamanho de um punho estourou do outro lado da cabeça da mulher em um grande vômito de matéria vermelha e ela desabou e ficou irremediavelmente estatelada no próprio sangue. Glanton já travara a arma em meio-gatilho e se livrara da escorva gasta com o polegar e se preparava para recarregar o tambor. McGill, disse.

Um mexicano, único de sua raça entre aquela companhia, avançou.

Pega o recibo pra nós.

Ele puxou uma faca de esfolar do cinto e se encaminhou na direção da velha e agarrou a cabeleira e com uma torção de pulso passou a lâmina da faca em torno do crânio e arrancou o escalpo.

Glanton olhou para os homens. Estavam parados e uns olhavam para a mulher, outros já cuidavam de suas montarias ou de seus petrechos. Só os recrutas olhavam para Glanton. Ele alojou o projétil esférico na boca da arma e então ergueu os olhos e esquadrinhou a praça. O malabarista e sua família estavam perfilados como testemunhas e além deles nas longas fachadas de barro os rostos que haviam espreitado das portas e janelas sem cortinas desapareceram como marionetes em um balcão ante o vagaroso movimento de seus olhos. Ele alojou a bala com a alavanca e encaixou o fulminante e girou a pesada pistola na mão e a devolveu ao coldre junto à espádua do cavalo e tomou o troféu gotejante da mão de McGill e o virou sob o sol do modo como um homem examinaria a pele de um animal e então o estendeu de volta e apanhou as rédeas do chão e conduziu seu cavalo através da praça na direção da água no vau.

Acamparam em um bosque de álamos do outro lado do riacho, pouco além dos muros da cidade, e ao escurecer vagaram em pequenos grupos pelas ruas esfumaçadas. O pessoal do circo havia erguido uma pequena lona na plaza poeirenta e fixado em torno estacas encimadas por fogaréus com óleo aceso. O malabarista batia em uma espécie de tambor de folha de flandres e couro cru e apregoava com voz aguda e nasalada o programa de apresentações enquanto a mulher gritava Pase pase pase com amplos gestos circulares como se fosse o maior dos espetáculos. Toadvine e o kid observavam a multidão em movimento. Bathcat se curvou e falou com eles.

Olhem lá, rapazes.

Viraram para olhar o lugar indicado. O preto estava nu da cintura para cima atrás da tenda e enquanto o malabarista se virava com um amplo gesto do braço a garota lhe deu um empurrão e ele se afastou abruptamente da tenda e saiu andando com estranhas poses sob o incerto clarão das tochas.

8

Outra cantina, outros conselhos — Monte — Um esfaqueamento — O canto mais escuro da taverna o mais conspícuo — O sereño — Rumo norte — O acampamento de charqueio — Grannyrat — Sob os picos das Animas — Um confronto e uma morte — Outro anacoreta, outra aurora.

Pararam do lado de fora da cantina e juntaram suas moedas e Toadvine empurrou para o lado o couro seco pendurado a título de porta e entraram em um ambiente onde tudo era escuridão e formas vagas. Um lampião solitário pendia de uma viga no teto e em meio às sombras vultos escuros fumavam. Atravessaram o bar até o balcão de ladrilhos cerâmicos. O lugar recendia a madeira queimada e suor. Um homenzinho magro apareceu diante deles e pôs as mãos cerimoniosamente sobre o ladrilho.

Dígame, disse.

Toadvine tirou o chapéu e o pousou sobre o balcão e passou a garra escura da mão pelos cabelos.

O que tem aí que um homem pode beber com o mínimo risco de ficar cego ou morrer.

Cómo?

Jogou o polegar na direção da garganta. O que tem pra beber, disse. O barman se virou e olhou para suas mercadorias. Parecia não ter certeza se havia alguma coisa ali capaz de atender às exigências.

Mescal?

Bom pra todo mundo?

Pode pôr, disse Bathcat.

O barman serviu as doses de um jarro de cerâmica em três copos de lata amassados e as empurrou para a frente com cuidado como fichas em um jogo.

Cuánto, disse Toadvine.

O barman pareceu assustado. Seis? disse.

Seis o quê?

O sujeito ergueu seis dedos.

Centavos, disse Bathcat.

Toadvine jogou os cobres sobre o balcão e esvaziou o copo e pagou outra vez. Gesticulou para os três copos com um meneio de indicador. O kid apanhou seu copo e virou e o pousou outra vez sobre o balcão. A bebida era malcheirosa, amarga, sabendo levemente a arbusto de creosoto. Ele estava de pé como os demais com as costas para o balcão e olhou pelo bar. Em uma mesa no canto mais distante homens jogavam cartas à luz de uma única vela de sebo. Ao longo da parede oposta agachavam-se silhuetas como que excluídas da luz e observando os americanos sem qualquer expressão.

Taí um jogo pra vocês, disse Toadvine. Jogar monte no escuro com um bando de negroides. Ergueu o copo e o esvaziou e pousou no balcão e contou as moedas restantes. Um homem saído da penumbra vinha arrastando os pés na direção deles. Tinha uma garrafa sob o braço e a pôs sobre os ladrilhos cuidadosamente junto com seu copo e falou com o barman e o barman lhe trouxe uma jarra de cerâmica com água. Virou a jarra de modo que a alça ficou a sua direita e olhou para o kid. Era velho e usava um chapéu de copa achatada de um tipo que já não era mais visto com frequência naquele país e vestia calça e camisa de algodão brancas e sujas. As huaraches que usava pareciam dois peixes secos e enegrecidos presos por correias às solas de seus pés.

Vocês são texas? disse.

O kid olhou para Toadvine.

Vocês são texas, disse o velho. Eu ficar Texas três anos. Estendeu a mão. O indicador estava amputado na primeira junta e talvez estivesse mostrando a eles o que acontecera no Texas ou talvez meramente indicando os anos. Baixou a mão e virou para o balcão e pôs vinho dentro do copo e apanhou a jarra d'água e então parcimoniosamente batizou a bebida. Bebeu e baixou o copo e virou para Toadvine. Usava as suíças brancas até a ponta do queixo e esfregou-as com o dorso da mão antes de erguer o rosto outra vez.

Vocês são sociedad de guerra. Contra los barbaros.

Toadvine não entendia. Parecia um bronco cavaleiro medieval a quem um troll propusesse enigmas.

O velho pendurou um rifle fantasma no ombro e fez um ruído com a boca. Olhou para os americanos. Vocês matar apache, não?

Toadvine olhou para Bathcat. O que ele quer? disse.

O vandiemenlander passou a mão de três dedos sobre a boca mas sem demonstrar qualquer simpatia. O velho está mamado, disse. Ou é maluco.

Toadvine fincou os cotovelos nos ladrilhos às suas costas. Olhou para o velho e cuspiu no chão. Mais louco que um negro fujão, hein? disse.

Houve um gemido no canto mais distante do bar. Um homem ficou de pé e caminhou junto à parede e se curvou para falar com outros. Os gemidos voltaram e o velho passou a mão no rosto duas vezes e beijou as pontas dos dedos e ergueu o rosto.

Quantos dinheiros eles pagam vocês? disse.

Ninguém disse nada.

Vocês matar Gómez eles paga muitos dinheiros.

O homem no escuro na parede do fundo gemeu outra vez. Madre de Dios, exclamou.

Gómez, Gómez, disse o velho. Mesmo Gómez. Quem pode enfrentar os tejanos? Eles soldados. Que soldados tan valientes. La sangre de Gómez, sangre de la gente...

Ergueu o rosto. Sangue, disse. Esse país ganha muito sangue. Esse México. Esse é país sedento. O sangue de mil Cristos. Nada.

Fez um gesto na direção do mundo mais além onde toda a terra estava mergulhada em trevas e tudo era uma grande ara maculada. Ele virou e se serviu de vinho e voltou a adicionar água do jarro, velho cheio de temperança, e bebeu.

O kid o observava. Observou-o beber e observou-o limpar a boca. Quando se virou parecia que não falava nem com o kid nem com Toadvine, mas pareceu se dirigir ao bar.

Rezo para o Deus deste país. Digo isso para vocês. Rezo. Não vou na igreja. O que é minha necessidade pra falar com aqueles bonecos lá? Eu falo aqui.

Apontou o próprio peito. Quando virou para os americanos sua voz se suavizou outra vez. Vocês ótimos caballeros, disse. Vocês matam bárbaros. Eles não podem esconder de vocês. Mas tem outro caballero e eu acho que nenhum homem se esconde dele. Eu fui soldado. É como sonho. Quando até os ossos somem no deserto os sonhos é que conversam com você, você nunca mais acorda.

Esvaziou seu copo e apanhou sua garrafa e se afastou suavemente em suas sandálias para o canto mais escuro e distante da cantina. O homem perto da parede gemeu outra vez e invocou seu deus. O vandiemenlander e o barman conversaram entre si e o barman fez um gesto na direção da penumbra no canto e abanou a cabeça e os americanos deram seus últimos tragos e Toadvine empurrou os poucos tlacos para o barman e saíram.

Aquele era o filho dele, disse Bathcat.

Quem?

O rapaz no canto ferido com uma faca.

Ele estava ferido?

Um dos sujeitos na mesa o cortou. Estavam jogando carta e um deles o cortou.

Por que não vai embora.

Fiz essa mesma pergunta pra ele.

O que foi que ele disse?

Tinha uma pergunta pra mim. Disse ir pra onde?

Seguiram através das ruas estreitas e muradas na direção do portão e das fogueiras do acampamento mais além. Uma voz exclamava. Dizia: Las diez y media, tiempo sereño. Era o vigia em sua ronda e passou por eles com a lanterna entoando suavemente a hora.

Na escuridão que precede a aurora os sons do ambiente descrevem a cena que se seguirá. Os primeiros chamados dos pássaros nas árvores ao longo do rio e o retinir dos arreios e o resfolegar dos cavalos e o delicado som que fazem ao pastar. No vilarejo escuro galos já começaram. O ar cheira a cavalos e carvão. O acampamento começou a se agitar. Sentadas em torno sob a luz cada vez maior estão as crianças da pequena cidade. Nenhum desses homens que se levantam sabe por quanto tempo elas permaneceram ali na escuridão e no silêncio.

Quando atravessaram a praça a pele-vermelha morta já sumira e a poeira estava recém-revolvida. No topo das estacas viam-se as lamparinas do malabarista negras e sem vida e a fogueira estava fria diante da lona. Uma velha que estivera cortando lenha se aprumou e ficou segurando o machado com as duas mãos quando passaram.

Cavalgaram pelo acampamento índio saqueado no meio da manhã, as mantas enegrecidas de carne dispostas sobre os arbustos ou penduradas em postes como uma roupa de lavanderia estranha e escura. Peles de veado estavam esticadas com estacas no chão e ossos brancos ou ocre jaziam esparramados pelas rochas num matadouro primitivo. Os cavalos retesaram as orelhas e aceleraram a marcha. Seguiram em frente. De tarde o Jackson preto os alcançou, sua montaria exaurida e quase sem fôlego. Glanton girou na sela e o mediu com o olhar. Então cutucou o cavalo adiante e o negro se juntou aos pálidos companheiros e todos seguiram viagem como antes.

Só deram pela ausência do veterano ao anoitecer. O juiz caminhava em meio à fumaça das fogueiras de cozinhar e se agachou diante de Toadvine e do kid.

O que aconteceu com o Chambers, disse.

Acho que desistiu.

Desistiu.

Acho que sim.

Ele estava com a gente de manhã?

Não que eu saiba.

Eu imaginava que você fosse o responsável pelo seu grupo.

Toadvine cuspiu. Parece que ele é o responsável por sua própria pessoa.

Quando foi a última vez que viu ele.

Vi ele ontem à noite.
Mas não hoje de manhã.
Hoje de manhã não.
O juiz ficou olhando para o outro.
Diabos, disse Toadvine. Calculei que soubesse que tinha ido embora. Não é como se fosse tão pequeno que você não daria pela falta.
O juiz olhou para o kid. Olhou para Toadvine outra vez. Então ficou de pé e voltou.

Pela manhã dois delawares haviam sumido. O grupo seguiu em frente. Na metade do dia haviam começado a escalar em direção ao passo montanhoso. Cavalgando para cima entre pés de lavanda brava ou iúca, sob os picos das Animas. A sombra de uma águia que alçara voo daquela fortaleza alta e escarpada cruzou a fila de cavaleiros lá embaixo e eles ergueram o rosto para observar sua trajetória naquele vazio azul imaculado e insensível. Seguiram a marcha ascendente em meio a pés de piñon e carvalhos anões e cruzaram o desfiladeiro através de uma elevada floresta de pinheiros e continuaram em frente pelas montanhas.

Ao anoitecer chegaram a uma mesa com vista para todo o território ao norte. O sol a oeste mergulhava numa conflagração de onde ascendia uma coluna uniforme de pequenos morcegos do deserto e para o norte ao longo do trêmulo perímetro do mundo o pó era soprado pelo vazio como a fumaça de exércitos distantes. As montanhas de papel pardo amarrotado esparramavam-se em nítidas dobras sombreadas sob o longo lusco-fusco azulado e a média distância o leito vitrificado de um lago seco tremeluzia como o mare imbrium e bandos de veados deslocavam-se para o norte sob a derradeira luz crepuscular, acossados na planície por lobos da cor do chão do deserto.

Montado em seu cavalo Glanton contemplou longamente o cenário. Esparso sobre a mesa o mato seco era açoitado ao vento como o prolongado eco terreno de lanças e chuços em antigos confrontos nunca registrados. O céu parecia todo ele inquietação e a noite engoliu rapidamente a região escurecida e pequenos pássaros cinzentos voaram com débeis gritos ao encalço do sol. Ele instigou o cavalo estalando a língua. E assim penetrou e penetraram todos na incerta perdição das trevas.

Acamparam essa noite na planície que se estendia ao sopé de uma escarpa de tálus e o assassinato que vinha sendo aguardado teve lugar. O Jackson branco se embebedara em Janos e cavalgara de olhos vermelhos e expressão sombria por dois dias através das montanhas. Ele agora sentava descomposto e sem as botas junto ao fogo tomando aguardente de sua garrafinha metálica, circundado pelos companheiros e pelos gritos dos lobos e a providência da noite. Estava desse modo acomodado quando o negro se aproximou da fogueira e deixou cair seu apishamore e sentou sobre ele e pôs-se a acender o cachimbo.

Havia duas fogueiras no acampamento e nenhuma regra real ou tácita quanto a quem deveria usar qual. Mas quando o branco olhou para a outra fogueira viu que os delawares e John McGill e os novatos da companhia haviam feito sua refeição ali e com um gesto e uma praga pastosa advertiu o negro para que se afastasse.

Ali naquele lugar distante do juízo dos homens todas as alianças eram frágeis. O negro ergueu o rosto do fornilho do cachimbo. Em torno daquele fogo havia homens cujos olhos rebatiam a luz como carvões em brasa socados em seus crânios e homens cujos olhos não, mas os olhos do homem negro eram como corredores para a travessia da noite nua e irremediável de algum ponto deixado para trás a algum ponto ainda por vir. Qualquer homem dessa companhia pode sentar onde achar melhor, disse.

O branco balançou a cabeça, um olho entrecerrado, o lábio frouxo. Seu cinturão jazia enrolado no chão. Ele esticou o braço e puxou o revólver e engatilhou. Quatro homens levantaram e se afastaram.

Vai atirar em mim? disse o negro.

Se não sumir com essa sua fuça negra pra longe dessa fogueira vai morrer igual um cachorro.

Ele olhou para onde Glanton estava sentado. Glanton o observava. Enfiou o cachimbo na boca e ficou de pé e apanhou a manta de pele de bisão e a dobrou sob o braço.

É sua palavra final?

Tão final como o juízo divino.

O preto olhou mais uma vez por cima das chamas para Glanton e então sumiu escuridão adentro. O branco desengatilhou o revólver e o pousou no chão diante de si. Dois outros voltaram a se acercar do fogo e ficaram de pé pouco à vontade. Jackson sentava com as pernas cruzadas. Tinha uma das mãos no colo e a outra esticada sobre o joelho segurando uma cigarrilha preta. O homem mais próximo dele era Tobin e quando o negro surgiu da escuridão segurando sua bowie com as duas mãos como um instrumento cerimonial Tobin fez menção de se levantar. O branco ergueu o olhar ébrio e o preto avançou e com um único golpe decepou sua cabeça.

Duas cordas espessas de sangue escuro e duas mais finas subiram como serpentes do toco de seu pescoço e num arco foram sibilar dentro do fogo. A cabeça rolou para a esquerda e parou aos pés do ex-padre onde quedou de olhos aterrorizados. Tobin sacudiu as pernas para se afastar e se ergueu e deu um passo para trás. O fogo cuspia vapor e enegrecia e uma nuvem de fumaça cinza subiu e os arcos colunares de sangue lentamente arrefeceram até que apenas o pescoço borbulhava suavemente como um guisado e depois também isso parou. Continuava sentado como antes, exceto pela cabeça ausente, encharcado de sangue, a cigarrilha ainda entre os dedos, curvado na direção da gruta escura e fumegante em meio às chamas para onde sua vida tinha ido.

Glanton ficou de pé. Os homens se afastaram. Ninguém falou. Quando partiram pela manhã o homem decapitado sentava-se como um anacoreta assassinado descalço nas cinzas e de camisão. Alguém levara sua arma mas as botas continuavam onde as deixara. O grupo seguiu em frente. Não haviam avançando nem uma hora pela planície quando foram atacados pelos apaches.

9

Um ambuscado — O apache morto — Terra oca — Um lago de gipsita — Trebillones — Cavalos cegos no brancor — Regresso dos delawares — Herança — A carruagem fantasma — As minas de cobre — Ocupantes — Cavalo mordido por serpente — O juiz sobre a evidência geológica — O menino morto — Da paralaxe e orientação errônea das coisas passadas — Os ciboleros.

Estavam cruzando a margem oeste da playa quando Glanton fez alto. Ele girou na sela e pousou a mão na patilha de madeira e olhou na direção do sol onde este acabara de despontar acima das montanhas nuas e mosqueadas de sombras a leste. O chão seco da playa estava liso e isento de qualquer rastro e as montanhas em suas ilhas azuis pairavam sem faldas no vazio como templos flutuantes.

Toadvine e o kid permaneciam em seus cavalos contemplando aquela desolação com os demais. Na extensão distante da playa um oceano frio rebentava e água desaparecida havia milhares de anos esparramava-se em marolas prateadas sob o vento matinal.

Parece o barulho de uma matilha de cães, disse Toadvine.

Pra mim parecem gansos.

De repente Bathcat e um dos delawares viraram seus cavalos e os fustigaram e gritaram e a companhia fez meia-volta e se agrupou e começou a percorrer numa fila o leito do lago na direção da exígua linha de arbustos que delimitava a margem. Homens pulavam de seus cavalos e os manietavam instantaneamente com peias de corda arranjadas de improviso. No instante em que terminaram de prender seus animais e haviam se atirado ao solo sob a moita de creosoto com armas a postos os cavaleiros começaram a surgir distantes no leito do lago, um fino friso de arqueiros a cavalo que bruxuleavam e guinavam sob o calor crescente. Cruzaram a frente do sol e evaporaram um a um para então reaparecer e eram negros sob o sol e cavalgavam através daquele mar evaporado como fantasmas estorricados com as patas dos animais pisoteando e agitando a espuma que não era real e se perderam sob o sol e se perderam no lago e tremeluziram e se agruparam em um borrão para então dispersar novamente e cresceram plano a plano em lúridos avatares e começaram a se amalgamar e então começou a aparecer acima deles no céu puncionado pela aurora um símile infernal de suas hordas cavalgando em fileiras gigantescas e invertidas e as patas dos cavalos incrivelmente alongadas pisoteando os cirros finos e elevados e os ululantes antiguerreiros pendendo de suas montarias imensos e quiméricos e os gritos altos e selvagens repercutindo através daquela bacia achatada e estéril como os gritos de almas invadindo por algum rasgo no tecido das coisas o mundo inferior.

Vão desviar para a direita, gritou Glanton, e conforme o dizia foi o que fizeram, por conveniência do braço com o arco. As flechas vieram flutuando no azul com o sol batendo em suas penas e então subitamente ganharam velocidade e passaram com um silvo declinante como o voo de patos selvagens. O primeiro rifle espocou.

O kid deitava de bruços segurando o imenso revólver Walker nas duas mãos e disparando os tiros devagar e com cuidado como se já tivesse feito tudo isso antes em sonho. Os guerreiros passaram à distância de trinta metros, uns quarenta deles, cinquenta, e seguiram em frente rumo à margem do lago e começaram a se desintegrar nos serrilhados planos de calor e a se separar silenciosamente e a evaporar.

A companhia permanecia sob a moita de creosoto recarregando as armas. Um dos pôneis estava deitado na areia respirando cadenciadamente e outros suportavam as flechas cravadas com curiosa paciência. Tate e Doc Irving retrocederam para cuidar deles. Os demais permaneceram de olhos fixos na playa.

Saíram de trás dos arbustos, Toadvine e Glanton e o juiz. Apanharam um mosquete curto de cano estriado embrulhado em couro cru e enfeitado na coronha com tachas de latão em motivos variados. O juiz olhou para o norte ao longo da margem pálida do lago seco onde os pagãos haviam sumido. Estendeu o rifle para Toadvine e seguiram em frente.

O homem morto tombara em um leito arenoso. Estava nu exceto pelas botas de pele e as folgadas calças mexicanas. Suas botas tinham dedões pontudos como borzeguins e solado de parfleche e canos altos enrolados sob os joelhos e amarrados. A areia no leito estava escura de sangue. Ficaram ali sob o calor sem vento na margem do lago seco e Glanton o virou de costas com sua bota. O rosto pintado surgiu, areia colada ao globo ocular, areia colada à banha rançosa com que untara o torso. Dava para ver o buraco onde a bala do rifle de Toadvine penetrara acima da costela inferior. O cabelo do homem era comprido e negro e baço de poeira e nele andavam alguns piolhos. Havia faixas de tinta branca nas maçãs e asnas de tinta acima do nariz e desenhos em tinta vermelha escura sob os olhos e no queixo. Era velho e exibia um ferimento de lança cicatrizado logo acima do ilíaco e um antigo ferimento de sabre na face esquerda indo até o canto do olho. Esses ferimentos estavam adornados com imagens tatuadas em toda a extensão, talvez obscurecidas pela idade, mas sem referente no deserto conhecido em torno.

O juiz agachou com a faca e cortou a correia da bolsa de guerra feita de pele de felino que o homem carregava e esvaziou o conteúdo sobre a areia. Dentro havia uma viseira de rêmiges de corvo, um rosário de sementes frutíferas, algumas pederneiras, um punhado de pelotas de chumbo. Continha ainda um cálculo ou bezoar originado nas entranhas de algum animal e o juiz examinou aquilo e o enfiou no bolso. Os demais pertences ele os espalhou com a palma da mão como se houvesse algo ali a ser lido. Então abriu a calça do homem com sua faca. Atada junto aos genitais escuros havia uma bolsinha de pele que o juiz cortou e também guardou no bolso do colete. Por último agarrou as negras madeixas e ergueu-as da areia e tirou o escalpo. Depois se ergueram e voltaram, deixando-o a perscrutar com olhos progressivamente secos o calamitoso avanço do sol.

Cavalgaram o dia todo por uma gastine pálida esparsamente pontilhada de armolões e pânicos. Ao anoitecer penetraram em uma terra oca que reverberava tão sonoramente sob os cascos dos cavalos que eles pisavam e saíam de lado e rolavam os olhos como animais de circo e nessa noite deitados no chão todos escutaram, cada um deles, o trovejar surdo de rocha desmoronando em algum lugar muito abaixo de onde estavam, nas pavorosas profundezas do mundo.

No dia seguinte atravessaram um lago de gipsita tão fina que os pôneis não deixavam rastro algum sobre ela. Os cavaleiros usavam máscaras de carvão de osso esfregadas em torno dos olhos e alguns haviam enegrecido os olhos de seus cavalos. O sol refletido na bacia queimava-lhes a parte inferior do rosto e as sombras de cavalo e cavaleiro eram desenhadas sobre o pó branco fino no mais puro índigo. Muito longe ao norte no deserto jatos de poeira erguiam-se oscilando como brocas sobre a terra e alguns homens contaram que tinham ouvido falar de peregrinos sendo erguidos como dervixes nesses torvelinhos sem direção para serem largados de ossos partidos e sangrando outra vez sobre o deserto e ali talvez assistir ao que os destruíra seguir seu caminho cambaleante como algum djim bêbado e se dissolver uma vez mais nos elementos dos quais se originou. Daquele redemoinho nenhuma voz emergia e o peregrino caído com seus ossos quebrados podia gritar e em sua agonia se enfurecer, mas fúria contra o quê? E se a casca seca e enegrecida dele for encontrada entre as areias por viajantes do porvir quem poderá adivinhar o instrumento de sua aniquilação?

Nessa noite sentaram junto ao fogo como fantasmas em suas barbas e roupas empoeiradas, absortos, pirólatras. As chamas morreram e pequenos tições saíram rolando pela planície e a areia rastejou no escuro a noite toda como exércitos de piolhos em marcha. À noite alguns cavalos começaram a relinchar e o romper do dia revelou diversos deles tão enlouquecidos com a cegueira da neve que tiveram de ser abatidos. Quando partiram o mexicano a quem chamavam McGill montava seu terceiro cavalo em tantos dias. Não pudera pretejar os olhos do pônei em que viera cavalgando desde o lago seco pois que para tanto teria necessitado uma focinheira como de cão e o cavalo em que agora andava era ainda mais indócil e restavam apenas três animais no caballado.

Nessa tarde os dois delawares que os haviam deixado um dia após saírem de Janos alcançaram-nos quando faziam uma pausa para o almoço junto a um poço. Com eles ia o cavalo do veterano, ainda selado. Glanton foi até o animal e pegou as rédeas soltas e o puxou para perto da fogueira onde retirou o rifle do coldre e o estendeu para David Brown e então começou a remexer a bolsa de couro presa à patilha e a jogar os parcos pertences do veterano no fogo. Desprendeu as correias da cilha e soltou os outros equipamentos e empilhou tudo sobre as chamas, cobertores, sela, tudo, a lã e o couro ensebados desprendendo uma fumaça fétida e cinzenta.

Então seguiram em frente. Tomaram o rumo norte e por dois dias os delawares leram as fumaças nos cumes distantes e depois as fumaças cessaram e não voltaram. Quando penetravam os contrafortes toparam com uma velha diligência empoeirada com seis cavalos nos tirantes pastando o capim seco em uma dobra no meio do burgau estéril.

Uma delegação se encaminhou à carruagem e os cavalos sacudiram as cabeças e refugaram e fugiram a trote. Os cavaleiros acossaram-nos pela bacia até que circulassem como cavalos de papel colhidos pelo vento e trouxessem a diligência matraqueando a reboque com uma roda quebrada. O preto caminhou acenando com o chapéu e gritando palavras para que sossegassem e se aproximou dos cavalos atrelados ao varal com o chapéu estendido e conversou com eles que tremiam sem se mover até conseguir alcançar as rédeas caídas no chão.

Glanton passou por ele e abriu a porta da carruagem. O interior do coche estava cheio de estilhaços de madeira nova e um homem morto caiu porta afora e pendeu de cabeça para baixo. Havia mais um homem dentro e um menino jovem e ali jaziam com suas armas naquele seu carro funerário em meio a um fedor capaz de espantar um abutre de um carrinho de miúdos. Glanton apanhou as armas e a munição e passou para os outros. Dois homens treparam no tejadilho de carga e cortaram as cordas e a lona puída e com um pontapé derrubaram um pequeno baú e uma velha caixa de despachos de couro cru e abriram os dois. Glanton cortou as correias da caixa de despachos com sua faca e virou a caixa na areia. Cartas escritas para todos os destinos que não aquele começaram a deslizar e se afastar descendo pelo cânion. Havia alguns sacos com amostras de minério dentro da caixa e ele os esvaziou no chão e remexeu os montinhos de minério com o pé e olhou em torno. Voltou a olhar dentro do coche e então cuspiu e virou e observou os cavalos. Eram cavalos grandes americanos mas completamente esgotados. Ordenou que soltassem dois deles dos tirantes e então fez um gesto para que o negro largasse o cavalo guia e agitou o chapéu para os animais. Eles partiram pelo solo do cânion, desemparelhados e com movimentos de vaivém nos arreios, a diligência oscilando na suspensão de couro e o morto balançando pela porta que batia. Diminuíram a marcha na planície rumando para oeste, primeiro o som e depois a forma deles se dissolvendo no calor que subia da areia até não serem mais que um cisco contorcendo-se naquele vazio alucinatório e então absolutamente nada. Os cavaleiros seguiram em frente.

Por toda a tarde cavalgaram em fila única através das montanhas. Um pequeno gavião cinzento passou em voo rasante por eles como que procurando o estandarte da companhia e então disparou pela planície abaixo com suas esguias asas falconídeas. Cavalgaram por cidades de arenito no crepúsculo desse dia, passando por castelos e torres e baluartes moldados pelo vento e por celeiros de pedra ao sol e à sombra. Cavalgaram através de marga e terracota e fendas de xisto rico em cobre e cavalgaram através de uma plataforma arborizada e saíram em um promontório dominando uma caldeira inóspita e desolada onde ficavam as ruínas abandonadas de Santa Rita del Cobre.

Ali montaram seu acampamento sem fogo nem água. Enviaram batedores e Glanton caminhou pelo despenhadeiro e sentou ao crepúsculo observando a escuridão se adensar no abismo para ver se alguma luz se revelava ali embaixo. Os batedores voltaram no escuro e continuava escuro pela manhã quando a companhia montou e partiu.

Entraram na caldeira sob uma aurora meio acinzentada, cavalgando em fila indiana pelas ruas xistosas entre velhos prédios de adobe abandonados havia doze anos quando os apaches bloquearam as caravanas de carroções vindas de Chihuahua e sitiaram os mineradores. Os mexicanos famintos tentaram percorrer a pé a longa jornada para o sul mas nenhum deles jamais chegou. Os americanos em seus cavalos deixaram para trás a escória e o cascalho e as silhuetas escuras das chaminés e deixaram para trás a fundição onde se acumulavam pilhas de minério e os carroções e vagonetes entregues à intempérie brancos como ossos sob a aurora e os escuros vultos de ferro do maquinário abandonado. Cruzaram um arroio pedregoso e cavalgaram através daquele terreno revolvido até uma suave elevação onde ficava o antigo presidio, uma enorme construção triangular de adobe com torres redondas nos cantos. Havia uma única porta na muralha leste e quando se aproximaram puderam avistar a fumaça que haviam farejado no ar matinal.

Glanton bateu na porta com sua clava forrada de couro cru como um viajante diante de uma estalagem. Uma luz azulada se difundia pelas colinas em torno e os picos mais elevados ao norte recebiam a única luz do sol que havia enquanto toda a caldeira ainda estava mergulhada nas sombras. O eco de suas batidas retumbou pelos muros de pedra austeros e rachados e voltou. Os homens continuaram sobre suas selas. Glanton chutou a porta.

Apareçam se forem brancos, chamou.

Quem está aí? gritou uma voz.

Glanton cuspiu.

Quem é? gritaram.

Abra, disse Glanton.

Aguardaram. Correntes matraquearam contra a madeira. Um vão se abriu com um rangido na porta alta e um homem se postou diante deles com um rifle em posição. Glanton cutucou o cavalo com o joelho e o animal ergueu a cabeça pelo vão e forçou passagem e todos entraram.

Na escuridão pardacenta do interior da praça-forte desmontaram e prenderam as montarias. Velhos carroções de carga eram vistos aqui e ali, alguns despojados de suas rodas por viajantes. Uma lamparina ardia em um dos prédios e vários homens estavam à porta. Glanton atravessou o triângulo. Os homens abriram caminho. Pensamos que fossem os injins, disseram.

Eram os quatro restantes de um grupo de sete que se aventurara pelas montanhas para explorar metais preciosos. Havia três dias que se refugiavam no antigo presidio, vindos do deserto ao sul onde foram perseguidos pelos selvagens. Um dos homens havia sido alvejado na região inferior do peito e estava apoiado na parede dentro da casa do comandante. Irving entrou e olhou para ele.

O que fizeram por ele? disse.
Não fizemos nada.
O que querem que eu faça por ele?
Ninguém pediu pra você fazer nada.
Ótimo, disse Irving. Porque não tem nada a ser feito.
Olhou para eles. Estavam imundos e esfarrapados e meio fora de si. Vinham fazendo incursões pelo arroio à noite para obter lenha e água e se alimentando da carcaça de uma mula eviscerada e malcheirosa no canto mais distante do pátio. A primeira coisa pela qual perguntaram foi uísque e a segunda tabaco. Não tinham mais que dois animais e um deles fora picado por uma cobra no deserto e a besta em questão agora se encontrava ali no quartel com a cabeça enormemente inchada e grotesca como uma concepção equina fabulosa saída de uma tragédia ática. A picada havia sido desferida junto às narinas e os olhos protuberantes apontavam na cabeça desfigurada em um horror agônico e o animal cambaleou gemendo na direção dos cavalos agrupados da companhia com o comprido focinho deformado balançando e babando e a respiração arfante nos sufocados tubos de sua garganta. A pele havia se fendido no dorso nasal e o osso brilhava em meio a uma brancura rosada e suas pequenas orelhas pareciam mechas de papel retorcido enfiadas de ambos os lados de uma peluda massa para pães. Os cavalos americanos começaram a se agitar e a dispersar ao longo do muro ante sua aproximação e o animal cambaleou às cegas atrás deles. Seguiu-se uma comoção de pisoteios e coices e os cavalos começaram a circundar o forte. Um pequeno garanhão sarapintado pertencente a um dos delawares destacou-se da remuda e escoiceou a criatura duas vezes e então virou e enterrou os dentes em seu pescoço. Da garganta do cavalo desvairado saiu um som que trouxe os homens até a porta.
Por que não matam o pobre-diabo? disse Irving.
Quanto antes morrer antes apodrece, disseram.
Irving cuspiu. Estão pensando em comer aquilo com picada de cobra e tudo?
Olharam uns para os outros. Não sabiam.
Irving abanou a cabeça e saiu. Glanton e o juiz olharam para os ocupantes do forte e os ocupantes olharam para o chão. Algumas

vigas do telhado haviam cedido parcialmente e o chão estava coberto de barro e pedregulhos. Nessa fortaleza arruinada penetrava agora obliquamente o sol matinal e Glanton pôde ver agachado a um canto um garoto mexicano ou mestiço de uns doze anos de idade. Tudo que vestia eram umas calças até os joelhos e sandálias improvisadas de couro não curtido. Devolveu o olhar de Glanton com uma espécie de insolência aterrorizada.

Quem é essa criança? disse o juiz.

Deram de ombros, desviaram o rosto.

Glanton cuspiu e abanou a cabeça.

Postaram guardas na azotea e tiraram as selas dos cavalos e os levaram para pastar e o juiz foi até uma das alimárias e esvaziou a carga dos paneiros e pôs-se a explorar as instalações. De tarde sentou no pátio do quartel quebrando amostras de minério com um martelo, o feldspato rico em óxido vermelho de cobre e pepitas nativas em cujos lóbulos orgânicos ele pretendeu ler informações sobre as origens da terra, ministrando uma conferência extemporânea de geologia a uma reduzida plateia que balançava a cabeça e cuspia. Alguns citaram para ele as escrituras tentando frustrar sua ordenação das eras a partir do caos primordial e outras pressuposições apostáticas. O juiz sorriu.

Livros mentem, disse.

Deus não mente.

Não, disse o juiz. Não mente. E eis aqui suas palavras.

Segurou um pedaço de rocha.

Ele fala nas pedras e nas árvores, os ossos das coisas.

Os ocupantes maltrapilhos assentiam com a cabeça entre si e em pouco tempo reputavam-no correto, aquele homem de saber, em todas suas especulações, e tal o juiz encorajou até se tornarem genuínos prosélitos da nova ordem, momento em que se pôs a rir e zombar de sua estupidez.

Nessa noite a maior parte da companhia se aquartelou sob as estrelas na argila seca da praça-forte. Antes do amanhecer a chuva os forçaria a se abrigar, amontoados nos escuros alojamentos de barro ao longo da muralha sul. Na casa do comandante montaram uma fogueira no chão e a fumaça subiu através do telhado desabado e Glanton e o juiz e seus lugares-tenentes sentaram-se em torno das chamas e fumaram seus cachimbos enquanto os ocupantes ficavam mais afastados mastigando o tabaco que haviam recebido e cuspindo na parede. O menino mestiço os observava com seus olhos escuros. A oeste entre as colinas baixas e escuras puderam ouvir um lamento de lobo que levou inquietação aos ocupantes e os caçadores sorriram entre si. Em uma noite tão prenhe de clamores como os ganidos chacais de coiotes e os pios de corujas o uivo daquele velho lobo macho era o único som que eles sabiam provir de sua forma legítima, um lobo solitário, provavelmente cinzento no focinho, pendendo da lua como uma marionete com sua longa boca balbuciante.

A noite foi ficando cada vez mais fria e uma agitação tempestuosa de vento e chuva começou a soprar e logo em seguida todo o bestiário selvagem daquela terra emudeceu. Um cavalo enfiou sua cara comprida e úmida pela porta e Glanton ergueu o rosto e falou com o animal e este alçou a cabeça e contraiu o lábio e sumiu dentro da chuva e dentro da noite.

Os ocupantes do quartel observaram isso como observavam tudo com seus olhos inquietos e um deles asseverou que jamais tomaria um cavalo por animal de estimação. Glanton cuspiu no fogo e olhou para o homem ali sentado sem cavalo e em trapos e abanou a cabeça diante da maravilhosa invenção da estupidez em todas suas formas e feitios. A chuva amainara e na quietude um prolongado crepitar de trovão rolou acima de suas cabeças e reverberou entre os rochedos e então a chuva redobrou de força até virar um aguaceiro vertendo pela abertura negra do teto e se vaporizando e chiando na fogueira. Um dos homens se levantou e arrastou as extremidades apodrecidas de umas velhas traves e as empilhou sobre as chamas. A fumaça se espalhou ao longo das vigas cedidas acima deles e pequenos regatos de argila líquida começaram a escorrer do telhado de sapê. Lá fora o presidio se via sob cortinas d'água que em rajadas de vento a tudo fustigavam e a luz da fogueira projetando-se através da porta lançava uma faixa pálida naquele oceano raso no qual os cavalos ficavam como espectadores de beira de estrada à espera de algum acontecimento. De tempos em tempos um dos homens se levantava e saía e sua sombra caía entre os animais e eles erguiam e baixavam as cabeças gotejantes e chapinhavam com seus cascos e então voltavam a aguardar sob a chuva.

Os homens que haviam estado de sentinela entraram na casa e postaram-se fumegantes diante do fogo. O preto parou à porta sem entrar nem sair. Alguém afirmara ter visto o juiz nu em cima das muralhas, imenso e pálido sob a revelação dos relâmpagos, marchando pelo perímetro ali em cima e declamando à velha maneira épica. Glanton observava o fogo em silêncio e os homens se ajeitaram com seus cobertores nos lugares mais secos do chão e logo todos dormiam.

Pela manhã a chuva cessara. A água se acumulava em poças no pátio e o cavalo picado jazia morto com sua cabeça informe estendida na lama e os outros animais haviam se agrupado no canto nordeste sob a torre e estavam de frente para o muro. Os picos ao norte exibiam a brancura da neve sob o sol que acabara de nascer e quando Toadvine saiu para o novo dia o sol roçava na parte superior das muralhas da fortificação e o juiz permanecia tranquilo em meio ao suave vapor palitando os dentes com um espinho como se houvesse acabado de comer.

Dia, disse o juiz.

Dia, disse Toadvine.

Parece que vai limpar.

Já limpou, disse Toadvine.

O juiz girou a cabeça e olhou na direção do baluarte cobalto imaculado do dia visível. Uma águia cruzava a garganta com o sol muito branco em sua cabeça e nas penas da cauda.

Assim é, disse o juiz. Assim é.

Os ocupantes saíram e ficaram à toa pelo quartel piscando como pássaros. Haviam confabulado e decidido juntar-se à companhia e quando Glanton chegou ao pátio conduzindo seu cavalo o porta-voz do grupo se adiantou para informá-lo da decisão. Glanton nem sequer olhou para ele. Entrou na casa e pegou sua sela e equipamentos. Nesse ínterim alguém encontrara o menino.

Estava de bruços e sem roupa em um dos alojamentos. Espalhados em torno pela terra havia um grande número de ossos velhos. Como se ele assim como outros antes dele houvesse topado com um lugar habitado por alguma criatura hostil. Os ocupantes se agacharam e ficaram ao redor do cadáver em silêncio. Logo iniciavam uma conversa absurda sobre os méritos e virtudes do menino morto.

Na fortificação os caçadores de escalpo montaram e viraram seus cavalos na direção dos portões que agora estavam abertos para o leste dando as boas-vindas à luz e encorajando sua jornada. Quando saíam os condenados albergados naquele lugar vieram arrastando o menino para fora e o deixaram cair na lama. Seu pescoço fora quebrado e sua cabeça pendia em ângulo reto e baqueou estranhamente quando o puseram no chão. As colinas além da mina refletiam-se acinzentadas nas poças d'água do pátio e a mula parcialmente comida jazia na lama com o quarto traseiro faltando como que saída do cromo de uma guerra medonha. Dentro da caserna sem porta o homem baleado cantava hinos de igreja e praguejava contra Deus, alternadamente. Os ocupantes ficaram em volta do menino morto com suas armas imprestáveis em posição de descanso como uma andrajosa guarda de honra. Glanton lhes cedera meia libra de pólvora para os rifles e alguns escorvadores e um pequeno lingote de chumbo e quando a companhia partia em seus cavalos alguns se viraram para olhar, três homens parados sem expressão. Ninguém ergueu a mão em adeus. O moribundo junto às cinzas da fogueira cantava e conforme cavalgavam porta afora puderam escutar os hinos de sua própria infância e continuaram a escutar à medida que subiam pelo arroio e cavalgavam entre os pequenos juníperos ainda úmidos da chuva. O moribundo entoava os cânticos com voz muito límpida e convicta e os cavaleiros rumando para o interior do país talvez tenham retardado o passo para mais longamente escutá-lo pois que eram eles próprios bem esse tipo de pessoas.

Cavalgaram nesse dia entre colinas baixas estéreis salvo pelos arbustos de vegetação perene. Por toda parte naquele prado elevado veados pulavam e debandavam e sem deixar suas selas os caçadores abateram inúmeros deles e os estriparam e embalaram e ao anoitecer haviam conquistado o séquito de meia dúzia de lobos de tamanho e cor variados que trotavam atrás deles em fila indiana e ficavam olhando por cima dos próprios ombros para verificar se cada um ia em seu devido lugar.

Fizeram alto ao crepúsculo e montaram uma fogueira e assaram a carne. A noite estava bem fechada e não se viam estrelas. Ao norte podiam avistar outras fogueiras que ardiam vermelhas e lúgubres ao longo das arestas invisíveis. Comeram e seguiram adiante, deixando a fogueira no chão atrás de si e, conforme cavalgaram através das montanhas, aquela fogueira pareceu ter sua localização alterada, ora aqui, ora ali, avançando ou mudando de lugar inexplicavelmente ao longo do flanco do movimento deles. Como algum fogo-fátuo surpreendido pela noite na estrada que deixavam para trás e que todos podiam ver e sobre o qual ninguém falava. Pois essa vontade de iludir que existe em coisas luminosas pode se manifestar igualmente em retrospecto e assim mediante ardil de alguma dada parte de uma jornada já cumprida pode também endereçar homens a destinos fraudulentos.

Conforme cavalgaram nessa noite pela mesa viram se aproximar em sua direção como se fosse sua própria imagem um grupo de cavaleiros destacado das trevas pelo clarão intermitente dos relâmpagos sem chuva ao norte. Glanton fez alto em seu cavalo e a companhia parou atrás dele. Os cavaleiros silenciosos continuaram assomando. Quando estavam a cem metros de distância também fizeram alto e todos permaneceram em silenciosa especulação quanto àquele encontro.

Quem são vocês? gritou Glanton.

Amigos, nosotros somos amigos.

Contavam todos o número de homens uns dos outros.

De dónde viene? gritaram os forasteiros.

A dónde va? gritou o juiz.

Eram ciboleros vindos do norte, seus cavalos de carga cheios de carne-seca. Trajavam peles costuradas com ligamentos de animais e sentavam em suas selas à maneira de homens que raramente desciam delas. Portavam lanças com as quais caçavam o arisco bisão nas planícies e essas armas eram enfeitadas com borlas de penas e tecidos coloridos e alguns portavam arcos e outros portavam velhos mosquetes de pederneira cujas bocas estavam arrolhadas com tampões também enfeitados de borlas. Carregavam a carne-seca embrulhada em couro cru e a não ser pelas poucas armas que traziam consigo eram tão inocentes do artifício civilizado quanto o mais rude selvagem daquela terra.

Parlamentaram sem desmontar e os ciboleros acenderam suas cigarrilhas e contaram que se dirigiam aos mercados de Mesilla. Os americanos podiam ter negociado em troca de alguma carne mas não portavam mercadorias de valor equivalente e a disposição para o escambo era estranha entre eles. E desse modo aqueles grupos se separaram na planície à meia-noite, cada um percorrendo o caminho pelo qual o outro viera, perseguindo como cabe a todo viajante inversões sem fim das jornadas de outros homens.

10

Tobin — A escaramuça no Little Colorado — A katabasis — Como surgiu o homem instruído — Glanton e o juiz — Um novo rumo — O juiz e os morcegos — Guano — Os desertores — Salitre e carvão — O malpais — Marcas de cascos — O vulcão — Enxofre — A matriz — O massacre dos aborígenes.

Nos dias que se seguiram sumiu todo vestígio dos gileños e eles penetraram ainda mais fundo nas montanhas. Junto a fogueiras feitas com madeiras claras como osso vindas à deriva das terras altas acocoravam-se em silêncio enquanto as chamas dançavam ao vento noturno ascendente naquelas depressões pedregosas. O kid sentava de pernas cruzadas arrumando uma correia com a sovela que tomara emprestada do ex-padre Tobin e o renegado sem batina o observava trabalhando.

Você já fez isso antes, disse Tobin.

O kid limpou o nariz com a manga da camisa imunda e virou a tira em seu colo. Eu não, disse.

Bom, você tem mão pra isso. Mais do que eu. Há pouca equidade nos dons que o Senhor concede.

O kid ergueu o rosto para ele e depois voltou a se debruçar sobre o trabalho.

Assim é, disse o ex-padre. Olhe em volta. Examine o juiz.

Já cansei de examinar o juiz.

Vai ver ele não é do seu agrado, muito justo. Mas o homem leva jeito pra tudo. Nunca o vi se entregar a uma tarefa em que não mostrasse engenho pra coisa.

O kid passou o fio lubrificado pelo couro e esticou com um puxão.
Ele fala holandês, disse o ex-padre.
Holandês?
Isso.
O kid encarou o ex-padre, se debruçou em seu conserto.

Fala, porque já ouvi falar. Uma vez topamos com um bando de peregrinos estúpidos lá pros lados do Llano e o velho que era o chefe deles foi logo falando em holandês como se a gente estivesse no país dos holandeses e o juiz respondeu sem nem piscar. Glanton quase caiu do cavalo. A gente nunca tinha ouvido ele falar assim. Quando perguntamos onde aprendeu sabe o que ele disse?

O que ele disse?
Disse que com um holandês.
O ex-padre cuspiu. Eu não aprendia nem com dez holandeses. E você?

O kid abanou a cabeça.

Não, disse Tobin. Os dons do Todo-Poderoso são aferidos e sopesados em uma balança peculiar a ele próprio. Não é contabilidade justa e não tenho dúvida de que ele seria o primeiro a admitir se alguém chegasse e perguntasse na lata.

Quem?

O Todo-Poderoso, o Todo-Poderoso. O ex-padre abanou a cabeça. Olhou através do fogo para o juiz. Aquela criatura enorme e sem um fio. De olhar pra ele você não diz que dança melhor que o diabo em pessoa, diz? Deus, como o homem dança, a gente tem que admitir. E toca violino. É o maior violinista que já ouvi na vida e não se fala mais nisso. O maior. Sabe abrir uma picada no mato, atirar com o rifle, montar a cavalo, rastrear um veado. Já conheceu o mundo todo. Ele e o governador sentaram até a hora do café e foi Paris isso e Londres aquilo em cinco línguas, você pagava pra ouvir. O governador é um homem instruído, como não, mas o juiz...

O ex-padre abanou a cabeça. Ah, talvez seja o modo como o Senhor mostra em que baixa conta tem a gente de instrução. O que ela podia significar pra alguém que sabe tudo? Ele é dono de um amor incomum pelo homem comum e a sabedoria divina reside nas menores coisas, então pode muito bem ser que a voz do Todo-Poderoso seja ouvida mais profundamente nesses seres que vivem eles próprios no silêncio.

Observou o kid.

Pois seja como for, disse, Deus fala nas menores criaturas.

O kid achou que estivesse se referindo a pássaros ou coisas que rastejam mas o ex-padre, observando, a cabeça ligeiramente para trás, disse: Homem nenhum está eximido dessa voz.

O kid cuspiu no fogo e se debruçou sobre o trabalho.

Não ouço voz nenhuma, disse.

Quando ela se calar, disse Tobin, vai perceber que ouviu a vida toda.

É isso mesmo?

É.

O kid virou o couro em seu colo. O ex-padre observava.

À noite, disse Tobin, quando os cavalos estão pastando e a companhia está dormindo, quem ouve eles pastando?

Ninguém ouve, se está todo mundo dormindo.

Isso. E se eles param de pastar quem acorda?

Todo mundo.

Isso, disse o ex-padre. Todo mundo.

O kid ergueu o rosto. E o juiz? A voz fala com ele?

O juiz, disse Tobin. Ficou sem responder.

Eu já tinha visto ele antes, disse o kid. Em Nacogdoches.

Tobin sorriu. Todo mundo na companhia diz que já encontrou aquele tinhoso com alma de fuligem em algum outro lugar.

Tobin esfregou a barba no dorso da mão. Ele salvou todo mundo aqui, tenho que admitir. Quando a gente veio descendo pelo Little Colorado não tinha nem uma libra de pólvora na companhia. Libra. O que tinha mal dava uma dracma. Lá estava ele sentado numa pedra no meio do maior deserto que alguém já viu. Agachado na pedra sem mais nem menos como um sujeito esperando uma diligência. Brown achou que fosse miragem. Era capaz até de ter dado um tiro pra ver, se tivesse alguma coisa com que atirar.

Como foi que ficaram sem pólvora?

Gastamos tudo com os selvagens. Nove dias enfiados numa caverna, perdemos quase todos os cavalos. Eram trinta e oito homens quando saímos de Chihuahua City e catorze quando o juiz encontrou a gente. Completamente arrasados, fugindo. Cada cupincha desse nosso bando sabia que naquele território esquecido por deus em algum lugar tinha uma depressão ou paredão sem saída ou quem sabe até só uma pilha de pedras e que a gente ia ficar encurralado e com as armas vazias. O juiz. Ao demônio o que lhe é de direito.

O kid segurava o arreio numa mão, a sovela na outra. Olhava para o ex-padre.

A gente tinha ficado na planície a noite toda e boa parte do dia seguinte. Os delawares paravam de vez em quando e pulavam no chão pra escutar. Não tinha pra onde correr e nenhum lugar onde se esconder. O que queriam escutar não sei dizer. A gente sabia que os malditos negroides estavam por perto em algum lugar e quanto a mim isso já era informação mais do que suficiente. Não precisava de mais nenhuma. Aquele nascer do sol que a gente tinha visto podia bem ter sido o último. Ninguém tirava o olho da trilha que a gente deixava, não sei até onde dava pra ver. Vinte, trinta quilômetros.

Então mais ou menos no meridiano daquele dia topamos com o juiz sentado na sua pedra naquela vastidão, sozinho da silva. Sim senhor, e que pedras que nada, aquela era a única. Irving disse que tinha trazido com ele. Eu disse que era um marco pra diferenciar o homem no meio daquele nada. Levava junto o mesmíssimo rifle que você vê com ele agora, todo enfeitado em alpaca e o nome que ele batizou inscrito em fio de prata na coronha em latim: *Et In Arcadia Ego*. Uma referência ao letal da arma. É bastante comum um homem dar nome pra arma. Já vi Sweetlips e Hark From The Tombs e todo tipo de nome de mulher. Mas a dele é a primeira e única que já vi com uma inscrição dos clássicos.

E lá estava. Nada de cavalo. Só ele e suas pernas cruzadas, sorrindo quando a gente chegou perto. Como se estivesse à espera. Tinha uma velha maleta de lona e um capote velho de lã jogado em cima do ombro. Na maleta ele levava um par de pistolas e um belo sortimento de metal sonante, ouro e prata. Nem cantil não tinha.

Era como se... Não dava pra imaginar de onde tinha saído. Ele disse que estava com um grupo de carroções e que desceu pra continuar sozinho.

Davy queria era deixar ele ali mesmo. Não foi com a cara da vossa excelência e não vai até hoje. Glanton só examinava o outro. Era trabalho do cão tentar quando muito adivinhar o que estava pensando daquela figura ali naquele lugar. Quanto a mim não sei até hoje. Eles têm uma ligação secreta. Alguma aliança maligna. Repara bem. Vai ver como tenho razão. Pediu a última das duas bestas de carga que a gente tinha e cortou as cilhas e largou as bolsas onde elas caíram e o juiz montou e ele e o Glanton cavalgaram lado a lado e logo estavam conversando como dois irmãos. O juiz sentou no animal em pelo como um índio e cavalgou com sua valise e seu rifle pendurados na cernelha e olhava em volta com o ar mais satisfeito deste mundo, como se tudo tivesse saído exatamente como tinha planejado e o dia não pudesse estar melhor.

A gente não tinha ido muito longe quando ele fixou um novo curso umas nove meias-quartas pro leste. Indicou uma cadeia de montanhas a uns cinquenta quilômetros de distância e seguimos nesse rumo e nenhum de nós perguntou por quê. A essa altura Glanton já pusera ele a par da situação em que tinha se metido mas se ficar sem armas em pleno nada com meia nação apache nos calcanhares deixava ele preocupado isso foi coisa que guardou só pra si mesmo.

O ex-padre fizera uma pausa para acender o cachimbo que se apagara, remexendo o fogo para achar um tição como fizeram os batedores peles-vermelhas e depois pondo de volta entre as chamas como se tivesse um lugar apropriado ali.

Agora, o que você imagina que tinha naquelas montanhas pra onde a gente estava indo? E como foi que ele ficou sabendo? Como encontrar aquilo? Como fazer funcionar?

Tobin parecia formular essas perguntas para si mesmo. Estava observando o fogo e dando cachimbadas. Como, como, repetiu. A gente chegou no sopé da montanha antes da noite e subiu por um arroio seco e fomos em frente acho que até a meia-noite e acampamos sem lenha nem água. De manhã dava pra ver eles na planície ao norte a uns quinze quilômetros. Vinham em fileiras de quatro e seis cavalos emparelhados e o bando não era nada pequeno e não pareciam com a menor pressa.

O juiz tinha ficado acordado a noite toda pelo que as vedetas disseram. Observando os morcegos. Ele andava até a encosta da montanha e tomava nota em um caderninho e depois voltava. Impossível estar mais bem-disposto. Dois homens tinham desertado no meio da noite e com isso eram doze de nós e com o juiz treze. Examinei ele o melhor que pude, o juiz. Nesse dia e depois. Ele parecia um lunático e depois não. Já o Glanton esse eu sempre soube que era louco.

Partimos com a primeira luz por uma pequena depressão arborizada. A gente estava na vertente norte e tinha salgueiros e alnos e cerejeiras crescendo nas pedras, só árvores pequenas. O juiz parava pra sua botânica e depois alcançava o grupo. Benza Deus. Prendendo folhas no seu caderninho. Juro que nunca vi nada parecido e o tempo todo os selvagens logo ali debaixo do nosso nariz. Em seus cavalos naquela bocaina. Deus meu, nem com uma cãibra no pescoço eu ia conseguir tirar os olhos daquilo e tinha uma centena deles mas parecia uma coisa só.

Chegamos num terreno rochoso onde só tinha juníperos e fomos em frente. A gente nem tentava despistar os rastreadores deles. Cavalgamos o dia todo. A gente não via mais os selvagens porque eles estavam ao abrigo da montanha em algum lugar nas encostas abaixo da gente. Assim que começou a escurecer e os morcegos saíram voando em volta o juiz alterou nossa rota outra vez, indo atrás segurando o chapéu, olhando os animaizinhos. A gente se separou e acabou se dispersando entre os juníperos e paramos pra reagrupar e descansar os cavalos. Ficamos sentados no escuro, ninguém dizia uma palavra. Quando o juiz voltou ele e o Glanton sussurraram um com o outro e então a gente seguiu em frente.

Guiamos os cavalos no escuro. Nada de trilha, só rampas de pedras deslizando. Quando a gente chegou na caverna alguns homens pensaram que a ideia dele era a gente ficar escondido ali e que afinal de contas o homem era mesmo um perfeito mentecapto. Mas ali tinha nitro. Nitro, viu. A gente deixou tudo que tinha na entrada da caverna e enchemos nossos sacos e paneiros e alforjes com a terra da caverna e saímos de manhã. Quando a gente chegou no topo da ladeira em cima desse lugar e olhamos pra trás vimos uma massa enorme de morcegos sendo sugados pra dentro da caverna, milhares de criaturas, e continuaram assim por uma hora ou mais e até depois quando não dava mais pra ver.

O juiz. Deixamos ele num desfiladeiro alto, um regato de água clara. Ele e um dos delawares. Ele disse pra gente contornar a montanha e voltar em quarenta e oito horas. Descarregamos todos os fardos no chão e levamos os dois cavalos com a gente e ele e o delaware começaram a levar os paneiros e os sacos pelo riacho acima. Vendo o sujeito se afastar disse pra mim mesmo que nunca mais ia pôr os olhos naquele homem outra vez.

Tobin olhou para o kid. Nunca mais na vida. Achei que o Glanton fosse largar ele lá. Seguimos em frente. No dia seguinte do outro lado da montanha encontramos os dois rapazes que tinham desertado. Pendurados de cabeça pra baixo numa árvore. Tinham sido esfolados e vou dizer pra você que isso não faz nada bem pra aparência de um homem. Mas se os selvagens ainda não tinham adivinhado agora podiam ter certeza. Que nenhum de nós tinha nem um isto de pólvora.

A gente não cavalgava os animais. Só puxava, mantendo eles longe das pedras, segurando os focinhos se bufavam. Mas nesses dois dias o juiz lixiviou o guano com água do regato e cinza de madeira e precipitou e construiu um forno de barro e queimou carvão ali dentro, apagava o fogo de dia e punha pra queimar outra vez depois de escurecer. Quando encontramos ele ele e o delaware estavam abaixados no riacho pelados dos pés à cabeça e primeiro pareceu que os dois estavam bêbados mas com o quê ninguém sabia dizer. O topo da montanha coberto inteirinho de índios apaches e lá estava ele. Ficou de pé quando viu a gente e foi até os salgueiros e voltou com um par de sacos e num deles tinha umas oito libras de cristal de salitre puro e na outra umas três libras de um carvão de alno finíssimo. Ele tinha feito carvão em pó moendo no oco de uma rocha, dava pra fabricar nanquim com aquilo. Amarrou as sacolas e pendurou no cepilho da sela do Glanton e ele e o índio puseram a roupa e foi um alívio pra mim porque nunca vi um homem crescido sem um pelo no corpo e ele pesando trezentas e trinta e seis libras que era o que pesava nessa época e pesa hoje. E isso eu garanto, porque fui eu que contei a marca de vinte e quatro stone com estes olhos que a terra há de comer no travessão de uma balança pra gado em Chihuahua City nesse mesmo mês e ano.

Descemos a montanha sem nenhum batedor, nada. Simplesmente fomos direto. A gente estava caindo de sono. Já tinha escurecido quando chegamos na planície e a gente se reagrupou e contou as cabeças e então fomos em frente. A lua estava quase três quartos cheia e crescente e a gente parecia uns cavaleiros de circo, sem fazer um ruído, os cavalos pisando em ovos. Não tinha como saber onde é que estavam os selvagens. O último sinal que a gente tinha tido da proximidade deles foram os pobres coitados escorchados na árvore. Seguimos reto direto no rumo oeste pelo deserto. Doc Irving estava na minha frente e brilhava tanto que dava pra contar os cabelos na cabeça dele.

A gente andou a noite toda e perto de amanhecer assim que a lua sumiu encontramos um bando de lobos. Eles dispersaram e voltaram, fazendo tanto barulho quanto se fossem fumaça. Eles se espalhavam e tocaiavam e rodeavam os cavalos. Uns atrevidos. A gente tentava espantar com as peias e eles desviavam, não dava pra escutar um movimento naquele caliche, só quando arfavam ou rosnavam e ganiam ou estalavam os dentes. Glanton parou e os bichos deram a volta e se esquivaram e voltaram. Dois dos delawares retrocederam um pouco pra esquerda — uns tipos mais corajosos que eu — e é claro que encontraram a presa. Era um macho jovem de antílope que tinham matado fazia pouco tempo, na noite anterior. Estava comido pela metade e a gente pulou em cima daquilo com as facas e tiramos o resto da carne pra gente e comemos crua nas selas e era a primeira carne que a gente via em seis dias. Que buraco no estômago. Andando pelas montanhas atrás de pinhas como ursos e satisfeitos de achar quando muito isso. Não deixamos muito mais do que osso pros coitados, mas eu nunca ia matar um lobo e sei de outros homens dessa mesma inclinação.

Esse tempo todo o juiz mal disse uma palavra. Então quando amanheceu a gente estava perto de um malpais imenso e vossa excelência trepa numas rochas de lava que tinha por lá e se ajeita e começa a fazer um discurso. Era como um sermão mas não um sermão de algum tipo que qualquer um de nós já tivesse ouvido um dia. Depois do malpais tinha um pico vulcânico e com o nascer do sol ele ficou de muitas cores e tinha uns passarinhos escuros cortando o vento e o vento soprava o capote surrado do juiz e ele apontou praquela montanha árida e solitária e pronunciou um discurso com que finalidade não sei dizer, na hora ou agora, e concluiu dizendo pra nós que nossa mãe terra, como chamou, era redonda como um ovo e que o interior dela continha tudo que havia de bom. Então ele virou e conduziu o cavalo em que vinha montando através daquele terreno de escória preta parecendo vidro, traiçoeiro tanto pra um homem como pra um animal, e a gente atrás dele como discípulos de um novo credo.

    O ex-padre interrompeu-se e bateu com o cachimbo apagado no calcanhar da bota. Olhou para onde o juiz estava sentado de tronco nu junto à fogueira como de hábito. Virou e encarou o kid.

    O malpais. Um labirinto. Você topava com um promontório de nada e qualquer greta mais escarpada era um estorvo, você não se atrevia a pular. As beiradas de vidro preto afiado e as pedras duras afiadas no fundo. A gente conduzia os cavalos com todo cuidado e mesmo assim eles sangravam em volta dos cascos. As botas ficaram em pedaços. Escalando aquelas velhas placas desabadas e acidentadas dava pra ver direitinho como as coisas tinham acontecido naquele lugar, as rochas derretidas e depois esfriadas todo enrugadas como um pudim, a terra despedaçada toda até o núcleo fundido lá dela. Onde todo mundo sabe que é o paradeiro do inferno. Porque a terra é um globo no vazio e a verdade é que não tem nem alto nem baixo e tem homens nessa companhia além de mim que também viram uns cascozinhos fendidos gravados na pedra ágeis como de corça pequena saltitando mas que corçazinha algum dia já andou em rocha derretida? Não sou de ir além das escrituras mas pode acontecer de ter havido pecadores de maldade tão notória que o fogo cuspiu eles pra cima outra vez e eu entendi muito bem como num passado remotíssimo uns diabretes com seus garfos tinham atravessado aquele vômito flamejante pra buscar de volta aquelas almas que por um infortúnio tinham sido regurgitadas da danação pras camadas mais exteriores do mundo. Sim senhor. É uma ideia, só isso. Mas em algum lugar no esquema das coisas esse mundo deve tocar o outro. E alguma coisa deixou aqueles cascozinhos marcados no jorro de lava porque eu mesmo vi eles ali.

O juiz, ele parecia incapaz de tirar os olhos daquele cone morto que brotava do meio do deserto como um cancro enorme. A gente seguia atrás solene que nem coruja então ele virou pra olhar e morreu de rir quando viu nossa cara. No sopé da montanha a gente tirou a sorte e mandamos dois homens seguir em frente com os cavalos. Fiquei olhando eles indo. Um tá sentado no fogo aqui essa noite e eu vi ele ir embora puxando os cavalos pelo terreno cheio de escória como um condenado.

E não acho que a gente mesmo também não estivesse condenado. Quando olhei pra cima ele já estava de corpo e alma no alto da rampa, o juiz, o saco em cima do ombro e o rifle de cajado. E lá fomos nós todos. Nem bem chegamos na metade já dava pra ver os selvagens na planície. Continuamos subindo. Pensei que na pior hipótese a gente podia se atirar dentro da caldeira pra não ser levado por aqueles demônios. Continuamos a subir e acho que era lá pelo meio-dia quando chegamos no topo. Mortos. Os selvagens nem a quinze quilômetros. Olhei pros homens em volta de mim e posso afirmar que não pareciam essas coisas. Toda a dignidade deles se fora. Bons corações, todos eles, nesses dias assim como hoje, e não gostei de ver os pobres daquele jeito e achei que o juiz tinha sido mandado pro meio de nós como uma maldição. Mas ele provou que eu estava enganado. Na época foi. Hoje eu fico dividido outra vez.

Ele com aquele tamanho todo dele foi o primeiro a chegar na beirada do cone e ficou olhando em volta como se tivesse subido só pela vista. Daí sentou e começou a descascar a rocha com a faca. Um por um a gente foi chegando e ele ali sentado de costas praquele abismo e sem parar de raspar e gritou pra gente que fizesse a mesma coisa. Era enxofre. Um maná de enxofre em toda a borda da caldeira, amarelo brilhante e cintilando aqui e ali com os flocos pequenos de sílica mas na maior parte puro afloramento de súlfur. A gente lascou aquilo e moeu bem fino com as facas até juntar umas duas libras e então o juiz pegou as sacolas e foi até uma cavidade na pedra e despejou o carvão e o nitro e remexeu com a mão e jogou o enxofre dentro.

Eu não sabia se a gente não ia ter que sangrar naquilo feito um franco-maçom, mas não foi o caso. Ele misturou aquilo a seco com as mãos e o tempo todo os selvagens lá embaixo na planície chegando cada vez mais perto e quando virei vi o juiz de pé, o gigante xucro sem pelo, e ele tinha tirado o pau pra fora e estava mijando na mistura, mijando com gosto e com a outra mão levantada e gritou pra gente fazer a mesma coisa.

A gente já tava na beira da loucura mesmo. Todo mundo se alinhou. Até os delawares. Todo mundo menos o Glanton e ele era uma esfinge. Puxamos os membros pra fora e começamos e o juiz de joelhos revolvendo a massa com os braços nus e o mijo respingando pra todo lado e ele gritando pra gente mija, homem, mija pelo amor da sua alma, não está vendo os peles-vermelhas ali, e rindo o tempo todo e sovando a massa enorme em uma pasta negra asquerosa, o pão do demônio pelo cheiro fétido daquilo e ele não diferente de um maldito padeiro negro pelo que imagino e ele puxa sua faca e usa de espátula pra espalhar o troço nas pedras viradas pro sul, esparramando em uma camada fina com a lâmina e observando o sol com um olho e coberto do negro de fumo e fedendo a mijo e enxofre e sorrindo e manejando a faca com uma habilidade magnífica como se tivesse feito aquilo todos os dias de sua vida. E quando terminou reclinou pra trás e sentou e limpou as mãos no peito e então observou os selvagens e daí todo mundo também olhou.

Eles tinham chegado no malpaís a essa altura e tinham um rastreador que estava seguindo a gente passo a passo naquela rocha nua, descendo de volta cada vez que subia num topo sem saída e chamando os outros. Vai saber o que conseguia seguir. O cheiro, talvez. Logo deu pra ouvir a voz deles lá embaixo. Então eles viram a gente.

Bom, Deus em sua glória sabe o que pensaram. Estavam espalhados pela lava e um deles apontou e todos olharam pra cima. Abismados, com certeza. Vendo onze homens empoleirados na beirada mais alta daquele atol escaldante como pássaros desnorteados. Parlamentaram e ficamos vendo se iam despachar um grupo atrás dos cavalos mas não fizeram isso. A avidez falou mais alto que tudo e dispararam pra base do cone, escalando aos trancos e barrancos pela lava pra ver quem chegava primeiro.

A gente tinha pelos meus cálculos uma hora. Olhamos pros selvagens e olhamos pra matriz asquerosa do juiz secando nas rochas e olhamos pra uma nuvem chegando na direção do sol. Um por um fomos largando de observar as rochas ou os selvagens porque a nuvem parecia mesmo ir direto pro sol e ia levar a maior parte de uma hora pra cruzar a frente dele e essa era a última hora que a gente tinha. Bom, o juiz estava sentado anotando na sua caderneta e viu a nuvem tanto quanto qualquer outro homem e pôs o livro no chão e ficou olhando pra ela e todo mundo também ficou. Ninguém abria a boca. Não teve um que praguejou ou que rezou, a gente só olhava. E a nuvem só passou raspando pelo sol e foi em frente e nenhuma sombra caiu sobre a gente e o juiz apanhou seu livrinho e voltou a fazer anotações como antes. Fiquei olhando pra ele. Então desci e experimentei um pouco daquele negócio com a mão. Aquilo desprendia calor. Caminhei pela beirada e os selvagens vinham subindo por todos os quadrantes porque não tinha um caminho mais favorável naquela encosta careca e cascalhenta. Procurei uma pedra qualquer pra jogar lá embaixo mas não tinha nada de tamanho maior que um punho, só o pedregulho moído e as placas cheias daquele burgau. Olhei pro Glanton e ele estava olhando pro juiz e parecia que tinha perdido o juízo.

Então o juiz fechou seu livrinho e pegou a camisa de couro e estendeu ela naquela cavidade na pedra e mandou a gente levar o negócio pra ele. Todo mundo sacou a faca e começamos a raspar e ele mandou a gente tomar cuidado pra não fazer as facas faiscar naquele pedernal. E juntamos um amontoado na camisa e ele começou a picar e a moer com a faca dele. E capitão Glanton, ele gritou.

Capitão Glanton. Dava pra acreditar naquilo? Capitão Glanton, ele diz. Vamos carregar aquele seu canhão e ver que tipo de coisa temos aqui.

Glanton veio com seu rifle e encheu o carregador e carregou os dois canos pivotantes e revestiu duas balas e as empurrou no lugar e enfiou os fulminantes e deu um passo na direção da borda. Mas o que o juiz tinha em mente era coisa bem diferente.

Nas entranhas dessa coisa aí embaixo, ele diz, e Glanton nem titubeou. Desceu a inclinação da borda interna até o lugar onde terminava aquela fornalha medonha e ergueu a espingarda e mirou bem no fundo e engatilhou o cão e meteu fogo.

O barulho que fez não foi coisa deste mundo. Fiquei todo arrepiado. Ele disparou os dois canos e olhou pra gente e olhou pro juiz. O juiz só acenou e continuou moendo e então chamou todo mundo pra encher os cornos e os polvorinhos e assim a gente foi, um por um, passando num círculo por ele como numa comunhão. E quando todos receberam sua cota ele encheu o próprio frasco e sacou as pistolas e começou a carregar. O primeiro dos selvagens não estava a mais que duzentos metros na vertente. A gente tava pronto pra abrir fogo com tudo em cima deles mas mais uma vez o juiz fez que não. Disparou suas pistolas dentro da caldeira, espaçando os tiros, e descarregou todas as dez câmaras e avisou a gente pra sair de vista enquanto ele recarregava os trabucos. Todo aquele tiroteio tinha feito os selvagens hesitar sem dúvida porque muito provavelmente calculavam que a gente estivesse completamente sem pólvora. E daí o juiz, ele sobe na borda e tinha com ele uma bela camisa de linho branco que tirou da bolsa e acenou pros peles-vermelhas e gritou pra eles em espanhol.

Era de encher os olhos de lágrima, só você vendo. Todo mundo morto menos eu, ele disse. Piedade. Todos muertos. Todos. Acenando com a camisa. Deus, aquilo fez eles subirem pela encosta ganindo como uns cachorros e ele vira pra gente, o juiz, com aquele sorriso dele, e diz: Senhores. Foi só o que disse. Estava com as pistolas enfiadas no cinto atrás das costas e puxou cada uma com uma mão e o homem é tão capaz com qualquer mão igual uma aranha, ele escreve com as duas mãos e uma vez vi ele fazer isso, e aí começou a matar índio. Não precisou pedir duas vezes. Deus, foi uma carnificina. Na primeira descarga matamos uma dúzia e não houve mais trégua. Antes que o último pobre-diabo de um negroide rolasse pro fundo da encosta já tinha cinquenta e oito deles massacrados no meio dos pedregulhos. Eles simplesmente escorregavam pela vertente como a limpadura numa canoura, uns virando desse lado, outros de outro, e se amontoando como uma cadeia humana na base da montanha. A gente apoiou o cano dos rifles no enxofre e derrubamos mais nove correndo na lava. Era um tiro ao alvo, é o que era. Todo mundo apostava. O último a ser atingido estava a uma boa fração de quilômetro das bocas das armas e correndo feito um condenado. Foi uma fuzilaria certeira pra todo lado e nem um tiro perdido pela tropa com aquela pólvora esquisita.

O ex-padre virou e olhou para o kid. E esse foi o juiz da primeira vez que eu vi ele. Sim senhor. Uma criatura a ser examinada.

O kid olhou para Tobin. Ele é juiz do quê? disse.

Ele é juiz do quê?

Ele é juiz do quê.

Tobin olhou por sobre o fogo. Ah, jovem, disse. Silêncio, agora. O homem vai ouvir você. Tem orelha de raposa.

11

Nas montanhas — Old Ephraim — Morte de um delaware — A busca — Outra herança — Na garganta — As ruínas — Keet seel — A solerette — Representações e coisas — O juiz conta uma história — Mula perdida — Poços de mescal — Cena noturna com lua, flores, juiz — O povoado — Glanton sobre o manejo de animais — A trilha de saída.

Cavalgaram pelas montanhas e sua jornada os conduziu através de altos pinheirais, o vento nas árvores, chilros solitários. As mulas desferradas ziguezagueando entre a relva seca e as agulhas de pinheiros. Nas coulees azuis das encostas ao norte estreitos resíduos de neve antiga. Cavalgaram pela trilha escarpada e sinuosa através de um bosque solitário de álamos onde as folhas caídas forravam o caminho escuro e úmido como minúsculos discos dourados. As folhas tremeluziam numa miríade de cintilações ao longo das pálidas galerias e Glanton pegou uma e a virou como um delicado leque pela hastezinha e a segurou diante dos olhos e a deixou cair e a perfeição daquilo não lhe escapou. Cavalgaram através de uma depressão estreita recoberta por folhas como telhas de gelo e ao crepúsculo cruzaram uma aresta elevada onde pombos selvagens arremetiam a favor do vento e passavam no desfiladeiro a menos de um metro do chão, desviando ariscamente por entre os pôneis e mergulhando no abismo azul abaixo. Seguiram cavalgando por uma escura floresta de abetos, os pequenos pôneis espanhóis aspirando o ar rarefeito, e bem ao anoitecer quando o cavalo de Glanton transpunha um tronco caído um urso esguio e castanho-dourado ergueu-se da baixada onde se alimentava do outro lado e os encarou com seus baços olhos suínos.

O cavalo de Glanton refugou e Glanton achatou o corpo contra a espádua do cavalo e puxou sua pistola. Um dos delawares vinha logo atrás e o cavalo em que montava estava empinando e ele tentava dominá-lo, socando-o perto da cabeça com o punho, e o comprido focinho do urso oscilou na direção dos cavaleiros com um grunhido de espanto, numa perplexidade além da conta, uma carniça qualquer pendurada entre os maxilares e a boca tingida de vermelho com o sangue. Glanton fez fogo. A bala acertou o peito do urso e o urso se curvou com um gemido estranho e agarrou o delaware e o ergueu do cavalo. Glanton atirou outra vez no espesso rufo peludo diante do ombro do urso conforme este se virou e o homem pendurado entre os maxilares do urso os encarou de mandíbula colada à da fera e um braço em torno de seu pescoço como um desvairado desertor em um gesto desafiador de camaradagem. O ar da floresta se encheu do tumulto de gritos e vergastadas de homens fustigando cavalos para que obedecessem. Glanton engatilhou a pistola uma terceira vez quando o urso girou com o índio pendurado em sua boca como um boneco e o atropelou em um oceano de pelos cor de mel lambuzados de sangue tresandando a putrefação e ao odor subterrâneo da própria criatura. O tiro subiu e subiu, um pequeno caroço de metal varando o ar rumo aos longínquos cinturões de matéria movendo-se em muda fricção para oeste acima deles todos. Saraivadas de rifles soaram e a fera trotou horrivelmente floresta adentro com seu refém e então sumiu nas profundezas escuras das árvores.

Os delawares foram atrás do animal por três dias enquanto o grupo seguiu em frente. No primeiro dia rastrearam o sangue e viram onde a criatura repousara e onde os ferimentos haviam estancado e no dia seguinte rastrearam as marcas de arrasto na camada de humo de uma floresta elevada e no dia depois desse rastrearam apenas o mais tênue vestígio através de uma elevada mesa rochosa e então nada. Buscaram freneticamente algum sinal até escurecer e dormiram sobre a pedra nua e no dia seguinte se levantaram e procuraram por toda aquela região inóspita e rochosa ao norte. O urso levara seu irmão de sangue como uma fera de contos de fada e a terra os engolira além de toda esperança de resgate ou comutação da pena última. Voltaram para os cavalos e regressaram. Nada se movia naquela vastidão elevada a não ser o vento. Não disseram palavra. Eram homens de outro tempo embora carregassem nomes cristãos e tinham vivido toda sua vida em uma vastidão selvagem como seus pais antes deles. Aprenderam sobre a guerra guerreando, empurrados por gerações desde o litoral leste através de todo um continente, desde as cinzas em Gnadenhutten até as pradarias e através das rotas de fuga para as terras sanguinolentas do oeste. Se grande parte do mundo era mistério as fronteiras desse mundo não o eram, pois elas não conheciam medida ou limite e aí dentro encerrados estavam criaturas ainda mais horríveis e homens de outras cores e seres sobre os quais homem algum deitara os olhos e contudo nenhuma dessas coisas mais forasteira do que forasteiros eram seus próprios corações em seus peitos, fossem quais fossem a vastidão e as feras aí dentro encerradas.

Cruzaram a trilha do grupo cedo no dia seguinte e ao cair da noite do dia depois desse eles os alcançaram. O cavalo do guerreiro desaparecido continuava com o caballado selado como quando haviam partido e eles descarregaram as bolsas e repartiram o espólio entre si e o nome daquele homem nunca mais foi pronunciado. Ao anoitecer o juiz se aproximou do fogo e sentou com os dois e interrogou-os e fez um mapa sobre o solo e o estudou. Depois ficou de pé e o apagou com as botas e pela manhã todo mundo se pôs em marcha como antes.

A trilha passava agora através de arbustos de carvalho pigmeu e ílex e sobre um terreno pedregoso onde árvores negras fincavam as raízes nos veios das encostas. Cavalgaram em meio aos raios do sol e o capim alto e no fim da tarde viram-se na beira de uma escarpa que parecia assinalar o limite do mundo conhecido. Abaixo deles sob a luz empalidecida esparramavam-se a nordeste as planícies abrasadas de San Agustin, a terra flutuando em uma prolongada curvatura silenciosa sob vultos distorcidos de fumaça oriundos dos depósitos subterrâneos de carvão que ali ardiam havia milhares de anos. Os cavalos percorriam o caminho ao longo da borda com cuidado e os cavaleiros lançavam olhares variados para aquela terra nua e antiga.

Nos dias que estavam por vir eles seguiriam através de uma região onde as rochas cozinhavam a carne da mão que as tocasse e onde para além de pedras nada mais havia. Cavalgaram em uma estreita coluna ao longo de uma trilha forrada com bostas secas e redondas de cabras e avançaram desviando o rosto da parede rochosa e do ar cozido de forno que ela rebatia, as formas negras oblíquas dos homens a cavalo estampadas na pedra com uma definição austera e implacável como de formas capazes de violar seu próprio pacto com a carne que as criava para seguir autonomamente pela rocha nua sem relação com sol ou homem ou deus.

Dessa região desceram por um profundo desfiladeiro, cascos retinindo na pedra, fendas de sombra azul e fresca. Na areia seca do leito do arroio antigos ossos e formas quebradas de cerâmica pintada e gravados nas rochas acima deles pictogramas de cavalo e puma e tartaruga e os cavaleiros espanhóis com seus morriões e broquéis desdenhando da rocha e do silêncio e do próprio tempo. Alojados nas falhas e rachaduras trinta metros acima deles viam-se emaranhados de palha e restos naufragados de antigas águas elevadas e os cavaleiros podiam escutar o murmúrio de trovão em alguma distância indecifrável e ficavam de olho na estreita faixa de céu sobre suas cabeças atentos a qualquer sinal de escuridão prenhe de chuva iminente, vencendo dificultosamente os flancos muito estreitos do cânion, as rochas brancas secas do leito do rio morto arredondadas e lisas como ovos arcanos.

Nessa noite acamparam nas ruínas de uma cultura ainda mais antiga nas profundezas das montanhas rochosas, um pequeno vale com um regato de águas límpidas e boa pastagem. Moradias de barro e pedra emparedavam-se sob uma saliência no penhasco e o vale era riscado pelas obras de antigas acéquias. A areia fofa no leito do vale tinha cacos de cerâmica e pedaços enegrecidos de madeira por toda parte e era cruzada e recruzada por rastros de veados e outros animais.

O juiz caminhou pelas ruínas ao crepúsculo, o interior das construções ainda preto da fumaça de lenha, sílex antigo e cerâmica quebrada entre as cinzas e pequenos sabugos de milho ressecados. Algumas escadas de madeira apodrecidas continuavam apoiadas nas paredes das moradias. Ele perambulou pelas kivas em ruínas recolhendo pequenos artefatos e sentou no alto de um muro elevado e rabiscou esboços em seu caderninho até ficar sem luz.

A lua cheia surgiu sobre o cânion e um silêncio austero reinou no pequeno vale. Talvez a própria sombra os dissuadisse de circular pois dos coiotes não se ouvia som algum naquele lugar assim como do vento ou de pássaros e sim apenas o do escasso curso d'água correndo pela areia nas trevas longe de suas fogueiras.

Durante todo o dia o juiz fizera pequenas incursões por entre as rochas da garganta pela qual vieram e agora junto ao fogo ele estendia um pedaço de lona de carroça no chão e separava seus achados e os arrumava diante de si. Em seu colo mantinha o livrinho de couro e pegava cada peça, sílex ou fragmento cerâmico ou ferramenta ou osso, e habilmente a desenhava no livro. Desenhava com a naturalidade da prática e não se viam rugas naquele cenho calvo tampouco pregas naqueles lábios estranhamente infantis. Seus dedos traçaram a impressão de antigo vime de salgueiro em um pedaço de cerâmica e ele pôs isso em seu livro com delicados sombreados, uma economia de riscos do lápis. É um desenhista assim como é outras coisas, sobremaneira apto à tarefa. Ergue os olhos de tempos em tempos para o fogo ou para os companheiros de armas ou para a noite mais além. Por último pôs diante de si o calçado de uma armadura forjada em uma oficina de Toledo três séculos antes, um pequeno tapadero de metal frágil e corroído pelo desgaste. O juiz o desenhou de perfil e em perspectiva, acrescentando as dimensões com sua caligrafia esmerada, escrevendo notas à margem.

Glanton olhava para ele. Quando terminou ele pegou o pequeno sapato de folha metálica e o girou em sua mão e examinou outra vez e depois esmagou-o numa bola e o jogou no fogo. Apanhou os outros artefatos e também os jogou no fogo e bateu o pedaço de lona e o dobrou e guardou entre os demais pertences junto com o caderninho. Depois sentou com as mãos em concha sobre o colo e pareceu muito satisfeito com o mundo, como se houvessem pedido seu conselho no ato da criação.

Um sujeito do Tennessee chamado Webster estivera olhando para ele e perguntou ao juiz o que pretendia fazer com aquelas anotações e esboços e o juiz sorriu e disse que sua intenção era expurgá-los da memória do homem. Webster sorriu e o juiz riu. Webster olhou para ele de soslaio e disse: Bom, você aprendeu a arte de rabiscar em algum lugar e seus desenhos são muito parecidos com as próprias coisas. Mas homem nenhum pode pôr o mundo todo em um livro. Do mesmo jeito que um livro com o mundo todo desenhado não é ele.

Belas palavras, Marcus, disse o juiz.

Mas não me desenhe, disse Webster. Porque não quero estar nesse seu livro.

Meu livro ou qualquer outro livro, disse o juiz. As coisas que estão por vir não se desviam um isto do livro em que estão escritas. Como poderiam? Esse seria um livro falso e um livro falso não é livro nenhum.

Seu dom de falar por enigmas é formidável e no jogo de palavras não vou medir forças com você. Apenas poupe minha fuça curtida desse seu livrinho pois não quero ver ela sendo mostrada por aí vai saber pra que estranhos.

O juiz sorriu. Esteja ou não em meu livro, cada homem é o tabernáculo de seu semelhante e este por sua vez abriga o próximo e assim por diante numa complexidade infinita de existência e testemunho até os mais remotos confins do mundo.

Pelo meu próprio testemunho respondo eu, disse Webster, mas a essa altura os outros haviam começado a troçar de sua presunção, e afinal de contas quem ia querer ver a droga do seu retrato e haveria brigas na multidão aguardando que lhe removessem o pano da frente e talvez cobrissem o quadro de alcatrão e penas, na falta do artigo em si. Até que o juiz ergueu a mão e pediu trégua e explicou a eles que os sentimentos de Webster eram de natureza diferente e não de forma alguma motivados pela vaidade e que em certa ocasião ele desenhara o retrato de um velho de Hueco e sem o saber agrilhoara o homem a sua própria imagem. Pois ele não conseguia mais dormir de medo que algum inimigo o pegasse e desfigurasse e tão fiel era o retrato que ele não suportava vê-lo amassado nem que alguém o tocasse e empreendeu uma jornada com aquilo através do deserto até o lugar onde ouvira dizer que o juiz estava e pediu seu conselho sobre como preservar aquele negócio e o juiz o conduziu pelas profundezas das montanhas e enterraram o retrato no chão de uma caverna onde até onde o juiz podia dizer continuava enterrado.

Quando terminou de contar isso Webster cuspiu e limpou a boca e encarou o juiz outra vez. Esse homem, disse, não passava de um selvagem ignorante.

Assim é, disse o juiz.

Não é o caso comigo.

Muito bem, disse o juiz, se esticando para puxar a valise. Não faz objeção a que o desenhe então?

Não vou posar pra retrato nenhum, disse Webster. Mas não é nada disso que eu estava falando.

A companhia fez silêncio. Alguém se levantou para atiçar o fogo e a lua subiu no céu e ficou cada vez menor acima das habitações em ruínas e o pequeno curso d'água se entrelaçando pelas areias do leito do vale reluzia como uma cota de malha e exceto pelo som vindo dele não se ouvia mais nenhum outro som.

Que tipo de índios viviam aqui, Juiz?

O juiz ergueu o rosto.

Índios mortos, eu diria, o que acha, Juiz?

Não tão mortos assim, disse o juiz.

Eram uns pedreiros passáveis, na minha opinião. Já esses negroides de hoje por aí não chegam nem perto.

Não tão mortos assim, disse o juiz. Então lhes contou outra história e a história que lhes contou foi a seguinte.

Nas terras oestes das Alleghenies há alguns anos quando ali ainda era uma vastidão solitária havia um homem que mantinha uma loja de arreios junto à estrada Federal. Ele seguia nisso porque era seu ofício e contudo não ganhava quase nada com aquilo pois muito raramente algum viajante passava pelo lugar. Desse modo com o tempo adquiriu o hábito de se vestir de índio e se postar alguns quilômetros depois da oficina e esperar ali na beira da estrada para perguntar a quem quer que viesse por aquele caminho se não lhe daria algum dinheiro. Até então não fizera mal algum a ninguém.

Um dia um certo homem apareceu e o seleiro ataviado em suas contas e penas saiu de trás de sua árvore e pediu a esse certo homem algumas moedas. Este era um homem jovem e se recusou e tendo percebido que o seleiro era um homem branco se dirigiu a ele de uma forma que o deixou envergonhado de modo que o seleiro convidou o jovem a visitar sua morada a alguns quilômetros de distância na estrada.

Esse seleiro vivia em uma casa que construíra de cortiça e tinha esposa e dois filhos todos os quais o reputavam louco e só estavam à espera de uma chance de fugir dele e daquele lugar ermo onde ele os enfiara. Desse modo deram as boas-vindas ao convidado e a mulher serviu-lhe uma refeição. Mas enquanto comia o velho começou outra vez a mendigar dinheiro e disse como eram pobres o que de fato eram e o viajante escutou suas palavras melífluas e então tirou duas moedas cuja cunhagem o velho nunca vira e o velho tomou as moedas e as examinou e as mostrou para seu filho e o estranho terminou a refeição e disse para o velho que ele podia ficar com aquelas moedas.

Mas a ingratidão é mais comum do que vocês imaginam e o seleiro não se deu por satisfeito e começou a perguntar se o outro porventura não teria mais uma moeda daquelas para sua esposa. O viajante empurrou o prato e virou em sua cadeira e passou um sabão no velho e conforme lhe aplicava essa descompostura o velho escutou coisas que costumava saber mas esquecera e ainda escutou algumas outras coisas novas de quebra. O viajante concluiu dizendo ao velho que ele era um caso perdido perante Deus e perante os homens e continuaria assim enquanto não acolhesse o próximo em seu coração assim como acolheria a si mesmo caso desse com sua própria pessoa sofrendo necessidade em algum lugar deserto do mundo.

Pois bem, enquanto concluía esse discurso passou pela estrada um preto puxando um carro funerário para um outro igual a ele e o carro estava pintado de rosa e o preto estava vestido com roupas de todas as cores como um palhaço carnavalesco e o jovem apontou aquele preto que passava na estrada e disse que até mesmo um negroide preto...

Aqui o juiz fez uma pausa. Estivera contemplando o fogo e ergueu a cabeça e olhou em torno. Sua narrativa era muito à maneira de uma récita. Ele não perdera o fio da meada. Sorriu para os ouvintes em volta.

Disse que até mesmo um negroide preto maluco nada mais era que um homem entre outros homens. E então o filho do velho se levantou e aí foi sua vez de começar um sermão, apontando para a estrada e reivindicando que um lugar fosse posto à mesa para o negro.

Ele usou essas palavras. Que um lugar fosse posto. Claro que a essa altura o negro e o carro funerário já haviam sumido de vista.

Com isso o velho teve uma recaída e admitiu contrito e solene que o rapaz tinha razão e a velha sentada perto do fogo quedava pasma com tudo isso que ouvira e quando o convidado anunciou que era chegada a hora de partir ela tinha lágrimas nos olhos e a garotinha saiu de trás da cama e se agarrou às roupas dele.

O velho se ofereceu para acompanhá-lo pela estrada e conduzi-lo em parte de sua jornada e também para aconselhá-lo quanto ao rumo a tomar e qual não tomar numa certa bifurcação pois dificilmente haveria alguma sinalização naquela parte do mundo.

Conforme caminhavam conversaram sobre a vida em paragens tão ermas onde as pessoas que você encontrava encontrava apenas uma vez para então nunca mais e assim de pouquinho em pouquinho chegaram à bifurcação na estrada e aqui o viajante disse ao velho que lhe fizera companhia por tempo suficiente e agradeceu e despediram-se um do outro e o estranho seguiu seu caminho. Mas o seleiro pareceu incapaz de tolerar a perda de sua companhia e o chamou e foi com ele um pouco mais além pela estrada. E de pouquinho em pouquinho chegaram a um lugar onde a estrada sumia na escuridão de uma floresta profunda e nesse ponto o velho matou o viajante. Ele o matou com uma pedra e tomou suas roupas e tomou seu relógio e seu dinheiro e o enterrou numa cova rasa na beira da estrada. E então foi pra casa.

No caminho rasgou as próprias roupas e infligiu ferimentos a si mesmo com um sílex e contou à esposa que haviam sido surpreendidos por ladrões e que o jovem viajante fora morto e só ele escapara. Ela começou a chorar e depois de algum tempo obrigou-o a levá-la ao lugar do ocorrido e colheu a prímula brava que crescia em abundância naquelas redondezas e pôs as flores sobre as pedras e ali voltou inúmeras vezes até que lhe chegasse a velhice.

O seleiro viveu para ver seu filho crescer e nunca mais fez mal algum a quem quer que fosse. Quando estava em seu leito de morte mandou chamar o rapaz e contou a ele o que fizera. E o filho disse que o perdoava se tal lhe competia fazê-lo e o velho disse que a ele competia fazê-lo e depois morreu.

Mas o rapaz não sentia pena pois tinha inveja do homem morto e antes de ir embora visitou aquele lugar e removeu as pedras e desencavou os ossos e os espalhou pela floresta e então foi embora. Foi embora para o oeste e se tornou ele próprio um assassino de homens.

A velha continuava viva nessa época e nada sabia do que se passara e achou que animais selvagens haviam escavado e espalhado os ossos. Pode ter acontecido de não ter encontrado todos os ossos mas os que encontrou ela devolveu à cova e os cobriu e empilhou as pedras sobre eles e depois levou flores ao lugar como antes. Quando ficou velha contava às pessoas que era seu filho enterrado ali e talvez a essa altura assim fosse de fato.

Aqui o juiz ergueu o rosto e sorriu. Houve um silêncio, então todos começaram a gritar ao mesmo tempo algum tipo de contestação.

Ele não era nenhum seleiro era um sapateiro e saiu livre das acusações, exclamou um.

E outro: Ele nunca viveu em deserto nenhum, tinha uma oficina bem no centro de Cumberland Maryland.

Nunca souberam de onde vinham os ossos. A velha era maluca, todo mundo sabia.

Esse era meu irmão que ia naquele caixão e era um menestrel vindo de Cincinnati Ohio levou um tiro e morreu por causa de uma mulher.

E mais protestos até que o juiz ergueu as duas mãos pedindo silêncio. Esperem um pouco, disse. Pois há um adendo ao relato. Havia uma jovem noiva à espera do viajante com cujos ossos estamos familiarizados e ela carregava uma criança em seu ventre que era o filho do viajante. Pois bem, esse filho de um pai cuja existência neste mundo é histórica e especulativa até mesmo antes que o filho nele adentrasse está em maus lençóis. Por toda a vida ele carrega diante de si a imagem de uma perfeição que jamais conseguirá atingir. O pai morto defraudou o filho de seu patrimônio. Pois é à morte do pai que um filho tem direito e é ela que lhe constitui a herança, mais do que seus bens. Ele não ouvirá a respeito dos modos vis e mesquinhos que endureceram o homem em vida. Não o verá se debatendo em meio às estultícias de sua própria maquinação. Não. O mundo que herda lhe presta falso testemunho. Ele está esmagado perante um deus insensível e jamais encontrará seu caminho.

O que é verdadeiro para um homem, disse o juiz, é verdadeiro para muitos. O povo que outrora aqui viveu chamava-se anasazi. Os antigos. Eles abandonaram essas paragens, acossados pela seca ou doença ou por bandos errantes de saqueadores, abandonaram essas paragens eras atrás e deles não ficou memória. São rumores e espectros nesta terra e são muito reverenciados. As ferramentas, a arte, a construção — essas coisas permanecem como um julgamento sobre as raças posteriores. E contudo nada resta a elas com que contender. Os antigos se foram como fantasmas e os selvagens percorrem esses cânions ao som de uma antiga risada. Em suas rudes choupanas acocoram-se nas trevas e escutam o medo vazando da pedra. Toda progressão de uma ordem superior para uma inferior é marcada por ruínas e mistério e o resíduo de uma cólera anônima. Seja. Eis os pais mortos. Seus espíritos estão sepultados na rocha. Jazem sobre a terra com o mesmo peso e a mesma ubiquidade. Pois todo aquele que ergue um abrigo de caniços e peles uniu seu espírito ao destino comum das criaturas e afundará de volta na lama primordial quase sem um gemido sequer. Mas aquele que constrói na pedra busca alterar a estrutura do universo e tal se deu com esses pedreiros por mais primitiva que sua obra possa nos parecer.

Ninguém disse palavra. O juiz sentava seminu e suando embora a noite estivesse fresca. Ao cabo de um instante o ex-padre Tobin ergueu o rosto.

Uma coisa que me ocorre, disse, é que tanto um filho como o outro é igual em termos de desvantagem. Então qual é o modo de criar uma criança?

Em tenra idade, disse o juiz, deviam ser deixadas em um poço com cães selvagens. Deviam deslindar a partir das próprias deduções a única de três portas que não abrigasse leões selvagens. Deviam ser forçadas a correr nuas no deserto até...

Um momento, disse Tobin. A questão foi proposta com a maior das seriedades.

Assim como a resposta, disse o juiz. Se Deus tencionasse interferir na degenerescência da humanidade já não o teria feito a essa altura? Lobos separam as crias fracas, homem. A que outra criatura caberia? E acaso a raça humana não é ainda mais predatória? É da natureza do mundo vicejar e florir e morrer mas nos negócios do homem não há definhamento e o zênite de sua expressão sinaliza o começo da noite. Seu espírito está exausto no auge de sua realização. Seu meridiano é ao mesmo tempo seu escurecer e o ocaso de seu dia. Ele ama o jogo? Pois que aposte tudo. Isso que veem aqui, essas ruínas tão veneradas pelas tribos de selvagens, acham que voltarão a existir? Sempre. E novamente. Com outro povo, com outros filhos.

O juiz olhou em torno. Estava sentado junto ao fogo nu exceto pelas calças e repousava as mãos sobre os joelhos com a palma virada para baixo. Seus olhos eram fendas vazias. Ninguém na companhia fazia a menor ideia sobre o que significava aquela postura, e contudo tão parecido com um ícone estava ele ali sentado que se mostravam mais e mais cautelosos e conversavam com circunspecção entre si como que não querendo acordar uma criatura que seria melhor deixar dormindo.

No crepúsculo do dia seguinte quando cavalgavam pela borda oeste perderam uma das mulas. O animal deslizou pela parede do cânion com os conteúdos dos paneiros explodindo mudamente no ar quente e seco e ao cair atravessou raios de sol e faixas de sombra, girando naquele vácuo desolado até sumir de vista em um precipício de espaço azul e frio que a libertou para sempre das lembranças na mente de qualquer coisa viva que existisse. Montado em seu cavalo Glanton examinou as profundezas implacáveis sob si. Um corvo longínquo alçara voo no penhasco abaixo para descrever círculos e crocitar. Na luz penetrante a parede rochosa e íngreme se revestia de estranhos contornos e os cavaleiros sobre aquele promontório pareciam muito pequenos até para eles mesmos. Glanton olhou para cima, brevemente, como se houvesse algo a averiguar naquele céu perfeito de porcelana, e então instigou o cavalo com um estalo de língua e foram em frente.

Atravessando as elevadas mesas nos dias que se seguiram deram com buracos muito gastos no chão onde os índios haviam cozido mescal e atravessaram estranhas florestas de maguey — o agave ou planta centenária — com imensas hastes floridas que se erguiam a mais de dez metros no ar do deserto. Toda manhã quando selavam os cavalos observavam as montanhas pálidas a norte e a oeste à procura de qualquer indício de fumaça. Não viram nenhum. Os batedores já teriam partido, cavalgando no escuro antes que o sol nascesse, e não regressariam senão à noite, localizando o acampamento naquela vastidão carente de coordenadas pela luz demasiado pálida das estrelas ou as trevas absolutas onde a companhia se aninhava entre as pedras sem fogo ou pão ou camaradagem não diferente de um bando de macacos. Acocoravam-se em silêncio comendo a carne crua do que os delawares haviam abatido com flechas na planície e dormiam em meio aos ossos. A lua lobular ergueu-se sobre os vultos escuros das montanhas obscurecendo as estrelas a leste e ao longo da aresta próxima as inflorescências brancas de iúcas vicejantes se agitaram com o vento e no meio da noite morcegos surgiram de alguma região inferior do mundo para pairar com asas coriáceas como satânicos colibris negros e se alimentar entre suas pétalas. Muito além da aresta e ligeiramente elevado em uma saliência de arenito agachava-se o juiz, pálido e nu. Ergueu a mão e os morcegos esvoaçaram confusos e então a abaixou e ficou sentado como antes e logo eles voltaram a se alimentar.

Glanton se recusava a voltar. Seus cálculos quanto ao inimigo incluíam todo tipo de dissimulação. Falava de emboscadas. Até mesmo ele com todo seu orgulho teria sido incapaz de acreditar que uma companhia de dezenove homens evacuara uma área de vinte e seis mil quilômetros quadrados de todo humano vivente. Dois dias depois quando os batedores regressaram no meio da tarde e relataram terem encontrado os povoados apaches abandonados ainda se recusava a tentar qualquer investida. Acamparam na mesa e fizeram falsas fogueiras e permaneceram a noite toda com seus rifles naquele chaparral pedregoso. Pela manhã montaram nos cavalos e desceram por um vale inóspito pontilhado de choupanas de capim e vestígios de antigas fogueiras de cozinhar. Desmontaram e andaram entre os abrigos, frágeis estruturas de brotos de árvore e mato fincadas no terreno e encurvadas no topo para formar uma cabana arredondada sobre as quais alguns farrapos de peles ou de velhos cobertores haviam sido deixados. O chão estava forrado de ossos e lascas de sílex ou de quartzito e encontraram cacos de jarros e pedaços de velhos cestos e pilões de pedra quebrados e fendas de vagens secas da prosópis e a boneca de palha de uma criança e um violino primitivo de uma só corda que estava quebrado e parte de um colar de sementes secas de melão.

As portas das choupanas batiam na cintura e eram voltadas para o leste e poucos abrigos daqueles tinham altura suficiente para alguém ficar de pé ali dentro. O último em que Glanton e David Brown entraram era guardado por um cão enorme e feroz. Brown sacou a pistola de seu cinto mas Glanton o deteve. Ajoelhou em uma perna e falou com o animal. Este se agachava contra a parede no fundo do hogan e mostrava os dentes e sacudia a cabeça de um lado para outro, as orelhas retraídas ao longo do crânio.

Ele vai morder você, disse Brown.

Me dá um pedaço de charque.

Ele ficou de cócoras, falando com o cão. O cão olhava para ele.

Não vai conseguir amansar o filho da puta, disse Brown.

Consigo amansar qualquer coisa que coma. Me dá um pedaço de charque.

Quando Brown voltou com a carne-seca o cachorro lançava olhares inquietos em torno. Quando cavalgavam no rumo oeste deixando o cânion ele trotava com uma leve coxeadura atrás do cavalo de Glanton.

Seguiram por uma antiga trilha rochosa e íngreme que levava para fora do vale e cruzava um desfiladeiro elevado, as mulas escalando as saliências como cabras. Glanton conduzia seu cavalo e chamava pelos outros, e contudo a escuridão os engolfou e foram surpreendidos pela noite ali naquele ponto, dispersos ao longo de uma falha na parede da garganta. Ele os guiou praguejando trilha acima mergulhado no mais profundo breu mas o caminho foi ficando de tal modo estreito e o apoio para pisar tão arriscado que se viram obrigados a parar. Os delawares voltaram a pé, tendo deixado seus cavalos no topo do desfiladeiro, e Glanton ameaçou meter uma bala em cada um se fossem atacados ali naquele lugar.

Passaram a noite com cada homem aos pés de seu cavalo no ponto onde haviam parado na trilha entre a ascensão abrupta e a queda abrupta. Glanton sentava à testa da coluna com as armas pousadas diante de si. Olhava para o cachorro. Pela manhã se levantaram e seguiram em frente, reunindo-se aos demais batedores com seus cavalos no topo do desfiladeiro e mandando-os outra vez fazer o reconhecimento. Cavalgaram pelas montanhas o dia todo e se Glanton dormiu ninguém o viu fazê-lo.

Os delawares haviam estimado que o povoado estava vazio havia dez dias e os gileños tinham debandado em pequenos grupos por todas as saídas possíveis. Não havia trilha a seguir. A companhia seguiu através das montanhas em fila única. Os batedores sumiram por dois dias. No terceiro entraram no acampamento montados em seus cavalos quase exauridos. De manhã tinham visto fogueiras no topo de uma fina mesa azul oitenta quilômetros ao sul.

12

Cruzando a fronteira — Tempestades — Gelo e relâmpago — Os argonautas chacinados — O azimute — Encontro — Conselhos de guerra — O massacre dos gileños — Morte de Juan Miguel — Os mortos no lago — O chefe — Uma criança apache — No deserto — Fogueiras noturnas — El virote — Uma operação — O juiz tira um escalpo — Un hacendado — Gallego — Ciudad de Chihuahua.

Ao longo das duas semanas seguintes cavalgaram à noite, não fizeram fogo. Haviam arrancado as ferraduras de seus cavalos e enchido os buracos dos cravos com argila e os que ainda tinham tabaco usavam suas bolsas para cuspir dentro e dormiam em cavernas e na rocha nua. Conduziam os cavalos pelos rastros que deixavam ao desmontar e enterravam suas fezes como gatos e quase não trocavam palavra entre si. Atravessando aqueles áridos veios de cascalho à noite pareciam remotos e insubstanciais. Como uma patrulha condenada a cavalgar por uma antiga maldição. Uma criatura pressentida nas trevas pelo rangido do couro e o tilintar do metal.

    Cortaram a garganta dos animais de carga e charquearam e repartiram a carne e viajaram sob o manto das montanhas bravias por uma ampla planície sódica com trovões sem chuva ao sul e rumores de luz. Sob uma lua quase cheia cavalo e cavaleiro iam manietados a suas sombras no chão azul de neve e a cada clarão de relâmpago trazido com o avanço da tempestade essas formas coincidentes empinando com terrível redundância atrás deles como um terceiro aspecto de sua presença trepidavam negras e turbulentas sobre o solo escalvado. Cavalgaram. Cavalgaram como homens investidos de um propósito cujas origens eram anteriores a eles, como legatários de sangue de uma ordem imperativa e remota. Pois embora cada homem entre eles fosse distinto em si mesmo, combinados formavam algo que não existira antes e nessa alma comunal havia plagas desertas dificilmente mais apreensíveis do que aquelas regiões esmaecidas em antigos mapas onde vivem monstros e onde nenhuma outra coisa do mundo conhecido existe salvo supostos ventos.

 Cruzaram o del Norte e cavalgaram no rumo sul por uma terra ainda mais hostil. Durante todo o dia se agacharam como corujas à sombra avara da acácia perscrutando aquele mundo cozido. Diabos de poeira remoinhavam no horizonte como a fumaça de fogueiras distantes mas de coisa vivente não se via sinal. Miraram o sol em seu circo e ao lusco-fusco cavalgaram para o frescor da planície onde o céu do poente estava da cor do sangue. Em um poço no deserto desmontaram e beberam de maxilar colado com o dos cavalos e voltaram a montar e seguiram em frente. Os pequenos lobos do deserto ganiam nas trevas e o cão de Glanton trotava sob o ventre do cavalo, seus passos entre os cascos uma precisa cerzidura.

 Nessa noite foram visitados por uma praga de granizo saída de um céu imaculado e os cavalos refugaram e gemeram e os homens desmontaram e sentaram no chão com as selas sobre a cabeça enquanto o granizo pululava na areia como pequenos ovos luzidios extraídos por uma concocção alquímica das trevas do deserto. Quando puseram as selas outra vez e seguiram em frente cavalgaram por quilômetros de pavimentação gelada enquanto uma lua polar pairava acima da borda do mundo como o olho de um gato cego. À noite passaram pelas luzes de um vilarejo na planície mas não se afastaram de seu curso.

 Perto de raiar o dia avistaram fogueiras no horizonte. Glanton enviou os delawares. A estrela-d'alva já cintilava pálida a leste. Quando regressaram acocoraram-se junto com Glanton e o juiz e os irmãos Brown e conversaram e gesticularam e então todos voltaram a montar e seguiram em frente.

Cinco carroções fumegavam no solo do deserto e os cavaleiros desmontaram e caminharam em silêncio entre os corpos dos argonautas, aqueles probos peregrinos sem nome entre as pedras com seus terríveis ferimentos, as vísceras esparramando-se por seus flancos e os troncos nus crivados de flechas. Alguns pela barba eram homens e contudo ostentavam entre as pernas estranhas chagas menstruais e não as partes masculinas pois estas haviam sido amputadas e pendiam escuras e estranhas de suas bocas sorridentes. Em suas perucas de sangue seco jaziam contemplando com olhos de macaco o irmão sol agora subindo a leste.

Os carroções não passavam de armações em brasa com as formas enegrecidas de arcos de ferro e aros de rodas, os eixos incandescentes estremecendo vermelhos no coração dos carvões. Os cavaleiros se agacharam junto às chamas e ferveram água e beberam café e assaram carne e deitaram para dormir entre os mortos.

Quando a companhia se pôs em marcha ao anoitecer continuaram no rumo sul como antes. O rastro dos assassinos seguia para oeste mas eram homens brancos que atacavam viajantes naquela terra desolada e disfarçavam suas obras como se fossem dos selvagens. As ideias de acaso e destino são de interesse de homens empenhados em diligências temerárias. A trilha dos argonautas terminava em cinzas como o narrado e na convergência de vetores tais numa vastidão tal onde o ardor e a empresa de uma pequena nação haviam sido tragados e aniquilados por outra o ex-padre indagou se não seria possível enxergar a mão de um deus cínico conduzindo com austeridade demasiada e demasiada perplexidade fingida uma congruência assim tão letal. O posicionamento de testemunhas vindas por um terceiro e totalmente diverso caminho talvez pudesse também ser invocado como uma evidência aparente a desafiar o acaso, embora o juiz, tendo adiantado seu cavalo a fim de emparelhar com os que desse modo especulavam, afirmasse que aquilo expressava a natureza mesma do testemunho e que aquela contiguidade não constituía uma terceira coisa mas antes a primordial, pois o que se poderia asseverar ocorrido se inobservado?

Os delawares seguiam em frente à meia-luz e o mexicano John McGill liderava a coluna, descendo de tempos em tempos de seu cavalo para deitar de bruços e divisar os cavaleiros no deserto adiante deles e então voltar a montar sem deter seu pônei ou a companhia que o seguia. Moviam-se como migrantes guiados por uma estrela errante e seu rastro através da terra refletia em sua tênue arcatura os movimentos do próprio globo. A massa de nuvens a oeste pairava sobre as montanhas como a urdidura escura do próprio firmamento e as extensões inculcadas de estrelas das galáxias pendiam em uma vasta aura acima das cabeças dos cavaleiros.

Duas manhãs mais tarde os delawares voltaram de seu reconhecimento matinal e relataram que os gileños acampavam às margens de um lago raso a menos de quatro horas para o sul. Iam com eles suas mulheres e crianças e eram em grande número. Glanton ao se erguer da confabulação caminhou sozinho pelo deserto e permaneceu por um longo tempo de olhar perdido na escura direção austral.

Aprestaram as armas, esvaziando-as de suas cargas e voltando a carregá-las. Conversaram em voz baixa entre si embora o deserto ao redor fosse como uma imensa placa estéril tremulando suavemente sob o calor. À tarde um destacamento levou os cavalos para beber água e depois os trouxe de volta e com a chegada da noite Glanton e seus lugares-tenentes seguiram os delawares para observar a posição do inimigo.

Haviam fincado um pedaço de pau no chão de uma elevação a norte do acampamento e quando o ângulo de inclinação da Ursa se aproximou desse marco Toadvine e o vandiemenlander puseram a companhia em movimento e cavalgaram no rumo sul atrás dos demais atrelados a cordas do mais rude destino.

Atingiram o extremo norte do lago nas horas frescas que precedem a aurora e seguiram contornando a margem. A água era de um negror profundo e ao longo da praia se depositava uma faixa de espuma e podiam escutar patos tagarelando no lago à distância. Os braseiros das fogueiras no acampamento brilhavam numa curva suave abaixo de onde estavam como as luzes de um porto distante. Diante deles naquele areal isolado um cavaleiro solitário aguardava em seu cavalo. Era um dos delawares e virou seu cavalo sem dizer palavra e eles o seguiram através do mato e saíram no deserto.

O grupo estava agachado em um bosque de salgueiros a oitocentos metros das fogueiras do inimigo. Haviam coberto a cabeça dos cavalos com mantas e os animais encapuzados estavam rígidos e cerimoniosos atrás deles. Os cavaleiros recém-chegados desmontaram e prenderam seus cavalos e sentaram no chão e ouviram o que Glanton tinha a dizer.

Temos uma hora, talvez mais. Quando a gente entrar, é cada um por si. Não deixem nem um desses cães sair com vida se puderem.

Quantos tem lá, John?

Você aprendeu a cochichar numa serraria?

Tem o suficiente, disse o juiz.

Não gastem pólvora e bala em nada que não atire de volta. Se a gente não matar cada negroide aqui a gente merece ser açoitado e mandado pro lugar de onde veio.

E isso foi tudo quanto confabularam. A hora seguinte levou uma eternidade. Conduziram os cavalos vendados e postaram-se com vista para o acampamento mas ficaram observando o horizonte a leste. Um pássaro cantou. Glanton virou para seu cavalo e tirou seu capuz como um falcoeiro pela manhã. Um vento começara a soprar e o cavalo ergueu a cabeça e farejou o ar. Os outros homens fizeram o mesmo. Os cobertores permaneceram onde caíram. Montaram, pistolas na mão, porretes feitos de couro cru e seixos laçados em torno dos pulsos como o acessório de algum jogo equestre primitivo. Glanton girou na sela e olhou para eles e então cutucou o cavalo.

Quando trotavam rumo à praia salina branca um velho se ergueu nos arbustos onde estivera abaixado e virou para encará-los. Os cachorros que estavam esperando em torno para competir por suas fezes dispararam aos ganidos. Patos começaram a voar sozinhos e aos pares no lago. Alguém derrubou o velho com uma cacetada e os cavaleiros meteram as esporas em suas montarias e emparelharam na direção do acampamento atrás dos cães com suas maças rodopiando e os cães uivando em um tableau vivant de uma caçada diabólica, os guerrilheiros em número de dezenove fazendo carga contra o acampamento onde dormiam mais de mil pessoas.

Glanton arremeteu diretamente contra a primeira choça e atropelou os ocupantes sob os cascos do cavalo. Formas humanas saíram atabalhoadas das entradas baixas. Os cavaleiros invadiram a aldeia a pleno galope e fizeram meia-volta e voltaram. Um guerreiro se interpôs em seu caminho e brandiu uma lança e Glanton o abateu com um tiro. Mais três correram e ele matou os dois primeiros com tiros tão consecutivos que tombaram juntos e o terceiro pareceu se desfazer em pedaços conforme corria, atingido por meia dúzia de balas.

Nesse primeiro minuto a carnificina se tornara generalizada. Mulheres gritavam e as crianças nuas e um velho avançou cambaleante agitando umas pantalonas brancas. Os cavaleiros moviam-se entre eles e os massacravam com porretes ou facas. Uma centena de cachorros presos a cordas uivava e outros corriam enlouquecidos entre as cabanas desferindo dentadas uns nos outros e nos cães amarrados e o tumulto e o clamor não cessavam nem diminuíam desde o primeiro momento em que os homens invadiram a aldeia. Já uma série de cabanas ardia em chamas e toda uma coluna de fugitivos começara a fluir para o norte ao longo da margem choramingando desvairadamente com os cavaleiros entre eles como vaqueiros munidos de clavas abatendo primeiro os retardatários.

Quando Glanton e seus oficiais voltaram à carga contra a aldeia as pessoas fugiam sob os cascos dos cavalos e os cavalos empinavam e pisoteavam e alguns dos homens apeados corriam entre as cabanas com tochas e arrastavam as vítimas para fora, lambuzadas e pingando sangue, golpeando os moribundos e decapitando os que se ajoelhavam pedindo clemência. Havia no acampamento uma certa quantidade de escravos mexicanos e estes saíram correndo gritando em espanhol e tiveram a cabeça esmagada ou foram abatidos com tiros e um dos delawares emergiu da fumaça segurando um bebê nu em cada mão e se agachou junto a um círculo de pedras com restos de comida e os balançou pelos calcanhares um de cada vez e esmagou suas cabeças contra as pedras de modo que os miolos espirraram pela fontanela em um vômito sanguinolento e humanos pegando fogo corriam dando guinchos como berserkers e os cavaleiros os abatiam com seus facões e uma jovem correu e abraçou as patas dianteiras ensanguentadas do cavalo de batalha de Glanton.

Nesse ponto um reduzido bando de guerreiros havia montado em animais da remuda dispersa e avançou na direção da aldeia e disparou uma chuva de flechas entre as cabanas incendiadas. Glanton puxou o rifle do coldre e baleou os dois cavalos da ponta e guardou o rifle e sacou a pistola e começou a atirar entre as orelhas de seu próprio cavalo. Os índios montados se atrapalharam entre os cavalos caídos e escoiceando e se debateram e andaram aos círculos e foram abatidos um a um até que a dúzia de sobreviventes restante deu meia-volta e fugiu pelo lago ultrapassando a coluna gemente de fugitivos para desaparecer numa esteira fumacenta de cinza sódica.

 Glanton girou seu cavalo. Os mortos jaziam na água rasa como vítimas de algum desastre marítimo e estavam espalhados pelo refluxo salgado em um caos de sangue e entranhas. Alguns cavaleiros rebocavam corpos para fora das águas ensanguentadas do lago e a espuma que rolava suavemente na praia era rósea pálida ao raiar da luz. Moviam-se entre os mortos ceifando as longas melenas negras com suas facas e abandonando as vítimas de crânio ulcerado e tão estranhas em suas sanguíneas coifas amnióticas. Os cavalos extraviados da remuda passaram galopando pela margem fétida e desapareceram na fumaça e depois de algum tempo galoparam de volta. Os homens vadeavam as águas vermelhas talhando os mortos a esmo e alguns copulavam com os corpos ensanguentados de jovens mortas ou agonizantes na praia. Um dos delawares passou com uma coleção de cabeças como um estranho vendedor a caminho do mercado, o cabelo enrolado em torno de seu pulso e as cabeças pendentes girando juntas. Glanton sabia que o deserto reclamaria cada minuto passado ali naquele território e cavalgou entre os homens instando-os a se apressar.

 McGill surgiu em meio ao fogo crepitante e parou fitando lugubremente a cena em torno. Havia sido varado por uma lança e tinha o cabo da arma diante de si. Fora manufaturada com uma haste de sotol e a ponta curva feita de um velho sabre de cavalaria atado à haste despontava na base de suas costas. O kid veio vadeando a água e se aproximou e o mexicano sentou com cuidado na areia.

 Sai de perto dele, disse Glanton.

 McGill virou para fitar Glanton e quando virou Glanton ergueu a pistola e deu um tiro em sua cabeça. Enfiou a arma no coldre e apoiou o rifle descarregado verticalmente em sua sela e segurou-o com o joelho enquanto despejava pólvora pelos canos. Alguém gritou para ele. O cavalo estremeceu e recuou e Glanton falou docemente em seu ouvido e revestiu duas balas com cartuchos e alojou-as nas câmaras.

Olhava para o norte onde um bando de apaches a cavalo agrupava-se delineado contra o céu.

Estavam talvez a meio quilômetro de distância, cinco, seis deles, seus gritos sumidos, indistintos. Glanton prendeu o rifle sob o braço e enfiou o fulminante em um cilindro e girou os canos e carregou o outro. Não tirava os olhos dos apaches. Webster desceu de seu cavalo e puxou o rifle e tirou a vareta dos aros de metal e se apoiou sobre um joelho, a vareta a prumo na areia, descansando a frente da coronha no punho com que segurava a vareta. O rifle era de dois gatilhos e ele armou o de trás e encostou a face no apoio de rosto da coronha. Calculou a força do vento e calculou pelo sol na lateral da mira de prata e apontou alto e disparou. Glanton estava imóvel na sela. O tiro ecoou surdo e seco no vazio e a fumaça cinza flutuou para longe. O líder do grupo no ponto elevado montava em seu cavalo. Então vagarosamente pendeu para o lado e desabou no chão.

Glanton deu um urro e saiu em disparada. Quatro homens o seguiram. Os guerreiros na elevação haviam desmontado e erguiam o homem caído. Glanton virou na sela sem tirar os olhos dos índios e estendeu seu rifle para o mais próximo. Esse homem era Sam Tate e ele apanhou o rifle e refreou o cavalo tão bruscamente que quase o derrubou. Glanton e mais três seguiram adiante e Tate puxou a vareta para servir de apoio e se agachou e fez fogo. O cavalo que carregava o chefe ferido vacilou, continuou a correr. Ele girou os canos e disparou o segundo tiro e o animal afundou no chão. Os apaches puxaram as rédeas com gritos agudos. Glanton se curvou para a frente e falou no ouvido do cavalo. Os índios içaram seu líder para uma nova montaria e cavalgando em duplas instigaram os cavalos e partiram outra vez. Glanton havia sacado a pistola e gesticulou com ela para os homens que vinham atrás e um deles freou o cavalo e pulou para o chão e deitou de bruços e sacou e engatilhou sua própria pistola e puxou para baixo a alavanca de carregar e cravou-a na areia e segurando a arma com as duas mãos e com o queixo enterrado no solo fez mira ao longo do cano. Os cavalos estavam a duzentos metros e em grande velocidade. Com o segundo tiro o pônei que levava o líder empinou e um cavaleiro a seu lado esticou o braço e segurou as rédeas. Tentavam tirar o líder do animal ferido em pleno galope quando o animal desabou.

Glanton foi o primeiro a se aproximar do moribundo e ajoelhou com aquela cabeça exótica e bárbara aninhada entre suas coxas como uma pestilenta enfermeira estrangeira e confrontou os selvagens com seu revólver. Eles descreveram círculos pela planície e brandiram seus arcos e atiraram algumas flechas em sua direção e então fizeram meia-volta e se afastaram. O sangue borbulhava no peito do homem e ele revirou os olhos, já vítreos, os minúsculos vasos se rompendo. Em cada uma daquelas duas poças negras brilhava um sol pequeno e perfeito.

Ele cavalgou de volta ao acampamento à testa de sua pequena coluna com a cabeça do chefe em seu cinto pendurada pelos cabelos. Os homens preparavam enfiadas de escalpos com tiras de látego de couro e alguns dos mortos exibiam largas fatias de pele cortadas de suas costas para serem usadas na feitura de cintos e arreios. O mexicano morto McGill fora escalpelado e os crânios ensanguentados já começavam a enegrecer sob o sol. A maioria das choças fora queimada e como moedas de ouro haviam sido encontradas alguns homens revolviam as cinzas fumegantes com os pés. Glanton os tocou praguejando dali e apanhou uma lança e cravou-a na terra com a cabeça na ponta balançando com uma expressão lúbrica como uma cabeça carnavalesca e indo e vindo em seu cavalo bradou ordens de reunir o caballado e partir. Ao virar o cavalo viu o juiz sentado no chão. O juiz tirara o chapéu e bebia água de uma garrafa de couro. Ergueu os olhos para Glanton.

Não é ele.

O que não é?

O juiz apontou com o queixo. Esse.

Glanton girou a lança. A cabeça com suas longas madeixas escuras ficou de frente para ele.

Quem você acha que é se não é ele?

O juiz abanou a cabeça. Não é Gómez. Voltou a apontar na direção daquilo. Esse senhor é sangre puro. Gómez é mexicano.

Ele não é mexicano puro.

Ninguém é mexicano puro. É a mesma coisa que ser mestiço puro. Mas esse não é Gómez porque eu vi Gómez e esse não é ele.

Dá pra passar por ele?

Não.

Glanton olhou para o norte. Baixou os olhos para o juiz. Não viu meu cachorro por aí viu? disse.

O juiz abanou a cabeça. Pretende levar todos esses cavalos?

Até ser obrigado a largar.

Isso não deve demorar.

Não.

Quanto tempo acha que vai levar pra esses brutos se reagruparem?

Glanton cuspiu. Não era uma pergunta e não respondeu. Onde está seu cavalo? disse.

Sumiu.

Bom, se está planejando seguir com a gente é melhor arrumar outro. Olhou a cabeça na estaca. Você era só uma droga de um chefe, disse. Instigou o cavalo com os calcanhares e andou pela beira do lago. Os delawares vadeavam a água tateando com os pés em busca de corpos afundados. Ele ficou parado por um momento e então virou o cavalo e trotou através do acampamento saqueado. Cavalgava alerta, a pistola sobre a coxa. Seguiu o rastro vindo do deserto por onde haviam atacado. Quando voltou tinha consigo o escalpo do velho do início que se pusera de pé entre os arbustos na aurora.

Uma hora depois marchavam no rumo sul montados em seus cavalos deixando para trás na margem flagelada do lago uma hecatombe de sangue e sal e cinzas e conduzindo diante de si meio milhar de cavalos e mulas. O juiz cavalgava à testa da coluna carregando na sela a sua frente uma estranha criança escura coberta de cinzas. Parte de seu cabelo fora consumido pelo fogo e ia sobre o cavalo muda e estoica observando a terra avançar diante de si com imensos olhos negros como um changeling. Os homens à medida que cavalgavam enegreciam sob o sol devido ao sangue em suas roupas e em seus rostos e então empalideceram lentamente com a poeira erguida até assumir mais uma vez a cor da região pela qual passavam.

Cavalgaram o dia todo com Glanton cobrindo a retaguarda da coluna. Perto do meio-dia o cão os alcançou. Seu peito estava escuro de sangue e Glanton o carregou sobre o cepilho da sela até que recuperasse as forças. Por toda a prolongada tarde ele trotou à sombra do cavalo e quando chegou o crepúsculo trotava ao longe na planície onde as formas compridas dos cavalos deslizavam sobre o chaparral em pernas de aranha.

Quando fizeram alto Glanton ordenou que se montassem fogueiras e cuidassem dos feridos. Uma das éguas parira no deserto e a frágil cria não tardou a ser pendurada em um espeto de paloverde acima do borralho quente enquanto os delawares passavam entre si uma cabaça contendo o leite coalhado extraído de seu estômago. De uma ligeira elevação a oeste do acampamento as fogueiras do inimigo eram visíveis quinze quilômetros ao norte. A companhia acocorou-se em suas peles ensanguentadas endurecidas e contou os escalpos e pendurou-os em estacas, os cabelos negros violáceos sem viço encrostados de sangue. David Brown passou entre esses carniceiros exauridos quando se agachavam junto às chamas mas não conseguiu encontrar nenhum cirurgião para si. Havia uma flecha em sua coxa, penas e tudo, e ninguém queria pôr a mão. Muito menos Doc Irving, pois Brown o chamava de papa-defunto e barbeiro e mantinham distância um do outro.

Rapazes, disse Brown, eu cuidaria disso sozinho mas não consigo segurar firme.

O juiz ergueu os olhos e sorriu.

Que tal você, Holden?

Não, Davy, eu não. Mas lhe digo o que vou fazer.

O que é.

Vou redigir uma apólice de seguro para sua pessoa contra qualquer infortúnio exceto corda no pescoço.

Então vai pro inferno.

O juiz riu. Brown fuzilou em torno. Ninguém aqui dá uma mão?

Ninguém respondeu.

Vão todos pro inferno, então.

Sentou e esticou a perna no chão e ficou olhando para ela, mais ensanguentado ele do que a maioria ali. Agarrou a haste e pressionou-a com força. O suor corria em sua fronte. Segurava a perna e praguejava em voz baixa. Alguns assistiam, outros não. O kid ficou de pé. Deixa que eu tento, disse.

Bom rapaz, disse Brown.

Puxou a sela para servir de encosto. Virou a perna para a luz do fogo e dobrou o cinto e o segurou e sibilou para o rapaz ajoelhado.

Segura com vontade, meu jovem. E empurra duma vez. Então prendeu o cinto entre os dentes e se reclinou.

O kid agarrou a haste perto da coxa do homem e jogou todo seu peso em cima. Brown cravou as garras no chão de ambos os lados do corpo e sua cabeça se dobrou para trás e seus dentes úmidos brilharam ao clarão da fogueira. O kid ajustou a mão outra vez e fez força de novo. As veias no pescoço do homem pareciam cordas e ele rogou pragas contra a alma do rapaz. Na quarta tentativa a ponta da flecha surgiu por entre a carne da coxa do homem e o sangue correu pelo chão. O kid sentou sobre os calcanhares e passou a manga da camisa pela testa.

Brown deixou o cinto cair de seus dentes. Saiu? disse.

Saiu.

A ponta? É a ponta? Fala, homem.

O kid sacou a faca e cortou a ponta ensanguentada com um movimento destro e estendeu-a para o outro. Brown segurou-a à luz do fogo e sorriu. A ponta era de cobre martelado e estava torta nas amarras empapadas de sangue que a prendiam à haste mas não se soltara.

Bom menino, ainda vai dar um açougueiro de primeira um dia. Agora puxa isso daí.

O kid extraiu a haste da perna do homem suavemente e o homem se arqueou no chão em um ostensivo gesto feminino e ofegou asperamente entre os dentes. Permaneceu ali deitado por um momento e depois sentou e tomou a haste do kid e atirou-a no fogo e ficou de pé e foi preparar um lugar para dormir.

Quando o kid voltou para seu próprio cobertor o ex-padre se curvou para ele e sibilou em seu ouvido.

Idiota, disse. O amor de Deus não dura pra sempre.

O kid virou para encará-lo.

Não sabe que se ele fosse levava você junto? Você ia junto com ele, rapaz. Como uma noiva pro altar.

Ficaram de pé e se puseram em marcha em algum momento depois da meia-noite. Glanton havia ordenado que as fogueiras fossem alimentadas e cavalgaram com as chamas iluminando todo o terreno em volta e as silhuetas dos arbustos do deserto dançando sobre as areias e os cavaleiros pisando sobre as próprias sombras alongadas e trêmulas até mergulharem na escuridão que tão bem lhes convinha.

Os cavalos e as mulas esparramavam-se ao longe pelo deserto e eles os reuniram por quilômetros ao sul e os tocaram adiante. Os relâmpagos de verão difusos recortavam na noite escuras cadeias montanhosas na borda extrema do mundo e os cavalos semibravios na planície a sua frente trotavam sob a azulada luz estroboscópica como cavalos bruxuleantes conjurados do abismo.

Sob a aurora vaporosa o grupo esfarrapado e ensanguentado cavalgando com seus fardos de courama parecia menos um bando vitorioso do que a retaguarda arrasada de algum exército desbaratado batendo em retirada pelos meridianos do caos e da noite remota, cavalos cambaleando, os homens oscilando entorpecidos nas selas. O dia puncionado de luz revelou o mesmo território estéril em volta e a fumaça de suas fogueiras da noite anterior projetava-se fina e imóvel ao norte. A poeira pálida do inimigo que iria caçá-los até os portões da cidade não parecia ter se aproximado e prosseguiram em sua marcha vacilante sob o calor crescente conduzindo os cavalos excitados diante de si.

No meio da manhã pararam em uma poça estagnada que já fora pisoteada por trezentos animais, os cavaleiros enxotando-os da água e desmontando para beber com seus chapéus e depois voltando a cavalgar pelo leito seco do riacho com os cascos a ressoar no solo pedregoso de rochas secas e matacões e então o solo do deserto outra vez vermelho e arenoso e as montanhas constantes em volta deles esparsamente relvadas e pontilhadas de ocotillo e sotol e os seculares agaves florindo como uma fantasmagoria em uma terra febril. Ao crepúsculo enviaram cavaleiros no rumo oeste para montar fogueiras na pradaria e a companhia se deitou no escuro e dormiu com os morcegos voando silenciosamente acima de suas cabeças entre as estrelas. Quando montaram e partiram na manhã seguinte ainda estava escuro e os cavalos prestes a desfalecer. O dia revelou que os pagãos tinham avançado muito em seu encalço. Travaram a primeira refrega na alvorada seguinte e seguiram pelejando por oito dias e oito noites consecutivas na planície e entre os rochedos nas montanhas e dos muros e azoteas de haciendas abandonadas e não perderam um homem sequer.

Na terceira noite permaneceram agachados nos bastiões de antigas muralhas decrépitas de barro com as fogueiras do inimigo a menos de um quilômetro e meio de distância no deserto. O juiz sentava com o menino apache diante do fogo e a criança observava tudo com seus olhos negros de frutos silvestres e alguns homens brincavam com ela e a faziam rir e davam-lhe charque e ela ficava sentada mastigando e observando com ar sério as figuras que passavam acima dela. Cobriram-na com uma manta e pela manhã o juiz a embalava em um joelho enquanto os homens selavam seus cavalos. Toadvine o viu com a criança ao passar com sua sela mas quando voltou dez minutos depois puxando o cavalo a criança estava morta e o juiz tirara seu escalpo. Toadvine encostou o cano da pistola no imenso domo da cabeça do juiz.

Holden, seu desgraçado.

Ou você atira ou tira isso daí. Agora.

Toadvine enfiou a pistola no cinto. O juiz sorriu e limpou o escalpo na perna da calça e ficou de pé e lhe deu as costas. Dez minutos depois estavam na planície outra vez em plena fuga dos apaches.

Na tarde do quinto dia cruzavam a passo uma depressão seca do terreno, conduzindo os cavalos diante de si, os índios em seus calcanhares fora do alcance dos rifles gritando para eles em espanhol. De tempos em tempos alguém da companhia desmontava com rifle e vareta de limpeza em punho e os índios se dispersavam como codornizes, puxando os pôneis consigo e ficando atrás deles. A leste vibrando sob o calor despontava a linha tênue de muros brancos de uma hacienda e as árvores esguias e verdes e rígidas projetavam-se dali como uma cena em um diorama. Uma hora depois conduziam os cavalos — agora talvez uma centena de cabeças — ao longo desses muros e por uma trilha batida rumo a uma fonte. Um jovem se aproximou e lhes deu as boas-vindas formalmente em espanhol. Ninguém respondeu. O jovem cavaleiro olhou ao longo do riacho onde os campos eram atravessados por acéquias e onde os trabalhadores em seus empoeirados trajes brancos espalhavam-se imóveis com enxadas entre o algodão novo ou o milharal a bater na cintura. Voltou a olhar para o noroeste.

Os apaches, setenta, oitenta deles, acabavam de passar pelo primeiro de uma série de jacales e se moviam em fila ao longo da vereda para a sombra das árvores.

Os peões nos campos viram-nos quase ao mesmo tempo. Jogaram as ferramentas de lado e começaram a correr, uns aos gritos, outros com as mãos acima das cabeças. O jovem don olhou para os americanos e olhou outra vez para os selvagens se aproximando. Gritou alguma coisa em espanhol. Os americanos tocaram os cavalos da fonte na direção de um bosque de álamos. Da última vez em que o viram ele havia puxado uma pequena pistola da bota e se virara para enfrentar os índios.

Nessa noite conduziram os apaches através da cidade de Gallego, a rua uma sarjeta lamacenta patrulhada por porcos e cães esfolados miseráveis. O lugar parecia deserto. O milho novo nos campos à beira da estrada fora banhado por chuvas recentes e estava branco e luminoso, alvejado quase ao ponto da transparência pelo sol. Cavalgaram a maior parte da noite e no dia seguinte os índios continuavam por perto.

Confrontaram-nos mais uma vez em Encinillas e confrontaram-nos nos desfiladeiros áridos que iam na direção de El Sauz e mais além nos contrafortes pouco elevados de onde já podiam avistar os pináculos das igrejas na cidade ao sul. No dia vinte e um de julho do ano de mil oitocentos e quarenta e nove entraram na cidade de Chihuahua para serem saudados como heróis, conduzindo os cavalos multicoloridos diante de si através da poeira das ruas em um pandemônio de dentes e de olhos esbranquiçados. Meninos pequenos corriam entre os cascos e os vitoriosos em seus trapos ensanguentados sorriam sob a imundície e o pó e o sangue encrostado conforme carregavam em estacas as cabeças dessecadas do inimigo em meio àquela fantasia de música e flores.

13

Nos banhos — Comerciantes — Troféus de guerra — O banquete — Trias — O baile — Norte — Coyame — A fronteira — Hueco Tanks — Massacre dos tiguas — Carrizal — Uma nascente no deserto — Os medanos — Uma inquirição acerca de dentes — Nacori — A cantina — Um encontro desesperado — Nas montanhas — Uma aldeia dizimada — Lanceiros a cavalo — Uma escaramuça — No encalço dos sobreviventes — As planícies de Chihuahua — Massacre dos soldados — Um enterro — Chihuahua — Rumo oeste.

Seu avanço foi engrossado por novos cavaleiros, por meninos no dorso de mulas e velhos de chapéus trançados e uma delegação que se encarregou dos cavalos e mulas capturados e os tocou pelas ruas estreitas na direção da praça de touros onde poderiam ser deixados. Os combatentes maltrapilhos avançavam em ondas, alguns agora segurando no alto copos que lhes haviam sido passados, acenando com seus chapéus putrescentes para as damas aglomeradas nos balcões e elevando as cabeças pendulares com aquelas estranhas expressões de enfado com que suas feições de pálpebras caídas se revestiram ao secar, todos agora tão espremidos pela multidão em torno que pareciam a vanguarda de alguma rebelião escangalhada e precedida por uma dupla de arautos tocando tambores sendo um deles atoleimado e estando ambos descalços e por um outro na corneta que marchava com o braço erguido acima da cabeça em um gesto marcial ao mesmo tempo que soprava seu instrumento. Desse modo passaram pelo imponente pórtico do palácio do governador, percorrendo as gastas soleiras de pedra e adentrando o pátio onde os cascos lascados dos cavalos desferrados dos mercenários chocavam-se contra as pedras do pavimento com um curioso matraquear de casco de tartaruga.

Centenas de moradores espremiam-se em volta quando os escalpos secos foram contados sobre as pedras. Soldados com mosquetes mantinham a multidão para trás e as moças observavam os americanos com imensos olhos negros e garotos se aproximavam rastejando para tocar os troféus macabros. Havia cento e vinte e oito escalpos e oito cabeças e o lugar-tenente do governador e sua comitiva desceram para o pátio a fim de lhes dar as boas-vindas e admirar seu feito. Prometeram-lhes todo o pagamento em ouro a ser feito durante o jantar em sua homenagem no Riddle and Stephens Hotel e com isso os americanos soltaram um viva de aprovação e voltaram a subir nos cavalos. Velhas metidas em rebozos pretos se aproximaram para beijar a bainha de suas camisas fétidas e estendiam suas mãos pequenas e escuras em sinal de bênção e os cavaleiros fizeram meia-volta em suas montarias esqueléticas e abriram caminho em meio à turba ruidosa para ganhar as ruas.

Dirigiram-se aos banhos públicos onde entraram um por um dentro da água, cada qual mais branco que o anterior e todos tatuados, marcados a ferro, suturados, as enormes cicatrizes enrugadas criadas sabe-se Deus onde por que bárbaros cirurgiões através de peitos e abdomens como rastros de milípedes gigantescos, alguns deformados, dedos faltando, olhos, suas testas e braços estampados com letras e números como se fossem artigos à espera de um inventário. Cidadãos de ambos os sexos encostavam nas paredes e observavam a água se transformar em um mingau ralo de sangue e sujeira e ninguém conseguia tirar os olhos do juiz que fora o último de todos a se desvestir e agora percorria o perímetro dos banhos com um charuto na boca e o ar régio, experimentando as águas com o dedão, surpreendentemente mignon. Brilhava como a lua tal sua palidez e nem um único cabelo podia ser visto em parte alguma daquele vasto corpanzil, fosse em qualquer reentrância, fosse nos grandes buracos de seu nariz, e tampouco em seu peito, nem em seus ouvidos, nem absolutamente o menor tufo acima de seus olhos, nem também nas pálpebras. O domo imenso e reluzente de seu crânio nu parecia uma touca de banho enterrada na cabeça cuja pele no mais era bronzeada do rosto ao pescoço. Quando o grande volume imergiu no banho as águas subiram consideravelmente e depois de afundar até o nível do olhar ele esquadrinhou em torno com perceptível prazer, os olhos ligeiramente franzidos, parecendo sorrir sob a água como um manati pálido e inchado subindo à tona de um pântano enquanto atrás da orelha pequena e colada o charuto preso fumaçava suavemente acima da superfície.

Nesse momento comerciantes haviam espalhado suas mercadorias pelos ladrilhos cerâmicos atrás deles, ternos de corte e tecido europeus e camisas de sedas coloridas e chapéus de pelo de castor e finas botas de couro espanhol, bengalas com castão de prata e chicotes de equitação com remate de prata e selas com acabamento de prata e cachimbos entalhados e pistolas de ocultar na manga e uma coleção de espadas de Toledo com punho de marfim e lâminas lindamente buriladas e barbeiros arrumavam suas cadeiras para acolhê-los, apregoando os nomes de clientes célebres que haviam atendido, e todos esses negociantes garantindo à companhia crédito nos termos mais generosos.

Quando atravessaram a praça vestidos em seu novo guarda-roupa, alguns com as mangas do casaco mal ultrapassando os cotovelos, os escalpos estavam sendo pendurados na grega de ferro do gazebo como decorações de alguma bárbara comemoração. As cabeças decepadas haviam sido erguidas em estacas acima dos postes de iluminação de onde contemplavam agora com seus olhos cavos e gentios os couros secos de seus semelhantes e antepassados pendurados contra a fachada de pedra da catedral ecoando fracamente ao sabor do vento. Mais tarde quando os postes foram acesos as cabeças sob o clarão suave vindo de baixo assumiram a expressão de máscaras trágicas e em poucos dias iriam ficar mosqueadas de branco e de aspecto inteiramente leproso com os excrementos dos pássaros empoleirados em cima delas.

Aquele Angel Trias que era o governador fora mandado para o estrangeiro na juventude a fim de receber sua educação e era amplamente versado nos clássicos e ainda um estudioso de línguas. Era também um homem chegado às coisas viris e os rudes guerreiros que contratara para a proteção do estado pareciam animar alguma chama em seu peito. Quando o lugar-tenente convidou Glanton e seus oficiais para jantar Glanton respondeu que ele e seus homens não faziam o rancho separados. O lugar-tenente deu o braço a torcer com um sorriso e Trias reagiu da mesma forma. Chegaram bem-arrumados, barbeados e de cabelos aparados e trajados em suas novas botas e acessórios elegantes, os delawares estranhamente austeros e ameaçadores com seus fraques curtos, todos se reunindo em torno da mesa que lhes fora preparada. Charutos foram oferecidos e serviram-se cálices de xerez e o governador postado na cabeceira da mesa deu-lhes as boas-vindas e ordenou a seu camareiro que todas as necessidades deles fossem observadas. Soldados os atendiam, buscando taças extras, servindo vinho, acendendo charutos com uma mecha em uma caixa de prata feita exatamente com esse propósito. O juiz foi o último a chegar, vestido em um terno fino de linho cru cortado para ele nessa mesma tarde. Peças inteiras de tecido haviam sido consumidas em sua fabricação, bem como exércitos de alfaiates. Seus pés estavam calçados em botas de pelica cinza cuidadosamente engraxadas e em suas mãos segurava um panamá entrançado a partir de dois outros chapéus menores num trabalho de tal meticulosidade que as emendas mal se notavam.

Trias já tomara seu assento quando o juiz entrou mas nem bem o notou voltou a se pôr de pé e apertaram as mãos cordialmente e o governador fez com que se sentasse a sua direita e de imediato principiaram a entabular conversa numa língua ininteligível a quem quer que fosse naquele recinto salvo um ou outro epíteto de baixo calão desgarrado do norte. O ex-padre sentava diante do kid e ergueu as sobrancelhas e fez um gesto de cabeça em direção à ponta da mesa com um revirar de olhos. O kid, em seu primeiro colarinho engomado da vida e seu primeiro plastrom, quedava do lado oposto mudo como um manequim de alfaiate.

A essa altura a mesa era servida a pleno vapor e os pratos vinham em contínua sucessão, peixe e aves e carne bovina e caça da região e um leitão assado numa travessa e bandejas de petiscos e trifles e frutas cristalizadas e garrafas de vinho e de brande dos vinhedos de El Paso. Brindes patrióticos foram erguidos, os ajudantes de ordens do governador erguendo suas taças a Washington e Franklin e os americanos respondendo com ainda mais heróis de seu próprio país, ignorantes igualmente de diplomacia e de qualquer nome no panteão de sua república irmã. Avançaram na comida e continuaram a comer até devorar primeiro o banquete e depois a despensa do hotel por completo. Mensageiros foram enviados pela cidade à cata de mais coisas apenas para que isso também sumisse e outros foram mandados até que o cozinheiro do Riddle barrasse a porta com o próprio corpo e os soldados que serviam começassem simplesmente a despejar imensas bandejas de tortas doces, torresmos, rodas inteiras de queijo — tudo que conseguissem achar — sobre a mesa.

O governador tilintara sua taça e ficara de pé para discursar em seu inglês esmerado, mas os mercenários estufados e arrotando trocavam olhares maliciosos e pediam mais bebida e alguns não paravam de vociferar brindes, agora degringolando em votos de boa saúde às prostitutas de inúmeras cidades sulistas. O tesoureiro foi apresentado sob vivas, assovios, o erguer de copos transbordantes. Glanton se encarregou da comprida bolsa de lona estampada com a cártula do estado e interrompendo o governador ficou de pé e despejou todo o ouro sobre a mesa entre ossos e cascas e peles torradas e poças de bebida entornada e em uma partilha rápida e sumária dividiu a pilha de ouro com a lâmina de sua faca de modo que cada homem recebesse o soldo combinado sem maiores cerimônias. Uma espécie de banda de skiffle começara a vibrar uma melodia lúgubre em um canto do recinto e o primeiro a se pôr de pé foi o juiz que conduziu os músicos com seus instrumentos ao salão de baile adjacente onde diversas damas que haviam sido mandadas chamar já aguardavam sentadas em bancos junto às paredes e se abanavam sem alarme aparente.

Os americanos afluíram ao salão de danças, sozinhos e aos pares e em grupos, empurrando cadeiras, derrubando cadeiras e deixando-as caídas. Lamparinas de parede com seus refletores de folha de flandres haviam sido acesas por todo o recinto e os convivas ali reunidos projetavam sombras conflitantes. Os caçadores de escalpo sorriam para as mulheres, parecendo uns broncos em suas roupas encolhidas, chupando os dentes, armados com facas e pistolas e de expressão desvairada no olhar. O juiz reuniu-se em detida conferência com a banda e logo uma quadrilha começou a tocar. Uma agitação de corpos sacudindo e pés sapateando se seguiu enquanto o juiz, afável, galante, acompanhava primeiro uma dama depois outra executando passos com fluente elegância. Perto da meia-noite o governador pedira licença e membros da banda começaram a sair. Um gaitista de rua cego estava aterrorizado sobre a mesa do banquete entre os ossos e as travessas e uma horda de prostitutas de aparência espalhafatosa se infiltrara no baile. O fogo das pistolas logo se tornou generalizado e Mr. Riddle, no papel de cônsul americano na cidade, desceu ao salão para repreender os farristas e foi enxotado com ameaças. Brigas estouraram. Mobília foi quebrada, homens brandindo pernas de cadeira, castiçais. Duas prostitutas se engalfinharam e voaram sobre um aparador e foram ao chão em um estrépito de copos de brande partidos. Jackson, pistolas em punho, desabalou pela rua afora jurando Cascar chumbo no rabo do Cristo, aquele branco pernudo filho da puta. Ao raiar do dia os vultos de beberrões inconscientes roncavam espalhados pelo chão entre manchas negras de sangue seco. Bathcat e o gaitista dormiam sobre a mesa do banquete abraçados um ao outro. Uma família de ladrões andava nas pontas dos pés por entre os escombros vasculhando o bolso dos adormecidos e os restos de uma fogueira que consumira boa parte da mobília do hotel fumegava na rua diante da porta.

    Essas e outras cenas como essas se repetiram noite após noite. Os moradores recorreram ao governador mas este era muito parecido com o aprendiz de feiticeiro que de fato conseguiu levar o diabrete a cumprir sua vontade mas depois não encontrou meios de fazê-lo parar. Os banhos se transformaram em prostíbulo, os serviçais foram expulsos. O chafariz branco de pedra no meio da plaza se enchia à noite de bêbados sem roupa. Cantinas eram evacuadas quase como que a um alarme de incêndio com o aparecimento de qualquer dupla que fosse de homens da companhia e os americanos se viam em tavernas fantasmas com bebidas sobre as mesas e charutos ainda queimando nos cinzeiros de argila. Entravam e saíam pelas portas com os cavalos e quando o ouro começou a escassear os lojistas se viram presenteados com promissórias rabiscadas em papel pardo numa língua estrangeira em troca de prateleiras inteiras de mercadorias. Lojas começaram a fechar. Pichações de carvão apareciam nas paredes caiadas. Mejor los indios. As ruas ao entardecer eram evacuadas e não havia paseos e as donzelas da cidade eram trancadas atrás de portas e janelas pregadas com tábuas para não serem mais vistas.

No dia quinze de agosto eles partiram. Uma semana depois um bando de vaqueiros relatou tê-los visto invadindo o vilarejo de Coyame cento e trinta quilômetros a nordeste.

O vilarejo de Coyame estivera por anos sujeitado a contribuir anualmente para Gómez e seu bando. Quando Glanton e seus homens entraram foram recebidos como santos. Mulheres corriam ao lado dos cavalos para tocar suas botas e impingiam-lhes regalos de todo tipo até todos eles verem-se estorvados por melões e tortas e galinhas amarradas amontoados no arção de suas selas. Quando partiram três dias depois as ruas estavam desertas, nem sequer um cão a segui-los pelos portões.

Viajaram no rumo nordeste até a distante cidade de Presidio na fronteira do Texas e atravessaram os cavalos e cavalgaram pingando pelas ruas. Território onde Glanton podia ser preso. Ele seguiu sozinho pelo deserto e parou montado em seu cavalo e ele e o cavalo e o cão ficaram olhando para a terra ondulada coberta de vegetação rasteira e as prosaicas colinas estéreis e as montanhas e a região plana de arbustos e a planície se desenrolando mais além onde seiscentos quilômetros a leste estavam a esposa e a criança que jamais tornaria a ver. Sua sombra projetava-se alongada diante dele sobre o estriado leito de areia. Ele não a seguiria. Havia tirado o chapéu para que o vento do anoitecer o refrescasse e depois de algum tempo tornou a enfiá-lo e virou o cavalo e voltou.

Vagaram pela fronteira por semanas à procura de algum sinal dos apaches. Prontos para o combate naquela planície moviam-se em uma constante elisão, agentes autorizados do presente dividindo o mundo que encontravam e deixando o que havia sido e o que nunca mais seria igualmente extintos no solo atrás de si. Cavaleiros espectrais, pálidos de pó, anônimos nas ameias do calor. Mais do que tudo pareciam inteiramente ao acaso, primevos, provisórios, carentes de ordem. Como seres incitados a sair da rocha absoluta e condenados em sua completa obscuridade e em nenhum grau diferentes de seus meros vultos a vagar vorazes e amaldiçoados e mudos como górgonas cambaleantes pelas vastidões brutais de Gondwana em um tempo anterior à nomenclatura e em que o um era o todo.

Abatiam animais selvagens e tomavam o que necessitavam a título de comissão dos pueblos e estancias por onde passavam. Ao anoitecer certo dia quando quase avistavam a pequena cidade de El Paso olharam para o norte onde os gileños invernavam e se deram conta de que não iriam para lá. Acamparam essa noite nos Hueco Tanks, um agrupamento de cisternas de pedra naturais no deserto. As rochas do lugar por toda parte onde houvesse abrigo estavam cobertas de antigas pinturas e o juiz logo andava em meio a elas copiando-as em sua diversidade para levar consigo. Eram de homens e animais e da caça e havia pássaros curiosos e mapas arcanos e havia formas de tão singular visão que justificavam todo medo do homem e das coisas que nele existem. Dessas gravuras — algumas de cores vivas — viam-se centenas, e contudo o juiz caminhava em meio a elas com segurança, esboçando apenas as que precisava. Depois que terminou e enquanto ainda havia luz regressou a uma determinada saliência na pedra e ficou algum tempo sentado e voltou a examinar o trabalho ali. Então se levantou e com um pedaço de sílex quebrado raspou um dos desenhos, apagando todo seu vestígio e deixando apenas uma área riscada na pedra onde antes estivera. Então apanhou seu livrinho e voltou para o acampamento.

Pela manhã foram para o sul. Trocavam poucas palavras entre si, tampouco discutiam. Três dias depois cruzaram com um bando de pacíficos tiguas acampados na margem do rio e os massacraram até a última alma.

Na véspera desse dia agachavam-se junto ao fogo que chiava com a chuva fina e suave e fundiam balas e recortavam cartuchos como se a sorte dos aborígenes houvesse sido moldada por uma força completamente alheia. Como se tais destinos estivessem prefigurados na própria rocha para que aqueles dotados de olhos os lessem. Nenhum homem se apresentava para vir em sua defesa. Toadvine e o kid conferenciaram entre si e quando o grupo se pôs em marcha no dia seguinte com o sol em seu apogeu emparelharam os cavalos a trote com o de Bathcat. Cavalgavam em silêncio. Esses filhos da puta não fizeram mal a ninguém, disse Toadvine. O vandiemenlander olhou para ele. Olhou para as letras lívidas tatuadas em sua testa e para os longos cabelos ensebados pendentes de seu crânio sem orelhas. Olhou para o colar de dentes de ouro em seu peito. Seguiram cavalgando.

Aproximaram-se daquelas tendas miseráveis à luz alongada do dia agonizante, movendo-se contra o vento pela margem sul do rio onde podiam sentir o cheiro da lenha queimando nas fogueiras. Quando os primeiros cachorros latiram Glanton esporeou o cavalo e saíram de trás das árvores e atravessaram o trato árido com os longos pescoços dos animais projetados da poeira como uma matilha ávida e os cavaleiros os chicoteando na direção da luz do sol onde as silhuetas das mulheres erguendo-se de suas tarefas delinearam-se achatadas e rígidas por um instante antes que pudessem se dar conta plenamente da realidade daquele pandemônio de pó arremetendo num tropel em sua direção. Paralisadas em estupor, descalças, vestidas com o algodão cru daquelas terras. Seguravam colheres de pau, crianças nuas. Com o primeiro fogo uma dúzia se dobrou e caiu.

Os demais começaram a correr, gente velha jogando as mãos para o alto, crianças dando passinhos incertos e pestanejando sob o tiroteio. Alguns jovens apareceram com arcos esticados e foram baleados e então os cavaleiros avançaram por toda a aldeia atropelando as choças de colmo e distribuindo cacetadas em meio à gritaria generalizada.

Muito depois de escurecer nessa noite com a lua já bem alta um grupo de mulheres que subira o rio para secar peixe regressou à aldeia e vagou aos prantos pelas ruínas. Algumas fogueiras ainda fumegavam no chão e cachorros moviam-se furtivamente por entre os cadáveres. Uma velha ajoelhou junto às pedras enegrecidas diante de sua porta e enfiou alguns galhos entre os carvões e soprou até reavivar as chamas no meio das cinzas e começou a endireitar os potes tombados. A toda sua volta os mortos jaziam com os crânios esfolados como pólipos úmidos azulados ou melões luminescentes esfriando sobre uma meseta lunar. Nos dias que se seguiriam os frágeis negros rébus de sangue naquelas areias iriam trincar e rachar e se dissipar de modo que no ciclo de poucos sóis todo vestígio da destruição daquele povo seria apagado. O vento do deserto cobriria de sal suas ruínas e não haveria mais nada, nem fantasma nem escriba, para contar a algum peregrino de passagem como era aquele povo que vivera naquele lugar e naquele lugar morrera.

Os americanos entraram na cidade de Carrizal no fim da tarde do segundo dia depois desse, seus cavalos engrinaldados com os escalpos malcheirosos dos tiguas. O povoado se encontrava praticamente em ruínas. Muitas casas estavam vazias e o presidio desabava de volta à terra com a qual fora erguido e as expressões dos próprios habitantes pareciam exibir a vacuidade de antigos terrores. Observaram a passagem daquela flotilha ensanguentada por suas ruas com olhares baços e sombrios. Aqueles cavaleiros pareciam vir de uma jornada desde um mundo legendário e deixavam atrás de si uma estranha esteira maculada como uma pós-imagem no olho e o ar que agitavam ficava alterado e elétrico. Passaram rente aos ruinosos muros do cemitério onde os mortos eram dispostos em nichos sobre cavaletes e o chão estava coberto de ossos e crânios e potes quebrados como um ossuário ainda mais antigo. Mais gente maltrapilha apareceu nas ruas empoeiradas atrás deles e ficou assistindo-os passar.

Nessa noite acamparam junto a uma fonte termal no topo de uma colina em meio a antigos indícios de alvenaria espanhola e tiraram a roupa e entraram na água como fiéis enquanto imensas sanguessugas brancas se afastavam ondulando pelas areias. Quando partiram ao amanhecer continuava escuro. Relâmpagos brilhavam nas cadeias serrilhadas no sul longínquo, silentes, as montanhas abruptas reveladas azuis e desoladas no vazio. O dia irrompeu acima de uma faixa esfumaçada de deserto sombreada por nuvens escuras em que os cavaleiros podiam contar cinco diferentes tempestades espaçadas ao longo da orla arredondada da terra. Avançavam sobre pura areia e os cavalos labutavam com esforço tal que os homens eram obrigados a desmontar e puxá-los, forcejando pelas morenas íngremes onde o vento soprava o púmice branco das cristas como a espuma de vagas marinhas e na areia se desenhavam frágeis formas concoidais e nada mais havia ali a não ser ossos polidos esparsos. Passaram o dia todo em meio a dunas e ao anoitecer descendo pelas derradeiras elevações arenosas em direção à planície entre arbustos de catclaw e crucifixion thorn não passavam de um amontoado crestado e exaurido de homens e bestas. Harpias alçaram voo de uma mula morta aos gritos e se afastaram descrevendo um arco no rumo oeste e depois mergulhando no sol quando eles adentraram com os cavalos na planície.

Duas noites mais tarde bivacados em um desfiladeiro nas montanhas podiam enxergar as luzes distantes da cidade mais abaixo. Acocoraram-se ao longo de uma aresta xistosa na parede da garganta ao abrigo do vento com as fogueiras dançando agitadas e observaram as lamparinas cintilando no leito azul da noite a cinquenta quilômetros de distância. O juiz passou na frente deles na escuridão. Centelhas da fogueira voaram com o vento. Ele tomou seu lugar entre as placas de xisto cobertas de vegetação rala e assim permaneceram como seres de uma era antiga observando as luzes distantes se apagarem uma a uma até a cidade na planície se encolher e se resumir a um pequeno núcleo luminoso que podia ser uma árvore em chamas ou algum acampamento solitário de viajantes ou talvez algum fogo além de toda ponderabilidade.

Conforme saíam pelos elevados portões de madeira do palácio do governador dois soldados que ali estavam contando seu número quando passavam adiantaram-se e seguraram o cavalo de Toadvine pela testeira. Glanton passou à sua direita e seguiu adiante. Toadvine estacou em sua sela.

Glanton!

Os cascos dos cavalos ecoavam na rua. Glanton, logo além dos portões, olhou para trás. Os soldados falavam com Toadvine em espanhol e um deles tinha uma escopeta apontada para ele.

Não estou com os dentes de ninguém, disse Glanton.

Vou matar esses imbecis aqui mesmo.

Glanton cuspiu. Olhou para o fim da rua e olhou para Toadvine. Então desmontou e puxou o cavalo voltando pelo pátio. Vamonos, disse. Ergueu o rosto para Toadvine. Desce do cavalo.

Deixaram a cidade sob escolta dois dias depois. Mais de uma centena de soldados a acompanhá-los ao longo da estrada, desconfortáveis em seus trajes e armas variados, dando puxões nas rédeas e pontapés nos lombos de seus cavalos através do baixio onde os cavalos dos americanos haviam parado para beber água. Nos contrafortes acima do aqueduto desviaram de lado e os americanos passaram em fila por eles e seguiram serpenteando em meio às rochas e cactos de nopal e foram diminuindo entre as sombras até sumir.

Cavalgaram no rumo oeste montanhas adentro. Passaram por pequenos vilarejos tirando o chapéu para pessoas que iriam assassinar antes que o mês terminasse. Pueblos de barro eram como cidades assoladas pela peste com as plantações apodrecendo nos campos e o gado que os índios não haviam levado vagando a esmo e ninguém para reuni-lo ou cuidar dele e muitos vilarejos quase esvaziados da população masculina onde as mulheres e crianças agachavam-se aterrorizadas em suas choupanas de ouvidos atentos até que o último som de casco morresse na distância.

Na cidade de Nacori havia uma cantina e ali a companhia apeou e aglomerando-se diante da porta entraram e sentaram-se às mesas. Tobin se ofereceu para vigiar os cavalos. Ficou de pé olhando para os dois lados da rua. Ninguém prestou a menor atenção nele. Aquela gente já vira americanos aos montes, comboios e mais comboios empoeirados se arrastando havia meses longe de sua própria terra, semienlouquecidos com a enormidade de sua própria presença naquela vastidão imensa e saciada de sangue, usurpando farinha e carne ou entregando-se a um gosto latente pelo estupro entre as garotas de olhos cor de ameixa daquela terra. Agora era quase uma hora passada do meio-dia e vários trabalhadores e comerciantes atravessavam a rua na direção da cantina. Quando passaram pelo cavalo de Glanton o cachorro de Glanton se ergueu com os pelos eriçados. Desviaram ligeiramente e seguiram em frente. Nesse mesmo instante uma delegação de cães do vilarejo começou a cruzar a plaza, cinco, seis deles, olhos fixos no cão de Glanton. No momento em que faziam isso um malabarista puxando um cortejo fúnebre dobrou a rua e pegando um foguete entre vários sob seu braço aproximou-o da cigarrilha em sua boca e lançou-o na praça, onde explodiu. O bando de cães se sobressaltou e recuou, exceto por dois deles que continuaram na rua. Dentre os cavalos mexicanos presos em suas peias à trave diante da cantina alguns escoicearam e os outros pisotearam o chão nervosamente. O cachorro de Glanton não tirava os olhos dos homens vindo na direção da porta. Nenhum dos cavalos americanos sequer esticou um ouvido. A dupla de cães que atravessava a frente da procissão funerária desviou dos coices e rumou para a cantina. Mais dois foguetes explodiram na rua e agora o restante da procissão se tornava visível, um violinista e um corneteiro à frente tocando uma melodia rápida e animada. Os cães se viram presos entre o funeral e os animais dos mercenários e pararam e achataram as orelhas e começaram a sair de lado e a trotar. Finalmente dispararam pela rua atrás dos que carregavam o féretro. Esses detalhes deviam ter levado os trabalhadores que entravam na cantina a assumir uma posição mais apropriada. Haviam se virado e agora estavam de costas para a porta segurando os chapéus junto ao peito. O cortejo passou com um andor sobre os ombros e os transeuntes puderam ver em seu vestido mortuário entre as flores o rosto cinzento de uma jovem sacolejando rigidamente. Logo atrás vinha seu caixão, feito de couro cru pretejado com graxa, carregado por homens trajados de negro e parecendo bastante com um barco tosco feito de pele. Em seguida vinha um grupo de pranteadores, parte dos homens bebendo, as velhas em seus xales negros chorando e sendo amparadas para evitar os buracos da rua e crianças trazendo flores e fitando timidamente os espectadores conforme passavam.

    Dentro da cantina os americanos nem bem haviam sentado quando um insulto murmurado em uma mesa ao lado levou três ou quatro deles a ficar de pé. O kid se dirigiu à mesa em seu espanhol estropiado e perguntou qual daqueles ébrios rabugentos abrira a boca. Antes que alguém admitisse o que quer que fosse o primeiro foguete do enterro explodia na rua como se contou e todo o grupo dos americanos correu para a porta. Um bêbado à mesa ficou de pé com uma faca e cambaleou atrás deles. Seus amigos o chamaram mas com um gesto ele os desprezou.

    John Dorsey e Henderson Smith, dois jovens do Missouri, foram os primeiros a chegar à rua. Logo em seguida vieram Charlie Brown e o juiz. O juiz conseguia ver por cima de suas cabeças e ergueu a mão para os que vinham atrás. O féretro passava nesse instante. O violinista e o cornetista faziam pequenas mesuras um para o outro e seus passos sugeriam o estilo marcial da música que tocavam. É um enterro, disse o juiz. Conforme dizia isso o bêbado munido da faca agora oscilando na soleira cravou a lâmina nas costas de um homem chamado Grimley. Ninguém o viu além do juiz. Grimley apoiou a mão no batente de madeira rústica da porta. Me mataram, disse. O juiz sacou a pistola e a ergueu acima das cabeças dos homens e acertou o bêbado no meio da testa.

Os americanos do lado de fora da porta olhavam quase todos para o cano da arma do juiz quando ele disparou e a maioria se jogou no chão. Dorsey rolou agilmente e ficou de pé e trombou com os trabalhadores que prestavam seus respeitos ao cortejo. Estavam levando os chapéus à cabeça quando o juiz abriu fogo. O homem morto tombou para trás na cantina, sangue jorrando de sua cabeça. Quando Grimley se virou puderam ver o cabo de madeira da faca projetando-se de sua camisa ensanguentada.

Outras facas já entravam em ação. Dorsey atracava-se com os mexicanos e Henderson Smith sacara sua bowie e quase decepara o braço de um sujeito e o homem ficou ali parado com o escuro sangue arterial espirrando por entre seus dedos que tentavam estancar o ferimento. O juiz ajudou Dorsey a ficar de pé e recuaram para a cantina com os mexicanos meneando e estocando as facas em sua direção. De dentro vinha o som ininterrupto de tiros e o vão da porta se enchia de fumaça. O juiz se virou no limiar e passou por cima dos diversos corpos caídos ali. No interior as pistolas imensas rugiam sem interrupção e os vinte e tantos mexicanos do lugar estavam esparramados em todas as posições retalhados pelas balas em meio às cadeiras caídas e mesas com as lascas recém-arrancadas da madeira e as paredes de barro perfuradas de alto a baixo pelas grandes balas cônicas. Os sobreviventes tentavam ganhar a luz do dia pela porta afora e o primeiro a chegar topou com o juiz ali e brandiu a faca em sua direção. Mas o juiz era como um gato e desviou do homem e agarrou seu braço e o quebrou e ergueu o homem pela cabeça. Ele o encostou contra a parede e sorriu para ele mas o homem começara a sangrar pelos ouvidos e o sangue escorria por entre os dedos do juiz e sobre suas mãos e quando o juiz o soltou havia alguma coisa errada com sua cabeça e ele deslizou para o chão e não voltou a se erguer.

Os que estavam atrás dele haviam nesse meio-tempo recebido uma enorme descarga de tiros e a porta ficou abarrotada com os mortos e moribundos quando de repente um silêncio grande e reverberante dominou o ambiente. O juiz estava de costas para a parede. A fumaça pairava como um nevoeiro e as silhuetas encobertas permaneceram paralisadas. No centro do estabelecimento Toadvine e o kid estavam de costas um para o outro com suas pistolas erguidas como duelistas. O juiz se dirigiu à porta e gritou através da pilha de corpos para o ex-padre que esperava junto dos cavalos com a pistola na mão.

Os extraviados, Padre, os extraviados.

Não haviam matado em público em uma cidade daquele porte mas não dava para evitar. Três homens corriam pela rua e dois outros andavam a largas passadas através da praça. Afora isso não circulava vivalma. Tobin se adiantou entre os cavalos e ergueu a enorme pistola com as duas mãos e começou a atirar, a arma escoiceando e voltando a baixar e os corredores cambaleando e desabando de frente. Ele abateu os dois na plaza e mirou e acertou os que corriam pela rua. O último caiu em um vão de porta e Tobin virou e puxou a outra pistola de seu cinto e contornou o cavalo e olhou para o fim da rua e para a praça à procura de qualquer sinal de movimento ali ou entre as construções. O juiz se afastou da porta no interior da cantina onde os americanos olhavam uns para os outros e para os corpos numa espécie de perplexidade. Olharam para Glanton. Seus olhos chispavam através do ambiente enfumaçado. O chapéu estava pousado sobre uma mesa. Ele foi até lá e o apanhou e o enfiou na cabeça e o ajeitou. Olhou em torno. Os homens recarregavam as câmaras esvaziadas de suas pistolas. Cabelo, rapazes, ele disse. A fonte nesse nosso ramo ainda não secou.

Quando saíram da cantina dez minutos mais tarde as ruas estavam desertas. Haviam escalpelado todos os mortos, patinando sobre um piso que costumava ser de terra batida e agora era uma lama cor de vinho. Havia vinte e oito mexicanos dentro da taverna e mais oito na rua incluindo os cinco que o ex-padre matou. Montaram. Grimley sentava apoiado de lado contra a parede de barro do prédio. Não ergueu o olhar. Segurava a pistola no colo e olhava para o fim da rua e eles viraram e cavalgaram pelo lado norte da plaza e sumiram.

Levou trinta minutos para alguém aparecer na rua. Falavam aos sussurros. Quando se aproximaram da cantina um dos homens ali dentro surgiu no vão da porta como um fantasma ensanguentado. Havia sido escalpelado e o sangue escorria por toda parte entrando em seus olhos e ele pressionava um imenso buraco em seu peito onde uma espuma rósea borbulhava ao inspirar e expirar. Um dos moradores pousou a mão em seu ombro.

A dónde vas? disse.

A casa, disse o homem.

A cidade seguinte em que passaram ficava a dois dias de distância penetrando pelas sierras. Nunca souberam como se chamava. Uma sucessão de barracos de lama erguidos no planalto inóspito. Quando chegaram as pessoas correram deles como bichos assustados. Os gritos que davam uns para os outros ou talvez sua visível fragilidade pareceu incitar alguma coisa em Glanton. Brown o observou. Ele instigou o cavalo e sacou a pistola e o pueblo sonolento foi esmagado incontinente numa carnificina dantesca. Muitos haviam corrido para a igreja onde se ajoelhavam agarrando o altar e desse refúgio foram arrastados aos uivos um a um e um a um foram trucidados e escalpelados ali mesmo sobre o piso. Quando os cavaleiros passaram por esse mesmo vilarejo quatro dias depois os mortos continuavam jogados nas ruas e os abutres e porcos se alimentavam deles. Os carniceiros observaram em silêncio enquanto a companhia passava cuidadosamente como figurantes em um sonho. Quando o último membro do bando se foi voltaram a se alimentar.

Seguiram pelas montanhas adentro sem repouso. Percorreram uma trilha estreita em meio a um bosque de pinheiros negros durante o dia e depois de escurecer e sempre em silêncio exceto pelo rangido dos arreios e o resfolegar dos cavalos. A casca fina da lua pairava emborcada acima dos picos denteados. Chegaram a uma cidade na montanha pouco antes de clarear onde não havia lamparinas acesas nem vigias nem cães. No alvorecer cinzento sentaram-se contra uma parede à espera de o dia raiar. Um galo cantou. Uma porta bateu. Uma velha veio pelo caminho e passou pelas paredes rebocadas de barro da pocilga em meio à névoa carregando uma canga de jarros. Ficaram de pé. Fazia frio e seu hálito flutuou vaporoso em torno deles. Baixaram os paus do curral e conduziram os cavalos para fora. Cavalgaram pela rua. Pararam. Os animais jogavam de lado e batiam os cascos com o frio. Glanton puxara a rédea e sacara a pistola.

Uma companhia de tropas a cavalo saiu de trás de um muro no extremo norte do vilarejo e dobrou a rua. Usavam barretinas altas com placas de metal na frente e penachos de crina e vestiam casacos verdes adornados com galões e alamares escarlates e estavam armados com lanças e mosquetes e suas montarias ricamente ajaezadas e entraram na rua em avanços laterais e curvetas, cavaleiros empinados nas cavalgaduras, todos eles jovens galantes. A companhia olhou para Glanton. Ele guardou a pistola e puxou o rifle. O capitão dos lanceiros havia erguido o sabre para deter a coluna. No instante seguinte a rua estreita se encheu da fumaça dos rifles e uma dúzia de soldados tombou morta ou morrendo no chão. Os cavalos refugaram e relincharam e caíram uns sobre os outros e os homens cuspidos de suas selas ergueram-se a custo para dominar suas montarias. Uma segunda descarga varreu suas fileiras. Tombaram em tumulto. Os americanos sacaram as pistolas e fincaram os calcanhares nos cavalos e subiram a rua.

O capitão mexicano sangrava de um ferimento de bala no peito e aprumou-se nos estribos para rechaçar a carga com seu sabre. Glanton o baleou na cabeça e o empurrou do cavalo com a bota e abateu mais três atrás dele em sucessão. Um soldado no chão apanhara uma lança e corria em sua direção de arma em punho e um dos cavaleiros se curvou no meio da escaramuça selvagem e cortou sua garganta e foi em frente. Na umidade matinal a fumaça sulfurosa pairava sobre a rua como uma mortalha cinzenta e os lanceiros coloridos tombavam sob os cavalos naquela névoa ameaçadora como soldados chacinados em um sonho, de olhos arregalados e rijos e mudos.

Alguns em meio à retaguarda haviam conseguido virar suas montarias e começaram a retroceder pela rua e os americanos golpeavam os cavalos sem cavaleiro com os canos de suas pistolas e os cavalos trombavam e arremetiam com os estribos voando perigosamente e empinavam com os longos focinhos e empinavam e pisoteavam os mortos. Eles os rechaçaram aos golpes e instigaram seus cavalos a passar no meio e subir a rua até o ponto onde ela afunilava e subiram a montanha e fizeram fogo contra os lanceiros em fuga que fugiam aos trancos e barrancos num rastro ruidoso de pedregulhos rolados.

Glanton enviou um destacamento de cinco homens atrás deles e ele e o juiz e Bathcat fizeram meia-volta. Encontraram o restante de sua companhia subindo a rua e eles deram a volta e os seguiram e foram pilhar os cadáveres caídos na rua como músicos de banda e espatifaram seus mosquetes contra as paredes das casas e quebraram suas espadas e lanças. Quando partiam encontraram os cinco batedores de regresso. Os lanceiros haviam saído da trilha e se espalhado pela mata. Duas noites mais tarde acampados em um butte dando para a vasta planície central avistaram um ponto luminoso no meio do deserto como se fosse o reflexo de uma única estrela num lago do mais completo negror.

Confabularam. Naquela rude meseta de pedra as chamas da fogueira dançavam e rodopiavam e examinaram a escuridão absoluta estendendo-se sob onde estavam como o abrupto limiar na face do mundo.

Que distância acha que estão, disse Glanton.

Holden abanou a cabeça. Ganharam meio dia sobre a gente. Não são mais do que doze, catorze. Não vão mandar homens na frente.

Estamos longe de Chihuahua City?

Quatro dias. Três. Cadê o Davy?

Glanton se virou. Quanto tempo até Chihuahua, Davy?

Brown ficou de pé dando as costas para o fogo. Balançou a cabeça. Se aqueles são eles eles podem estar lá em três dias.

Acha que dá pra alcançar eles?

Não sei. Vai depender de perceberem se a gente está atrás.

Glanton virou e cuspiu no fogo. O juiz ergueu o braço branco e despido e procurou alguma coisa sob a axila com os dedos. Se a gente conseguir sair dessa montanha ao raiar do dia, disse, acho que dá pra alcançar. Se não é melhor ir pra Sonora.

Eles podem estar vindo de Sonora.

Então é melhor acabar com eles.

A gente podia levar esses escalpos pra Ures.

A fogueira se achatou contra o solo, voltou a erguer-se. Melhor ir atrás deles, disse o juiz.

Cavalgaram através da planície ao alvorecer conforme dissera o juiz e nessa noite puderam ver a fogueira dos mexicanos refletida no céu a leste além da curvatura da terra. Durante todo o dia seguinte cavalgaram e durante toda a noite, sacolejando e oscilando como uma delegação de epilépticos quando dormiam em suas selas. Na manhã do terceiro dia puderam ver os cavaleiros a sua frente na planície recortados contra o sol e ao anoitecer puderam contar seu número que se arrastava penosamente sobre a vastidão mineral desolada. Quando o sol surgiu os muros da cidade despontaram pálidos e tênues sob a luz incipiente trinta quilômetros para o leste. Detiveram os cavalos. Os lanceiros enfileiravam-se ao longo da estrada vários quilômetros ao sul. Não havia motivo para que parassem e em parar residia tão pouca esperança quanto em seguir cavalgando mas já que era isso que faziam eles continuaram a cavalgar e os americanos instigaram os cavalos e voltaram a avançar.

Por algum tempo cavalgaram quase paralelamente na direção dos portões da cidade, ambos os grupos ensanguentados e maltrapilhos, os cavalos cambaleantes. Glanton gritou que se rendessem mas continuaram a cavalgar. Ele puxou seu rifle. Vacilavam pela estrada como criaturas entorpecidas. Ele puxou as rédeas de seu cavalo e o animal parou com as pernas afastadas e os flancos arquejando e ele ergueu o rifle e disparou.

Os outros na maior parte já não estavam nem sequer armados. Havia nove deles e pararam e viraram e então foram à carga através daquele terreno intermitente de pedra e arbusto e foram mortos no espaço de um minuto.

Os cavalos foram segurados pelas rédeas e trazidos de volta à estrada e as selas e arreios cortados fora. Os corpos dos mortos foram despidos e seus uniformes e armas foram queimados junto com as selas e demais equipamentos e os americanos cavaram um buraco na estrada e os enterraram numa vala comum, os corpos nus com seus ferimentos como vítimas de experimentação cirúrgica deitados no buraco fitando cegos e boquiabertos o céu do deserto enquanto a terra era jogada sobre eles. Pisotearam o local com seus cavalos até que voltasse a adquirir a aparência do restante da estrada e as fecharias das armas e lâminas dos sabres e argolas das cilhas foram retiradas das cinzas da fogueira e levadas dali e enterradas em um lugar separado e os cavalos sem dono enxotados para o deserto e ao anoitecer o vento carregou as cinzas e à noite o vento soprou e varreu as últimas correias fumegantes e incitou à derradeira corrida frágil de fagulhas fugitivas como centelhas de pederneira na escuridão unânime do mundo.

Entraram na cidade exaustos e imundos e tresandando ao sangue dos cidadãos para cuja proteção haviam sido contratados. Os escalpos dos aldeães trucidados foram pendurados nas janelas da casa do governador e os guerrilheiros receberam sua paga dos cofres quase exauridos e a Sociedad foi dissolvida e o contrato de recompensa rescindido. Uma semana após deixarem a cidade haveria cartazes anunciando uma soma de oito mil pesos pela cabeça de Glanton. Cavalgaram pela estrada norte como qualquer grupo com destino a El Paso mas antes até que chegassem a sumir de vista da cidade desviaram suas montarias trágicas para o oeste e seguiram insensatos e meio desatinados em direção ao término vermelho daquele dia, em direção às terras crepusculares e ao distante pandemônio do sol.

14

Tempestades na montanha — Tierras quemadas, tierras despobladas — Jesús María — A estalagem — Lojistas — Uma bodega — O violinista — O padre — Las Animas — A procissão — Cazando las almas — Glanton tem um acesso — Cães à venda — O juiz prestidigitador — A bandeira — Um tiroteio — Um êxodo — A conducta — Sangue e mercúrio — No vau — Jackson resgatado — A selva — Um herborista — O juiz coleta espécimes — A abordagem de seu trabalho como cientista — Ures — O populacho — Los pordioseros — Um fandango — Cães párias — Glanton e juiz.

Por todo o norte a chuva arrancara gavinhas negras dos torreões de nuvens trovejantes como traçados de negro de fumo no fundo de um béquer e à noite puderam escutar o rufar da chuva a quilômetros de distância na pradaria. Subiram por uma garganta rochosa e relâmpagos delinearam as montanhas distantes e tremeluzentes e relâmpagos vibraram sonoramente as pedras em torno e penachos de fogo azulado agarravam-se aos cavalos como elementais incandescentes impossíveis de espantar. Suaves halos de fundição avançavam sobre o metal dos arreios, luzes percorrendo azuis e líquidas os canos das armas. Lebres enlouquecidas disparavam e paralisavam sob o clarão azul e muito acima entre aqueles penhascos estrepitosos falcões empoleirados agachavam-se em suas plumagens mosqueadas ou revelavam um olho amarelo aos estouros da trovoada sob seus pés.

Cavalgaram por dias em meio à chuva e cavalgaram com chuva e granizo e depois com chuva outra vez. Naquela luz cinzenta tempestuosa cruzaram uma planície inundada com as formas dos cavalos em suas longas patas refletidas na água entre nuvens e montanhas e os cavaleiros avançaram a custo compreensivelmente céticos quanto às cidades bruxuleantes na praia distante daquele mar sobre o qual por milagre marchavam. Escalaram rampas ondulantes e relvadas onde passarinhos fugiram chilrando na direção do vento e um abutre se ergueu pesadamente por entre ossos com asas fazendo uup uup uup como o brinquedo de uma criança pendurado em um fio e no longo pôr do sol vermelho os lençóis líquidos na planície sob eles eram como marés de sangue primordial.

Atravessaram um prado montanhoso atapetado de flores silvestres, acres de senécio dourado e zínias e gencianas de um roxo profundo e trepadeiras com corolas azuis e uma vasta planície de pequenas flores variadas esparramando-se rumo à orla do mundo como um gingham estampado até as mais longínquas serranias azuis de névoa e as cordilheiras adamantinas que se erguiam do nada como o dorso de monstros marinhos em uma aurora devoniana. Chovia novamente e cavalgavam recurvos sob impermeáveis talhados de peles sebentas semicuradas e assim encapelados sob a chuva cinzenta e furiosa pareciam guardiães de uma seita obscura enviados a buscar prosélitos entre as próprias feras da terra. O país adiante deles estendia-se envolto em nuvens e trevas. Cavalgaram através do longo lusco-fusco e o sol se pôs e lua alguma se ergueu e a oeste as montanhas estremeceram uma vez depois outra e mais outra em fotogramas fragorosos e arderam em uma escuridão final e a chuva sibilou na terra noturna e cega. Subiram pelos contrafortes entre pinheiros e rocha nua e subiram entre juníperos e espruces e os raros agaves gigantes e as hastes proeminentes das iúcas com suas inflorescências pálidas silentes e sobrenaturais entre as plantas perenes.

À noite acompanharam uma torrente de montanha em uma garganta furiosa estrangulada por rochas musgosas e cavalgaram sob grutas escuras onde a água gotejava e espirrava e tinha gosto de ferro e viram filamentos prateados de cascatas ramificadas nas faces de buttes distantes que pareciam sinais e milagres no próprio firmamento de tão escuro o solo em suas bases. Atravessaram um bosque enegrecido pela queimada e cavalgaram por uma região de rocha fendida onde se viam enormes matacões partidos ao meio com suaves rostos assimétricos e nos aclives desses terrenos ferruginosos antigos caminhos do fogo e os esqueletos enegrecidos de árvores destruídas em tempestades montanhosas. No dia seguinte começaram a deparar com azevinho e carvalho, florestas de madeira dura muito parecidas com as que haviam abandonado em sua juventude. Em bolsas nos aclives nortes o granizo jazia aninhado como tectitos entre as folhas e as noites eram frias. Viajaram pelas terras altas e penetraram fundo nas montanhas onde as tempestades tinham seus covis, uma região ígnea de clangores onde línguas de fogo brancas corriam pelos picos e o solo desprendia o cheiro de queimado do sílex partido. À noite os lobos nas florestas escuras do mundo sob eles chamavam-nos como se fossem amigos do homem e o cão de Glanton trotava choramingando entre as incansáveis articulações das pernas dos cavalos.

Nove dias após terem deixado Chihuahua passaram por um desfiladeiro nas montanhas e começaram a descer por uma trilha talhada na maciça face rochosa de uma escarpa trezentos metros acima das nuvens. Um imenso mamute de pedra os observava do cinzento paredão alcantilado acima deles. Iam em fila indiana. Atravessaram um túnel aberto na pedra e do outro lado quilômetros sob eles em uma garganta avistaram os telhados de uma cidade.

Desceram os sinuosos zigue-zagues rochosos e cruzaram leitos de riachos onde pequenas trutas paravam em suas barbatanas opacas e examinavam os focinhos dos cavalos bebendo. Mantos de névoa com odor e gosto de metal ascendiam pela garganta e subiam além deles e seguiam se movendo através dos bosques. Instigaram os cavalos pelo vau e pela vereda abaixo e às três da tarde sob uma garoa fina ingressaram na antiga cidade de pedra de Jesús María.

Os cascos ecoavam pelo pavimento molhado coberto de folhas e atravessaram uma ponte de pedra e cavalgaram pela rua sob os beirais gotejantes dos edifícios avarandados e ao longo de uma torrente de montanha que cruzava a povoação. Partículas de minério haviam se depositado entre as rochas polidas do rio e as colinas acima da cidade exibiam por toda a superfície túneis e andaimes e uma infinidade de galerias e pilhas de escória. A chegada da choldra montada foi saudada aos uivos por alguns cachorros molhados agachados nas soleiras e eles dobraram uma rua estreita e pararam pingando diante da porta de uma estalagem.

Glanton socou a porta e ela foi aberta e um menino olhou pela fresta. Uma mulher apareceu e olhou para eles e voltou a entrar. Finalmente um homem veio e abriu o portão. Estava ligeiramente bêbado e segurou o portão enquanto os homens a cavalo entravam um a um no pequeno pátio inundado e então ele fechou o portão a suas costas.

Pela manhã a chuva cessara e eles apareceram nas ruas, maltrapilhos, fedorentos, ornamentados com partes humanas como canibais. Levavam as imensas pistolas enfiadas nos cintos e as peles repugnantes que vestiam estavam profundamente manchadas de sangue e fumaça e fuligem de pólvora. O sol saíra e as velhas ajoelhadas com baldes e trapos esfregando as pedras diante das lojas viravam e os seguiam com o olhar e os donos arrumando suas mercadorias acenavam com a cabeça um bom-dia cauteloso. Eram uma estranha clientela naquele comércio. Paravam piscando diante das entradas onde se expunham fringilídeos dentro de pequenas gaiolas de vime e papagaios de plumagem verde e brônzea que ficavam em um só pé e crocitavam desconfiados. Havia ristras de frutas secas e de pimentas e punhados de panelas penduradas como carrilhões e havia odres de couro de porco cheios de pulque que pendiam das vigas como suínos inchados num pátio de abatedouro. Pediram copos. Um violinista apareceu e se agachou na soleira de pedra e empunhou seu arco e começou a tocar alguma melodia mourisca e ninguém que passava por ali em seus afazeres matinais conseguia tirar os olhos daqueles gigantes pálidos asquerosos.

Perto do meio-dia haviam encontrado uma bodega tocada por um homem chamado Frank Carroll, uma espelunca de teto baixo em um antigo estábulo cujas portas caídas permaneciam abertas para a rua e admitiam a única luz ambiente. O violinista os seguira no que parecia ser a maior das tristezas e assumiu seu posto diante da entrada onde podia assistir os estrangeiros beber e bater com seus dobrões de ouro sobre a mesa. Junto à porta recostava-se um velho tomando sol e ele se curvava com uma corneta acústica de chifre de bode colada ao ouvido na direção da balbúrdia cada vez maior ali dentro e balançava a cabeça em contínua aprovação embora nem uma única palavra fosse proferida em qualquer língua de que tivesse algum entendimento.

O juiz estivera observando o músico e o chamou e atirou uma moeda que tilintou sobre as pedras. O violinista a ergueu brevemente para a luz como se pudesse ser falsa e depois sumiu com ela entre suas roupas e enfiou o instrumento sob o queixo e começou a tocar uma melodia que já era antiga entre os charlatães espanhóis duzentos anos antes. O juiz se dirigiu à porta iluminada pelo sol e executou sobre as pedras uma série de passos com uma estranha precisão e ele e o violinista pareciam menestréis de outro mundo que se encontravam por acaso naquele vilarejo medieval. O juiz tirou o chapéu e fez uma mesura a duas senhoras que haviam atravessado a rua para evitar a espelunca e deu amplas piruetas com seus pezinhos afetados e entornou pulque de seu copo dentro da corneta acústica do velho. O velho rapidamente tampou o chifre com a almofada do polegar e o segurou com cuidado diante de si enquanto escavava o ouvido com um dedo e então ele bebeu.

Ao escurecer as ruas se encheram de lunáticos dipsômanos cambaleando e praguejando e tocando os sinos da igreja com tiros de pistolas em um charivari blasfemo até que o padre saiu brandindo perante si o Cristo crucificado a exortá-los com fragmentos de latim em um cântico monocórdio. Esse homem foi espancado no meio da rua e cutucado obscenamente e atiraram moedas de ouro sobre ele conforme ficava caído agarrado a sua imagem. Quando se pôs de pé desdenhou de pegar as moedas até que uns meninos correram para juntá-las e então ele lhes ordenou que as trouxessem até ele enquanto os bárbaros apupavam e erguiam brindes em sua homenagem.

Os espectadores dispersaram, a rua estreita se esvaziou. Alguns dos americanos haviam mergulhado nas águas frias do regato e fizeram um pouco de algazarra e depois pingando subiram com dificuldade de volta à rua e ali ficaram sinistros e vaporosos e apocalípticos sob a luz fraca dos lampiões. A noite estava fria e caminharam trôpegos e fumegantes pelo piso de pedra da cidade como feras de contos de fada e então a chuva tornou a cair mais uma vez.

O dia seguinte era a festa de Las Animas e havia uma procissão pelas ruas e uma carroça puxada a cavalo levando um Cristo grosseiro em um catafalco velho e manchado. Acólitos laicos iam atrás em um grupo e o padre seguia na frente tocando um pequeno sino. Uma congregação de pés descalços e trajes negros marchava no fim carregando cetros feitos de ramos. O Cristo sacolejava ao passar, uma miserável figura de palha com cabeça e pés esculpidos. Usava uma coroa de sarças da montanha e em sua fronte haviam sido pintadas gotas de sangue e em suas velhas maçãs de madeira seca lágrimas azuladas. Os aldeães ajoelhavam e se benziam e alguns davam um passo à frente e tocavam a veste da imagem e depois beijavam as pontas dos dedos. A procissão passou arrastando-se pesarosamente e crianças pequenas sentavam às portas comendo bolos de caveira e observando o cortejo e a chuva nas ruas.

O juiz sentava solitário na cantina. Ele também observava a chuva, os olhos miúdos no imenso rosto sem pelos. Havia enchido os bolsos com docinhos de caveira e ficava junto à porta oferecendo-os para crianças que passavam na calçada sob os beirais mas elas se afastavam ariscas como potrinhos.

Ao anoitecer grupos de moradores desceram do cemitério na encosta da colina e mais tarde no escuro à luz de velas ou de candeeiros saíram outra vez e subiram até a igreja para rezar. Não houve um que não passasse por bandos de americanos ensandecidos pela bebida e os encardidos visitantes tiravam o chapéu estupidamente e oscilavam e sorriam fazendo insinuações obscenas para as jovens. Carroll fechara sua baiuca sórdida ao entardecer mas teve de abri-la novamente para evitar que as portas fossem despedaçadas. Em algum momento à noite um grupo de cavaleiros com destino à Califórnia chegou, todos prostrados de exaustão. E contudo dentro de uma hora punham-se em marcha novamente. Perto da meia-noite quando as almas dos mortos ao que se dizia saíam a perambular os caçadores de escalpo estavam outra vez uivando nas ruas e descarregando suas pistolas a despeito da chuva ou da morte e isso continuou esporadicamente até a aurora.

Próximo ao meridiano do dia seguinte Glanton em sua bebedeira foi tomado por uma espécie de acesso e saiu cambaleando enlouquecido e desgrenhado pelo pequeno pátio e começou a abrir fogo com suas pistolas. À tarde viu-se amarrado a sua cama como um alienado com o juiz sentado a seu lado refrescando sua testa com trapos molhados e lhe falando em voz baixa. Lá fora vozes gritavam pelas encostas íngremes das colinas. Uma menina sumira e grupos de moradores saíam para procurar nos poços da mina. Depois de algum tempo Glanton dormiu e o juiz se levantou e saiu.

Estava cinza e chovendo, folhas caíam sopradas pelo vento. Um adolescente esfarrapado saiu por uma porta junto a uma calha de madeira e cutucou o cotovelo do juiz. Trazia dois filhotes sob o pano da camisa e ofereceu-os para venda, estendendo um pelo pescoço.

O juiz olhava para o fim da rua. Quando baixou o rosto o rapaz puxou o outro cachorro. Eles pendiam molemente. Perros a vender, disse.

Cuánto quieres? disse o juiz.

O rapaz olhou para um animal e depois para o outro. Como se fosse escolher algum que se adequasse à personalidade do juiz, cães assim existindo em algum lugar, talvez. Ofereceu o animal da mão esquerda. Cincuenta centavos, disse.

O filhote se contorceu e resistiu em sua mão como um animal tentando sair de um buraco, os olhinhos azuis pálidos imparciais, com medo igualmente do frio e da chuva e do juiz.

Ambos, disse o juiz. Vasculhou os bolsos à procura de moedas.

O vendedor tomou isso por um ardil para pechinchar e voltou a examinar os cães a fim de determinar melhor o preço, mas o juiz desencavara de suas roupas imundas uma pequena moeda de ouro que daria para comprar um canil inteiro de cachorros daqueles. Ele depositou a moeda na palma da mão e a estendeu e com a outra mão tirou os cãezinhos de seu dono, segurando-os no punho fechado como um par de meias. Fez um gesto com o ouro.

Andale, disse.

O rapaz fitava a moeda de olhos arregalados.

O juiz fechou o punho e o abriu. A moeda sumira. Gesticulou com os dedos no ar vazio e levou a mão à orelha do rapaz e fez sair de trás a moeda e lhe deu. O rapaz segurou a moeda com as duas mãos diante de si como um pequeno cibório e ergueu o rosto para o juiz. Mas o juiz já se fora, os cães a pender. Atravessou a ponte de pedra até a metade e parou fitando as águas caudalosas e ergueu os cães e os jogou ali embaixo.

No extremo oposto a ponte dava para uma ruela que acompanhava o rio. O vandiemenlander estava ali sobre uma mureta de pedra urinando dentro do rio. Quando viu o juiz atirando os cãezinhos da ponte sacou a pistola e chamou.

Os cães desapareceram na espuma. Foram arrastados primeiro um depois o outro por uma vasta corrente esverdeada sobre superfícies de pedra polida até um pequeno represamento mais abaixo. O vandiemenlander ergueu e engatilhou a pistola. Nas águas cristalinas do tanque folhas de salgueiro giravam como carpas cor de jade. A pistola escoiceou em sua mão e um dos cachorros pulou dentro d'água e ele engatilhou novamente e disparou novamente e uma mancha rósea aflorou. Engatilhou e disparou uma terceira vez e o outro cachorro também desabrochou e afundou.

O juiz atravessou o restante da ponte. Quando o rapaz correu e olhou para a água ainda segurava a moeda. O vandiemenlander estava na rua do outro lado com o pau em uma mão e o revólver na outra. A fumaça flutuara correnteza abaixo e não se via coisa alguma no tanque.

Em algum momento no fim da tarde Glanton acordou e deu um jeito de se libertar de suas amarras. A primeira notícia que tiveram dele foi que estava diante do cuartel onde arrancou a bandeira mexicana com sua faca e a amarrou ao rabo de uma mula. Depois montou no animal e o fustigou através da praça arrastando a bandera sagrada na lama atrás de si.

Fez um circuito pelas ruas e voltou a sair na plaza, chutando cruelmente os flancos do animal. Quando se virava um tiro foi disparado e a mula tombou morta sob ele com uma bala de mosquete alojada no cérebro. Glanton rolou agilmente e ficou de pé atirando para todos os lados. Uma velha tombou com um baque surdo nas pedras. O juiz e Tobin e Doc Irving saíram correndo do estabelecimento de Frank Carroll e se agacharam à sombra de um muro e começaram a atirar contra as janelas no alto. Mais meia dúzia de americanos dobrou uma esquina no extremo oposto da praça e numa chuva de balas dois deles caíram. Pedaços de chumbo sibilavam ricocheteando das pedras e a fumaça dos tiros pairava sobre as ruas no ar úmido. Glanton e John Gunn haviam conseguido avançar ao longo dos muros até o barracão atrás da posada que servia de estábulo e começaram a puxar os cavalos para fora. Mais três homens da companhia entraram correndo no pátio e começaram a transportar os aprestos para fora do prédio e a selar os cavalos. O fogo cruzado na rua agora era contínuo e dois americanos tombaram mortos e outros gritavam caídos. Quando a companhia partiu trinta minutos depois saíram sob um corredor de tiros esporádicos de espingarda e pedras e garrafas e deixaram seis dos seus para trás.

Uma hora mais tarde foram alcançados por Carroll e outro americano chamado Sanford que estivera morando na cidade. O povo ateara fogo ao saloon. O padre batizara os americanos feridos e então dera um passo para trás enquanto eram executados com um tiro na cabeça.

Antes do escurecer toparam com uma conducta de cento e vinte e duas mulas subindo penosamente a encosta oeste da montanha carregando frascos de mercúrio para as minas. Dava para ouvir os estalos dos chicotes e os gritos dos arrieiros na estrada em zigue-zague muito abaixo deles e viam os animais esfalfados arrastando-se como cabras ao longo de uma falha no paredão de rocha pura. Má sorte. Vinte e seis dias desde o mar e a menos de duas horas das minas. As mulas ofegavam e derrapavam no tálus e os condutores em seus trajes puídos e coloridos instigavam-nas adiante. Quando o primeiro deles viu os cavaleiros mais acima ele se endireitou nos estribos e olhou para trás. A coluna de mulas serpenteava trilha abaixo por meio quilômetro ou mais e conforme se aglomeravam e paravam havia seções do comboio visíveis em diferentes curvas do zigue-zague abaixo, oito e dez mulas, de frente ora para cá, ora para lá, o rabo de cada animal pelado como osso ao ser roído pelo de trás e o mercúrio dentro dos frascos de guta-percha palpitando pesadamente como se as bestas carregassem criaturas secretas, pares de animais que se agitavam e respiravam apreensivos no interior das mochilas estufadas. O muleteiro virou e olhou a trilha acima. Glanton já estava sobre ele. O homem saudou o americano cordialmente. Glanton passou direto e em silêncio, apossando-se do lado mais alto daquele estreito rochoso e flanqueando a mula do recoveiro perigosamente entre os xistos soltos. O rosto do outro se enevoou e ele virou e gritou para os que vinham atrás pela trilha. Os demais cavaleiros passavam por ele agora empurrando-o, seus olhos estreitados e seus rostos pretos como de foguistas com a fuligem da pólvora. Ele desceu da mula e puxou a escopeta de sob a aba da sela. David Brown estava a sua frente a essa altura, a pistola já na mão no lado oposto do cavalo. Ele a passou por cima do cepilho e atingiu o homem direto no peito. O sujeito caiu sentado pesadamente e Brown disparou outra vez e ele rolou pelas rochas rumo ao abismo.

O restante da companhia mal se dera o trabalho de virar para ver o que acontecera. Atiravam todos à queima-roupa na direção dos muleteiros. Estes caíam de suas montarias e ficavam sobre a trilha ou deslizavam pela escarpa e desapareciam. Os condutores mais abaixo haviam virado os animais e tentavam fugir de volta pela trilha e as bestas sobrecarregadas começaram a escalar com olhos brancos arregalados a parede íngreme do despenhadeiro como se fossem enormes ratos. Os cavaleiros enfiavam-se entre elas e a rocha e metodicamente as faziam despencar pela escarpa, os animais caindo em silêncio como mártires, girando estupefatos no ar vazio e eclodindo nas pedras do fundo em assombrosas explosões de sangue e prata conforme os frascos se rompiam e o mercúrio aflorava trêmulo no ar em enormes lóbulos e lençóis e pequenos satélites oscilantes e com todas suas formas se agrupando embaixo e correndo pelos arroios rochosos como o vazamento de alguma matéria alquímica elemental extraída por decocção das trevas secretas no coração da terra, o veado dos Antigos em fuga desabalada pela encosta da montanha e brilhante e rápido pelas sendas secas dos canais de tempestade amoldando-se às cavidades na rocha e precipitando-se de saliência em saliência declive abaixo tremeluzente e ágil como enguias.

Os muleteiros ganharam uma plataforma na trilha onde o precipício era quase transponível e avançaram e caíram ruidosamente sobre as ramagens de juníperos e pinheiros atarracados em uma confusão de gritos enquanto os cavaleiros tangiam as mulas que haviam ficado para trás nessa mesma direção e passaram cavalgando furiosamente pela trilha rochosa como se fossem eles próprios homens à mercê de algo terrível. Carroll e Sanford haviam se separado da companhia e quando chegaram à cornija onde o último dos arrieros desaparecera frearam os cavalos e se voltaram para olhar a trilha acima. Estava vazia exceto por alguns homens mortos da conducta. Meia centena de mulas fora precipitada pela escarpa e na curva do despenhadeiro puderam ver as formas escangalhadas dos animais espalhadas pelas rochas e viram as formas prateadas do mercúrio brilhando em poças à luz crepuscular. Os cavalos pisotearam o chão e arquearam os pescoços. Os cavaleiros olharam lá embaixo para o abismo calamitoso e olharam um para o outro mas nada havia a conversar e puxaram as rédeas dos cavalos fazendo meia-volta e os esporearam montanha abaixo.

Alcançaram a companhia ao anoitecer. Os homens haviam desmontado na margem oposta de um rio e o kid e um dos delawares estavam enxotando os cavalos espumosos para longe da beira d'água. Eles entraram com seus animais pelo vau e atravessaram, a água batendo na barriga dos cavalos e os cavalos avançando cuidadosamente sobre as rochas e lançando olhares nervosos rio acima onde uma catarata trovejava saída de uma floresta escura para dentro do tanque variegado e borbulhante abaixo. Quando terminaram de cruzar o vau e saíram do outro lado o juiz se adiantou e segurou o cavalo de Carroll pelo freio.

Onde está o preto? disse.

Ele olhou para o juiz. Os olhos deles estavam quase no mesmo nível e ele no dorso do cavalo. Não sei, disse.

O juiz olhou para Glanton. Glanton cuspiu.

Quantos homens você viu na praça?

Não dava tempo de ficar contando. Que eu saiba, tinha uns três ou quatro baleados.

Mas o preto não?

Ele eu não vi.

Sanford avançou com o cavalo. Não tinha preto nenhum na praça, disse. Vi que acertaram uns e os sujeitos eram tão brancos quanto você e eu.

O juiz soltou o cavalo de Carroll e foi buscar seu próprio animal. Dois dos delawares se separaram da companhia. Quando tomaram a trilha estava quase escuro e a companhia se embrenhara na mata e pusera sentinelas no vau e não fizeram fogueira.

Nenhum cavaleiro veio pela trilha. A noite de início estava escura mas a primeira troca de guarda assistiu-a começar a clarear e a lua apareceu acima do cânion e viram um urso descer e parar no lado oposto do rio e experimentar o ar com seu nariz e voltar. Perto do romper do dia o juiz e os delawares regressaram. O preto vinha com eles. Estava nu a não ser por um cobertor com que se embrulhara. Não tinha sequer as botas. Montava uma das mulas de rabo de osso da conducta e tremia de frio. A única coisa que conservara consigo era sua pistola. Segurava-a contra o peito sob o cobertor pois não tinha nenhum outro lugar onde carregá-la.

O caminho que descia pelas montanhas na direção do oceano a oeste conduziu-os por desfiladeiros verdes sufocados de trepadeiras onde periquitos e araras coloridas os observavam e gritavam. A trilha acompanhava um rio e suas águas estavam cheias e lamacentas e havia inúmeros baixios e eles atravessavam e tornavam a atravessar o rio seguidamente. Cascatas esbranquiçadas precipitavam-se dos paredões íngremes da montanha acima, explodindo junto à elevada rocha lisa em nuvens de vapores caóticos. Em oito dias não cruzaram com nenhum outro viajante. No nono dia avistaram um velho tentando se afastar na trilha abaixo deles, vergastando um par de burros para dentro da mata. Quando chegaram nesse ponto fizeram alto e Glanton penetrou na mata onde a folhagem úmida fora aberta e seguiu o rastro do velho sentado entre a vegetação solitário como um gnomo. Os burros ergueram o olhar e torceram as orelhas e então baixaram as cabeças para voltar a pastar. O velho o observava.
    Por qué se esconde? disse Glanton.
    O velho não respondeu.
    De dónde viene?
    O velho parecia desinclinado a considerar sequer a ideia de um diálogo. Agachava-se entre as folhas com os braços cruzados. Glanton se curvou e cuspiu. Apontou os burros com o queixo.
    Qué tiene allá?
    O velho deu de ombros. Hierbas, disse.
    Glanton olhou para os animais e olhou para o velho. Virou o cavalo na direção da trilha e foi se juntar ao grupo.
    Por qué me busca? exclamou o velho atrás dele.
    Seguiram em frente. Havia águias e outros pássaros no vale e muitos veados e orquídeas silvestres e espessos bambuzais. O rio ali

era considerável e passava por imensos matacões e quedas-d'água brotavam por toda parte da selva elevada e fechada. O juiz agora passara a cavalgar à testa com um dos delawares e mantinha o rifle carregado com as pequenas sementes duras do fruto do nopal e ao anoitecer limpava habilmente os pássaros coloridos que abatera, esfregando suas peles com pólvora e empalhando-os com bolas de capim seco para então guardá-los em bolsas que levava consigo. Apertava as folhas de árvores e plantas em seu livro e tocaiava as borboletas da montanha na ponta dos pés segurando a camisa esticada com as duas mãos, falando com elas aos sussurros, não menos um curioso objeto de investigação ele próprio. Toadvine sentava observando-o enquanto fazia suas anotações no caderninho, segurando o livro na direção do fogo em busca de luz, e perguntou qual era seu propósito naquilo tudo.

A pena do juiz parou de riscar. Olhou para Toadvine. Então continuou a escrever.

Toadvine cuspiu no fogo.

O juiz continuou a escrever e depois fechou o livro e o deixou de lado e juntou as mãos e passou-as sobre o nariz e a boca e pousou a palma das mãos sobre os joelhos.

Tudo que existe, disse. Tudo que na criação existe sem meu conhecimento existe sem meu consentimento.

Olhou em torno da floresta escura onde estavam bivacados. Apontou a cabeça na direção dos espécimes que coletara. Essas criaturas anônimas, disse, talvez pareçam pequenas ou coisa nenhuma no mundo. Mas a menor migalha pode nos devorar. Qualquer coisinha minúscula debaixo dessa pedra aí que não seja do conhecimento do homem. Só a natureza pode escravizar o homem e só quando a existência da última entidade tiver sido desencavada e exposta diante dele é que ele se tornará do modo apropriado o suserano da terra.

O que é suserano?

Um guardião. Um guardião ou senhor.

Por que não diz guardião então?

Porque ele é um tipo especial de guardião. Um suserano governa até onde há outros governantes. Sua autoridade revoga qualquer deliberação local.

Toadvine cuspiu.

O juiz pôs as mãos no chão. Olhou para seu inquiridor. Isso é o que reivindico, disse. E contudo por toda parte existem bolsas de vida autônoma. Autônoma. Para que isso possa ser meu nada deve ter permissão de acontecer sobre ela a não ser por minha determinação.

Toadvine sentou com as botas cruzadas diante do fogo. Homem nenhum pode tomar conhecimento de tudo que existe sobre a terra, disse.

O juiz inclinou a enorme cabeça. O homem que acredita que os segredos do mundo estão escondidos para sempre vive em mistério e medo. A superstição o arrasta para o fundo. A erosão da chuva vai apagar os feitos de sua vida. Mas o homem que impõe a si mesmo a tarefa de descoser o fio que ordena a tapeçaria terá mediante a mera decisão assumido o comando do mundo e é somente assumindo o comando que levará a efeito um modo de ditar os termos de seu próprio destino.

Não vejo o que isso tem a ver com pegar passarinho.

A liberdade dos pássaros me insulta. Por mim estavam todos num zoológico.

Ia ser um diabo de um zoológico.

O juiz sorriu. É, disse. Que seja.

À noite uma caravana passou, as cabeças dos cavalos e mulas embuçadas em sarapes, conduzidos silenciosamente na escuridão, os cavaleiros acautelando-se uns aos outros com os dedos nos lábios. O juiz sobre um imenso matacão dando para a trilha observou sua passagem.

Pela manhã retomaram a marcha. Vadearam o lamacento rio Yaqui e cavalgaram por campos de girassóis que atingiam a altura de um homem a cavalo, os discos inertes voltados para oeste. O território começava a se descortinar e começaram a encontrar plantações de milho nas encostas das colinas e algumas clareiras na região selvagem onde se erguiam cabanas colmadas e pés de laranja e tamarindo. De humanos nem sinal. No dia dois de dezembro do ano de mil oitocentos e quarenta e nove adentraram a cidade de Ures, capital do estado de Sonora.

Nem bem haviam trotado por metade do vilarejo e já arrastavam atrás de si um séquito de escumalha sem paralelo em variedade e sordidez com qualquer outro com que já houvessem cruzado, mendigos e procuradores de mendigos e prostitutas e cafetões e vendedores e crianças imundas e delegações completas de cegos e aleijados e pedintes importunos todos choramingando por dios e alguns iam a cavalinho nas costas de outros e os impeliam adiante e grande número de gente de todas as idades e condições que estava meramente curiosa. Mulheres de fama local observavam ociosamente de balcões por onde eles passavam com os rostos maquiados de índigo e almagre espalhafatosos como os traseiros de macacos e espiavam por trás de seus leques com uma espécie de timidez ostensiva como se fossem travestis em um manicômio. O juiz e Glanton cavalgavam à testa da pequena coluna e conferenciavam entre si. Os cavalos galopavam a cânter nervosamente e quando os cavaleiros esporeavam uma mão ocasional que agarrava o jaez de suas montarias essas mãos se recolhiam em silêncio.

Pousaram essa noite em uma hospedaria na periferia da cidade dirigida por um alemão que deixou o estabelecimento a seu inteiro dispor e não mais foi visto nem para servi-los nem para receber pagamento. Glanton andou pelos quartos altos e empoeirados com seus tetos de vime e finalmente encontrou uma velha criada apavorada no que deveria ser uma cozinha embora não contivesse nenhum objeto culinário salvo um braseiro e alguns potes de cerâmica. Ordenou que começasse a trabalhar aquecendo água para os banhos e enfiou um punhado de moedas de prata em sua mão e encarregou-a de lhes preparar uma refeição de algum tipo. Ela arregalou os olhos para as moedas sem se mover até ser enxotada dali e se afastou pelo corredor segurando as moedas nas mãos em concha como se fosse um passarinho. Subiu a escada e desapareceu gritando para alguém e logo várias mulheres andavam atarefadas pelo lugar.

Quando Glanton virou para voltar ao saguão de entrada viu quatro ou cinco cavalos que haviam entrado. Fez com que saíssem da frente com seu chapéu e foi até a porta e então fitou a multidão silenciosa de espectadores lá fora.

Mozos de cuadra, chamou. Venga. Pronto.

Dois meninos abriram caminho e se aproximaram da porta e um certo número mais veio atrás. Glanton gesticulou para que o mais

alto deles se adiantasse e pôs a mão no alto de sua cabeça e o girou e examinou os outros.
 Este hombre es el jefe, disse. O jefe permaneceu imóvel e solene, olhos inquietos em torno. Glanton o girou novamente pela cabeça e olhou para ele.
 Te encargo todo, entiendes? Caballos, sillas, todo.
 Sí. Entiendo.
 Bueno. Andale. Hay caballos en la casa.
 O jefe virou e gritou os nomes dos amigos e meia dúzia se adiantou e todos entraram no prédio. Quando Glanton passou pelo saguão estavam conduzindo os animais — notórios assassinos de homens, alguns deles — na direção da porta, ralhando, o menor dos garotos pouco mais alto que as pernas do animal que tomara a seu encargo. Glanton tornou aos fundos do prédio e procurou pelo ex-padre, a quem se comprazia em mandar buscar prostitutas e bebida, mas não o pôde encontrar. Tentando pensar em emissários cujo mero regresso fosse minimamente razoável de se esperar decidiu-se por Doc Irving e Shelby e lhes deu um punhado de moedas e foi de novo à cozinha.
 À noite havia meia dúzia de cabritos assando em espetos no pátio atrás da hospedaria, suas silhuetas enegrecidas reluzindo sob a luz enfumaçada. O juiz passeava pelo terreno em seu terno de linho e coordenava os cozinheiros meneando o charuto e ele por sua vez era seguido por uma banda de cordas de seis músicos, todos eles velhos, todos sérios, que o acompanhavam aonde quer que fosse sempre resguardando cerca de três passos de distância e o tempo todo tocando. Um odre de pulque pendia de um tripé no centro do pátio e Irving regressara com algo entre vinte e trinta prostitutas de todas as idades e tamanhos e apareceram estacionados diante da porta do prédio verdadeiros comboios de carroções e carrinhos de mão cuidados por vivandeiros improvisados apregoando cada um sua lista de itens e cercados por um público inquieto de moradores e dúzias de cavalos semiamansados para vender que empinavam e relinchavam e um gado de aspecto tão deplorável quanto as ovelhas e os porcos todos com seus donos até que a cidade da qual Glanton e o juiz haviam esperado se livrar encontrava-se quase inteira a sua porta em um carnaval comprometido com aquele clima de festividade

e feiura crescente tão comum aos ajuntamentos naquelas paragens do mundo. A fogueira no pátio fora atiçada a tal altura que da rua todo o fundo do prédio parecia arder em chamas e novos comerciantes com seus artigos e novos espectadores não paravam de chegar junto com grupos taciturnos de índios yaqui vestindo tangas que vinham oferecer a força de seus braços.

À meia-noite havia fogueiras na rua e danças e bebedeiras e a casa ressoava com os gritos agudos das prostitutas e matilhas de cães rivais haviam se infiltrado no pátio agora enfumaçado e parcialmente às escuras onde irrompeu uma horrível briga por causa das ossadas torradas dos cabritos e onde o primeiro tiroteio da noite estourou e os cães feridos uivaram e se arrastaram em torno até Glanton sair pessoalmente para matá-los com sua faca, uma cena fantasmagórica à luz oscilante, os cães feridos em silêncio exceto pelo entrechocar de seus dentes, arrastando-se no chão como focas ou outras criaturas e encolhendo-se junto às paredes enquanto Glanton caminhava de um em um e abria seus crânios com a imensa faca guarnecida de cobre que levava no cinto. Nem bem entrara de volta pelos fundos da casa e outros cachorros já rosnavam perto dos espetos.

Nas derradeiras horas da madrugada a maioria das lamparinas no albergue se apagara e os quartos estavam cheios de bêbados roncando. Os vivandeiros e seus carrinhos haviam sumido e os círculos enegrecidos das fogueiras extintas eram como crateras de bombas, as achas de lenha fumegantes arrastadas para alimentar uma última fogueira remanescente em torno da qual sentavam velhos e meninos fumando e contando casos. Quando as montanhas a leste começaram a se delinear contra a aurora estes também foram embora. No pátio dos fundos do estabelecimento os cães sobreviventes haviam espalhado ossos por todos os lados e os cachorros mortos jaziam em cascalhos escuros de seu próprio sangue seco no pó da terra e galos haviam começado a cantar. Quando o juiz e Glanton apareceram na porta da frente em seus ternos, o juiz de branco e Glanton de preto, a única pessoa por perto era um dos pequenos cavalariços adormecido nos degraus.

Joven, disse o juiz.

O menino ficou de pé num pulo.

Eres mozo del caballado?

Sí señor. A su servicio.

Nuestros caballos, disse. Ia descrever os animais mas o menino já disparara.

Fazia frio e um vento soprava. O sol não nascera. O juiz esperou nos degraus e Glanton caminhava de um lado para outro examinando o chão. Em dez minutos o menino e mais um apareceram conduzindo dois cavalos selados e escovados em um trote elegante pela rua, os meninos correndo a toda, descalços, o bafejar dos cavalos em nuvens visíveis e suas cabeças sacudindo vigorosamente de um lado a outro.

15

Um novo contrato — Sloat — O massacre no Nacozari — Encontro com Elias — Perseguidos no rumo norte — Um sorteio — Shelby e o kid — Um cavalo manco — Uma nortada — Uma emboscada — Fuga — Guerra nas planícies — Uma descida — A árvore em chamas — No rastro — Os troféus — O kid se reúne com sua unidade — O juiz — Um sacrifício no deserto — Os batedores não regressam — O ogdoad — Santa Cruz — A milícia — Neve — Um hospício — O estábulo.

No dia cinco de dezembro tomaram o rumo norte sob a escuridão fria que precedia o raiar do dia levando consigo um contrato assinado pelo governador do estado de Sonora para o fornecimento de escalpos apaches. As ruas estavam silenciosas e vazias. Carroll e Sanford haviam desertado da companhia e com eles agora ia um rapaz de nome Sloat que adoecera e fora deixado para morrer naquele lugar por uma das caravanas do ouro com destino à costa semanas antes. Quando Glanton perguntou a ele se era aparentado ao comodoro de mesmo nome o rapaz cuspiu tranquilamente e disse Não, nem ele comigo. Cavalgava à testa da coluna e já devia estar se vendo bem longe daquele lugar mas se deu graças a algum deus ele o fez antes do tempo pois aquela terra ainda tinha contas a ajustar com sua pessoa.

Seguiram rumo norte pelo vasto deserto de Sonora e naquela vastidão cauterizada vagaram a esmo por semanas perseguindo rumores e sombras. Uns poucos bandos dispersos de salteadores chiricahuas supostamente avistados por criadores de gado em algum rancho miserável e desolado. Uns peões emboscados e trucidados. Duas semanas depois massacraram um pueblo no rio Nacozari e dois dias depois quando marchavam na direção de Ures com os escalpos encontraram um destacamento armado da cavalaria de Sonora nas planícies a oeste de Baviácora sob o comando do general Elias. Ao travar combate para fugir três membros do grupo de Glanton foram mortos e mais sete ficaram feridos, quatro deles sem condições de cavalgar.

Nessa noite puderam ver as fogueiras do exército a menos de quinze quilômetros ao sul. Passaram a noite no escuro e os feridos pediam água e na quietude fria de antes da aurora as fogueiras ao longe ainda ardiam. Ao nascer do sol os delawares entraram no acampamento e se acomodaram no chão junto a Glanton e Brown e o juiz. Sob a luz levantina as fogueiras na planície se desvaneceram como um sonho ruim e a paisagem da região se revelou cintilante e árida sob o ar puro. Elias se pusera em movimento na direção deles com mais de quinhentos soldados.

Levantaram e começaram a selar os cavalos. Glanton abaixou e apanhou uma aljava feita de pele de ocelote e separou as flechas dentro dela de modo que houvesse uma para cada homem e rasgou um pedaço de flanela vermelha em tiras e as amarrou na base da haste de quatro delas e depois voltou a guardar as flechas separadas dentro da aljava.

Sentou no chão com a aljava de pé entre os joelhos enquanto a companhia passava em fila. Quando o kid escolhia entre as hastes para puxar uma viu o juiz olhando para ele e parou. Olhou para Glanton. Tirou a mão da seta que escolhera e escolheu outra e foi esta que ele puxou. Tinha a borla vermelha. Olhou para o juiz outra vez e o juiz não estava olhando e foi em frente e tomou seu lugar com Tate e Webster. Por último se juntou a eles um texano de nome Harlan que puxara a última flecha e os quatro esperaram juntos enquanto o restante selava os cavalos e os conduziam dali.

Dos feridos dois eram delawares e um mexicano. O quarto era Dick Shelby e ficou sozinho assistindo aos preparativos da partida. Os delawares remanescentes na companhia conferenciaram entre si e um deles se aproximou dos quatro americanos e estudou um por um. Passou caminhando por eles e fez meia-volta e tomou a flecha de Webster. Webster olhou para Glanton parado com seu cavalo. Depois o delaware tomou a flecha de Harlan. Glanton virou e com a testa apoiada nas costelas do cavalo apertou a cilha e depois montou. Ajeitou o chapéu. Ninguém falou. Harlan e Webster foram buscar seus animais. Glanton permaneceu sentado sobre a sela enquanto a companhia passava em fila e então virou e seguiu os demais pela planície.

O delaware fora buscar seu cavalo e o trouxe ainda preso à peia através do terreno arenoso revolvido onde os homens haviam dormido. Dos índios feridos um estava em silêncio, respirando pesadamente com os olhos fechados. O outro cantava ritmicamente. O delaware deixou cair as rédeas e tirou sua clava de guerra de dentro da bolsa e parou diante dele abrindo as pernas para se firmar e ergueu a clava e esmagou sua cabeça num único golpe. O homem se dobrou com um pequeno espasmo e estremeceu e ficou imóvel. O outro foi despachado da mesma forma e então o delaware ergueu a perna do cavalo e desfez a maniota e liberou a perna e ficou de pé e guardou a corda e a clava na bolsa e montou e virou o cavalo. Olhou para os dois homens de pé. Seu rosto e seu peito estavam respingados de sangue. Cutucou o cavalo com os calcanhares e partiu.

Tate se acocorou na areia, as mãos pendentes diante do corpo. Virou e olhou para o kid.

Quem cuida do mexicano? disse.

O kid não respondeu. Olharam para Shelby. Ele os observava.

Tate segurava um punhado de seixos na mão e soltava as pedrinhas na areia uma por uma. Olhou para o kid.

Vai embora se quiser, disse o kid.

Ele olhou para os delawares mortos em seus cobertores. Pode ser que você não faça, ele disse.

Isso não é problema seu.

Glanton pode voltar.

Pode ser.

Tate olhou para o lugar onde o mexicano estava deitado e voltou a olhar para o kid. Ainda é minha obrigação, disse.

O kid não respondeu.

Você sabe o que eles vão fazer com eles?

O kid cuspiu. Imagino, disse.

Não imagina não.

Eu disse que você pode ir. Faz o que você quiser.

Tate se ergueu e olhou para o sul mas o deserto nessa direção estendia-se em toda sua claridade desabitado de quaisquer exércitos em aproximação. Encolheu os ombros contra o frio. Injins, disse. Pra eles isso não significa nada. Atravessou o acampamento e voltou com seu cavalo e o aprestou e montou. Olhou para o mexicano ofegando fracamente, uma espuma rósea em seus lábios. Olhou para o kid e então cutucou o pônei através das esparsas acácias e partiu.

O kid sentou na areia e ficou olhando para o sul. O mexicano tinha os pulmões perfurados e morreria de um jeito ou de outro mas Shelby estava com o quadril fraturado por uma bala e permanecia lúcido. Ele olhava para o kid. Era de uma família proeminente do Kentucky e frequentara o Transylvania College e como tantos outros jovens de sua condição fora para o oeste por causa de uma mulher. Observava o kid e observava o gigantesco sol empoleirado em ebulição na margem do deserto. Qualquer ladrão de diligências ou jogador saberia que o primeiro a falar sairia derrotado mas Shelby já não tinha mais nada a perder.

Por que não vai em frente e acaba logo com isso? disse.

O kid olhou para ele.

Se eu tivesse uma arma acabava com você, disse Shelby.

O kid não respondeu.

Sabe que sim, não sabe?

Mas você não tem uma arma, disse o kid.

Voltou a olhar para o sul. Algo se movia, talvez as primeiras ondas de calor. Não se via poeira alguma tão cedo na manhã. Quando olhou para Shelby outra vez Shelby estava chorando.

Você não vai me agradecer se eu largar você aqui, disse.

Então anda logo seu filho da puta.

O kid não se moveu. Um vento fraco soprava do norte e alguns pombos haviam começado a arrulhar na moita de greasewood atrás deles.

Se quiser eu vou embora e deixo você aí.

Shelby não respondeu.

Ele fez um sulco na areia com o calcanhar da bota. Você é quem diz.

Me deixa uma arma?

Sabe que não posso deixar arma nenhuma.

Você não é melhor que ele. É?

O kid não respondeu.

E se ele voltar.

Glanton.

É.

E se voltar.

Vai me matar.

Não ia mudar grande coisa pra você.

Seu filho da puta.

O kid ficou de pé.

Não quer me esconder?

Esconder você?

É.

O kid cuspiu. Não dá pra esconder. Onde você vai se esconder?

Ele vai voltar?

Sei lá.

Que lugar mais horrível pra morrer.

Qual lugar é bom?

Shelby limpou os olhos com o dorso do pulso. Dá pra ver eles? disse.

Ainda não.

Você me põe debaixo daquele arbusto?

O kid virou e olhou para ele. Voltou a fitar as lonjuras austrais e então cruzou a bacia e se agachou atrás de Shelby e passou os braços sob ele e o ergueu. A cabeça de Shelby pendeu para trás e ele olhou para o alto e então agarrou a coronha da pistola do kid enfiada em seu cinto. O kid segurou seu braço. Pôs o outro de volta no chão e recuou e o soltou. Quando voltou pela bacia conduzindo o cavalo o homem estava chorando de novo. Tirou a pistola do cinto e a enfiou entre seus pertences amarrados ao cepilho e pegou seu cantil e foi até ele.

Havia virado o rosto. O kid encheu o cantil dele com o seu e o arrolhou com o tampão pendurado em uma correia e apertou com o canto da munheca. Então ficou de pé e olhou para o sul.

Lá vêm eles, disse.

Shelby soergueu-se apoiado em um cotovelo.

O kid olhou para ele e olhou para o agrupamento tênue e informe ao longo do horizonte ao sul. Shelby deitou de volta. Tinha os olhos fixos no céu. Nuvens escuras se aproximavam do norte e o vento soprava com mais força. Um punhado de folhas veio rolando dos arbustos de salgueiros na orla da areia e depois rolou de volta à moita. O kid foi até o cavalo do outro lado e apanhou a pistola e a enfiou em seu cinto e pendurou o cantil na maçaneta da sela e montou e virou para olhar o homem ferido. Então partiu.

Trotava para o norte na planície quando avistou outro cavaleiro nas redondezas à sua frente talvez a um quilômetro e meio de distância. Não conseguiu distingui-lo bem e seguiu mais devagar. Após algum tempo pôde ver que o cavaleiro conduzia o cavalo a pé e após algum tempo viu que o cavalo não andava direito.

Era Tate. Ele sentou na beira do caminho e ficou observando o kid se aproximar. O cavalo se apoiava em três pernas. Tate não disse nada. Tirou o chapéu e olhou ali dentro e tornou a enfiá-lo. O kid estava virado na sela e olhava para o sul. Então olhou para Tate.

Ele consegue andar?

Mais ou menos.

Apeou e ergueu a pata do cavalo. A ranilha estava fendida e sangrando e a espádua do animal tremia. Baixou o casco no chão. O sol se elevara cerca de duas horas no céu e agora se via poeira no horizonte. Ele olhou para Tate.

O que quer fazer?

Sei lá. Andar com ele um pouco. Ver como se sai.

Não vai aguentar.

Já sei.

A gente podia revezar no meu.

Ou você pode seguir em frente.

De um jeito ou de outro eu vou.
Tate o encarou. Vai embora se quiser, disse.
O kid cuspiu. Vamos, disse.
Odeio largar a sela. Odeio largar o cavalo também por pior que esteja.
O kid apanhou as rédeas de seu cavalo no chão. É capaz de você mudar de ideia sobre o que odeia largar, disse.
Puseram-se em marcha conduzindo os dois cavalos. O animal ferido tentava parar a todo momento. Tate o incitava de modo afetuoso. Vamos, seu palerma, disse. Não vai gostar daqueles negroides tanto quanto eu.
Ao meio-dia o sol era um borrão pálido acima de suas cabeças e um vento frio soprava do norte. Homem e animal curvavam-se contra ele. O vento os espicaçava com grãos de areia e baixaram os chapéus para proteger o rosto e foram em frente. Mato seco do deserto passava por eles junto com as tumultuosas areias migrantes. Uma hora depois não havia rastro visível do grupo principal de cavaleiros diante deles. O céu era cinza e uniforme em todas as direções em que seus olhares alcançavam e o vento não amainava. Após algum tempo começou a nevar.
O kid havia desamarrado a manta e se enrolara com ela. Virou e ficou de costas para o vento e o cavalo se curvou e encostou a cabeça em seu rosto. Havia gelo nos cílios do animal. Quando Tate se aproximou ele parou e ficaram olhando na direção do vento para onde a neve era soprada. Não podiam enxergar mais do que uns poucos passos.
Parece o inferno, ele disse.
Seu cavalo não consegue achar o caminho?
Diacho, não. Mal consigo fazer ele continuar acompanhando a gente.
Se a gente perder o rumo pode dar de cara com os espanhóis.
Nunca vi ficar tão frio tão rápido.
O que você quer fazer.
Melhor continuar andando.
A gente podia tentar chegar num terreno mais elevado. Contanto que a gente continue a subir vai saber que não está andando em um círculo.

A gente vai ficar pra trás. Nunca vamos achar o Glanton.

Pra trás a gente já está.

Tate virou e lançou um olhar desanimado na direção norte de onde os flocos eram soprados rodopiando. Vamos andando, disse. A gente não pode continuar aqui.

Seguiram conduzindo os cavalos. O chão já estava branco. Revezavam montando no cavalo bom e puxando o manco. Subiram durante horas por um longo leito rochoso e a neve não arrefeceu. Começaram a percorrer um trecho de piñon e carvalho anão e campo aberto e a neve nesses prados elevados logo chegava a um pé de profundidade e os cavalos bufavam e bafejavam como marias-fumaças e tanto o frio como a escuridão eram cada vez mais intensos.

Estavam embrulhados em seus cobertores e dormindo na neve quando os batedores da guarda avançada de Elias os encontraram. Haviam cavalgado a noite toda atrás da única trilha existente, forçando a marcha para não perder de vista as depressões rasas que se enchiam de neve. Eram em cinco e se aproximaram por entre as plantas perenes no escuro e quase tropeçaram nos homens adormecidos, dois calombos na neve, um deles eclodindo e repentinamente revelando uma figura sentada como uma terrível incubação.

A neve cessara. O kid pôde ver os soldados e seus animais claramente naquele terreno branco, os homens em plena passada e os cavalos soprando no ar frio. Estava com as botas em uma mão e a pistola na outra e saltou do cobertor e ergueu a pistola e a descarregou no peito do homem mais próximo e virou-se para correr. Seu pé derrapou e caiu sobre um joelho. Um mosquete disparou atrás dele. Voltou a se erguer, descendo a toda uma clareira ensombrecida de piñones e correndo ao longo da face da encosta. Houve outros tiros atrás dele e quando se virou pôde ver um homem descendo em meio às árvores. O homem parou e ergueu os cotovelos e o kid se atirou de bruços. A bala do mosquete passou triscando entre os galhos. Ele rolou para o lado e engatilhou a pistola. Devia estar entupida de neve porque quando disparou um aro de luz laranja espirrou em volta do cano e o tiro fez um som esquisito. Apalpou para ver se a arma havia estourado mas não. Não conseguia mais avistar o outro e se ergueu e saiu correndo. No sopé da encosta sentou ofegante sob o ar gelado e calçou as botas e olhou para trás por entre as árvores. Nada se movia. Ergueu-se e enfiou a pistola no cinto e foi em frente.

Quando o sol nasceu estava agachado sob um promontório rochoso fitando a paisagem ao sul. Ficou ali por uma hora ou mais. Um bando de veados subiu se alimentando pelo extremo oposto do arroio e se alimentando seguiu adiante. Após algum tempo ele ficou de pé e seguiu ao longo da aresta.

Caminhou o dia todo por aquelas regiões montanhosas e bravias, comendo punhados de neve dos ramos das árvores perenes conforme avançava. Seguiu trilhas de animais em meio aos abetos e quando anoitecia marchou ao longo da borda de onde avistava o deserto inclinado a sudoeste manchado de trechos de neve que reproduziam vagamente os padrões da cobertura de nuvens já se movendo para o sul. O gelo endurecera nas rochas e a miríade de pingentes nas coníferas cintilava vermelho-sangue refletindo a luz crepuscular que se difundia através da pradaria a oeste. Sentou recostado contra uma pedra e sentiu o calor do sol no rosto e o ficou observando ganhar volume e fulgurar e se exaurir arrastando consigo todos aqueles rosas e vermelhos e escarlates do céu. Um vento gelado começou a soprar e os juníperos na neve escureceram de repente e então tudo foi quietude e frio.

Ele ficou em pé e se pôs em marcha, apressando-se ao longo das rochas xistosas. Caminhou a noite toda. O curso das estrelas seguiu em seu arco anti-horário e a Ursa Maior girou e as Plêiades cintilaram no teto da abóbada. Caminhou até os dedos de seus pés ficarem mais e mais dormentes e ressoarem como um verdadeiro chocalho dentro das botas. Seu trajeto pela borda o conduzia cada vez mais profundamente nas montanhas ao longo da beirada de uma enorme garganta e ele não via lugar algum por onde descer e sair daquelas alturas. Sentou e tirou as botas com esforço e segurou os pés congelados um de cada vez entre os braços. Não conseguiu aquecê-los e seu queixo convulsionava de frio e quando tentou calçar as botas outra vez seus pés eram como duas maças que tentava enfiar ali dentro. Assim que enfiou as botas e se levantou e pisou sem sentir os pés ele se deu conta de que não poderia mais parar até o sol nascer.

O frio aumentou e a noite se estendia longamente diante dele. Continuou em movimento, seguindo na escuridão pelos espinhaços rochosos despidos de neve pelo vento. As estrelas ardiam com uma fixidez desvelada e ao longo da noite foram ficando mais próximas até que pouco antes do alvorecer ele caminhava tropegamente por penedos diabásicos em uma crista às portas do firmamento, uma extensão de rocha nua tão envolta naquela morada cintilante que as estrelas flutuavam esparramadas a seus pés e fragmentos migratórios de matéria em combustão passavam ininterruptamente a sua volta em rotas não mapeáveis. Na luz que precede a aurora ele enveredou por um promontório e aí recebeu antes de qualquer outra criatura naquelas paragens o calor do sol que se erguia.

Adormeceu enrodilhado entre as pedras, a pistola aninhada no peito. Seus pés degelaram e queimaram e ele acordou e ficou olhando para o céu azul de porcelana onde muito elevados dois falcões-negros circulavam vagarosamente em torno do sol numa perfeita oposição como pássaros de papel presos a um eixo.

Seguiu para o norte o dia todo e na alongada luz do anoitecer avistou daquela elevada aresta a colisão de exércitos remotos e silenciosos na planície abaixo. Os pequenos cavalos negros circulavam e a paisagem mudava à luz embaciada e as montanhas mais além avultavam em silhuetas escuras. Os cavaleiros distantes galopavam e se evadiam e um débil fiapo de fumaça passou acima deles e moveram-se adiante na direção das sombras cada vez mais profundas do leito do vale deixando atrás de si as formas de homens mortais que haviam perdido suas vidas naquele lugar. Assistiu a tudo aquilo passar mudo e ordenado e inapreensível sob seus olhos até que os combatentes a cavalo houvessem sumido no súbito véu de trevas que se abateu sobre o deserto. Toda aquela terra se tornou fria e azul e indistinta e o sol brilhava apenas nas rochas elevadas onde estava. Continuou andando e logo se viu ele também mergulhado na escuridão e o vento veio subindo pelo deserto e ramificadas fiações de raios se recortavam seguidamente ao longo do extremo oeste do mundo. Abriu caminho através da escarpa até chegar a uma fissura no paredão cortada por um cânion que penetrava de volta nas montanhas. Ficou observando esse abismo onde as copas da vegetação perene retorcida sibilavam ao vento e então começou a descida.

A neve se depositava em profundas bolsas na encosta e ele descia afundando os pés e se equilibrando apoiado nas rochas nuas até suas mãos ficarem adormecidas de frio. Atravessou cuidadosamente um declive de cascalho e desceu pelo lado oposto entre pedregulhos e arvoretas retorcidas. Caía e voltava a cair, lutando para achar um ponto de apoio na escuridão, erguendo-se e tateando o cinto para sentir a pistola. Nessa labuta passou toda a noite. Quando atingiu uma área de plataforma acima do leito do cânion ouviu um regato correndo no desfiladeiro abaixo dele e seguiu tropeçando com as mãos sob as axilas como o fugitivo de um manicômio em uma camisa de força. Chegou a um leito seco arenoso e desceu por ele e assim finalmente se viu outra vez no deserto onde ficou tiritando de frio e olhando estupidamente para cima à procura de alguma estrela no céu encoberto.

A maior parte da neve fora levada pelo vento ou derretera na planície onde agora se encontrava. Tempestades sucessivas eram sopradas em sentido norte-sul e o trovão retumbou na distância e o ar estava frio e cheirava a rocha úmida. Ele correu tropicando através da depressão estéril, nada além de esparsos tufos de relva e a palmilla amplamente dispersa erguendo-se solitária e silenciosa contra o céu baixo como outros seres colocados ali. A leste as montanhas despontavam negras no deserto e diante dele havia escarpas ou penhascos que se projetavam como promontórios maciços e sombrios sobre o solo do deserto. Seus pés eram dois tocos semicongelados e insensíveis ecoando a cada passo. Estava sem comida fazia quase dois dias e tivera pouco descanso. Esmiuçava o terreno adiante sob o clarão periódico dos relâmpagos e seguia marchando e desse modo contornou um cabo rochoso escuro à sua direita e parou, tremendo e soprando dentro das mãos entorpecidas. Distante a sua frente um fogo ardia na pradaria, uma chama solitária açoitada pelo vento que se avivava e sumia e lançava fagulhas dispersas na direção da tempestade como esfoliações quentes sopradas por alguma forja misteriosa uivando na vastidão. Ficou sentado observando. Não conseguia avaliar a distância. Deitou de bruços para divisar o terreno contra a luminosidade vinda de cima e ver que homens eram aqueles mas não havia luminosidade nem cima. Permaneceu observando por longo tempo mas não viu movimento algum.

Quando voltou a andar o fogo parecia recuar diante dele. Vultos em bando passaram entre ele e a luz. Depois novamente. Lobos talvez. Seguiu em frente.

Era uma árvore solitária queimando no deserto. Uma árvore heráldica à qual a tempestade ateara fogo ao passar. O peregrino solitário atraído até ela viajara de muito longe para estar ali e se ajoelhou na areia quente e estendeu as mãos dormentes enquanto por todo lado naquele círculo faziam-lhe companhia tropas auxiliares menores batendo em retirada no dia caótico, pequenas corujas que se agachavam silenciosamente ora numa pata ora noutra e tarântulas e solpugas e escorpiões-vinagre e as ferozes aranhas caranguejeiras e monstros-de--gila com bocas escuras como de um chow-chow, mortíferos para o homem, e os pequenos basiliscos do deserto que esguicham sangue pelos olhos e as inofensivas heterodons como divindades graciosas, silenciosas e iguais, ali ou em Jidá ou na Babilônia. Uma constelação de olhos ígneos bordejando o anel de luz circunscritos todos a uma trégua precária perante aquela tocha cujo brilho afundara as estrelas em sua orbe.

Quando o sol surgiu ele jazia adormecido sob o esqueleto fumegante de galhos enegrecidos. A tempestade havia muito se dirigira para o sul e o novo céu era frio e azul e a espiral de fumaça da árvore queimada projetava-se verticalmente na aurora imobilizada como um comprido estilo marcando a hora com sua sombra singular e imperceptivelmente arfante sobre a face de um terreno que em tudo mais não exibia qualquer outro ponto de referência. Todas as criaturas que o haviam acompanhado em sua vigília noturna tinham partido e em torno dele viam-se apenas os estranhos padrões coraliformes do fulgurito em sulcos calcinados de areia fundida deixados pelos raios globulares em seu caminho pelo solo à noite sibilando e fedendo a enxofre.

Sentado de pernas cruzadas à maneira de um alfaiate no olho causticado daquela vastidão ele observou os extremos do mundo se distendendo em uma conjectura bruxuleante que circundava o inteiro contorno do deserto. Após algum tempo ficou de pé e se encaminhou à borda da depressão e subiu o leito seco de um arroio, seguindo os pequenos rastros diabólicos de queixadas até dar com o bando bebendo em uma poça de água parada. Os animais fugiram em disparada aos grunhidos pelo chaparral e ele se deitou na areia úmida e revolvida e bebeu e descansou e bebeu outra vez.

À tarde começou a percorrer o leito do vale com o peso da água sacudindo em sua barriga. Três horas mais tarde pisava sobre o amplo arco do rastro de cavalos vindo do sul por onde o grupo havia passado. Seguiu ao longo do rastro e discerniu cavaleiros individuais e calculou seu número e calculou que cavalgavam a meio galope. Acompanhou a trilha por vários quilômetros e pôde perceber pela alternância de rastros repisados que todos aqueles cavaleiros haviam passado juntos e pôde perceber pelas pequenas rochas viradas e buracos pisoteados que haviam passado à noite. Perscrutou o sul longínquo com a mão em viseira à procura de alguma poeira ou rumor de Elias. Nenhum sinal. Seguiu em frente. Um quilômetro e meio depois deparou com uma estranha massa enegrecida na trilha como a carcaça calcinada de alguma besta profana. Circundou a coisa. Pegadas de lobos e coiotes sobrepunham-se às de cavalos e botas, pequenos ataques e investidas que avançavam sobre as extremidades daquela forma incinerada e recuavam outra vez.

Eram os restos dos escalpos colhidos no Nacozari e haviam sido queimados sem a devida gratificação em uma fogueira verde e malcheirosa de modo que nada restasse dos poblanos salvo aquele coágulo carbonizado de suas vidas pretéritas. A cremação fora realizada sobre uma elevação de terreno e ele examinou cada palmo do território em torno mas nada havia para ser visto. Foi em frente, seguindo a trilha com sua sugestão de perseguição e trevas, rastreando-a sob o lusco-
-fusco cada vez mais profundo. Com o pôr do sol veio o frio intenso, embora nem de longe tão intenso quanto o das montanhas. O jejum o enfraquecera e sentou na areia para descansar e acordou esparramado e todo torto no chão. A lua nascera, uma meia-lua estacionada como um barco de criança no espaço entre as montanhas de papel preto a leste. Ele se levantou e seguiu em frente. Coiotes ganiam em algum lugar e seus pés lhe faltavam. Mais uma hora progredindo dessa forma e encontrou um cavalo.

O animal estava parado na trilha e se afastou no escuro e parou outra vez. Ele estacou com a pistola na mão. O cavalo passou por ele, uma forma negra, se com cavaleiro ou sem, ele não sabia dizer. O animal circulou e voltou.

Ele falou com o cavalo. Podia escutar sua profunda respiração pulmonar em algum lugar e ouvi-lo se mover e quando voltou sentiu seu cheiro. Seguiu-o por quase uma hora, dizendo-lhe palavras, assobiando, buscando-o com as mãos estendidas. Quando chegou perto o bastante para finalmente tocá-lo ele o segurou pela crina e o animal saiu trotando como antes com ele correndo ao lado e se agarrando até finalmente conseguir enroscar suas pernas em uma das patas dianteiras e fazê-lo ir ao chão em tumulto.

Foi o primeiro a se erguer. O animal lutava para ficar de pé e ele pensou que estivesse ferido com a queda mas não estava. Encilhou o cinto em torno do focinho e montou e o animal se levantou e ficou parado tremendo sob ele com as patas afastadas. Deu uns tapinhas na cernelha do cavalo e falou com ele e o cavalo avançou hesitante.

Imaginou que fosse uma das bestas de carga compradas em Ures. O cavalo parou e ele o instigou para que seguisse adiante mas nada aconteceu. Enfiou os calcanhares sob as costelas e o animal se agachou sobre as ancas e saiu de lado como um caranguejo. Ele se esticou e soltou o cinto do focinho e cravou-lhe as botas para que andasse e desferiu-lhe uma chicotada com o cinto e o cavalo pôs-se a trotar lestamente. Agarrou um belo punhado de crina retorcida em seu punho e enfiou a pistola em segurança na cintura e seguiu em frente, empoleirado em pelo sobre a espinha do animal com a articulação das vértebras se fazendo sentir palpável e distinta sob a pele.

A eles veio se reunir em sua marcha outro cavalo que surgiu do deserto e caminhou ao seu lado e continuava junto quando chegou o alvorecer. À noite também os rastros dos cavaleiros foram engrossados por um grupo maior e era um caminho amplo e muito repisado agora que seguia pelo leito do vale para o norte. Com a luz do dia ele se curvou com o rosto contra a espádua do cavalo e examinou a trilha. Eram pegadas de pôneis índios desferrados e somavam talvez uma centena deles. E não era que haviam se juntado aos cavaleiros mas antes o contrário. Instigou o animal. O cavalinho que surgira para acompanhá-los à noite ficara algumas léguas para trás e agora andava a furta-passo de olho neles e o cavalo que ele montava estava agitado e hostil pela falta d'água.

Perto do meio-dia a montaria começou a vacilar. Seu cavaleiro tentou convencê-lo a sair da trilha para agarrar o outro cavalo mas o animal se recusou a abandonar a rota que estava determinado a seguir. Ele chupou um seixo e esquadrinhou a região. Então viu cavaleiros a sua frente. Antes não estavam lá, depois de repente estavam. Ele se deu conta de que era a proximidade deles que trouxera inquietação aos dois cavalos e continuou em frente observando ora os animais, ora o horizonte ao norte. O pangaré em que ia montado tremia e seguia adiante com esforço e após algum tempo ele pôde ver que os cavaleiros usavam chapéus. Instigou o cavalo a se apressar e quando alcançou o grupo haviam todos parado e estavam sentados no chão observando sua aproximação.

O aspecto deles era péssimo. Estavam esgotados e ensanguentados e com círculos escuros em torno dos olhos e haviam atado os ferimentos com trapos de linho imundos e manchados de sangue e tinham as roupas encrostadas de sangue seco e pó preto de pólvora. Os olhos de Glanton em suas órbitas negras eram centroides chamejantes de morticínio e ele e seus cavaleiros exauridos fitavam malevolamente o kid como se este não fizesse parte de seu grupo ainda que tão irmanados estivessem na miséria de suas circunstâncias. O kid desceu deslizando do cavalo e ficou entre eles descarnado e tostado e de olhar desvairado. Alguém lhe atirou um cantil.

Haviam perdido quatro homens. Os demais iam na frente em patrulha de reconhecimento. Elias atravessara as montanhas em marcha forçada por toda a noite e todo o dia seguinte e caíra sobre eles em plena nevasca no escuro na planície sessenta quilômetros ao sul. Haviam sido acossados para o norte pelo deserto como gado e tomaram deliberadamente a trilha do bando de guerreiros a fim de despistar seus perseguidores. Não faziam ideia da distância que os separava dos mexicanos mais atrás nem da distância que os separava dos apaches mais à frente.

Ele bebeu do cantil e olhou para os companheiros. Dos que faltavam não havia como saber quais haviam avançado com os batedores e quais estavam mortos no deserto. O cavalo que Toadvine lhe trouxe era o que o recruta Sloat cavalgara ao sair de Ures. Quando se puseram em marcha meia hora mais tarde dois dos cavalos não conseguiram se levantar e foram deixados para trás. Montou em uma sela escorchada e desconjuntada no cavalo do morto e cavalgou caído e cambaleante e logo suas pernas e braços pendiam frouxos e sacolejava adormecido ao sabor da marcha como uma marionete a cavalo. Acordou e deu com o ex-padre a seu lado. Voltou a dormir. Quando acordou outra vez era o juiz quem estava lá. Também ele perdera o chapéu e montava com uma grinalda de arbustos do deserto coroando-lhe a cabeça como um egrégio bardo das terras salgadas e contemplava o refugiado com o mesmo sorriso, como se o mundo lhe parecesse somente a ele um lugar agradável.

Cavalgaram pelo restante daquele dia, atravessando colinas ondulantes cobertas de cholla e whitethorn. De tempos em tempos um dos cavalos de reserva parava vacilante na trilha e ia ficando cada vez menor atrás deles. Desceram por um longo declive na direção norte sob o anoitecer azul e frio e atravessaram uma bajada árida pontilhada apenas de ocotillos esporádicos e tufos de grama e acamparam na área plana e por toda a noite o vento soprou e podiam ver outras fogueiras queimando no deserto ao norte. O juiz se afastou e foi olhar os cavalos e selecionou dentre a deprimente remuda o animal menos promissor em aparência e o separou. Depois voltou e passou pela fogueira e pediu que alguém o segurasse. Ninguém se levantou. O ex-padre curvou-se para o kid.

Não ouve o que ele diz, jovem.

O juiz chamou novamente da escuridão além do fogo e o ex-padre pousou uma mão admonitória no braço do rapaz. Mas o kid ficou de pé e cuspiu no fogo. Ele se virou e encarou o ex-padre.

Acha que tenho medo dele?

O ex-padre não respondeu e o kid virou e mergulhou na escuridão onde o juiz aguardava.

Ficou segurando o cavalo. Apenas seus dentes brilhavam à luz do fogo. Juntos conduziram o animal para mais longe e o kid segurou a reata trançada enquanto o juiz apanhava uma pedra redonda pesando umas cem libras e esmagava o crânio do cavalo com um único golpe. O sangue esguichou de suas orelhas e o animal baqueou no solo com tanta força que uma das patas dianteiras quebrou sob seu peso com um estalo seco.

Esfolaram as ancas sem estripar o animal e os homens cortaram filés e os assaram na fogueira e cortaram o restante da carne em tiras e penduraram para defumar. Os batedores não apareceram e eles postaram sentinelas e viraram para dormir cada homem com sua arma junto ao peito.

Na metade da manhã do dia seguinte atravessaram uma depressão alcalina onde fora convocada uma reunião de cabeças humanas. A companhia fez alto e Glanton e o juiz avançaram. As cabeças eram em número de oito e cada uma usava um chapéu e formavam um círculo voltado para fora. Glanton e o juiz contornaram a cena e o juiz parou e apeou e virou uma das cabeças com a ponta da bota. Como que para se convencer de que nenhum homem estava enterrado na areia sob ela. As demais cabeças fitavam cegamente o vazio com seus olhos enrugados como companheiros de alguma justa iniciativa que houvessem firmado um pacto de silêncio e de morte.

Os cavaleiros olharam para o norte distante. Seguiram cavalgando. Além de uma rasa elevação entre a cinza fria jaziam as armações enegrecidas de um par de carroções e os troncos nus do grupo. O vento soprara as cinzas e os eixos de ferro assinalavam o formato dos carroções assim como as sobrequilhas fazem com os esqueletos de navios no leito do oceano. Os corpos estavam parcialmente devorados e corvos saíram voando ante a aproximação dos cavaleiros e uma dupla de abutres saiu saltitando pela areia com as asas estendidas como asquerosas coristas, as cabeças de aspecto cozido sacudindo obscenamente.

Seguiram em frente. Atravessaram um estuário seco na planura do deserto e à tarde cavalgaram por uma série de gargantas estreitas para desembocar em uma região de colinas ondulantes. Podiam sentir o cheiro de fogueiras de piñon e antes do escurecer chegaram ao povoado de Santa Cruz.

Essa cidade como todos os presidios ao longo da fronteira decaíra muito de sua antiga condição e inúmeros prédios estavam desabitados e em ruínas. O anúncio da chegada dos cavaleiros os precedera e de ambos os lados do caminho perfilavam-se moradores observando mudamente sua passagem, velhas em rebozos negros e homens munidos de antigos mosquetes e espingardas de pederneira ou armas fabricadas com partes toscamente adaptadas a coronhas de madeira de álamo talhadas às machadadas como se fossem armas de brinquedo para meninos. Entre eles havia até mesmo armas sem fecharia alguma que eram acionadas encostando-se uma cigarrilha contra o orifício atrás do cano para disparar as pedras tiradas do rio com que haviam sido carregadas, que saíam silvando através do ar em voos excêntricos ao seu bel-prazer como trajetos de meteoritos. Os americanos instigaram os cavalos a seguir em frente. Começara a nevar outra vez e um vento frio soprou pela rua estreita à frente deles. Mesmo em seu estado deplorável não deixavam de fuzilar de suas selas aquela milícia bonachona com indisfarçável desprezo.

Esperaram entre os cavalos na pequena alameda depauperada enquanto o vento rapinava as árvores e os pássaros aninhados sob o lusco-fusco cinzento gritavam e agarravam-se aos galhos e a neve redemoinhava e soprava pela pequena praça e envolvia os vultos dos edifícios de barro adiante e emudecia os pregões dos ambulantes que os haviam seguido. Glanton e o mexicano chamado por ele regressaram e a companhia montou e seguiu em fila pela rua até chegar a um velho portão de madeira que dava para um pátio. O pátio estava salpicado de neve e ali dentro havia algumas aves domésticas e outros bichos — cabras, um burro — que arranharam e rasparam estupidamente os muros assim que os cavaleiros entraram. A um canto via-se um tripé de paus enegrecidos e havia uma grande mancha de sangue parcialmente coberta pela neve e que exibia um débil tom rosa pálido sob a derradeira luz. Um sujeito saiu da casa e ele e Glanton conversaram e o homem falou com o mexicano e então fez um gesto para que deixassem o frio e entrassem.

Sentaram no chão de uma sala comprida com teto alto e vigas manchadas de fumaça enquanto uma mulher e uma menina traziam tigelas de guisado de cabra e uma travessa de argila cheia de tortilhas azuis e serviram-lhes tigelas de feijão e café e mingau de farelo de milho onde boiavam pequenos torrões de açúcar mascavo piloncillo. Lá fora reinava a escuridão e a neve caía rodopiando. Não havia fogo no ambiente e a comida fumegava pesadamente. Quando terminaram de comer permaneceram sentados fumando e as mulheres recolheram as tigelas e depois de algum tempo um menino apareceu com uma lanterna e os guiou para fora.

Atravessaram o pátio entre os cavalos resfolegantes e o menino abriu uma porta de madeira rústica em um barracão de adobe e ficou de lado segurando o lampião. Eles trouxeram suas selas e cobertores. No pátio os cavalos batiam os cascos no chão, de frio.

O barracão abrigava uma égua com um potro ainda não desmamado e o menino fez menção de levá-la para fora mas disseram-lhe que a deixasse. Apanharam palha em uma baia e esparramaram-na no chão e ele ficou segurando a luz para eles enquanto preparavam suas camas. O celeiro cheirava a barro e palha e esterco e sob a luz suja e amarelada do lampião seus hálitos bafejavam visivelmente no frio. Quando terminaram de arrumar os cobertores o menino baixou o lampião e saiu para o pátio e fechou as portas atrás de si, deixando-os na escuridão mais profunda e absoluta.

Ninguém se moveu. No gélido estábulo a porta sendo fechada talvez tenha evocado em alguns corações outras hospedarias e não de suas escolhas. A égua farejava com inquietação e o jovem potro batia os cascos no chão. Então um a um começaram a tirar as roupas de cima, os impermeáveis de pele e sarapes e coletes de lã crua, e um a um propagaram em torno de si um grande crepitar de faíscas e cada homem foi visto usando uma mortalha de fogo muito pálido. Seus braços erguidos puxando as roupas eram luminosos e cada uma daquelas almas obscuras estava envolta em formas audíveis de luz como se sempre houvesse sido assim. A égua no canto oposto do estábulo bufou e recuou com a luminosidade em seres tão mergulhados nas trevas e o cavalinho virou e escondeu o rosto na malha de veias do flanco da mãe.

16

O vale de Santa Cruz — San Bernardino — Touros bravos — Tumacacori — A missão — Um eremita — Tubac — Os batedores desaparecidos — San Xavier del Bac — O presidio de Tucson — Carniceiros — Os chiricahuas — Um encontro arriscado — Mangas Colorado — Tenente Couts — Recrutamento na plaza — Um homem selvagem — Owens assassinado — Na cantina — Exame de Mr. Bell — O juiz sobre a evidência — Dogfreaks — Um fandango — Juiz e meteorito.

Estava ainda mais frio pela manhã quando partiram. Não se via vivalma nas ruas e nenhum rastro na neve que acabara de cair. Na periferia da cidade observaram o ponto em que lobos atravessaram a estrada.

Cavalgaram à margem de um regato com uma película de gelo fino, por um pântano congelado onde patos andavam de um lado para outro com seus resmungos. Nessa tarde cruzaram um vale luxuriante onde o capim hibernal morto batia nos ventres dos cavalos. Campos vazios onde as colheitas haviam apodrecido e pomares de macieiras e marmeleiros e romãzeiras onde os frutos haviam secado e caído no chão. Encontraram bandos de veados nos prados e rastros de gado e nessa noite sentados em torno do fogo assando as costelas e os pernis de uma jovem corça escutaram os mugidos de touros no escuro.

No dia seguinte passaram pelas ruínas da antiga hacienda em San Bernardino. Naquela invernada viram touros tão antigos que ostentavam marcas espanholas em seus traseiros e vários desses animais arremeteram contra a companhia e foram abatidos e deixados no chão até que de um arvoredo de acácias em um leito seco veio correndo mais um e enterrou os chifres profundamente nas costelas do cavalo montado por James Miller. Ele removera o pé do estribo ao ver o animal se aproximando e o impacto quase o arrancou da sela. O cavalo relinchou e escoiceou mas o touro fincara as patas no chão e ergueu o outro animal com cavaleiro e tudo no alto antes que Miller conseguisse sacar a pistola e quando encostou o cano na testa do touro e disparou e todo o grotesco aglomerado desabou ele pulou fora do desastre e se afastou em revolta com a arma fumegante pendurada na mão. O cavalo forcejava para se pôr de pé e ele voltou e o abateu e enfiou a arma no cinto e começou a desafivelar as correias da cilha. O cavalo caíra bem em cima do touro morto e foi preciso puxar com muita força para liberar a sela. Os demais cavaleiros haviam parado para assistir e alguém enxotou adiante o último cavalo extra da remuda mas fora isso ninguém ofereceu qualquer ajuda.

Foram em frente, seguindo o curso do Santa Cruz, atravessando bosques de álamos imensos enraizados no leito seco. Não voltaram a topar com o rastro dos apaches e não viram sinal dos batedores desaparecidos. No dia seguinte passaram pela antiga missão em San José de Tumacacori e o juiz se afastou da trilha para procurar a igreja que ficava a cerca de um quilômetro e meio dali. O juiz fizera uma breve dissertação acerca da história e da arquitetura da missão e os que o haviam escutado não conseguiam acreditar que jamais pusera os pés naquele lugar. Três membros do grupo foram com ele e Glanton observou-os ir com um sombrio pressentimento. Ele e os demais seguiram cavalgando por uma curta distância e então ele parou e deu meia-volta.

A antiga igreja estava em ruínas e os portões abertos davam para o adro cercado por muros elevados. Quando Glanton e seus homens passaram pelo pórtico em ruínas viram quatro cavalos sem cavaleiros no terreno vazio entre árvores frutíferas mortas e uma videira. Glanton ia com o rifle na vertical a sua frente, o coice da coronha apoiado na coxa. Seu cachorro seguia o cavalo e se aproximaram cautelosamente das paredes instáveis da igreja. Iam passando com os cavalos pela porta mas assim que se aproximaram ouviram um tiro de rifle no interior e pombos alçaram voo e eles desceram de suas montarias e se agacharam atrás delas com seus rifles. Glanton olhou para os outros às suas costas e então conduziu o cavalo mais à frente de modo que pudesse ver ali dentro. Parte da parede no alto havia desabado e também a maior parte do telhado e havia um homem caído no chão. Glanton conduziu o cavalo pela sacristia e ele e os demais pararam olhando para baixo.

O homem no chão encontrava-se às portas da morte e estava vestido inteiramente com roupas caseiras de pele de ovelha, incluindo as botas e um estranho gorro. Viraram-no sobre os ladrilhos cerâmicos rachados e seu maxilar se moveu e um fio de sangue escorreu por seu lábio inferior. Seus olhos estavam baços e ali havia medo e havia alguma outra coisa também. John Prewett apoiou a coronha do rifle no chão e entornou o chifre com a pólvora para recarregar a arma. Vi um outro correndo, disse. São dois.

O homem no chão começou a se mexer. Tinha um braço pousado na virilha e moveu-o vagarosamente e apontou. Se para eles ou para a altura de onde havia caído ou para seu destino na eternidade ninguém soube dizer. Daí morreu.

Glanton olhou em torno pelas ruínas. De onde saiu esse filho da puta? disse.

Prewett apontou com a cabeça o parapeito de barro esfacelado. Estava ali em cima. Não sabia quem era. E ainda não sei. Derrubei o filho da puta com um tiro.

Glanton olhou para o juiz.

Acho que era um imbecil, disse o juiz.

Glanton conduziu seu cavalo através da igreja e saiu por uma pequena porta na nave que dava para o pátio. Estava sentado ali quando trouxeram o outro eremita para fora. Jackson o cutucava adiante com o cano de seu rifle, um homenzinho magro, não jovem. O que eles tinham matado era seu irmão. Haviam desertado de um navio na costa muito tempo antes e chegado até aquele lugar. Estava aterrorizado e não falava nenhum inglês e pouco espanhol. O juiz conversou com ele em alemão. Estavam ali havia anos. O irmão perdera o tino naquele lugar e o homem que agora se apresentava diante deles em suas peles e botinas peculiares também não era inteiramente são. Deixaram-no lá mesmo. Quando se afastavam ele trotava para cima e para baixo pelo pátio, chamando. Parecia não ter consciência de que o irmão jazia morto dentro da igreja.

O juiz emparelhou com Glanton e cavalgaram lado a lado pela estrada.

Glanton cuspiu. Só não atirei naquele outro também nem sei por quê, disse.

O juiz sorriu.

Não gosto de ver um branco nesse estado, disse Glanton. Holandês ou o que for. Não gosto de ver.

Seguiram rumo norte acompanhando o rastro do rio. O arvoredo estava desfolhado e as folhas no chão acumulavam-se como escamas de gelo e os ramos pintalgados e ossudos dos álamos recortavam-se rígidos e pesados contra o manto acolchoado do céu. Ao anoitecer passaram por Tubac, abandonada, o trigal morto nos campos hibernais e as ruas invadidas de mato. Havia um cego sentado nos degraus diante de uma casa na plaza e quando passaram esticou a cabeça para escutar.

Seguiram até o deserto para acampar. Nenhum vento soprava e o silêncio reinante era enormemente apreciado por todo tipo de fugitivo assim como o próprio terreno descampado sem montanha alguma nas proximidades contra a qual vultos inimigos pudessem se camuflar. Puseram-se de pé e selaram os cavalos pela manhã antes da aurora, todos cavalgando juntos, armas de prontidão. Ia cada homem esquadrinhando o terreno e o movimento da mais ínfima criatura era captado pela percepção coletiva até compor uma federação vigilante de fios invisíveis avançando pela paisagem numa ressonância única. Passaram por haciendas abandonadas e por túmulos na beira da estrada e no meio da manhã voltaram a se deparar com o rastro dos apaches vindo do deserto a oeste e avançando diante deles através da areia fofa do leito de rio. Os cavaleiros apearam e pegaram amostras da areia remexida em torno dos rastros e a testaram entre os dedos e calcularam sua umidade contra o sol e deixaram-na cair de volta e olharam ao longe rio acima por entre as árvores desfolhadas. Montaram outra vez e seguiram em frente.

Encontraram os batedores desaparecidos pendurados de cabeça para baixo pelas pernas nos galhos de uma paloverde enegrecida pelo fogo. Tinham os tendões dos calcanhares perfurados por agulhas afiadas de madeira verde e pendiam cinzentos e nus sobre as cinzas dos carvões extintos onde haviam sido assados até as cabeças ficarem carbonizadas e os miolos ferverem dentro do crânio e o vapor sair assobiando por suas narinas. Suas línguas haviam sido puxadas para fora e trespassadas com paus afiados e esticadas e tiveram as orelhas arrancadas e seus torsos foram abertos com sílex até as entranhas ficarem penduradas em seus peitos. Alguns dos homens se adiantaram com facas na mão e desceram os corpos e deixaram-nos caídos nas cinzas. As duas formas negras eram os últimos delawares e as outras duas eram o vandiemenlander e um sujeito do leste chamado Gilchrist. Não conheceram favor nem discriminação entre seus anfitriões bárbaros mas sofreram e morreram com imparcialidade.

Seguiram nessa noite através da missão de San Xavier del Bac, a igreja solene e austera à luz das estrelas. Não se ouvia um único latido. Os aglomerados de habitações dos papagos pareciam desertos. O ar estava frio e límpido e o território ali e mais além mergulhado numa escuridão que não era reclamada sequer por uma coruja. Um meteoro verde-claro surgiu subindo pelo leito do vale atrás deles e passou acima de suas cabeças para evaporar silencioso no vácuo.

Ao alvorecer nas cercanias do presidio de Tucson atravessaram as ruínas de inúmeras haciendas e passaram por outros marcos de beira de estrada onde pessoas tinham sido assassinadas. No fundo da planície havia uma pequena estância onde as casas ainda fumegavam e ao longo dos segmentos de uma cerca construída com cactos secos empoleiravam-se abutres lado a lado de frente para o leste e para o sol iminente, erguendo uma pata depois a outra e estendendo as asas como mantos. Viram os ossos de porcos mortos em um cercado com muros de barro e viram um lobo em um canteiro de melões que se agachou entre os cotovelos magros e observou-os passar. A cidade ficava ao norte na planície em uma linha fina de muros claros e agruparam os cavalos junto a uma morena baixa de cascalho e a examinaram e depois examinaram a região e as cadeias montanhosas áridas mais além. As pedras do deserto jaziam com suas maniotas escuras de sombra e um vento soprava da direção onde o sol se aboletava gordo e pulsante nos confins orientais do mundo. Estalaram a língua incitando os cavalos e saíram pela planura no rastro da trilha apache diante deles, de dois dias antes e indicativa de uma centena de homens.

Montavam com os rifles sobre os joelhos, cavalgando em leque, lado a lado. O nascer do sol no deserto refulgiu acima do solo diante deles e pombos de colarinho alçaram voo do chaparral sozinhos e aos pares e se afastaram arrulhando fracamente. Mil metros adiante puderam ver os apaches acampados ao longo da muralha sul. Seus cavalos pastavam entre os salgueiros na bacia do rio temporário a oeste do povoado e o que pareciam ser rochas ou escombros ao pé do muro era um aglomerado deplorável de toldos e choupanas montados com estacas e peles e lonas de carroções.

Seguiram em frente. Cães começaram a ladrar. O cachorro de Glanton cobria uma área indo e vindo nervosamente e uma delegação de cavaleiros fora enviada do acampamento.

Eram chiricahuas, vinte, vinte e cinco deles. Mesmo com o sol acima do horizonte a temperatura permanecia glacial e contudo montavam seminus, nada além de botas e os panos sobre as virilhas e os capacetes de couro emplumados que usavam, selvagens da idade da pedra lambuzados de argilas coloridas em emblemas obscuros, grudentos, fétidos, a pintura de seus cavalos pálida sob o pó e os animais indóceis e bafejando no ar frio. Portavam lanças e arcos e alguns tinham mosquetes e exibiam cabelos longos e negros e olhos negros dardejantes que se moviam entre os cavaleiros examinando suas armas, as escleróticas injetadas e opacas. Não proferiram palavra alguma nem mesmo entre si e entraram com seus cavalos no meio do grupo em uma espécie de movimento ritual como se determinados pontos do terreno tivessem de ser percorridos em determinada sequência como numa brincadeira de criança, ainda que na iminência de algum terrível castigo.

O líder desses guerreiros chacais era um homenzinho escuro trajado com sobras de atavios militares mexicanos e carregava uma espada e também carregava em um boldrié surrado e espalhafatoso um dos Colts Whitneyville que pertencera aos batedores. Parou com seu cavalo diante do de Glanton e avaliou a posição dos outros cavaleiros e então perguntou em bom espanhol sobre o destino deles. Mal terminara de falar quando o cavalo de Glanton deu uma estocada com os maxilares e mordeu a orelha do outro cavalo. Sangue espirrou. O animal gritou e recuou e o apache lutou para se manter na sela e puxou a espada e se pegou encarando a negra lemniscata que era a boca de cano duplo do rifle de Glanton. Glanton estapeou com força o focinho de seu cavalo duas vezes e o cavalo abanou a cabeça com um olho piscando e sangue pingando da boca. O apache deu um puxão na cabeça de seu pônei e quando Glanton girou para fitar seus homens viu-os paralisados de olhos fixos nos selvagens, eles e suas armas conectados numa construção tensa e frágil como esses quebra-cabeças onde a colocação de cada peça depende da que está em sua proximidade imediata de modo que nenhuma pode ser removida sem que a estrutura toda venha abaixo.

O líder foi o primeiro a falar. Gesticulou para a orelha ensanguentada de sua montaria e disse palavras ferozes em apache, os olhos negros evitando Glanton. O juiz avançou com seu cavalo.

Vaya tranquilo, disse. Un accidente, nada más.

Mire, disse o apache. Mire la oreja de mi caballo.

Firmou a cabeça do animal mas este se soltou com um tranco e agitou a orelha ferida de modo que o sangue espirrou sobre os cavaleiros. Sangue de cavalo ou o sangue que fosse um tremor percorreu a periclitante arquitetura e os pôneis permaneceram hirtos e trêmulos à luminosidade avermelhada do sol nascente enquanto o deserto sob eles zumbia surdamente como um tambor. As propriedades elásticas dessa trégua não ratificada foram testadas no limite de sua máxima tensão quando o juiz se aprumou ligeiramente na sela e ergueu o braço e proferiu uma saudação a alguém além deles.

Outros oito ou dez guerreiros a cavalo vindos da muralha haviam se aproximado. O líder era um sujeito imenso com uma cabeça imensa e vestia um macacão cortado na altura dos joelhos para acomodar as perneiras de seus mocassins e usava uma camisa xadrez e um lenço vermelho. Não portava arma alguma mas os homens que o ladeavam estavam armados com rifles de cano curto e também carregavam as pistolas das selas e outros equipamentos dos batedores mortos. Quando avançaram os demais selvagens mostraram deferência e abriram espaço. O índio cujo cavalo fora mordido apontou o ferimento mas o líder se limitou a balançar a cabeça de um modo afável. Virou sua montaria a quarenta e cinco graus do juiz e o animal arqueou o pescoço e ele o montava com garbo. Buenos días, disse. De dónde viene?

O juiz sorriu e tocou a coroa murcha em sua testa, provavelmente esquecendo que estava sem chapéu. Apresentou seu chefe Glanton com toda formalidade. Cumprimentos foram trocados. O nome do homem era Mangas e era um sujeito cordial e falava bom espanhol. Quando o cavaleiro do cavalo ferido voltou a apresentar sua queixa para deliberação o homem apeou e tomou a cabeça do animal em suas mãos e a examinou. Tinha o andar genuvaro apesar de toda a altura e era dotado de estranhas proporções. Ergueu o rosto para os americanos e depois olhou para os outros cavaleiros e meneou a mão na direção destes.

Andale, disse. Virou para Glanton. Ellos son amigables. Un poco borracho, nada más.

Os cavaleiros apaches haviam começado a se separar dos americanos como homens se desvencilhando de um espinheiro. Os americanos mantinham os rifles na vertical e Mangas conduziu o cavalo ferido adiante e virou sua cabeça para o alto, contendo o animal apenas com as mãos, o olho branco revirando selvagemente. Após alguma discussão ficou claro que fosse qual fosse a multa fixada pelo prejuízo ocorrido ali nenhuma outra espécie seria aceitável a título de compensação que não uísque.

Glanton cuspiu e encarou o homem. No hay whiskey, disse.

O silêncio reinou. Os apaches olhavam uns para os outros. Olharam para as bolsas e os cantis e as cabaças pendurados nas selas. Cómo? disse Mangas.

No hay whiskey, disse Glanton.

Mangas largou a tosca testeira de couro do cavalo. Seus homens olharam para ele. Ele olhou para o povoado fortificado e olhou para o juiz. No whiskey? disse.

No whiskey.

O seu entre os rostos enevoados parecia imperturbado. Examinou os americanos, seus equipamentos. De fato não pareciam homens capazes de ter uísque que não houvessem bebido. O juiz e Glanton permaneciam em suas montarias sem nada mais a oferecer a título de parlamentação.

Hay whiskey en Tucson, disse Mangas.

Sin duda, disse o juiz. Y soldados también. Avançou com o cavalo, o rifle numa mão e as rédeas na outra. Glanton se moveu. O cavalo atrás fez um movimento. Então Glanton parou.

Tiene oro? disse.

Sí. Cuánto.

Bastante.

Glanton olhou para o juiz depois de novo para Mangas. Bueno, disse. Tres días. Aquí. Un barril de whiskey.

Un barril?

Un barril. Cutucou o pônei e os apaches abriram caminho e Glanton e o juiz e os que iam com eles os seguiram em fila única na direção da cidadela de barro decrépita que fulgurava como brasa ao alvorecer hibernal da planície.

O tenente encarregado da pequena guarnição chamava-se Couts. Estivera no litoral sob o comando do major Graham e regressara a esse lugar havia quatro dias para dar com a cidade sob um cerco informal dos apaches. Embriagavam-se com o tiswin fermentado por eles próprios e houvera tiroteios à noite durante duas noites seguidas e o clamor por uísque era incessante. As tropas haviam montado uma colubrina de doze libras carregada com balas de mosquete sobre o muro e Couts esperava que os selvagens fugissem quando não conseguissem mais nada para beber. Era muito formal e se dirigia a Glanton como capitão. Nenhum dos guerrilheiros maltrapilhos sequer desmontara. Ficaram olhando em torno pelo povoado melancólico e arruinado. Um burro de olhos vendados amarrado a uma vara girava um moedor de argila, circulando infinitamente, a haste de madeira rangendo nas roldanas. Galinhas e alguns pássaros ciscavam ao pé do moinho. A vara ficava a um metro e meio do chão e contudo as aves se abaixavam ou agachavam cada vez que ela passava acima de suas cabeças. Na poeira da plaza jazia um certo número de homens aparentemente dormindo. Brancos, índios, mexicanos. Alguns cobertos com mantas, outros não. No extremo oposto da praça havia um pelourinho escurecido na base com a urina dos cães. O tenente seguia seus olhares. Glanton empurrou o chapéu para trás e o fitou do alto de seu cavalo.

Onde é que um homem pode tomar uma bebida aqui neste pardieiro? disse.

Foi a primeira coisa que qualquer um deles disse. Couts os examinou. Exauridos e desvairados e queimados de sol. Os vincos e poros de suas peles estavam encardidos da fuligem de pólvora de limparem os canos das armas. Até mesmo os cavalos pareciam diferentes de quaisquer outros que houvessem visto, enfeitados como estavam com cabelos e dentes e peles humanos. Exceto por suas armas e fivelas e umas poucas peças de metal nos arreios dos animais não havia coisa alguma nos recém-chegados que sugerisse sequer a descoberta da roda.

Tem muito lugar, disse o tenente. Mas nenhum aberto ainda, eu acho.

Nisso a gente pode dar um jeito, disse Glanton. Cutucou o cavalo. Não voltou a falar e nenhum dos outros dissera palavra. Conforme atravessaram a plaza alguns dos ociosos puseram a cabeça para fora de seus cobertores e os observaram.

O bar em que entraram era um recinto quadrado de barro e o proprietário veio servi-los ainda em roupa de baixo. Sentaram em um banco a uma mesa de madeira na penumbra bebendo sombriamente.

De onde vocês todos? disse o proprietário.

Glanton e o juiz saíram para ver se podiam recrutar alguém dentre a malta de ociosos descansando no chão da praça. Uns estavam sentados, olhos apertados contra o sol. Um sujeito com uma bowie se oferecia para duelar com qualquer um disposto a apostar em quem era dono da melhor lâmina. O juiz andava entre eles com o seu sorriso.

Capitão o que é que vocês dois carregam aí nesses embornais?

Glanton virou. Ele e o juiz portavam os alforjes sobre os ombros. O sujeito que falara estava encostado em um poste com um joelho dobrado para apoiar o cotovelo.

Essas bolsas? disse Glanton.

Essas bolsas.

Essas bolsas aqui estão cheias de ouro e prata, disse Glanton, porque estavam.

O vagabundo sorriu e cuspiu.

É por isso que ele quer ir pra Califórnia, disse um outro. Por causa que nessa cabeça dele já acabou de conseguir uma mochila cheia de ouro.

O juiz sorriu com benevolência para os vadios. Vocês podem é pegar um resfriado aqui fora, disse. Quem quer ir atrás das jazidas de ouro agora mesmo.

Um homem ficou de pé e se afastou alguns passos e começou a mijar na rua.

Quem sabe o homem selvagem vai com vocês, exclamou outro. Ele e o Cloyce vão ser bem úteis pro trabalho.

Estão tentando ir já faz bastante tempo.

Glanton e o juiz foram procurá-los. Uma tenda precária feita com um oleado velho. Uma placa dizendo: The Wild Man 25 Cents. Atrás de uma lona de carroção havia uma jaula tosca de estacas de paloverde com um imbecil nu agachado dentro. O piso da jaula estava coberto de imundície e comida jogada e moscas andavam por todos os lados. O idiota era pequeno e deformado e seu rosto estava lambuzado de fezes e ficou espiando os dois num estupor hostil e mastigando bosta em silêncio.

O proprietário veio dos fundos sacudindo a cabeça para eles. Não pode entrar ninguém aqui. A gente ainda não abriu.

Glanton olhou para a gaiola abjeta. A tenda cheirava a óleo e fumaça e excremento. O juiz se agachou para examinar o imbecil.

Essa criatura é sua? disse Glanton.

É. Ele é.

Glanton cuspiu. Um homem contou pra gente que você quer ir pra Califórnia.

Bom, disse o proprietário. É, isso mesmo. Isso mesmo.

O que pensa em fazer com essa coisa?

Levar ele comigo.

Como pretende transportar ele?

Tenho um pônei e um carrinho. Pra transportar ele dentro.

Tem dinheiro?

O juiz ficou de pé. Esse é o capitão Glanton, disse. Está chefiando uma expedição para a Califórnia. Ele planeja levar alguns passageiros sob a proteção de sua companhia contanto que a pessoa possa desembolsar suficiente.

Bom há é. Tenho um pouco. Quanto dinheiro é isso mais ou menos?

Quanto você tem? disse Glanton.

Bom. O suficiente, imagino. Imagino que meu dinheiro seja suficiente.

Glanton estudou o homem. Vou dizer o que vou fazer com você, disse. Quer mesmo ir pra Califórnia ou é só da boca pra fora?

Califórnia, disse o proprietário. Não tenha dúvida.

Levo você por cem dólares, pagamento adiantado.

Os olhos do homem foram de Glanton para o juiz e voltaram. Quem dera eu tivesse tudo isso, disse.

A gente vai ficar aqui por uns dias, disse Glanton. Consegue mais alguns passageiros e a gente ajusta a tarifa de acordo.

O capitão vai tratar você direito, disse o juiz. Pode ter certeza disso.

Sim senhor, disse o proprietário.

Quando passaram diante da jaula ao sair Glanton virou para olhar o idiota outra vez. Você deixa as mulheres verem essa coisa? disse.

Sei lá, disse o proprietário. Nunca nenhuma pediu.

Ao meio-dia a companhia achara um lugar para comer. Havia três ou quatro homens ali dentro quando entraram e os homens se levantaram e saíram. Havia um forno de barro no terreno atrás do prédio e a carcaça de um carroção arruinado com umas panelas e uma chaleira em cima. Uma velha em um xale cinza estava cortando chuletas com um machado, assistida por dois cachorros. Um sujeito alto usando um avental manchado de sangue entrou vindo dos fundos e olhou para eles. Ele se curvou e apoiou as duas mãos na mesa diante deles.

Senhores, disse, a gente não se incomoda de servir gente de cor. Com muita satisfação. Mas só pede pra sentar naquela outra mesa ali. Logo ali.

Recuou um passo e estendeu a mão em um estranho gesto de hospitalidade. Seus clientes olharam uns para os outros.

Do que diabos ele está falando?

Logo ali, disse o homem.

Toadvine olhou para a outra ponta da mesa onde Jackson estava sentado. Muitos olhavam para Glanton. Suas mãos repousavam no tampo diante dele e sua cabeça estava ligeiramente inclinada para o lado como um homem tomado de graça. O juiz sorria, braços cruzados. Estavam todos meio tocados.

Ele acha que a gente é negro.

Permaneceram em silêncio. A velha no pátio começara a entoar uma melodia chorosa e o homem continuava com as mãos estendidas. Empilhados junto à porta estavam as mochilas e os coldres e as armas da companhia.

Glanton ergueu o rosto. Olhou para o homem.

Qual é seu nome? disse.

Meu nome é Owens. Sou o dono do lugar.

Mister Owens, se o senhor fosse outra coisa que não um diabo de um estúpido era só dar uma olhada nesses homens aqui pra perceber sem a menor sombra de dúvida que não vão mexer uma palha nem sair de onde estão sentados nem ir pra diabo de lugar nenhum.

Bom então não posso servir vocês.

Quanto a isso o senhor faça como achar melhor. Pergunta pra ela o que tem, Tommy.

Harlan estava sentado na ponta da mesa e girou o tronco e gritou para a mulher junto às suas panelas perguntando em espanhol o que tinha para comer.

Ela olhou na direção da casa. Huesos, disse.

Huesos, disse Harlan.

Manda ela trazer, Tommy.

Ela não vai trazer coisa nenhuma se eu não mandar ela trazer. O dono disso aqui sou eu.

Harlan gritava para a porta aberta.

Tenho certeza absoluta que aquele homem ali é negro, disse Owens.

Jackson ergueu o rosto para ele.

Brown se virou para o proprietário.

Tem uma arma aí? disse.

Arma?

Arma. Tem uma arma aí.

Pois aqui não tenho.

Brown puxou um pequeno Colt de cinco tiros do cinto e jogou para ele. O homem o apanhou e ficou segurando sem saber o que fazer.

Agora tem uma. Agora atira no negro.

Peraí um minuto, diacho, disse Owens.

Atira, disse Brown.

Jackson ficara de pé e puxara uma das enormes pistolas de seu cinto. Owens apontou a pistola para ele. Abaixa isso aí, disse.

Melhor deixar as ordens pra lá e mandar o filho da puta pro inferno.

Abaixa isso. Diabo, homem. Manda ele abaixar.

Atira nele.

Ele engatilhou a pistola.

Jackson atirou. Simplesmente passou a mão esquerda sobre o topo do revólver que segurava num gesto breve como uma fagulha de pederneira e o cão desceu. A enorme pistola escoiceou e um punhado generoso dos miolos de Owens saiu voando por trás de seu crânio e foi pousar no chão às suas costas com um baque viscoso. Ele desabou sem um ai e caiu estatelado de cara no chão com um olho aberto e o sangue brotando pelo buraco nos fundos de sua cabeça. Jackson sentou. Brown se levantou e foi buscar a pistola e baixou o cão no lugar e a enfiou no cinto. Negro mais ruim que esse eu tou pra ver, disse. Vai buscar uns pratos, Charlie. Duvido que a senhora ainda esteja por aí em algum lugar.

Estavam bebendo em uma cantina nem a trinta metros da cena quando o tenente e meia dúzia de soldados armados entraram no estabelecimento. A cantina se resumia a um único salão e havia um buraco no teto por onde um facho de sol penetrava para iluminar o chão de terra batida e as figuras que cruzavam o ambiente desviavam com cuidado da borda da coluna de luz como se esta pudesse queimar ao toque. Eram uma freguesia calejada e arrastavam os pés até o balcão e voltavam em seus trapos e peles como gente das cavernas ocupada em algum escambo inominável. O tenente contornou o solário pestilencial e parou diante de Glanton.

Capitão, viemos levar sob custódia quem quer que tenha sido o responsável pela morte de Mister Owens.

Glanton ergueu o rosto. Quem é Mister Owens? disse.

Mister Owens é o cavalheiro que cuidava das refeições por aqui. Levou um tiro.

Pobre coitado, disse Glanton. Se acomode aí.

Couts ignorou o convite. Capitão, não pretende negar que um de seus homens atirou nele?

É exatamente o que vou fazer, disse Glanton.

Capitão, isso não tem cabimento.

O juiz emergiu do escuro. Tarde, tenente, disse. Esses homens são as testemunhas?

Couts olhou para o cabo. Não, disse. Testemunha nenhuma. Diabo, capitão. Todo mundo viu vocês entrando no lugar e viu saindo depois que o tiro foi disparado. Vai negar que você e os seus homens estavam almoçando lá?

Negar cada diabo de palavra que você disse aí, disse Glanton.

Bom juro por deus que posso provar que vocês comeram lá.

Queira por gentileza dirigir suas observações a minha pessoa, tenente, disse o juiz. Represento o capitão Glanton em todas as questões legais. Creio que deve saber antes de mais nada que o capitão não tenciona ser chamado de mentiroso e eu pensaria duas vezes antes de me bater com ele num affaire d'honneur. Segundo, estive com ele o dia inteiro e posso lhe assegurar que nem ele nem nenhum dos homens dele jamais pôs os pés no estabelecimento ao qual o senhor alude.

O tenente pareceu perplexo ante a nudez descabelada daquelas negativas. Olhava do juiz para Glanton e de volta ao primeiro. Com os diabos, disse. Então se virou e abriu caminho entre os homens e saiu.

Glanton inclinou a cadeira e recostou na parede. Haviam recrutado dois homens entre os indigentes do lugar, uma dupla nada promissora de bocas-abertas sentados na ponta do banco com o chapéu na mão. O olhar ameaçador de Glanton passou por eles e foi pousar no proprietário do imbecil sentado sozinho do outro lado do bar olhando para ele.

É chegado numa bebida? disse Glanton.

Como é?

Glanton soltou o ar lentamente pelas narinas.

Sou, disse o homem. Sou, é.

Havia um balde de madeira comum sobre a mesa diante de Glanton com uma concha cilíndrica de lata mergulhada e cheio até mais ou menos um terço com o uísque caseiro tirado de um barril no balcão. Glanton fez sinal com a cabeça.

Eu não vou servir você.

O proprietário se levantou e apanhou seu copo e atravessou o bar até a mesa. Apanhou a concha e encheu o copo e pôs a concha de volta na vasilha. Fez um gesto ligeiro com o copo e o ergueu e esvaziou.

Muito grato.

Onde está seu macaco?

O homem olhou para o juiz. Olhou para Glanton outra vez.

Não costumo sair muito com ele.

Onde você conseguiu aquela coisa?

Deixaram pra mim. Mamãe morreu. Não tinha ninguém pra cuidar dele. Mandaram ele pra mim. Joplin Missouri. Só enfiaram numa caixa e puseram no navio. Cinco semanas, levou. Ele não se incomodou nem um pouco. Abri a caixa e lá estava ele, sentado.

Sirva-se de mais uma aí.

Ele pegou a concha e encheu seu copo outra vez.

Em carne e osso. Nunca ergui a mão pra ele. Mandei fazer uma roupa de pelos mas ele comeu.

Alguém nesse povoado já viu o filho da puta?

Claro. Claro que já. Preciso chegar na Califórnia. Dá pra cobrar meio dólar, lá.

Também pode acontecer de ganhar alcatrão e penas por lá.

Já me aconteceu. No estado do Arkansas. Disseram que eu tinha dado alguma coisa pra ele. Drogado. Tiraram da jaula e esperaram melhorar mas é claro que não melhorou. Trouxeram um pregador especial pra rezar perto dele. No fim me devolveram. Eu podia ser alguém no mundo se não fosse por ele.

Se estou entendendo direito, disse o juiz, o imbecil é seu irmão?

Isso mesmo, moço, disse o homem. Essa é a pura verdade.

O juiz esticou as mãos e pegou na cabeça do homem e começou a explorar seus contornos. Os olhos do homem se moviam inquietos e ele agarrou os pulsos do juiz. O juiz cobria a cabeça inteira em seu aperto como um curandeiro pela fé imenso e perigoso. O homem ficou na ponta dos pés como que para se acomodar melhor às examinações do outro e quando o juiz o soltou ele recuou um passo e fitou Glanton com olhos brancos em meio à penumbra. Os recrutados na ponta do banco permaneciam sentados com o queixo caído e o juiz estreitou um olho na direção do homem e o estudou e depois esticou os braços e o agarrou outra vez, prendendo-o pela testa enquanto o apalpava com a almofada do polegar. Quando o juiz o soltou o homem deu um passo para trás e caiu por cima do banco e os recrutados começaram a se sacudir convulsivamente e exalar risadas asmáticas e grasnar. O proprietário do idiota olhou em torno pela tasca extravagante, indo de rosto em rosto como se nenhum deles lhe bastasse. Aprumou o corpo e passou pela ponta do banco em direção à saída. Quando estava no meio do caminho o juiz o chamou.

Ele sempre foi assim? disse o juiz.

Sim senhor. Nasceu desse jeito.

Virou para ir. Glanton esvaziou o copo e o pousou diante de si e ergueu o rosto. E você? disse. Mas o proprietário já empurrara a porta e desaparecera na luz ofuscante lá fora.

O tenente voltou ao anoitecer. Ele e o juiz sentaram juntos e o juiz repassou questões legais com ele. O tenente balançava a cabeça, os lábios franzidos. O juiz traduziu para ele termos latinos de jurisprudência. Mencionou casos do direito civil e marcial. Citou Coke e Blackstone, Anaximandro, Tales.

Pela manhã um novo problema surgiu. Uma jovenzinha mexicana fora raptada. Partes de suas roupas haviam sido encontradas rasgadas e ensanguentadas sob a muralha norte, de onde só podia ter sido jogada. No deserto viam-se marcas de arrasto. Um sapato. O pai da criança se ajoelhava agarrando um trapo manchado de sangue junto ao peito e ninguém o conseguiu persuadir a se levantar e sair. Nessa noite acenderam-se fogueiras pelas ruas e um boi foi morto e Glanton e seus homens serviram de anfitriões a uma hoste variegada de cidadãos e soldados e índios amansados ou tontos como seus irmãos do lado de lá dos portões os chamavam. Um barril de uísque foi aberto e logo havia homens cambaleando em meio à fumaceira. Um comerciante da cidade trouxe uma ninhada de cães sendo que um deles tinha seis patas e outro duas e um terceiro quatro olhos na cabeça. Ofereceu-os a Glanton para que os comprasse e Glanton o enxotou dali com uma advertência e ameaçou meter-lhes uma bala.

O boi foi trinchado até os ossos e até os ossos foram levados e vigas foram arrastadas dos prédios em ruínas e empilhadas sobre o fogo. A essa altura vários homens de Glanton estavam nus e tropeçando em volta e o juiz logo os pôs para dançar com um violino tosco que havia tomado de alguém e as peles imundas de que haviam se despido fumegaram e empestaram o ar e pretejaram em meio às chamas e as fagulhas vermelhas ascenderam como as almas das minúsculas vidas que elas haviam abrigado.

À meia-noite os cidadãos tinham se retirado e homens armados e nus socavam as portas exigindo bebida e mulheres. Às primeiras horas da manhã quando as fogueiras haviam se desintegrado em pilhas de brasas e algumas centelhas flutuavam ao sabor do vento pelas frias ruas de barro cães ferozes trotavam em torno da fogueira do churrasco agarrando lascas de carne enegrecidas e homens enrodilhavam-se nus junto às soleiras segurando os cotovelos e roncando sob o frio.

Ao meio-dia circulavam outra vez, vagando de olhos vermelhos pelas ruas, vestidos na maior parte com novas calças e camisas. Foram buscar os cavalos restantes no ferrador e o sujeito lhes ofereceu uma bebida. Era um homenzinho robusto de nome Pacheco e usava por bigorna um imenso meteorito de ferro na forma de um enorme molar e o juiz numa aposta ergueu a coisa e em uma nova aposta ergueu-a acima da cabeça. Vários homens se acotovelavam para tocar o ferro e para tentar movê-lo do lugar, e o juiz tampouco perdeu a oportunidade de expor seus conhecimentos acerca da natureza férrica dos corpos celestiais, bem como de suas faculdades e supostos poderes. Traçaram-se duas linhas na terra a três metros de distância e uma terceira rodada de apostas foi feita, moedas de meia dúzia de países tanto de ouro como de prata e até algumas boletas ou letras de câmbio das minas perto de Tubac. O juiz agarrou o enorme fragmento de escória que viajara sabe-se lá por quantos milênios desde qual incalculável rincão do universo e o ergueu acima da cabeça e com uns passinhos incertos o arremessou adiante. O astrólito ultrapassou a marca em pelo menos trinta centímetros e ele não precisou dividir com ninguém o metal sonante empilhado em um cobertor aos pés do ferrador pois nem sequer Glanton se dispusera a dar seu endosso àquela terceira tentativa.

17

Saída de Tucson — Uma nova tanoaria — Uma transação — Florestas de saguaro — Glanton diante do fogo — Comandados de Garcia — O parasselênio — Fogo divino — O ex-padre sobre astronomia — O juiz sobre o extraterreno, a ordem, a teleologia do universo — Truque com moeda — O cão de Glanton — Animais mortos — As areias — Uma crucificação — O juiz sobre a guerra — O padre nada diz — Tierras quebradas, tierras desamparadas — As Tinajas Atlas — Un hueso de piedra — O Colorado — Argonautas — Yumas — Balseiros — Para o acampamento dos yumas.

Partiram ao crepúsculo. O cabo na guarita sobre o pórtico saiu e gritou que parassem mas não foi obedecido. Eram vinte e um homens e um cachorro e uma pequena carroça aberta a bordo da qual o idiota e sua jaula haviam sido amarrados como que para uma viagem marítima. Amarrado atrás da jaula ia o barril de uísque que haviam esvaziado na noite anterior. O barril fora desmontado e remontado por um homem que Glanton designara tanoeiro pro tempore da expedição e agora levava dentro um odre comum feito de estômago de ovelha contendo cerca de três quartos de uísque. O saco ficava preso ao batoque no lado interno e o restante do barril estava cheio d'água. Assim providos passaram através dos portões e além das muralhas rumo à pradaria que se esparramava palpitante sob as faixas de luz e sombra nos estertores do dia. O carrinho sacolejava e rangia e o idiota se agarrava às barras de sua gaiola e gemia roucamente para o sol.

Glanton cavalgava à testa da coluna em uma sela Ringgold nova com enfeites de ferro que adquirira e usava um chapéu novo que era preto e lhe caía bem. Os recrutas agora em número de cinco riam uns para os outros e se viravam olhando a sentinela. David Brown seguia na retaguarda e deixava ali o irmão pelo que se revelaria ser para sempre e seu humor estava péssimo o bastante para que desse cabo da sentinela sem nenhuma provocação. Quando a sentinela chamou outra vez ele girou com o rifle e o homem teve o bom senso de se abaixar atrás do parapeito e não se ouviu mais sua voz. No longo lusco-fusco os selvagens vieram ao encontro deles e a troca do uísque se deu sobre uma manta de Saltillo aberta no chão. Glanton prestou pouca atenção às negociações. Quando os selvagens depositaram ouro e prata a contento do juiz Glanton pisou sobre o cobertor e juntou as moedas com o calcanhar da bota e depois se afastou e ordenou a Brown que apanhasse o cobertor. Mangas e seus lugares-tenentes trocaram olhares sombrios mas os americanos montaram e partiram e ninguém olhou para trás a não ser os recrutas. Estes estavam inteirados dos detalhes do negócio e um deles emparelhou com Brown e perguntou se os apaches não viriam atrás.

Eles não cavalgam à noite, disse Brown.

O recruta virou e olhou para as figuras reunidas em torno do barril naquela vastidão nua e penumbrosa.

Por que não? ele disse.

Brown cuspiu. Porque fica escuro, disse.

Afastaram-se do povoado tomando o rumo oeste pela base de uma pequena montanha e cruzando uma colônia de cães-da-pradaria forrada com velhos cacos de cerâmica de uma olaria que outrora funcionara ali. O dono do idiota cavalgava à esquerda da jaula de estacas e o idiota se agarrava às barras e observava a terra passar em silêncio.

Cavalgaram à noite entre florestas de saguaro subindo as colinas a oeste. O céu estava inteiramente toldado e essas colunas estriadas pelas quais passavam no escuro eram como ruínas de templos vastos ordenados e graves e silentes salvo pelos pios suaves de mochos-anões em seu meio. Aglomerados espessos de cholla cobriam o terreno e punhados do cacto agarravam-se aos cavalos com aguilhões capazes de perfurar a sola de uma bota e atingir os ossos do pé e um vento começou a soprar através dos montes e por toda a noite sibilou com o som de uma cobra peçonhenta em meio àquela extensão incomensurável de espinhos. Seguiram adiante e a terra foi ficando mais e mais mesquinha e chegaram à primeira de uma série de jornadas onde não haveria nenhuma água e ali acamparam. Nessa noite Glanton ficou por um longo tempo contemplando o braseiro da fogueira. Em torno dele seus homens dormiam mas tanta coisa mudara. Muitos já não estavam mais ali, tendo desertado ou morrido. Os delawares haviam sido todos mortos. Ele quedava observando o fogo e se acaso ali enxergou augúrios não lhes deu importância. Viveria para ver o mar ocidental e estava à altura do que quer que sucedesse pois ele era completo em todos os momentos. Quer sua história transcorresse concomitantemente à dos homens e nações, quer cessasse. Repudiara havia muito todo o peso da consequência e concedendo como o fazia que os destinos dos homens estão todos traçados ainda assim arrogava conter em si tudo que ele algum dia seria no mundo e tudo que o mundo seria para ele e mesmo que os termos de seu contrato estivessem escritos na própria pedra primordial reivindicava o direito à ação e tal o afirmava e conduzia o sol implacável a sua derradeira tenebrosidade como se estivesse sob seu comando desde o início dos tempos, antes de haver caminhos onde quer que fosse, antes de haver homens ou sóis a passar sobre eles.

A sua frente estava sentado o volume vasto e abominável do juiz. Seminu, rabiscando em seu livrinho. Na floresta espinhenta pela qual haviam acabado de passar os pequenos lobos do deserto latiram e na planície árida adiante outros responderam e o vento abanou os carvões que ele contemplava. Os esqueletos de cholla ali fulgurando em sua cestaria incandescente pulsavam como holotúrias chamejantes na escuridão fosfórica das profundezas do mar. O idiota em sua jaula fora puxado para perto do fogo e fitava as chamas incansavelmente. Quando Glanton ergueu a cabeça viu o kid do outro lado da fogueira, agachado em seu cobertor, observando o juiz.

Dois dias depois encontraram uma legião maltrapilha sob o comando do coronel Garcia. Eram tropas de Sonora à procura de um bando de apaches liderados por Pablo e seu número montava a uma centena de cavaleiros. Alguns deles estavam sem chapéu e outros sem pantalonas e ainda outros nada vestiam sob os casacos e suas armas estavam em petição de miséria, velhas espingardas de pederneira e mosquetes Tower, uns com arcos e flechas ou nada além de cordas para garrotear o inimigo.

    Glanton e seus homens passaram a companhia em revista com perplexidade insensível. Os mexicanos os rodeavam com as mãos estendidas pedindo tabaco e Glanton e o coronel trocaram cortesias rudimentares e então Glanton abriu caminho entre a horda de importunos. Eram de outra nação, aqueles cavaleiros, e toda aquela terra ao sul de onde haviam se originado e quaisquer regiões a leste para onde se dirigiam eram-lhe destituídas de significado e tanto o solo como qualquer viandante nele pisando remotos e de substancialidade discutível. Esse sentimento se fez transmitir por si mesmo à companhia antes que Glanton sequer houvesse se afastado inteiramente e cada homem virou seu cavalo e cada homem o seguiu e nem mesmo o juiz abriu a boca para se escusar ao deixar aquele encontro.

    Cavalgaram pela escuridão adentro e a vastidão alva de luar se estendia adiante fria e pálida e a lua pairava em um halo acima de suas cabeças e nesse halo residia um simulacro de lua com seus próprios mares frios e nacarados. Acamparam em uma plataforma baixa onde paredes de agregado seco assinalavam o antigo curso de um rio e montaram uma fogueira em torno da qual sentaram em silêncio, os olhos do cão e do idiota e de alguns outros homens cintilando vermelhos como brasas em suas órbitas quando viravam a cabeça. As chamas dançavam ao vento e os tições empalideciam e avivavam e empalideciam e avivavam como o batimento sanguíneo de alguma criatura viva eviscerada sobre o chão a sua frente e eles contemplavam o fogo que de fato contém em si parte do próprio homem pois que este o é menos sem ele e se vê separado de suas origens e se torna um exilado. Pois cada fogo é todos os fogos, o primeiro fogo e o último que um dia haverá de ser. Após algum tempo o juiz se levantou e se afastou para alguma missão obscura e depois de alguns instantes alguém perguntou ao ex-padre se era verdade que em certa época houvera duas luas no céu e o ex-padre espreitou a falsa lua sobre eles e disse que podia muito bem ser que sim. Mas decerto o sábio Deus altíssimo em sua consternação pela proliferação de lunáticos nessa terra devia ter lambido um polegar e se curvado lá no caos e beliscado o astro e o extinguido com um chiado. E acaso fosse capaz de encontrar algum outro meio pelo qual os pássaros pudessem corrigir suas rotas na escuridão ele o teria feito também com essa.

Foi proposta em seguida a questão de haver em Marte ou em outros planetas no vácuo homens ou criaturas como eles e nesse ponto o juiz que voltara para junto do fogo e estava ali de pé seminu e suando falou e afirmou que não havia e que não existiam homens em parte alguma do universo salvo os que se encontravam sobre a Terra. Todos ouviram conforme falava, os que se viraram para observá-lo e os que não o fizeram.

A verdade sobre o mundo, disse, é que tudo é possível. Não o houvessem visto todos vocês desde o nascimento e desse modo o dessecado de toda sua estranheza ele se lhes revelaria tal como é, um truque com cartola num espetáculo mambembe, um sonho febril, um transe superpovoado de quimeras sem análogo nem precedentes, um parque de diversões itinerante, uma feira ambulante cujo destino último após incontáveis tendas erguidas em incontáveis terrenos barrentos é inexprimível e calamitoso além de todo entendimento.

O universo não é coisa que conheça alguma restrição e a ordem que nele reina não é compelida por qualquer latitude em sua concepção a repetir o que quer que exista em uma parte em qualquer outra dada parte. Mesmo neste mundo mais coisas existem sem nosso conhecimento do que com ele e a ordem que vocês enxergam na criação é a que vocês mesmos puseram ali, como um fio em um labirinto, de modo a não se perder do caminho. Pois a existência tem sua própria ordem e esta nenhuma mente humana pode abarcar, sendo a própria mente apenas mais um fato entre outros.

Brown cuspiu no fogo. Isso é só mais uma das suas maluquices, disse.

O juiz sorriu. Pousou as palmas das mãos sobre o peito e inalou o ar noturno e deu um passo adiante e se acocorou e estendeu a mão. Virou essa mão e havia uma moeda de ouro entre seus dedos.

Onde está a moeda, Davy?

Vou dizer onde pode enfiar a moeda.

O juiz fez um meneio com a mão e a moeda cintilou no ar sobre a fogueira. Devia estar amarrada a uma linha sutil, de crina de cavalo, talvez, pois contornou o fogo e retornou ao juiz e ele a apanhou em sua mão e sorriu.

O arco dos corpos que circulam é determinado pelo comprimento de suas peias, disse o juiz. Luas, moedas, homens. Sua mão ia e vinha como que puxando algo do punho fechado em uma série de movimentos alongados. Não tire os olhos da moeda, Davy, disse.

Arremessou-a e ela descreveu um arco através do fogo e sumiu na escuridão mais além. Ficaram observando a noite onde sumira e observavam o juiz e observando uns este e outros aquela constituíam uma testemunha comum.

A moeda, Davy, a moeda, sussurrou o juiz. Sentou ereto e ergueu a mão e sorriu para o grupo.

A moeda regressou do meio da noite e atravessou o fogo com um zunido tênue e agudo e a mão erguida do juiz estava vazia e então segurava a moeda. Um suave som espalmado e lá estava a moeda. Ainda assim alguns alegaram que jogara a moeda fora e exibira outra igual e fizera o som com a língua pois se tratava de um habilidoso velho prestidigitador e como ele próprio o afirmara ao guardar a moeda todos os homens sabiam que havia moedas e falsas moedas. Pela manhã alguns chegaram até a perambular pelo terreno onde a moeda sumira mas se alguém a encontrou guardou-a consigo e quando o sol nasceu haviam montado e cavalgavam novamente.

O carrinho com o idiota em sua jaula sacolejava por último e agora o cão de Glanton ficava para trás para trotar a seu lado, talvez por conta de algum instinto protetor como o que as crianças evocam em animais. Mas Glanton chamou o cachorro para perto de si e quando este não veio ele retardou o passo ao longo da pequena coluna e se curvou e o açoitou cruelmente com sua corda de maniota e o obrigou a seguir a sua frente.

Começaram a topar com correntes e albardas, balancins, mulas mortas, carroções. Armações de selas cujo couro fora roído por completo e que jaziam sob a intempérie brancas como osso, ligeiras chanfraduras das mordiscadas de camundongos nas beiradas da madeira. Cavalgaram por uma região onde o ferro não enferruja nem a folha de flandres se deslustra. As arcadas de costelas do gado morto sob pedaços de couro seco jaziam como destroços de barcos primitivos emborcados naquele vazio sem praias e eles passaram empalidecidos e austeros pelas formas negras e dessecadas de cavalos e mulas que viajantes haviam posto de pé. Esses animais estorricados haviam morrido com os pescoços esticados em agonia na areia e agora eretos e cegos e oscilando de lado com fragmentos de couro enegrecido pendendo da grega de suas costelas curvavam-se com as compridas bocas gritando para a sucessão de sóis que passava acima. Os cavaleiros seguiram em frente. Cruzaram um vasto lago seco com uma cadeia de vulcões extintos perfilada além de sua margem como obras de enormes insetos. Ao sul esparramavam-se formas irregulares de escória em um manto de lava até onde a vista alcançava. Sob os cascos dos cavalos a areia de alabastro moldava-se em espiras estranhamente simétricas como limalha de ferro em um campo magnético e esses padrões desabrochavam para logo em seguida se retrair, repercutindo através daquele solo harmônico e então rodopiando para desaparecer em um torvelinho sobre a playa. Como se o próprio sedimento das coisas contivesse ainda algum resíduo senciente. Como se o trânsito daqueles cavaleiros fosse algo de tão profundamente terrível que tivesse de ficar registrado até na mais extrema granulação da realidade.

Em uma elevação no extremo oeste da playa eles passaram por uma rústica cruz de madeira onde maricopas haviam crucificado um apache. O cadáver mumificado pendia de seu mastro com a boca escancarada num buraco brutal, uma coisa de couro e osso areada pelos ventos abrasivos de púmice vindos do lago e com a branca armação das costelas entrevendo-se pelos farrapos de pele que pendiam de seu peito. Seguiram em frente. Os cavalos marchavam sombriamente no solo alienígena e a terra redonda rolava sob eles em silêncio como uma mó girando no vácuo ainda maior onde estavam contidos. Na austeridade neutra daquela região a todos os fenômenos era legada uma estranha equanimidade e nem uma única criatura fosse uma aranha fosse uma pedra fosse uma folha de mato podia reclamar precedência. A própria clareza desses entes desmentia sua familiaridade, pois o olhar atribui predicado ao todo com base em algum traço ou parte e ali nenhuma coisa era mais luminosa que outra e nenhuma mais ensombrecida e na democracia óptica de tais panoramas toda preferência é tornada em capricho e um homem e uma pedra veem-se dotados de afinidades insuspeitas.

Foram ficando cada vez mais esqueléticos e descarnados sob os sóis brancos desses dias e seus olhos encovados e exauridos eram como de sonâmbulos surpreendidos pelo dia. Recurvados sob os chapéus pareciam fugitivos em alguma escala mais grandiosa, como seres que atiçassem a avidez do sol. Até o juiz foi ficando cada vez mais silencioso e especulativo. Falava na pessoa se purgar dessas coisas que reivindicam a posse de um homem mas o público a quem dirigia seus comentários considerava-se por aqui de quaisquer reivindicações que fossem. Seguiram em frente e o vento soprou o fino pó cinza diante deles e aquilo que marchava era um exército de barbas cinza, homens cinza, cavalos cinza. As montanhas ao norte perfilavam-se no sentido do sol em pregas corrugadas e os dias eram frios e as noites geladas e sentavam em torno do fogo cada um em sua orbe de trevas naquela orbe de escuridão enquanto o idiota assistia de sua jaula no limiar da luz. Com o fundo de um machado o juiz partiu a tíbia de um antílope e o tutano quente pingou fumegante sobre as pedras. Todos o observavam. O assunto era a guerra.

O livro santo diz que aquele que vive pela espada morrerá pela espada, disse o negro.

O juiz sorriu, o rosto reluzindo de gordura. Que homem justo esperaria que fosse de outro modo? disse.

O livro santo de fato considera a guerra um mal, disse Irving. Mas dentro dele tem um monte de histórias sangrentas de guerra.

Não faz diferença o que o homem pensa da guerra, disse o juiz. A guerra perdura. É a mesma coisa que perguntar o que o homem pensa da pedra. A guerra sempre vai existir. Antes do homem aparecer, a guerra estava a sua espera. A ocupação suprema à espera do praticante supremo. Assim foi e assim será. Assim e de mais nenhum outro jeito.

Virou para Brown, de quem partira entre dentes algum resmungo ou objeção. Ah Davy, disse. Mas é sua ocupação que estamos exaltando aqui. Por que não demonstra em vez disso algum reconhecimento. Que cada qual seja grato pela sua.

Minha ocupação?
Com certeza.
Qual é minha ocupação?
A guerra. A guerra é sua ocupação. Ou não?
E sua não é.
Minha também. Sem dúvida.
E todos aqueles caderninhos e ossos e outras coisas?
Todas as demais ocupações estão contidas nessa da guerra.
É por isso que a guerra perdura?
Não. Perdura porque os jovens são loucos por ela e os velhos adoram ver essa paixão que há neles. Os que combateram e os que não combateram.
Essa é sua opinião.
O juiz sorriu. Os homens nasceram para os jogos. Nada mais. Qualquer criança sabe que brincar é mais nobre que trabalhar. Sabe também que o valor ou mérito de um jogo não é inerente ao jogo em si mas antes ao valor do que está em risco. Jogos de azar exigem uma aposta para significar alguma coisa. Jogos esportivos envolvem a habilidade e força dos oponentes e a humilhação da derrota e o orgulho da vitória são em si mesmos aposta suficiente pois estão indissociavelmente ligados ao valor dos envolvidos e os definem. Mas seja qual for a prova, se de sorte ou valor, todo jogo aspira à condição de guerra pois nesse caso o que se aposta suprime tudo, jogo, jogadores, tudo.

Imaginem dois homens jogando cartas sem outra coisa para apostar além de suas vidas. Quem já não ouviu falar de algo assim? A virada de uma carta. Para esse jogador o universo inteiro avançou laboriosamente em todo seu fragor para chegar a esse momento que dirá se ele vai morrer na mão daquele homem ou se aquele homem morrerá na sua. Que confirmação mais definitiva do valor de um homem pode haver que essa? Essa intensificação do jogo a sua condição suprema não admite qualquer discussão relativa à ideia de destino. A seleção de um homem em detrimento de outro é uma preferência absoluta e irrevogável e é um estúpido genuíno aquele capaz de supor uma decisão assim tão profunda sem um agente ou significação, uma coisa ou outra. Em tais disputas em que o que está em jogo é a aniquilação do derrotado as decisões são cristalinas. Esse homem segurando esse arranjo particular de cartas em sua mão é por isso removido da existência. Essa é a natureza da guerra, cuja aposta é ao mesmo tempo o jogo e a autoridade e a justificação. Vista dessa forma, a guerra é a forma mais legítima de divinação. Significa pôr à prova a vontade de um indivíduo e a vontade de outro no contexto dessa vontade mais ampla que, ao ligar as deles, é por conseguinte forçada a selecionar. A guerra é o jogo supremo porque a guerra é em última instância um forçar da unidade da existência. A guerra é deus.

Brown examinou o juiz. Você ficou louco, Holden. Enlouqueceu de vez.

O juiz sorriu.

A força não torna justo, disse Irving. O homem que vence um combate não está justificado moralmente.

A lei moral é uma invenção da humanidade para destituir de seus direitos os fortes em favor dos fracos. A lei da história a subverte a cada avanço. Um ponto de vista moral jamais pode se provar justo ou injusto por nenhum teste último. Ao tombar morto em duelo um homem não é visto como tendo demonstrado o erro de seus pontos de vista. Seu próprio envolvimento em tal prova fornece a evidência de um ponto de vista novo e mais amplo. A predisposição das partes envolvidas em se abster de maiores discussões pela trivialidade que de fato implicam e em apelar diretamente aos foros do absoluto histórico indica claramente a pequena importância das opiniões e a enorme importância das divergências que lhes são concernentes. Pois a discussão é de fato trivial, mas não o são as vontades isoladas por cujo intermédio tornam-se manifestas. A vaidade do homem pode muito bem se acercar do infinito em capacidade mas seu conhecimento permanece imperfeito e por mais que venha a valorizar seus juízos no fim de tudo ele deve submetê-los a uma instância superior. Aqui não cabe qualquer recurso excepcional. Aqui considerações de equidade e retidão e direito moral são tornadas nulas e inafiançáveis e aqui os pontos de vista dos litigantes são desprezados. Decisões de vida e morte, do que deve existir e do que não deve, transcendem toda a questão da justiça. A escolhas dessa magnitude toda escolha menor se subordina, moral, espiritual, natural.

O juiz percorreu a roda com o olhar à procura de oponentes. Mas e o padre o que diz? disse.

Tobin ergueu o rosto. O padre não diz nada.

O padre não diz nada, disse o juiz. Nihil dicit. Mas o padre já disse. Pois o padre pendurou os trajes de seu ofício e empunhou as ferramentas dessa vocação mais elevada a que todos os homens prestam deferência. Também o padre rejeitou servir a deus para ser ele próprio um deus.

Tobin sacudiu a cabeça. Você tem a língua blasfema, Holden. E pra falar a verdade nunca cheguei a padre mas fui só um noviço da ordem.

Mestre padre ou padre aprendiz tanto faz, disse o juiz. Os homens de deus e os homens de guerra guardam estranhas afinidades.

Não vou secundar você em suas opiniões, disse Tobin. Não me peça isso.

Ah Padre, disse o juiz. O que poderia eu pedir que você já não tivesse dado?

No dia seguinte atravessaram o malpais a pé, conduzindo os cavalos sobre um leito de lago coberto de lava e cheio de fissuras e preto-avermelhado como uma bacia de sangue coagulado, vencendo aquelas vítreas badlands de âmbar-amarelo escuro como os remanescentes de alguma obscura legião lutando por deixar uma terra amaldiçoada, empurrando o carrinho com os ombros sobre as gretas e saliências, o idiota agarrado às barras e exclamando roucamente para o sol como um deus estranho e indomável de uma raça de degenerados. Cruzaram uma extensão silicosa de escória cimentada e cinzas vulcânicas imponderável como o piso exaurido do inferno e ascenderam por uma cadeia baixa de colinas estéreis de granito até um promontório árido onde o juiz, triangulando com base em pontos conhecidos da paisagem, recalculou o curso da companhia. Uma planura de cascalho esparramava-se em direção ao horizonte. No sul longínquo além dos negros montes vulcânicos assomava uma crista albina solitária, areia ou gipsita, como o dorso de algum pálido leviatã subindo à tona entre escuros arquipélagos. Seguiram em frente. Após um dia de viagem chegaram aos tanques rochosos e à água que buscavam e beberam e baldearam água dos tanques mais elevados para os tanques secos abaixo, para os cavalos.

Em qualquer bebedouro de deserto existem ossos mas o juiz nessa noite trouxe para junto do fogo um como ninguém nunca vira antes, um enorme fêmur de algum monstro havia muito extinto que ele encontrara exposto pela intempérie em uma escarpa e do qual agora tirava as dimensões com uma fita métrica que carregava consigo e esboçava em seu diário. Todos naquela companhia já haviam escutado o juiz discorrer sobre paleontologia exceto os novos recrutas e estes sentavam em torno e o observavam e lhe propunham todas as questões que eram capazes de formular. Ele as respondia com cuidado, esmiuçando suas próprias perguntas para eles, como se pudessem se constituir em aprendizes de eruditos. Eles abanavam a cabeça estultamente e esticavam os braços para tocar aquele pilar de osso manchado e petrificado, talvez para sentir com os dedos as imensidades temporais de que o juiz falava. O dono do imbecil desceu-o de sua jaula e o amarrou junto à fogueira com uma corda trançada de crina de cavalo à prova de ser roída e ele ficou de pé e inclinado em sua coleira com as mãos esticadas como se ansiasse pelo fogo. O cachorro de Glanton se ergueu e o ficou observando e o idiota balançava e babava com seus olhos baços enganosamente abrilhantados pelas chamas. O juiz segurava o fêmur na vertical de modo a melhor ilustrar suas analogias com os ossos predominantes na região e então o deixou cair na areia e fechou o livro.

Não há mistério nenhum nisso, disse.

Os recrutas pestanejaram estupidamente.

Seus corações desejam a revelação de algum mistério. O mistério é que não existe mistério.

Ergueu-se e se afastou para sumir na escuridão além do fogo. Pois sim, disse o ex-padre observando, o cachimbo apagado na boca. Mistério nenhum. Como se ele não fosse mistério suficiente, embusteiro danado dos infernos.

Três dias mais tarde chegaram ao Colorado. Pararam na beira do rio observando as águas turvas e cor de argila descendo pelo deserto em uma efervescência monótona e uniforme. Dois grous alçaram voo da margem e bateram asas para longe e os cavalos e mulas puxados pela ribanceira se aventuraram hesitantes nos baixios entre os redemoinhos e puseram-se a beber e erguer os focinhos gotejantes para observar a passagem da correnteza e a margem oposta.

 Rio acima encontraram um acampamento com os remanescentes de uma caravana de carroções dizimada pelo cólera. Os sobreviventes andavam sob o sol a pino entre os fogos com os alimentos ou arregalavam olhos encovados para os dragoons maltrapilhos surgindo a cavalo por entre os salgueiros. Suas posses estavam espalhadas sobre a areia e os pertences miseráveis dos falecidos haviam sido separados para serem repartidos entre eles. No acampamento viam-se alguns índios yumas. Os homens usavam o cabelo longo repicado à faca ou emplastrado com perucas de lama e perambulavam em torno com um andar bamboleante segurando pesadas clavas em suas mãos. Tanto os homens como as mulheres exibiam tatuagens no rosto e as mulheres andavam nuas exceto pelas saias de casca de salgueiro entrançadas em cordas finas e muitas delas eram formosas e muitas mais mostravam as marcas da sífilis.

 Glanton movia-se entre aquele arraial calamitoso com o cão a reboque e o rifle na mão. Os yumas estavam atravessando a nado para o outro lado do rio as poucas mulas lamentáveis que haviam restado ao grupo e ele parou na margem e os observou. Rio abaixo haviam afogado um dos animais e puxaram-no em terra para ser esquartejado. Um velho com um casaco de shacto e uma comprida barba sentava com as botas de um lado e os pés dentro do rio.

 Onde estão seus cavalos todos? disse Glanton.

 A gente comeu.

 Glanton estudou o rio.

 Como pretendem atravessar?

 De balsa.

 Olhou do outro lado do rio no ponto onde o homem indicara. O que ele ganha pra atravessar vocês? disse.

 Um dólar a cabeça.

 Glanton virou e estudou os peregrinos na margem. O cachorro bebia água e ele disse alguma coisa para o animal e o cachorro subiu e sentou perto de seu joelho.

A balsa partiu da margem oposta e cruzou a água rio acima até um atracadouro feito de troncos trazidos pela correnteza. O barco era construído com a estrutura principal de um par de carroções montados um no outro e calafetados com piche. Um grupo de pessoas jogara suas bagagens em cima do ombro e aguardava. Glanton se virou e subiu a ribanceira para buscar seu cavalo.

O balseiro era um médico do estado de Nova York chamado Lincoln. Ele estava supervisionando o embarque da carga, os passageiros subindo a bordo e agachando ao longo das amuradas da barcaça com seus embrulhos e lançando olhares incertos para o amplo volume d'água. Um cão em parte mastim sentava na margem observando. Com a aproximação de Glanton ele se levantou e eriçou o pelo. O médico virou e protegeu os olhos do sol com a mão e Glanton se apresentou. Apertaram as mãos. Prazer, capitão Glanton. Ao seu dispor.

Glanton balançou a cabeça. O médico deu instruções aos dois sujeitos que trabalhavam para ele e ele e Glanton caminharam pela trilha rio abaixo, Glanton puxando o cavalo e o cão do médico os seguindo a cerca de dez passos de distância.

O grupo de Glanton estava acampado em uma plataforma de areia parcialmente sombreada pelos salgueiros ribeirinhos. Quando ele e o médico se aproximaram o idiota se ergueu em sua jaula e agarrou as barras e começou a soltar pios de coruja como que advertindo o médico a voltar por onde viera. O médico passou longe da criatura, olhando de soslaio para seu anfitrião, mas os lugares-tenentes de Glanton haviam se aproximado e logo o médico e o juiz absorviam-se numa conversa para exclusão de todos os demais.

Ao anoitecer Glanton e o juiz e um destacamento de cinco cavalgaram rio abaixo rumo ao acampamento dos yumas. Atravessaram um pálido bosque de salgueiros e sicômoros exibindo escamas de argila das cheias do rio e passaram por antigas acéquias e pequenos campos invernais onde as cascas secas de milho farfalhavam levemente com o vento e cruzaram o rio no vau do Algodones. Quando os cães os anunciaram o sol já se pusera e a terra a oeste era vermelha e brumosa e cavalgavam em fila indiana num camafeu delineado pela luz bordô com seus lados escuros voltados para o rio. As fogueiras do acampamento fumaçavam entre as árvores e uma delegação de selvagens a cavalo veio a seu encontro.

Fizeram alto e permaneceram nos cavalos. O grupo que se aproximou trajava atavios de tal bufonaria e contudo marchava com tal fleuma que os homens brancos mal conseguiram manter a compostura. O líder era um sujeito chamado Caballo en Pelo e esse velho mongólico usava um sobretudo de lã preso por um cinto que teria sido adequado a um clima muito mais frio e por baixo uma blusa feminina de seda bordada e pantalonas de cassineta cinza. Era pequeno e rijo e perdera um olho para os maricopas e saudou os americanos com um estranho olhar de esguelha e priápico que podia ao mesmo tempo ser um sorriso. À sua direita ia um chefe menor chamado Pascual usando um casaco com galões esfarrapado e que exibia no nariz um osso enfeitado com pequenos pingentes. O terceiro era o homem chamado Pablo e trajava um casaco escarlate com alamares e dragonas de fio prateado desbotados. Estava descalço e com as pernas descobertas e em seu rosto havia um par de óculos verdes redondos. Assim ataviados pararam diante dos americanos e acenaram com a cabeça austeramente.

Brown cuspiu no chão com asco e Glanton abanou a cabeça.

É ou não é um bando de negroides destrambelhados, disse.

Apenas o juiz pareceu avaliá-los com o devido vagar e o fez com sobriedade, julgando como deve ter feito que as coisas dificilmente são o que parecem.

Buenas tardes, disse.

O mongol apontou com o queixo, um pequeno gesto vago de alguma ambiguidade. Buenas tardes, disse. De dónde viene?

18

REGRESSO AO ACAMPAMENTO — O IDIOTA É SOLTO
— SARAH BORGINNIS — UMA CONFRONTAÇÃO
— BANHO NO RIO — O TUMBRIL INCENDIADO
— JAMES ROBERT NO ACAMPAMENTO —
OUTRO BATISMO — O JUIZ E O TOLO.

Quando deixaram o acampamento dos yumas foi na escuridão da alta madrugada. Câncer, Virgem e Leão percorriam a eclíptica no céu noturno meridional e a norte a constelação de Cassiopeia ardia como a assinatura de uma bruxa na face negra do firmamento. Na parlamentação que durou a noite toda haviam chegado a um acordo com os yumas de juntar forças para tomar a balsa. Cavalgaram rio acima entre árvores manchadas pelas cheias conversando em voz baixa entre si como homens voltando tarde de uma reunião social, de um casamento ou de um enterro.

Ao raiar do dia as mulheres perto do ancoradouro haviam descoberto o idiota em sua jaula. Fizeram uma roda em torno dele, ao que parecia imperturbáveis diante da nudez e imundície. Cantarolaram palavras de carinho para ele e conferenciaram entre si e uma mulher de nome Sarah Borginnis liderou o grupo à procura do irmão. Era uma mulher enorme de rosto rubicundo e lhe passou uma descompostura daquelas.

Como o senhor se chama afinal de contas? disse.

Cloyce Bell, senhora.

E ele?

O nome dele é James Robert mas ninguém chama ele assim não.
Se sua mãe visse ele desse jeito o que o senhor acha que ia dizer.
Sei lá. Já morreu.
O senhor não tem vergonha?
Não senhora.
O senhor não me responda.
Não estou respondendo. Se quiser pode levar ele embora. Dou pra senhora. Não posso fazer mais do que já fiz.
Diabos me carreguem se o senhor vale alguma coisa. Virou-se para as outras mulheres.
Vocês aí me ajudem. A gente precisa dar um banho nele e arrumar umas roupas pra ele. Alguém vai buscar um sabão.
Senhora, disse o proprietário.
Vocês aí vamos levar ele pro rio.

Toadvine e o kid passaram por elas no momento em que arrastavam o carrinho. Saíram da frente e observaram-nas ir. O idiota agarrava as barras e piava para a água e algumas mulheres haviam começado a entoar um hino.
Pra onde estão levando aquela coisa? disse Toadvine.
O kid não sabia. Empurravam o carrinho de ré pela areia fofa na direção da margem do rio e deixaram que descesse a ribanceira e abriram a jaula. A tal da Borginnis parou diante do imbecil.
James Robert venha pra fora.
Esticou o braço e o tomou pela mão. Ele espiou a água atrás dela, depois foi em sua direção.
Um suspiro percorreu o grupo de mulheres, várias das quais haviam erguido as saias e prendido na cintura e agora esperavam no rio para recebê-lo.
Ela o carregou, com ele agarrado a seu pescoço. Quando os pés dele tocaram o chão ele se virou para a água. A mulher ficou suja de fezes mas pareceu não se dar conta. Olhou para trás para as que ficaram na margem.
Queimem aquela coisa, disse.

Alguém correu até a fogueira para apanhar uma madeira em brasa e enquanto conduziam James Robert para dentro das águas trouxeram o tição até a jaula e atearam fogo.

Ele tentava agarrar as saias, estendia a mão em garra, balbuciando, babando.

Ele está vendo ele mesmo no reflexo, disseram.

Chiu. Imaginem engaiolar essa criança como um animal selvagem.

O fogo da pequena carroça em chamas crepitou no ar seco e o ruído deve ter chamado a atenção do idiota pois virou os olhos mortiços e encovados nessa direção. Ele percebe, disseram. Todas concordaram. A Borginnis vadeou o rio com seu vestido flutuando inflado em torno do corpo e o puxou para o fundo e o girou no torvelinho em seus grandes braços robustos mesmo sendo o homem adulto que era. Ergueu-o no colo, cantarolou para ele. O pálido cabelo da mulher boiava na água.

Seus antigos companheiros o viram nessa noite diante das fogueiras dos migrantes em um terno grosseiro de lã trançada. O pescoço fino virava cautelosamente no colarinho da camisa grande demais. Haviam besuntado seu cabelo e penteado para trás bem rente ao crânio de modo que parecia como que pintado ali. Deram-lhe doces e ele ficou sentado babando e fitando o fogo, para grande admiração de todos. No escuro o rio seguia correndo e uma luz cor de peixe subiu no deserto a leste e projetou suas sombras lateralmente sob a luz fria. As fogueiras minguaram e a fumaça pairou cinzenta e enclausurada na noite. Os pequenos lobos chacais ganiam do outro lado do rio e os cães no acampamento se agitavam e murmuravam. Borginnis levou o idiota a seu catre sob a lona de um carroção e o despiu deixando-o com a nova roupa de baixo e o enfiou sob a coberta e lhe deu um beijo de boa-noite e o acampamento mergulhou lentamente no silêncio. Quando o idiota atravessou aquele anfiteatro azul e fumacento estava nu outra vez, bamboleando entre as fogueiras como um megatério despelado. Parou e farejou o ar e seguiu adiante em seu passo arrastado. Passou longe do atracadouro e cambaleou entre os salgueiros da margem do rio, choramingando e golpeando coisas na noite com os braços finos. Depois parou solitário à beira d'água. Piou fracamente e o som de sua voz afastou-se dele como uma dádiva que também se fazia necessária de modo que eco nenhum lhe foi devolvido. Entrou na água. Mal o rio lhe cobria a cintura perdeu o pé e afundou e sumiu de vista.

Acontece que o juiz em uma de suas perambulações notívagas passava bem nesse local ele próprio nu em pelo — encontros como esses sendo mais comuns do que os homens supõem ou então quem sobreviveria a qualquer travessia noturna — e entrou no rio e resgatou o idiota que se afogava, segurando-o no alto pelos tornozelos como uma enorme parteira e batendo-lhe nas costas para fazer a água sair. Uma cena de nascimento ou um batismo ou algum ritual ainda por celebrar em um cânon qualquer. Ele torceu o cabelo da criatura e aninhou o tolo nu e soluçante em seus braços e o carregou até o acampamento onde o restituiu a seus camaradas.

19

O obus — Ataque dos yumas — Uma escaramuça — Glanton se apossa da balsa — O Judas enforcado — O cofre — Uma delegação para a costa — San Diego — Arranjos para suprimentos — Brown no ferrador — Uma disputa — Webster e Toadvine libertados — O oceano — Uma altercação — Um homem queimado vivo — Brown in durance vile — Histórias de tesouro — Uma fuga — Assassinato nas montanhas — Glanton parte de Yuma — O alcaide enforcado — Reféns — Regressa a Yuma — O médico e o juiz, o preto e o tolo — Alvorecer no rio — Carroças sem rodas — Assassinato de Jackson — O massacre yuma.

O médico rumava para a Califórnia quando a balsa caiu em sua posse em grande parte por acaso. Nos meses que se seguiram acumulou uma riqueza considerável em ouro e prata e joias. Ele e os dois homens que trabalhavam sob suas ordens haviam fixado residência na margem oeste do rio num ponto dominando o atracadouro entre os pilares estruturais de uma fortificação inacabada de pedra e barro na encosta de uma colina. Além do par de carroções de carga que herdara da unidade sob comando do major Graham tinha consigo também um obus de montanha — um canhão de bronze de doze libras com uma boca do tamanho de um prato — e a peça de artilharia permanecia parada e descarregada em seu reparo de madeira. Nos alojamentos rústicos do médico ele e Glanton e o juiz junto com Brown e Irving sentavam bebericando chá e Glanton resumiu para o médico algumas de suas aventuras entre os índios e o aconselhou enfaticamente a proteger sua posição. O médico objetou. Afirmou que se dava perfeitamente bem com os índios. Glanton disse na sua cara que qualquer homem que confiasse em um índio era um tolo. O médico ficou vermelho mas mordeu a língua. O juiz interveio. Perguntou ao doutor se considerava os peregrinos amontoados na margem oposta como estando sob sua proteção. O médico disse que era assim mesmo que os considerava. O juiz falou de modo ponderado e solícito e quando Glanton e seu destacamento desceram a encosta para atravessar de volta a seu acampamento tinham a permissão do médico para fortificar a colina e carregar o obus e com esse fim aprestaram-se a fundir o restante de seu chumbo até obter cerca de um chapéu de balas de rifle.

Carregaram o obus ao anoitecer com algo como uma libra de pólvora e a fornada completa de projéteis e rolaram laboriosamente o canhão para um ponto de vantagem dominando o rio e o atracadouro mais abaixo.

Dois dias depois os yumas atacaram o ancoradouro. A barcaça estava na margem oeste do rio descarregando carga como o combinado e os viajantes esperavam em torno para apanhar seus pertences. Os selvagens surgiram montados e a pé do meio dos salgueiros sem o menor aviso e enxamearam através do terreno aberto na direção da balsa. Na colina acima deles Brown e Long Webster miraram o obus e o firmaram e Brown esmagou seu charuto aceso no ouvido do canhão.

Mesmo no alto daquele terreno aberto a concussão foi imensa. O obus em seu reparo pulou acima do chão e recuou com estrépito em meio à fumaceira sobre a argila compactada. Uma terrível destruição varreu a planície aluvial abaixo do forte e mais de uma dúzia de yumas jazia morto ou se contorcendo na areia. Um enorme lamento ecoou entre eles e Glanton e seus cavaleiros saíram em fila do litoral arborizado rio acima e arremeteram e eles uivaram de fúria com a traição. Seus cavalos começaram a se mover em confusão e eles os puxavam e disparavam flechas contra os dragoons cada vez mais próximos e foram alvejados em saraivadas de tiros de pistola e os desembarcados no ancoradouro tentavam atabalhoadamente pegar suas armas em meio à bagagem e se ajoelharam e fizeram fogo de onde estavam enquanto as mulheres e crianças ficavam de bruços entre os baús e engradados. Os cavalos dos yumas empinavam e relinchavam e pisoteavam violentamente a areia fofa exibindo os arcos das narinas e seus olhos brancos e os sobreviventes correram para os salgueiros de onde haviam emergido deixando no campo os feridos e os moribundos e os mortos. Glanton e seus homens não os perseguiram. Desmontaram e caminharam metodicamente entre os caídos despachando seus homens e cavalos igualmente cada um com uma bala de pistola nos miolos sob os olhares dos passageiros da balsa e então tiraram os escalpos.

O médico permaneceu em silêncio no parapeito baixo do forte e assistiu aos corpos sendo arrastados pelo atracadouro e chutados para dentro do rio. Virou-se e fitou Brown e Webster. Haviam puxado o obus de volta à posição e Brown sentava despreocupado sobre o cano quente fumando seu charuto e observando a atividade lá embaixo. O médico se virou e caminhou de volta a seus aposentos.

No dia seguinte ele tampouco apareceu. Glanton se encarregou da operação da balsa. Pessoas que haviam esperado três dias para fazer a travessia por um dólar a cabeça ficavam sabendo agora que a passagem custava quatro dólares. E até mesmo essa tarifa não continuou a valer por mais que alguns dias. Logo eles operavam uma espécie de balsa procustiana onde as passagens eram fixadas sob medida para acomodar a carteira do viajante. No fim todos os pretextos foram deixados de lado e os imigrantes passaram a ser sumariamente roubados. Viajantes eram espancados e tinham suas armas e pertences confiscados e viam-se atirados ao deserto desamparados e reduzidos à mendicância. O médico desceu para repreendê-los e recebeu sua cota dos ganhos e foi mandado de volta. Cavalos eram tomados e mulheres violentadas e corpos começaram a passar flutuando rio abaixo pelo acampamento dos yumas. Conforme esses abusos se multiplicavam o médico se entrincheirou em seus alojamentos para não mais ser visto.

No mês seguinte uma companhia do Kentucky sob o comando do general Patterson chegou e recusando-se a negociar com Glanton construiu uma balsa mais abaixo e atravessou o rio e seguiu em frente. Essa embarcação caiu nas mãos dos yumas e foi operada por um homem de nome Callaghan, mas alguns dias depois a balsa foi incendiada e o corpo decapitado de Callaghan desceu anonimamente a correnteza do rio, um abutre pousado entre suas omoplatas em preto clerical, passageiro silencioso rumo ao oceano.

A Páscoa nesse ano caiu no último dia de março e ao alvorecer desse dia o kid junto com Toadvine e um rapaz chamado Billy Carr cruzaram o rio para cortar postes de salgueiro em um ponto onde essas árvores cresciam perto do rio acima do acampamento dos imigrantes. Passando por esse lugar ainda antes da luz encontraram um grupo de sonoranos por ali e viram pendurado em um patíbulo um pobre Judas feito de palha e velhos trapos exibindo no rosto de lona uma carranca pintada que refletia na mão que a executara nada além de uma concepção infantil sobre o homem e seu crime. Os sonoranos estavam de pé bebendo desde a meia-noite e haviam acendido uma fogueira na plataforma de adobe onde o patíbulo fora montado e quando os americanos passaram na orla do acampamento eles os chamaram em espanhol. Alguém voltara da fogueira trazendo um longo bambu com uma estopa acesa na ponta e punham fogo no Judas. As roupas esfarrapadas estavam cheias de busca-pés e foguetes e quando o fogo se alastrou o boneco começou a se desfazer pedaço por pedaço em uma chuva de trapos e palhas em chamas. Até que no fim uma bomba em suas calças explodiu e fez tudo voar pelos ares com um fedor de fuligem e enxofre e os homens deram vivas e os meninos atiraram umas últimas pedras contra os restos enegrecidos pendurados na forca. O kid foi o último a passar pela área e os sonoranos o chamaram e lhe ofereceram vinho de um odre de pele de cabra mas ele ajeitou os ombros em seu casaco esfarrapado e apertou o passo.

Nessa altura Glanton escravizara um certo número de sonoranos e mantinha equipes deles trabalhando na fortificação da colina. Também estavam detidos em seu acampamento uma dúzia ou mais de índios e garotas mexicanas, algumas pouco mais que crianças. Glanton supervisionava com algum interesse a construção das muralhas a sua volta mas no mais deixava que seus homens tocassem o negócio da travessia com terrível indiferença. Parecia pouco se dar conta da riqueza que iam acumulando embora diariamente abrisse o cadeado de latão usado para trancar o baú de madeira e couro em seu alojamento e erguesse a tampa e esvaziasse sacos inteiros de objetos de valor ali dentro, o baú já contendo milhares de dólares em moedas de ouro e prata, bem como joias, relógios, pistolas, ouro puro em bolsinhas de couro, lingotes de prata, facas, talheres e bandejas de prata, dentes.

No dia dois de abril David Brown partiu junto com Long Webster e Toadvine para a cidade de San Diego na antiga costa mexicana com o propósito de obter suprimentos. Levaram consigo um pequeno comboio de bestas de carga e saíram ao pôr do sol, deixando as árvores para trás e virando-se para olhar o rio e então fazendo os cavalos descerem de lado pelas dunas e mergulhando no lusco-fusco azulado e frio.

Atravessaram o deserto em cinco dias sem nenhum incidente e subiram a cadeia costeira e conduziram as mulas pela neve no desfiladeiro e desceram a encosta oeste e entraram na cidade sob uma garoa branda. Suas roupas de pele estavam pesadas de água e os animais manchados com o sedimento que escorria deles e de seus jaezes. Uma cavalaria dos Estados Unidos passou por eles na lama da rua e bem ao longe podiam ouvir o estouro do mar contra o litoral cinzento e pedregoso.

Brown tirou da maçaneta de sua sela um morral de fibra cheio de moedas e os três apearam e entraram em uma venda de uísque e sem dizer palavra esvaziaram o bornal sobre o balcão do merceeiro.

Havia dobrões cunhados na Espanha e em Guadalajara e meios dobrões e dólares de ouro e minúsculas moedas de ouro de meio dólar e moedas francesas de dez francos e águias de ouro e meias águias e moedas com furo e dólares cunhados na Carolina do Norte e na Georgia de ouro puro de vinte e dois quilates. O merceeiro as pesou empilhadas em uma balança comum, separadas pelo tipo, e puxou rolhas e serviu doses generosas em copos de lata com as medidas em gills gravadas no metal. Eles beberam e pousaram os copos e ele empurrou a garrafa sobre as tábuas rústicas mal-serradas do balcão.

Haviam trazido uma lista dos suprimentos encomendados e quando entraram em um acordo quanto ao preço da farinha e do café e de alguns outros gêneros saíram para a rua cada um com uma garrafa na mão. Desceram da calçada de pranchas de madeira e atravessaram a rua enlameada e passaram por fileiras de choupanas rústicas e cruzaram uma pequena plaza além da qual era possível avistar as ondas da maré vazante e um pequeno acampamento de barracas e uma rua onde as moradias atarracadas eram feitas de peles e dispostas como botes curiosos ao longo da ourela de sea oats acima da praia e negras retintas e reluzentes sob a chuva.

Foi em uma delas que Brown acordou na manhã seguinte. Da noite anterior pouco se lembrava e não havia mais ninguém com ele ali dentro da cabana. O que sobrara do dinheiro estava em uma bolsa em torno de seu pescoço. Ele empurrou a porta feita de couro esticado numa moldura de madeira e saiu em meio à escuridão e à névoa. Não haviam abrigado nem alimentado os animais e ele voltou até a mercearia onde estavam amarrados e sentou na calçada e observou a luz da aurora descendo pelas colinas atrás da cidade.

Ao meio-dia estava de olhos vermelhos e fedendo diante da porta do alcaide para exigir a libertação de seus companheiros. O alcaide saiu pelos fundos e pouco depois chegaram um cabo americano e dois soldados que o advertiram a ir embora. Uma hora mais tarde estava na oficina do ferrador. Parou cautelosamente na entrada espiando a penumbra até conseguir divisar a forma das coisas ali dentro.

O ferrador estava em sua bancada e Brown entrou e pousou diante dele um estojo de mogno lustroso em cuja tampa se via pregada uma placa de latão com um nome. Ele destravou os fechos e abriu o estojo e tirou de seu nicho um par de canos de espingarda e apanhou a coronha com a outra mão. Encaixou os canos na culatra de patente e apoiou a arma na bancada em posição vertical e fixou o pino de segurança para travar o encaixe. Engatilhou os dois cães com os polegares e voltou a baixá-los. A espingarda era de fabricação inglesa e tinha canos damasquinados e fecharias trabalhadas e na coronha de mogno viam-se os nós da madeira. Ergueu o rosto. O ferrador estava olhando para ele.

O senhor trabalha com armas?

De vez em quando.

Preciso que me cortem esses canos.

O homem pegou a arma e segurou em suas mãos. Havia uma nervura central em relevo entre os canos e trabalhado em ouro o nome do fabricante, Londres. Duas guarnições de platina cingiam a culatra de patente e as fecharias e os cães eram enfeitados com ornatos de arabescos burilados profundamente no aço e havia perdizes gravadas na frente e atrás do nome do fabricante aí. Os canos arroxeados haviam sido fundidos a partir de cintas triplas e o ferro e aço martelados exibiam um padrão de ondulações como se fossem rastros de uma serpente estranha e antiga, rara e bela e letal, e os veios vermelho-escuros da madeira da coronha evocavam plumas e em seu canto inferior havia uma pequena caixa de fulminantes de prata acionada a mola.

O ferrador virou a arma em suas mãos e olhou para Brown. Olhou para o estojo. Era forrado de baeta verde e possuía pequenos compartimentos sob medida contendo um cortador de cartuchos, um polvorinho de peltre, bicos de limpeza, um carregador de fulminantes de patente, também de peltre.

Precisa o quê? ele disse.

Serrar os canos. Por aqui, mais ou menos. Atravessou um dedo no meio da arma.

Não posso fazer isso.

Brown olhou para ele. Não pode?

Não senhor.

Ele olhou em torno da oficina. Bom, disse. E eu que pensava que qualquer idiota do inferno era capaz de serrar os canos de uma espingarda.

O senhor não bate bem. Por que alguém ia querer serrar os canos de uma arma dessas?

O que foi que disse? disse Brown.

O homem estendeu a arma nervosamente. Só quis dizer que não vejo por que alguém ia querer estragar uma arma boa como essa aqui. Quanto o senhor quer nela?

Não está à venda. O senhor acha então que não bato bem?

Não acho não. Não quis dizer isso.

Vai cortar os canos ou não vai?

Não posso.

Não pode ou não quer?

Escolha o que melhor lhe convier.

Brown apanhou a espingarda e a pousou na bancada.

Quanto custa pra fazer o serviço? disse.

Não vou fazer.

Se um homem quisesse fazer qual seria um preço justo?

Sei lá. Um dólar.

Brown enfiou a mão no bolso e puxou um punhado de moedas. Pôs uma moeda de ouro de dois dólares e meio em cima da bancada. Bom, disse. Estou pagando dois dólares e meio.

O ferrador olhou para a moeda nervosamente. Não preciso do seu dinheiro, disse. Não pode me pagar pra estragar uma arma dessas.

O senhor acabou de ser pago.

Não fui não.

Aí está o dinheiro. Agora ou o senhor se mete a serrar ou o senhor negligencia o seu mister. E nesse caso eu vou enfiar isso aqui no seu rabo.

O ferrador não tirava os olhos de Brown. Começou a recuar para longe da bancada e então se virou e saiu correndo.

Quando o sargento da guarda chegou Brown havia prendido a espingarda no torno de bancada e estava trabalhando nos canos com uma serra de arco. O sargento deu a volta até onde pudesse enxergar seu rosto. O que foi? disse Brown.

Esse homem disse que o senhor ameaçou a vida dele.

Que homem?

Esse homem aqui. O sargento apontou a porta do barracão com o queixo.

Brown continuava a serrar. Chama isso de homem? disse.

Nunca falei pra ele que ele podia vir aqui e usar minhas ferramentas, disse o ferrador.

E quanto a isso? disse o sargento.

E quanto a quê?

Como responde a queixa desse homem?

O sujeito é um mentiroso.

Nunca ameaçou ele?

Correto.

O diabo que não.

Ameaçar não ameaço ninguém. Disse que ele ia levar uma sova e se eu digo isso você pode escrever.

Não chama isso de ameaça?

Brown ergueu o rosto. Não foi ameaça. Foi promessa.

Curvou-se sobre o trabalho outra vez e com mais algumas serradas os canos caíram no chão. Pousou a serra e abriu as mandíbulas da morsa e ergueu a espingarda e removeu o pino que prendia os canos à coronha e guardou as partes no estojo e fechou a tampa e depois os fechos.

Qual o motivo da discussão? disse o sargento.

Que eu saiba não teve discussão nenhuma.

Melhor perguntar pra ele onde foi que arrumou essa arma que ele acabou de estragar. Ele roubou em algum lugar, pode apostar.

Onde conseguiu a espingarda? disse o sargento.

Brown se abaixou e apanhou os canos serrados. Tinham cerca de cinquenta centímetros de comprimento e ele os segurava pela ponta mais estreita. Contornou a bancada e passou pelo sargento. Enfiou o estojo debaixo do braço. Virou ao chegar à porta. O ferrador sumira de vista. Ele olhou para o sargento.

Acho que o homem acaba de retirar a queixa, disse. Bem capaz que estivesse de fogo.

Quando atravessava a praça na direção do pequeno cabildo de barro encontrou Toadvine e Webster, que haviam acabado de ser soltos. Pareciam animais selvagens e cheiravam mal. Os três desceram para a praia e ficaram contemplando as longas vagas cinzentas e passando a garrafa de Brown de mão em mão. Nenhum deles jamais vira o oceano antes. Brown desceu e mergulhou a mão no lençol de espuma que corria sobre a areia escura. Ergueu-a e provou o sal em seus dedos e olhou para um lado da praia depois para o outro e então eles subiram e voltaram à cidade.

Passaram a tarde bebendo em uma bodega lazarenta tocada por um mexicano. Alguns soldados entraram. Uma altercação começou. Toadvine ficou de pé, cambaleante. Um apaziguador se adiantou do meio dos soldados e logo os envolvidos tornavam a sentar. Mas minutos depois quando voltava do balcão Brown entornou um jarro de aguardiente sobre um jovem soldado e ateou fogo nele com seu charuto. O homem correu para fora sem um som exceto o vuush das chamas e as chamas eram azuladas e pálidas e depois invisíveis sob a luz do sol e ele lutou para apagá-las na rua como um homem atacado por abelhas ou pela loucura e então se jogou no chão e foi consumido pelo fogo. Quando se aproximaram com um balde d'água era uma forma enegrecida e enrugada na lama como uma gigantesca aranha.

Brown acordou em uma cela pequena e escura algemado e enlouquecido de sede. A primeira coisa que verificou foi a bolsinha de moedas. Continuava dentro de sua camisa. Levantou da palha e encostou o olho na seteira. Era dia. Gritou para que alguém aparecesse. Sentou e com as mãos acorrentadas contou as moedas e voltou a guardá-las na bolsa.

Ao anoitecer um soldado lhe trouxe o jantar. O nome do soldado era Petit e Brown lhe mostrou seu colar de orelhas e lhe mostrou suas moedas. Petit disse que não queria tomar parte em seus esquemas. Brown lhe contou como tinha trinta mil dólares enterrados no deserto. Contou-lhe sobre a balsa, pondo-se no lugar de Glanton. Mostrou-lhe as moedas mais uma vez e falou com familiaridade sobre seus locais de origem, suplementando as informações extraídas do juiz com outras improvisadas. Meio a meio, sibilou. Você e eu.

Examinou o recruta através das barras. Petit esfregou a manga na testa. Brown voltou a guardar as moedas no saco e o ofereceu para ele.

Não acha que podemos confiar um no outro? disse.

O rapaz ficou segurando a bolsa de moedas com ar indeciso. Fez menção de devolvê-las através das barras. Brown se afastou e ergueu as mãos.

Não seja bobo, sibilou. O que acha que eu não teria feito pra ter uma chance dessas na sua idade?

Quando Petit se foi ele sentou na palha e olhou para o fino prato metálico de feijões e tortilhas. Após algum tempo comeu. Lá fora voltara a chover e pôde escutar cavaleiros passando na lama da rua e logo escureceu.

Partiram duas noites depois. Iam cada um com um cavalo de montaria passável e um rifle e um cobertor e levavam uma mula que carregava uma provisão seca de milho e carne e tâmaras. Subiram pelas colinas úmidas e na primeira luz Brown ergueu o rifle e alvejou o rapaz na parte de trás da cabeça. O cavalo avançou bruscamente e o rapaz tombou para trás, toda a tampa traseira do crânio destruída e os miolos à mostra. Brown parou sua montaria e apeou e recuperou a bolsa de moedas e pegou a faca do rapaz e seu rifle e seu polvorinho e seu casaco e decepou as orelhas da cabeça do rapaz e prendeu-as em seu escapulário e então voltou a montar e seguiu em frente. A mula o seguiu e após algum tempo o mesmo fez o cavalo que o rapaz montara.

Quando Webster e Toadvine entraram no acampamento em Yuma não tinham nem os suprimentos nem as mulas com que haviam partido. Glanton chamou cinco homens e saiu ao crepúsculo deixando o juiz encarregado da balsa. Chegaram a San Diego na calada da noite e se informando foram para a casa do alcaide. O homem atendeu à porta em camisolão e gorro de dormir segurando uma vela diante de si. Glanton o empurrou de volta à sala e mandou seus homens para os fundos de onde se ouviu incontinentes gritos de mulher e bofetadas surdas e depois silêncio.

O alcaide era um homem na casa dos sessenta e virou-se para correr em auxílio da mulher e foi derrubado com uma pancada de cano de pistola. Ficou de pé outra vez segurando a cabeça. Glanton empurrou-o para o cômodo dos fundos. Em sua mão levava uma corda já preparada com um nó corrediço e virou o alcaide e enfiou a corda sobre sua cabeça e retesou-a. A esposa sentava na cama e ao ver isso começou a gritar outra vez. Um de seus olhos estava inchado e se fechava rapidamente e agora um dos recrutas a atingiu bem no meio da boca e ela caiu na cama desarrumada e pôs as mãos sobre a cabeça. Glanton segurou a vela no alto e ordenou a um dos recrutas que subisse nos ombros de seu colega e o rapaz tateou ao longo do topo de uma das vigas até encontrar um espaço e então enfiou a ponta da corda por ele e a desceu e eles se penduraram na corda e ergueram o alcaide mudo e se debatendo no ar. Não haviam amarrado suas mãos e ele apalpava freneticamente acima da cabeça tentando segurar a corda e içar o próprio corpo para evitar o estrangulamento e chutava com os pés e girava devagar à luz da vela.

Válgame Dios, engasgou. Qué quiere?

Quero meu dinheiro, disse Glanton. Quero meu dinheiro e quero minhas mulas e quero David Brown.

Cómo? ofegou o velho.

Alguém acendera um lampião. A velha senhora se ergueu e viu primeiro a sombra e depois o vulto de seu marido pendurado na corda e começou a rastejar pela cama em sua direção.

Dígame, ofegou o alcaide.

Alguém fez menção de agarrar a esposa mas Glanton impediu com um gesto e ela desceu cambaleando da cama e agarrou o marido na altura dos joelhos para segurá-lo no alto. Soluçava e implorava misericórdia igualmente a Glanton e a Deus.

Glanton deu a volta para onde pudesse ver o rosto do homem. Quero meu dinheiro, disse. Meu dinheiro e minhas mulas e o homem que mandei vir aqui. El hombre que tiene usted. Mi compañero.

No no, ofegou o enforcado. Búscale. Nenhum homem aqui.

Onde está?

Não está aqui.

Está, está sim. Está no juzgado.

No no. Madre de Jesús. Não aqui. Foi embora. Siete, ocho días.

Onde é o juzgado?

Cómo?

El juzgado. Dónde está?

A velha tirou um braço tempo suficiente para apontar, o rosto apertado contra a perna do homem. Allá, disse. Allá.

Dois homens saíram, um segurando o toco da vela e protegendo a chama com a mão em concha. Quando voltaram relataram que o pequeno cárcere nos fundos do prédio estava vazio.

Glanton estudou o alcaide. A velha bamboleava visivelmente. Haviam enrolado parcialmente a corda na coluna traseira da cama e ele afrouxou a corda e o alcaide e sua esposa desabaram no chão.

Deixaram-nos amarrados e amordaçados e saíram para procurar o merceeiro. Três dias depois o alcaide e o merceeiro e a esposa do alcaide foram encontrados amarrados em meio ao próprio excremento em uma cabana abandonada à beira do oceano doze quilômetros ao sul do povoado. Havia sido deixado para eles um tacho com água de onde bebiam como cães e uivaram para o estouro das ondas ali no meio do nada até ficarem mudos como pedras.

Glanton e seus homens passaram dois dias e noites nas ruas enlouquecidos pelo álcool. O sargento encarregado da pequena guarnição de tropas americanas os confrontou em um estabelecimento de bebidas no anoitecer do segundo dia e ele e os três homens que o acompanhavam foram espancados até perderem os sentidos e despojados de suas armas. Ao raiar do dia quando os soldados chutaram a porta da estalagem não havia ninguém por lá.

Glanton regressou sozinho a Yuma, seus homens tendo ido atrás das jazidas de ouro. Naquela vastidão forrada de ossos encontrou bandos miseráveis de viajantes a pé que o chamavam e homens mortos onde haviam caído e moribundos e grupos de gente em volta de um último carroção ou carroça berrando roucamente para as mulas ou bois e dando-lhes vergastadas para seguir adiante como se carregassem naqueles frágeis caissons a própria arca da aliança e esses animais iriam morrer assim como as pessoas que iam com eles e gritavam para o cavaleiro solitário advertindo-o sobre o perigo no atracadouro e o cavaleiro seguia em frente no contrafluxo da maré de refugiados como algum herói célebre indo ao encontro de fosse lá que fera da guerra ou peste ou fome a ser arrostada com seu queixo altivo implacável.

Quando chegou a Yuma estava bêbado. Atrás de si numa corda puxava dois pequenos jegues carregados com uísque e bolachas duras. Montava em seu cavalo e contemplava o rio que era o guardião das encruzilhadas de todo aquele mundo e seu cachorro veio até ele e farejou seu pé no estribo.

Uma garotinha mexicana estava agachada nua à sombra do muro. Observou-o passar, cobrindo os seios com as mãos. Usava uma coleira de couro cru no pescoço e estava acorrentada a um poste e havia uma tigela de argila com pedaços enegrecidos de carne a seu lado. Glanton amarrou os jegues ao poste e entrou a cavalo.

Não se via vivalma. Desceu até o atracadouro. Quando olhava para o rio o médico desceu tropeçando pela ribanceira e agarrou o pé de Glanton e começou a implorar com ele em um palavrório sem sentido. Descuidava a própria pessoa havia semanas e estava imundo e desgrenhado e puxava a perna da calça de Glanton e apontava a fortificação na colina. Aquele homem, disse. Aquele homem.

Glanton tirou a bota do estribo e empurrou o médico com o pé e virou o cavalo e voltou subindo a colina. Avistou a silhueta do juiz de pé no topo da elevação recortado contra o sol crepuscular como um enorme arquimandrita calvo. Estava embrulhado em um manto de tecido macio sob o qual nada vestia. O negro Jackson saiu de uma das casamatas de pedra trajado de forma similar e parou a seu lado. Glanton voltou cavalgando ao longo da crista da colina e foi para suas acomodações.

Por toda a noite o som de tiros espocou de forma intermitente através da água e também risadas e ébrias imprecações. Quando o dia nasceu ninguém apareceu. A balsa flutuava presa em suas amarras e do outro lado do rio um homem desceu ao atracadouro e soprou uma corneta e esperou e depois voltou por onde viera.

A balsa permaneceu inativa o dia todo. Ao anoitecer a bebedeira e a orgia haviam recomeçado e os gritos das jovens atravessavam o ar por sobre as águas para chegar aos peregrinos enrodilhados em seu acampamento. Alguém dera uísque misturado com salsaparrilha para o idiota e a criatura incapaz de muita coisa além de andar começara a dançar perante o fogo com saltitantes passos simiescos, movendo-se com grande seriedade e estalando os lábios úmidos e molengos.

Ao alvorecer o negro saiu para o atracadouro e começou a urinar no rio. A barcaça estava mais abaixo encostada na margem com alguns dedos de água arenosa acumulados nas tábuas do deque. Puxando as vestes em torno do corpo ele subiu a bordo do banco do remador e ficou ali oscilando. A água corria pelas tábuas em sua direção. Ficou parado olhando. O sol ainda não surgira e fiapos baixos de bruma pairavam sobre a água. Rio abaixo alguns patos saíram dos salgueiros. Circularam pela água turbulenta e depois bateram asas ao chegar ao meio do rio e alçaram voo e descreveram um círculo e seguiram seu rumo rio acima. No piso da barcaça havia uma pequena moeda. Talvez outrora ocultada sob a língua de algum passageiro. Abaixou-se para apanhá-la. Aprumou-se e limpou a sujeira da moeda e a segurou no alto e quando fazia isso uma longa flecha de bambu atravessou a parte superior de seu abdômen e seguiu voando e foi cair muito ao longe no rio e afundou e subiu à tona outra vez para começar a girar e ser levada pela correnteza.

Olhou em volta, seu manto suspenso em torno dele. Segurava o ferimento e com a outra mão tateava furiosamente o tecido à procura das armas que não estavam lá porque estavam em outro lugar. Uma segunda flecha passou por ele à esquerda e duas mais o atingiram e se alojaram com firmeza em seu peito e em sua virilha. Tinham pouco mais de um metro de comprimento e bambolearam ligeiramente com seus movimentos como varas cerimoniais e ele agarrou a coxa onde o escuro sangue arterial jorrava ao longo da haste e deu um passo na direção da margem e tombou de lado dentro do rio.

A água era rasa e ele se movia debilmente para recuperar o equilíbrio quando o primeiro dos yumas pulou a bordo da barcaça. Completamente nu, o cabelo tingido de laranja, o rosto pintado de preto com uma linha escarlate dividindo-o ao meio do alto da testa ao queixo. Bateu com os pés duas vezes nas tábuas e abriu os braços como um taumaturgo selvagem saído de um drama atávico e se esticou e agarrou o negro pelo manto em meio às águas avermelhadas e o ergueu e despedaçou sua cabeça com a clava de guerra.

Enxamearam colina acima na direção do forte onde os americanos dormiam e alguns iam a cavalo e outros a pé e todos eles armados com arcos e clavas e seus rostos pretejados ou esbranquiçados de pintura e os cabelos duros de barro. O primeiro alojamento em que entraram foi o de Lincoln. Quando emergiram alguns minutos depois um deles carregava a cabeça gotejante do médico pelo cabelo e outros arrastavam atrás de si o cachorro do médico, preso pelo focinho, contorcendo-se e golpeando através da lama seca do pátio. Entraram em uma choça de estacas de salgueiro e lona e mataram Gunn e Wilson e Henderson Smith um de cada vez conforme se erguiam bêbados e seguiram adiante por entre os rústicos muros inacabados em total silêncio reluzindo de tinta e oleosidade e sangue em meio a faixas de luz onde o sol nascente agora tocava os terrenos mais elevados.

Quando entraram no aposento de Glanton ele se soergueu confusamente e lançou olhares coléricos em torno. O pequeno quarto de barro que ocupava era inteiramente preenchido pela cama de latão que extorquira de alguma família de peregrinos e sentou-se nela como um depravado barão feudal com suas armas penduradas em um suntuoso arranjo nos ornamentos da cabeceira. Caballo en Pelo subiu na cama de casal com ele e ficou ali enquanto um dos membros da delegação que o acompanhava lhe estendeu pelo lado direito um machado comum cujo cabo de cária era entalhado com motivos pagãos e rematado por uma borla de plumas de aves de rapina. Glanton cuspiu.

Anda logo seu negroide vermelho do inferno, disse, e o velho ergueu o machado e partiu ao meio a cabeça de John Joel Glanton até a goela.

Quando invadiram os aposentos do juiz encontraram o idiota e uma garota de cerca de doze anos encolhendo-se nua no chão. Atrás deles também nu estava o juiz. Segurava apontado para eles o cano de bronze do obus. O reparo de madeira jazia no chão, as braçadeiras dos mancais arrancadas e retorcidas. O juiz tinha o canhão debaixo do braço e segurava o charuto aceso acima do ouvido da peça. Os yumas caíram uns sobre os outros ao recuar e o juiz enfiou o charuto na boca e pegou sua valise e saiu pela porta e sempre andando de costas desceu a ribanceira. O idiota, que mal lhe batia na cintura, ficou o tempo todo colado ao seu lado, e juntos entraram pelo bosque na base da colina e sumiram de vista.

Os selvagens montaram uma fogueira sobre a colina e alimentaram-na com a mobília dos alojamentos dos homens brancos e ergueram o corpo de Glanton e o seguraram no alto à maneira de um campeão morto e então o arremessaram nas chamas. Haviam amarrado o cachorro ao corpo do dono e o animal foi arrastado junto em um sati de uivos para desaparecer crepitando sob os turbilhões de fumaça da madeira verde. O torso do médico foi arrastado pelos tornozelos e erguido e atirado dentro da pira e o mastim do médico também foi jogado nas chamas. Ele deslizou se debatendo pelo lado oposto e as correias com que fora preso devem ter se queimado e partido pois o animal começou a se afastar rastejando da fogueira chamuscado e cego e fumegante e foi lançado de volta com uma pá. Os demais corpos em número de oito foram empilhados sobre o fogo onde chiaram e federam e a fumaça espessa desceu rolando na direção do rio. A cabeça do médico fora espetada em uma estaca e carregada por algum tempo até que também ela teve as labaredas por destino. As armas e roupas foram repartidas sobre a argila e repartidos também foram o ouro e a prata tirados do baú rachado às machadadas que haviam arrastado para fora. Tudo mais foi amontoado em cima das chamas e enquanto o sol se erguia e brilhava em seus rostos espalhafatosos sentaram-se no chão cada um com seus novos pertences diante de si e contemplaram o fogo e fumaram seus cachimbos como o faria uma trupe pintada de mímicos recuperando as forças em um lugar assim tão remoto e longe das cidades e do populacho que os apupava através das lamparinas fumegantes da ribalta, vislumbrando cidades por vir e a pobre fanfarra de trompete e tambor e as rústicas tábuas sobre as quais seus destinos estavam inscritos pois essas pessoas não eram menos compelidas e escravizadas e contemplavam como a prefiguração de seu próprio fim os crânios carbonizados de seus inimigos incandescendo perante seus olhos e fulgurando como sangue entre as brasas.

20

A fuga — No deserto — Perseguidos pelos yumas — Um contra-ataque — Alamo Mucho — Outro fugitivo — Um cerco — Tiro ao alvo — Fogueiras à noite — O juiz vive — Barganha no deserto — Como o ex-padre vem a defender o homicídio — Em marcha — Outro encontro — Carrizo Creek — Um ataque — Entre os ossos — De vida ou morte — Um exorcismo — Tobin baleado — Uma deliberação — O sacrifício dos cavalos — O juiz sobre perdas e danos — Outra fuga, outro deserto.

Toadvine e o kid bateram em retirada combatendo rio acima em meio às samambaias da margem com o estrépito das flechas ecoando pelos bambus a toda sua volta. Saíram dos espessos salgueirais e escalaram as dunas e desceram do lado oposto e reapareceram, dois vultos escuros em agonia sobre as areias, ora correndo, ora se esquivando, o estampido da pistola surdo e amortecido em campo aberto. Os yumas que transpuseram a crista das dunas eram em número de quatro e não os seguiram mas antes fixaram o curso deles no terreno ao qual haviam confiado sua sorte e então deram meia-volta.

O kid tinha uma flecha na perna e a ponta raspava no osso. Ele parou e sentou e quebrou a haste alguns centímetros acima do ferimento e então voltou a ficar de pé e seguiram em frente. No topo da subida pararam e olharam para trás. Os yumas já haviam deixado as dunas e os dois podiam ver a fumaça subindo escura ao longo da ribanceira. A oeste o território nada era além de ondulantes montes de areia onde um homem podia se ocultar mas não havia um lugar onde o sol não o encontraria e somente o vento podia apagar seu rastro.

Consegue andar? disse Toadvine.

Que remédio.

Quanta água você tem?

Não muita.

O que quer fazer?

Sei lá.

A gente podia voltar escondido pro rio e esperar, disse Toadvine.

Esperar o quê?

Ele olhou para o forte outra vez e olhou para a haste quebrada na perna do kid e o sangue jorrando. Quer tentar arrancar isso?

Não.

O que você quer fazer?

Continuar fugindo.

Corrigiram sua rota e tomaram a trilha que os grupos nos carroções haviam seguido e seguiram por toda a longa manhã e o dia e o fim do dia. Quando a noite chegou sua água havia acabado e avançaram laboriosamente sob a vagarosa roda das estrelas e adormeceram tremendo entre as dunas e se levantaram ao alvorecer e partiram novamente. A perna do kid enrijecera e ele mancava atrás do outro usando parte de um varal de carroção como muleta e por duas vezes instou Toadvine a deixá-lo para trás mas ele não o fez. Antes do meio-dia os aborígenes apareceram.

Eles os viram se reunindo contra o pano de fundo trêmulo do horizonte leste como marionetes ominosas. Estavam sem cavalos e pareciam correr levemente e ao fim de uma hora já as flechas voavam sobre os refugiados.

Seguiram em frente, o kid de pistola na mão, andando e se esquivando das setas vindas nos raios do sol, com as hastes reluzindo contra o céu esbranquiçado e encolhendo numa vibração aflautada para então se cravar com um estertor súbito no chão. Eles partiam as flechas ao meio para impedir que fossem reutilizadas e percorriam a areia de lado custosamente como caranguejos até as flechas ficarem tão espessas e próximas que pararam para opor resistência. O kid se jogou sobre os cotovelos e engatilhou e mirou o revólver. Os yumas estavam a cem metros e soltaram um grito e Toadvine se apoiou sobre um joelho junto ao kid. A pistola deu um coice e a fumaça cinza pairou imóvel no ar e um dos selvagens desabou como um ator através de um alçapão. O kid engatilhara a pistola novamente mas Toadvine pousou a mão sobre o cano e o kid ergueu o rosto para ele e baixou o cão e então sentou e recarregou a câmara vazia e ficou de pé com esforço e apanhou sua muleta e foram em frente. Atrás de si na planície podiam escutar o tênue clamor dos aborígenes conforme se aglomeravam ao redor daquele que fora abatido.

A horda pintada seguiu em seu encalço o dia todo. Estavam havia vinte e quatro horas sem água e o mural austero de céu e areia começava a bruxulear e a rodopiar e as flechas periódicas brotavam oblíquas pelas areias em torno deles como caules empenachados de plantas mutantes do deserto se propagando furiosamente em meio ao seco ar do deserto. Não pararam. Quando alcançaram os poços d'água em Alamo Mucho o sol apontava baixo diante deles e havia uma figura sentada na beira da depressão. Essa figura se levantou e esperou indistinta sob as lentes distorcidas daquele mundo e então estendeu a mão, se em sinal de boas-vindas ou de advertência não sabiam dizer. Eles protegeram os olhos e manquitolaram adiante e a figura no poço os chamou. Era o ex-padre Tobin.

Estava sozinho e desarmado. Em quantos vocês estão? disse.

Só isso que você está vendo, disse Toadvine.

O resto não escapou? Glanton? O juiz?

Não responderam. Deslizaram até o leito da fossa onde havia alguns dedos de água e se ajoelharam e beberam.

A cavidade que continha a nascente tinha talvez uns quatro metros de diâmetro e eles se acomodaram no declive interno da saliência e observaram os índios surgindo em leque pela planície, movendo-se na distância a um trote vagaroso. Dispostos em pequenos grupos pelos pontos cardeais começaram a lançar suas flechas contra os defensores e os americanos anunciavam a aproximação de cada nova chuva como oficiais de artilharia, deitados ali naquele barranco exposto e olhando por sobre a beirada na direção dos atacantes em seus quadrantes, as mãos cravadas no solo ao lado do corpo e as pernas flexionadas, tensos como gatos. O kid parou completamente de disparar e logo os selvagens na margem oeste que contavam com a luz mais propícia puseram-se em movimento.

Nas imediações da fossa havia montículos de areia de velhas escavações e talvez a intenção dos yumas fosse chegar até elas. O kid deixou seu posto e se deslocou para a borda oeste da cavidade e começou a fazer fogo contra os homens de pé ou acocorados sobre os quadris como lobos ali na depressão bruxuleante. O ex-padre se ajoelhou ao lado do kid e olhou para trás e segurou o chapéu entre o sol e a frente da pistola do kid e o kid firmou a pistola com as duas mãos na beira do terreno escavado e começou a atirar. No segundo disparo um dos selvagens tombou e permaneceu inerte. O tiro seguinte fez outro deles rodopiar e sentar e então se erguer e dar alguns passos para cair sentado outra vez. O ex-padre sussurrava palavras de encorajamento junto a seu cotovelo e o kid puxou o cão para trás com o polegar e o ex-padre ajeitou o chapéu para proteger a mira da arma e o olho que mirava sob uma única sombra e o kid disparou novamente. Havia mirado no ferido sentado na depressão e o tiro o pôs morto de esticado no chão. O ex-padre assobiou baixinho.

Sim senhor, que frieza, sussurrou. Mas a tarefa não requer pouca perícia e mesmo assim você não perde o brio.

Os yumas pareceram paralisados com esses reveses e o kid armou a pistola e abateu mais um do grupo antes que começassem a dar por si e a recuar, levando os mortos consigo, disparando uma saraivada de flechas e vociferando pragas sanguinárias em sua língua da idade da pedra ou invocações a seja lá que deus da guerra ou do destino pudesse lhes dar ouvidos e batendo em retirada através da depressão até ficarem de fato muito pequenos.

O kid meteu a tiracolo o polvorinho e a bolsa de munição e deslizou pelo declive até o leito do poço onde cavou um segundo buraco pequeno com a velha pá deixada ali e na água que brotou lavou as câmaras do tambor e lavou o cano e com um graveto empurrou pedaços de sua camisa pelos furos até ficarem limpos. Então remontou a pistola, batendo no pino do cano até o tambor ficar bem ajustado e pousando a arma na areia quente para secar.

Toadvine contornara a escavação até se aproximar do ex-padre e ficaram observando a retirada dos selvagens no calor bruxuleante que pairava sobre a depressão com a derradeira luz do sol.

Que mira certeira, hein?

Tobin balançou a cabeça. Baixou o olhar pelo poço para onde o kid estava sentado carregando a pistola, girando as câmaras cheias de pólvora e medindo uma por uma com o olho, ajustando as balas com a rebarba da moldagem para baixo.

Como estamos de munição?

Mal. Só mais uns tiros, não muitos.

O ex-padre balançou a cabeça. A escuridão se aproximava e na terra vermelha a oeste os yumas se agrupavam, as silhuetas recortadas contra o sol.

Por toda a noite suas fogueiras arderam no arco negro do mundo e o kid desencaixou o pino do cano de sua pistola e usando o cano como uma luneta percorreu todo o perímetro de areia quente do poço e observou cada fogueira detidamente para detectar movimentos. Dificilmente haverá no mundo uma vastidão tão inóspita que criatura alguma solte seu grito na noite e contudo ali estava uma e eles escutavam sua própria respiração nas trevas e no frio e escutavam a sístole nas fibras de seus corações cor de rubi alojados dentro deles. Quando raiou o dia as fogueiras haviam se extinguido e delgados resíduos de fumaça despontavam pela planície em três pontos separados da circunferência e o inimigo sumira. Atravessando a depressão ressequida na direção deles vindo do leste vinha uma enorme figura acompanhada por outra menor. Toadvine e o ex-padre olharam.

O que pode ser aquilo?

O ex-padre abanou a cabeça.

Toadvine fechou a mão em concha e assoprou um assobio forte para o kid ali embaixo. Ele se soergueu com a pistola. Escalou arduamente o declive com a perna dura. Os três ficaram olhando.

Eram o juiz e o imbecil. Os dois estavam nus e aproximavam-se através do alvorecer no deserto como seres de caráter pouco mais que tangencial em relação ao mundo como um todo, suas silhuetas ora vívidas sob a claridade ora fugazes sob a estranheza da mesmíssima luz.

Como criaturas cuja natureza prodigiosa as torna ambíguas. Como criaturas tão carregadas de significado que suas formas são indistintas. Os três no poço olhavam mudos para essa travessia irrompendo do raiar do dia e ainda que não restasse a menor dúvida sobre o que era aquilo que se aproximava ninguém proferia um nome. Avançavam a passo arrastado, o juiz rosa pálido sob seu talco de pó como um recém-nascido, o imbecil muito mais escuro, claudicando juntos através da depressão nos extremos mais remotos do exílio como um rei obsceno despojado de sua investidura e abandonado junto com seu bobo para morrer no meio do nada.

Os que viajam por lugares desertos de fato cruzam com criaturas que ultrapassam toda descrição. Os que observavam do poço ficaram de pé para melhor testemunhar aquela chegada. O imbecil vinha quase a trote para acompanhar o passo. O juiz vestia sobre a cabeça uma peruca de lama seca do rio da qual se projetavam vestígios de palha e capim e amarrado na cabeça do imbecil estava um farrapo de pelo com o sangue enegrecido virado para fora. O juiz carregava na mão uma pequena bolsa de lona e vinha drapejado de carne como uma espécie de penitente medieval. Subiu com esforço o aclive da escavação e deu bom-dia com a cabeça e ele e o idiota deslizaram pelo barranco e se ajoelharam e começaram a beber.

Até mesmo o idiota, que precisava ser alimentado pela mão. Ajoelhou ao lado do juiz e sugou ruidosamente a água mineral e ergueu os escuros olhos larvais para os três homens acocorados acima dele na borda do poço e então se curvou e voltou a beber.

O juiz atirou de lado as cartucheiras de carne crestada e a pele por baixo surgiu estranhamente mosqueada de rosa e branco no formato daquilo. Pousou no chão o pequeno solidéu de barro e espalhou água sobre o crânio queimado e descascando e depois no rosto e bebeu outra vez e sentou na areia. Ergueu o rosto para os velhos companheiros. Sua boca estava rachada e a língua inchada.

Louis, disse. Quanto quer nesse chapéu?

Toadvine cuspiu. Não está à venda, disse.

Tudo está à venda, disse o juiz. Quanto quer?

Toadvine olhou inquietamente para o ex-padre. Olhou para o fundo do poço. Preciso do meu chapéu, disse.

Quanto?

Toadvine apontou as fiadas de carne com o queixo. Pelo que imagino vai querer trocar esse tirante aí por ele.

De jeito nenhum, disse o juiz. Isso que tenho aqui é pra todo mundo. Quanto quer no chapéu?

Quanto dá? disse Toadvine.

O juiz examinou o outro. Vou dar cem dólares, disse.

Ninguém falou nada. O idiota acocorado sobre os quadris também parecia aguardar o desfecho daquela barganha. Toadvine tirou o chapéu e olhou para ele. Seus longos cabelos negros colavam-se nos lados de sua cabeça. Não vai servir, disse.

O juiz citou para ele alguma expressão em latim. Sorriu. Isso não é problema seu, disse.

Toadvine enfiou o chapéu de volta e o ajustou. Imagino que seja isso que está levando aí nessa bolsa, disse.

Imaginou certo, disse o juiz.

Toadvine olhou na direção do sol.

Dou cento e vinte e cinco e não se fala mais nisso, disse o juiz.

Deixa eu ver o metal.

O juiz desafivelou e virou a bolsa, esvaziando o conteúdo na areia. Continha uma faca e mais ou menos meio balde de moedas de ouro de todos os valores. O juiz pôs a faca de lado e esparramou as moedas com a palma da mão e ergueu o rosto.

Toadvine tirou o chapéu. Desceu pelo declive. Ele e o juiz se agacharam cada um de um lado do tesouro do juiz e o juiz separou a quantia combinada, empurrando as moedas com o dorso da mão como um crupiê. Toadvine estendeu o chapéu e juntou as moedas e o juiz apanhou a faca e cortou a fita do chapéu na parte de trás e fez um corte na aba e abriu a copa e então enterrou o chapéu em sua cabeça e ergueu o rosto para Tobin e o kid.

Venham até aqui, disse. Venham aqui embaixo e vamos dividir essa carne.

Ninguém se mexeu. Toadvine já segurava um pedaço com as duas mãos e dava puxões com os dentes. Fazia frio ali no poço e o sol matinal batia apenas na borda superior. O juiz recolheu as moedas restantes de volta na maleta e a deixou de lado e se curvou para beber novamente. O imbecil estivera observando seu reflexo na poça e observou o juiz beber e observou a água entrando em repouso outra vez. O juiz limpou a boca e olhou as figuras mais acima.

Como andam de armas? disse.

O kid passara um pé pela beirada do poço e agora o puxava de volta. Tobin não se moveu. Estava observando o juiz.

A gente só tem uma pistola, Holden.

A gente? disse o juiz.

O jovem aqui.

O kid se pusera de pé outra vez. O ex-padre ficou a seu lado.

O juiz no leito do poço se ergueu igualmente e ajeitou o chapéu e prendeu a maleta debaixo do braço como um advogado imenso e nu que a terra houvesse levado à insanidade.

Meça bem suas ideias, Padre, ele disse. Estamos todos no mesmo barco. O sol ali é como o olho de Deus e vamos ficar todos igualmente cozidos aqui nessa enorme grelha silicosa, posso garantir a você.

Não sou padre e não dou ideias, disse Tobin. O jovem é livre pra ir e vir.

O juiz sorriu. Inteiramente, disse. Olhou para Toadvine e sorriu de novo para o ex-padre. E então? disse. Vamos ficar bebendo nesses buracos um de cada vez como bandos de macacos rivais?

O ex-padre olhou para o kid. Estavam de frente para o sol. Ele se agachou, de modo a melhor se dirigir ao juiz ali embaixo.

Acha que existe um cartório onde a pessoa pode registrar os poços do deserto?

Ah, Padre, você conhece essas repartições melhor do que eu. Não reclamo nenhum direito aqui. Já disse antes, sou um sujeito simples. Sabe que é bem-vindo pra descer até aqui e beber e encher o seu cantil.

Tobin não se moveu.

Me passa o cantil, disse o kid. Havia tirado a pistola do cinto e deu-a para o ex-padre e apanhou o frasco de couro e desceu o barranco.

O juiz o seguiu com os olhos. O kid contornou o leito do poço, qualquer lugar ali facilmente ao alcance do juiz, e ajoelhou diante do imbecil e puxou o tapulho do cantil e submergiu o frasco na depressão. Ele e o imbecil ficaram observando a água entrar pelo gargalo do frasco e observaram o borbulhar e observaram quando cessou. O kid arrolhou o cantil e se curvou e bebeu da poça e então sentou e olhou para Toadvine.

Você vem com a gente?

Toadvine olhou para o juiz. Não sei, disse. Estou sujeito a prisão. Vão me prender na Califórnia.

Prender você?

Toadvine não respondeu. Estava sentado na areia e fez um tripé com os dedos e os enfiou na areia diante de si e então ergueu a mão e a girou e enfiou os dedos outra vez na areia de modo que havia seis buracos na forma de uma estrela ou um hexágono e então ele desmanchou tudo outra vez. Ergueu o rosto.

Quem ia pensar que um homem podia ficar sem terra pra onde ir num lugar como esse, hein?

O kid se levantou e pendurou o cantil pela correia no ombro. A perna de sua calça estava preta de sangue e o toco ensanguentado da haste despontava em sua coxa como se fosse um cabide para pendurar utensílios. Cuspiu e limpou a boca com o dorso da mão e olhou para Toadvine. O que acabou pra você não foi a terra, disse. Então atravessou a fossa e escalou o talude. O juiz o seguiu com os olhos e quando o kid chegou à luz do sol no topo ele virou e olhou para trás e o juiz segurava a maleta aberta entre as coxas nuas.

Quinhentos dólares, disse. Pólvora e balas inclusas.

O ex-padre estava ao lado do kid. Acaba com ele, sibilou.

O kid apanhou a pistola mas o ex-padre agarrou seu braço sussurrando e quando o kid se livrou do agarrão ele falou em voz alta, tamanho era seu medo.

Não vai ter uma segunda chance, jovem. Anda. Ele está nu. Está desarmado. Pelo sangue do Cristo, acha que é capaz de levar a melhor se não for desse jeito? Anda, jovem. Acaba com ele pelo amor de Deus. Acaba com ele ou juro que isso vai custar sua vida.

O juiz sorria, cutucou a têmpora. O padre, disse. O padre tomou sol demais. Setecentos e cinquenta, e é minha melhor oferta. Aproveita a falta de concorrência.

O kid enfiou a pistola no cinto. Então com o ex-padre insistindo em seu cotovelo contornou a cratera e tomaram o rumo oeste através da depressão. Toadvine escalou o barranco e os observou. Após algum tempo não havia mais nada para olhar.

Nesse dia o caminho que tomaram conduziu-os por um vasto mosaico pavimentado de minúsculos blocos de jaspe, cornalina, ágata. Mil acres de largura com o vento cantando ao passar nos interstícios livres de sedimentos. Atravessando esse terreno na direção leste montado em um cavalo e puxando outro vinha David Brown. O cavalo que conduzia tinha sela e arreios e o kid parou com os polegares no cinto e observou conforme ele se aproximou e parou olhando para os dois antigos camaradas.

Disseram que você estava no juzgado, disse Tobin.

Estava, disse Brown. Não estou mais. Seus olhos catalogavam cada detalhe dos dois. Olhou o pedaço de haste de flecha proeminente na perna do kid e fitou o ex-padre nos olhos. Cadê suas coisas? disse.

Está olhando pra elas.

Se desentenderam com o Glanton?

Glanton morreu.

Brown cuspiu uma mancha branca seca na placa vasta e trincada daquela terra. Tinha uma pedrinha na boca para segurar a sede e a mudava de lugar em sua maxila e olhava para eles. Os yumas, disse.

Isso, disse o ex-padre.

Todos mortos?

Toadvine e o juiz estão no poço pra lá.

O juiz, disse Brown.

Os cavalos fitavam desalentados o chão de pedra amalucado onde pisavam.

O resto bateu as botas? Smith? Dorsey? O negro?

Todo mundo, disse Tobin.

Brown olhou para o leste através do deserto. Qual a distância até o poço?

A gente partiu mais ou menos uma hora depois que nasceu o dia.

Ele está armado?

Não está.

Ele examinou seus rostos. O padre não mente, disse.

Ninguém disse palavra. Ele ficou em sua sela manuseando o escapulário de orelhas ressecadas. Então virou o cavalo e seguiu em frente, puxando o animal sem cavaleiro atrás de si. Cavalgou olhando para trás para os dois. Então parou novamente.

Viram ele morto? gritou. Glanton?

Eu vi, gritou o ex-padre. Pois tinha mesmo.

Ele seguiu em frente, ligeiramente virado na sela, o rifle no joelho. Continuou de olho nos peregrinos às suas costas e eles nele. Quando estava muito diminuído naquela depressão de terreno eles deram meia-volta e seguiram em frente.

Próximo ao meridiano do dia seguinte haviam começado outra vez a topar com objetos abandonados pelas caravanas, ferraduras jogadas e pedaços de arreios e ossos e as carcaças secas de mulas com as alparejas ainda afiveladas. Caminharam pelo arco tênue de uma antiga margem de lago onde conchas quebradas jaziam frágeis e estriadas como cacos de cerâmica em meio às areias e no início do anoitecer desceram por entre uma sucessão de dunas e montes de terra escavada até Carrizo Creek, uma bica que brotava das pedras e corria pelo deserto para sumir outra vez. Milhares de ovelhas haviam perecido ali e os viandantes caminhavam entre os ossos amarelecidos e carcaças com fiapos de lã puída e ajoelhavam entre ossos para beber. Quando o kid ergueu a cabeça gotejante da água uma bala de rifle agitou seu reflexo na poça em círculos concêntricos e os ecos do tiro reverberaram pelas encostas cobertas de ossos e repercutiram pelo deserto afora até sumir.

Ele rolou sobre a barriga e se arrastou para o lado, esquadrinhando o horizonte. Viu primeiro os cavalos, parados frente a frente de narinas coladas em um vão entre as dunas ao sul. Viu o juiz vestido com as roupas emendadas de seus sócios mais recentes. Segurava o rifle na vertical pela boca e despejava pólvora de um frasco pelo cano. O imbecil, nu a não ser por um chapéu, punha-se de cócoras na areia a seus pés.

O kid rastejou o mais rápido que pôde para uma parte mais baixa do terreno e ficou deitado de pistola em punho com o riacho exíguo passando junto a seu cotovelo. Virou para procurar o ex-padre mas não o encontrou. Podia ver através da treliça de ossos o juiz e seu protegido na colina sob o sol e ergueu a pistola e a apoiou no dorso de uma pelve putrefata e disparou. Viu a areia pular na encosta atrás do juiz e o juiz mirou com seu rifle e disparou e a bala passou triturando ossos e os ecos dos tiros retumbaram através das dunas.

O kid ficou deitado na areia com o coração martelando. Voltou a puxar o cão com o polegar e ergueu a cabeça. O idiota permanecia sentado como antes e o juiz marchava calmamente contra a linha do horizonte procurando um ponto vantajoso por sobre as pilhas de ossos feitas pelo vento abaixo dele. O kid começou a se mover outra vez. Arrastou-se de barriga até o regato e bebeu, segurando no alto a pistola e o polvorinho e sorvendo a água. Depois atravessou para o lado oposto do curso e ao longo de um corredor revolvido através da areia que lobos haviam percorrido incontáveis vezes. Em algum lugar a sua esquerda pensou ter ouvido o ex-padre chamá-lo com um sibilo e ouvia o som do regato correndo e ficou parado escutando. Travou o cão em meio-gatilho e rodou o tambor e recarregou a câmara vazia e armou os fulminantes e esticou o pescoço para olhar. A aresta baixa por onde o juiz avançara estava vazia e os dois cavalos vinham em sua direção através da areia pelo sul. Engatilhou a pistola e ficou observando. Eles se aproximavam livremente pelo declive estéril, cabeceando o ar, as caudas espanando. Então percebeu o idiota trotando tropegamente atrás dos animais como um combalido pastor neolítico. A sua direita viu o juiz assomar nas dunas e fazer um reconhecimento e se abaixar para sumir outra vez. Os cavalos continuaram a seguir em frente e um ruído surgiu atrás dele e quando o kid virou o ex-padre estava no corredor sibilando para ele.

Atira nele, exclamou.

O kid girou de volta para procurar o juiz mas o ex-padre chamou novamente com seu sussurro rouco.

O bobo. Atira no bobo.

Ele ergueu a pistola. Os cavalos passaram primeiro um depois o outro por um vazio entre as paliçadas amarelecidas e o imbecil bamboleou atrás e desapareceu. Ele procurou Tobin às suas costas mas o ex-padre sumira. Moveu-se pelo corredor até chegar de novo ao regato, já ligeiramente turvo devido aos cavalos bebendo mais acima. Sua perna começara a sangrar e ele a encharcou na água fria e bebeu e com a palma da mão molhou a nuca. Os padrões marmóreos de sangue brotando de sua coxa eram como minúsculas sanguessugas rubras na correnteza. Ele olhou para o sol.

Oi gritou o juiz, a voz distante a oeste. Como se houvesse cavaleiros recém-chegados ao regato e ele os saudasse.

O kid ficou à escuta. Não havia novos cavaleiros. Após algum tempo o juiz chamou novamente. Sai daí, gritou. Tem água pra todo mundo.

O kid pusera seu polvorinho às costas para impedir que a água do córrego o molhasse e ergueu a pistola e esperou. Mais acima os cavalos haviam parado de beber. Então voltaram a beber outra vez.

Quando atravessou o regato de novo até a margem oposta topou com as marcas de mão e pé deixadas pelo ex-padre em meio aos vestígios de felinos e raposas e pequenos porcos do deserto. Penetrou em uma clareira naquele monturo esdrúxulo e ficou à escuta. Sua calça de couro estava pesada e dura com a água e sua perna latejava. Uma cabeça de cavalo surgiu acima das ossadas pingando água pelo focinho a uns trinta metros dali e então voltou a abaixar. Quando o juiz chamou a voz veio de outro lugar. Gritou que fizessem as pazes. O kid observou uma pequena caravana de formigas marchando entre as arcadas de costelas ovinas. Ao fazer isso seus olhos cruzaram com os de uma pequena cascavel enrolada sob uma aba de pele. Limpou a boca e começou a se mover outra vez. Em um cul-de-sac os rastros do ex-padre terminavam e faziam meia-volta. Escutou. Faltavam horas para escurecer. Após algum tempo ouviu o idiota balbuciando em algum lugar entre as ossadas.

Ouviu o vento soprando vindo do deserto e ouviu a própria respiração. Quando ergueu a cabeça para olhar viu o ex-padre tropicando entre os ossos e empunhando no alto uma cruz que fizera de tíbias de carneiro amarradas com tiras de couro e ele brandia aquela coisa diante de si como um rabdomante enlouquecido na aridez do deserto e gritava em uma língua ao mesmo tempo estrangeira e extinta.

O kid ficou de pé, segurando o revólver com as duas mãos. Girou nos calcanhares. Viu o juiz e o juiz se deslocara para um quadrante completamente diferente e tinha já o rifle apoiado em seu ombro. Quando disparou Tobin rodopiou virando de frente para o lugar de onde tinha vindo e caiu sentado ainda segurando a cruz. O juiz pousou o rifle e apanhou outro. O kid tentou firmar o cano da pistola e atirou e então abaixou na areia. A pesada bala do rifle passou acima de sua cabeça como um asteroide e atravessou estalando e estilhaçando os ossos espalhados pela elevação de terreno mais além. Ele ficou de joelhos e procurou o juiz mas o juiz não estava lá. Recarregou a câmara vazia e começou a se mover novamente sobre os cotovelos na direção do ponto onde vira o ex-padre cair, localizando-se pelo sol e parando de tempos em tempos para escutar. O chão estava todo pisoteado com os rastros de predadores vindos das planícies por causa da carniça e o vento que passava entre as dunas carregava uma fetidez acre como o odor de um pano de prato rançoso e não se escutava outro som além do vento em parte alguma.

Encontrou Tobin ajoelhado no regato lavando a ferida com um pedaço de linho arrancado da camisa. A bala atravessara completamente seu pescoço. Não atingira por muito pouco a artéria carótida mas mesmo assim ele não conseguia estancar o sangue. Olhou para o kid agachado entre os crânios e as costelas semelhantes a forcados.

Você precisa matar os cavalos, disse. Não tem outra chance de sair daqui. A cavalo ele alcança você.

A gente podia levar os cavalos.

Não seja idiota, jovem. Que outra isca ele tem?

A gente pode sair quando escurecer.

Acha que nunca vai ser dia outra vez?

O kid olhou para ele. Isso aí não para? disse.

Para nada.

O que você acha?

Preciso fazer parar.

O sangue escorria entre seus dedos.

Onde está o juiz? disse o kid.

Boa pergunta.

Se a gente matar ele a gente pode pegar os cavalos.

Você não vai matar ele. Não seja idiota. Atira nos cavalos.

O kid percorreu o regato arenoso e raso com o olhar na direção da nascente.

Vai em frente jovem.

Ele olhou para o ex-padre e para as vagarosas gotas de sangue caindo na água como botões de rosa desabrochando e inchando e empalidecendo. Moveu-se córrego acima.

Quando chegou ao trecho do regato onde os cavalos entraram viu que haviam sumido. A areia na margem por onde tinham saído ainda estava molhada. Empurrou o revólver diante do corpo, deslocando-se apoiado nas munhecas. Com toda aquela precaução deu com o idiota olhando para ele antes que o notasse.

Sentava-se imóvel em um caramanchão de ossos com a luz interrupta do sol estampada sobre seu rosto vazio e o observava como uma criatura selvagem na floresta. O kid o encarou e então passou rápido por ele no rastro dos cavalos. O pescoço molengo pivotou vagarosamente e o queixo inerte babou. Quando olhou para trás ele continuava a observá-lo. Repousava os pulsos na areia diante de seu corpo e embora seu rosto fosse destituído de expressão parecia todavia uma criatura afligida por enorme angústia.

Quando avistou os cavalos estavam em uma elevação acima do regato e olhando na direção oeste. Ele parou em silêncio e examinou o terreno. Então se deslocou pela beirada do leito e sentou com as costas apoiadas nas proeminências de ossos e engatilhou a pistola e descansou um pouco com os cotovelos sobre os joelhos.

Os cavalos o tinham visto saindo do rego e agora olhavam para ele. Ao ouvir a pistola engatilhar retesaram as orelhas e começaram a caminhar em sua direção através da areia. Ele alvejou o cavalo da frente no peito e o animal tombou e ficou respirando pesadamente com o sangue brotando por sua narina. O outro parou e hesitou e ele engatilhou a pistola e o acertou quando se virava. O cavalo começou a trotar entre as dunas e ele disparou novamente e as patas dianteiras do animal se dobraram e ele desabou para a frente e rolou sobre o flanco. Ergueu a cabeça uma única vez e então permaneceu imóvel.

Ficou à escuta. Nada se mexia. O primeiro cavalo continuava como caíra, a areia em torno de sua cabeça escurecendo com o sangue. A fumaça saiu flutuando abaixo pelo riacho e foi afilando e se dispersando até sumir. Ele recuou de volta para o rego e se agachou sob as costelas de uma mula morta e recarregou a pistola e então seguiu em frente outra vez na direção do regato. Não voltou pelo caminho que viera e não voltou a ver o imbecil. Quando chegou ao córrego bebeu e molhou a perna e ficou escutando como antes.

Largue a arma já, disse o juiz.

Ficou paralisado.

A voz não estava nem a quinze metros de distância.

Sei o que você fez. O padre enfiou isso na sua cabeça e vou tomar como atenuante tanto no ato como na intenção. O que faria por qualquer homem em seu delito. Mas resta a questão da propriedade. Me traz essa pistola agora mesmo.

O kid continuou sem se mexer. Escutou o juiz vadeando o regato mais acima. Ia fazendo uma lenta contagem consigo mesmo. Quando a água turva chegou ao ponto onde estava parou de contar e deixou cair na correnteza um trançado de mato seco e segurou-o como uma isca. Ao atingir a mesma contagem aquilo praticamente sumira entre os ossos. Ele saiu da água e olhou para o sol e começou a voltar para o ponto onde deixara Tobin.

Encontrou os rastros do ex-padre ainda úmidos onde se afastara do regato e a trilha de seu avanço marcada com sangue. Seguiu através da areia até chegar ao lugar onde o ex-padre havia girado o corpo e sibilava para ele de seu local de esconderijo.

Acabou com eles, jovem?

Ele ergueu a mão.

Certo. Ouvi os tiros, todos os três. O bobo também, não foi, jovem?

Ele não respondeu.

Bom rapaz, sibilou o ex-padre. Havia usado a camisa para fazer uma atadura no pescoço e tinha o tronco nu e se agachava em meio àquela paliçada nauseabunda e olhava para o sol. As sombras se alongavam pelas dunas e na penumbra as ossadas dos animais que ali haviam perecido jaziam enviesadas numa curiosa congregação de armaduras indecifráveis sobre as areias. Tinham cerca de duas horas até a escuridão e foi isso que disse o ex-padre. Deitaram sob a pele seca como tábua de um boi morto e ficaram ouvindo os chamados do juiz. Ele enumerava questões de jurisprudência, mencionava casos. Expunha as leis concernentes a direitos de propriedade sobre bestas mansuetas e citou casos de confisco adjudicatório na medida em que os julgava pertinentes à corrupção de sangue dos proprietários precedentes e delinquentes dos cavalos ora mortos entre os ossos. Então falou de outras coisas. O ex-padre se curvou na direção do kid. Não escute, disse.

Não estou escutando.

Tape os ouvidos.

Tape você.

O padre levou as mãos às orelhas e olhou para o kid. Seus olhos brilhavam com a perda de sangue e estava tomado de enorme gravidade. Vamos, sussurrou. Acha que ele está falando comigo?

O kid virou para o outro lado. Prestou atenção no sol aboletado na borda oeste daquela vastidão e não mais conversaram até a chegada da escuridão quando então se levantaram e começaram a sair dali.

Esgueiraram-se da bacia e partiram através das dunas pouco acentuadas e olharam para trás uma última vez para o vale onde tremeluzindo sob o vento na borda da muralha ardia a fogueira do juiz para quem quisesse ver. Eles não especularam quanto à natureza do que queimava à guisa de combustível e já estavam bem avançados no deserto antes que a lua surgisse.

Havia lobos e chacais naquela região e seus lamentos se fizeram ouvir por toda a primeira parte da noite até o nascer da lua para então cessar como que surpreendidos pelo seu aparecimento. Então recomeçaram. Os peregrinos estavam enfraquecidos dos ferimentos. Deitavam para descansar mas nunca por tempo demasiado e nunca sem antes esquadrinhar o horizonte leste à procura de qualquer silhueta intrusa e tremiam com o austero vento do deserto que vinha sabe-se lá de que desapiedada direção e soprava frio e estéril e carregando notícias de coisa alguma. Quando o dia chegou se encaminharam até uma ligeira elevação naquela planura infinita e se agacharam no xisto solto e observaram o nascimento do sol. Fazia frio e o ex-padre em seus trapos e seu colarinho de sangue abraçava o próprio corpo. Naquele pequeno promontório adormeceram e quando acordaram era o meio da manhã e o sol já ia bem adiantado. Sentaram e olharam. Vindo a seu encontro a meia distância na planície avistaram a figura do juiz, a figura do bobo.

21

Náufragos no deserto — Voltando pelo
próprio rastro — Um esconderijo — O
vento escolhe um lado — O juiz volta — Um
discurso — Los Diegueños — San Felipe —
Hospitalidade dos selvagens — Nas montanhas
— Grizzlies — San Diego — O mar.

O kid olhou para Tobin mas o ex-padre não exibia qualquer expressão ali sentado. Tinha o aspecto extenuado e miserável e os viandantes que se aproximavam pareceram não evocar qualquer reconhecimento nele. Ergueu ligeiramente a cabeça e falou sem olhar para o kid. Vai embora, disse. Salve sua pele.

O kid apanhou o frasco de água entre as lascas de xisto e desarrolhou e bebeu e a estendeu para o outro. O ex-padre bebeu e ficaram olhando e então se levantaram e fizeram meia-volta e partiram novamente.

Estavam extremamente debilitados devido aos ferimentos e à fome e constituíam uma visão lamentável em seu trôpego avanço. Perto do meio-dia a água acabara e pararam estudando o vazio em torno. Um vento soprava do norte. Suas bocas estavam secas. O deserto que os arrastara era um deserto absoluto e inteiramente destituído de qualquer aspecto distintivo e nada assinalava seu progresso sobre ele. A terra despencava igualmente em todos os lados de sua arcatura e era por tais delimitações que se viam circunscritos e onde quer que estivessem ali era o centro. Ergueram-se e foram em frente. O céu era pura luminosidade. Não havia trilha a seguir exceto os pedaços de refugos deixados por viajantes e em igual quantidade os ossos de homens cujas covas haviam sido expostas pelo vento nas areias concoidais. Ao entardecer o terreno começou a se elevar diante deles e no topo de uma morena rasa eles pararam e olharam atrás de si para dar com o juiz praticamente como antes a cerca de três quilômetros de distância na planície. Seguiram em frente.

A proximidade de qualquer bebedouro naquele deserto se fazia notar pelas carcaças de animais perecidos em número cada vez maior e tal se dava agora, como se no entorno dos poços houvesse algum perigo letal para as criaturas. Os andarilhos olharam para trás. O juiz permanecia fora de seu campo visual além da crista. A sua frente jaziam as tábuas esbranquiçadas de um carroção e mais adiante as formas de mulas e bois com o couro tão pelado quanto lona pela constante abrasão da areia.

O kid parou estudando esse lugar e então retrocedeu cerca de cem metros sobre os próprios passos e ficou olhando para suas pegadas pouco fundas na areia. Olhou para a rampa da morena moldada pelo vento que haviam descido e se ajoelhou e encostou a mão no solo e ficou escutando o fraco assobio silicoso do vento.

Quando ergueu a mão havia uma fina aresta de areia que fora soprada contra ela e ficou observando essa aresta se desmanchar vagarosamente diante de seus olhos.

Quando voltou à presença do ex-padre este exibia um aspecto grave. O kid se ajoelhou e o examinou ali sentado.

A gente precisa se esconder, disse.
Esconder?
É.
Onde pretende se esconder?
Aqui. A gente se esconde aqui.
Não dá pra se esconder, jovem.
Dá pra se esconder.
Acha que ele não vai seguir seu rastro?
O vento está levando embora. Sumiu daquela rampa ali.
Sumiu?
Tudo.

O ex-padre abanou a cabeça.
Vamos. A gente precisa continuar.
Não dá pra se esconder.
Fica em pé.
O ex-padre abanou a cabeça. Ah, jovem, disse.
Fica em pé, disse o kid.
Vai embora, vai. Acenou com a mão.
O kid falou com ele. Ele não é nada. Você mesmo disse. Os homens são feitos do pó da terra. Você disse que isso não era nenhuma para... para...
Parábola.
Nenhuma parábola. Que isso era um fato consumado e que o juiz era um homem como qualquer outro.
Enfrenta ele então, disse o ex-padre. Enfrenta ele se é assim.
E ele com um rifle e eu com uma pistola. Ele com dois rifles. Levanta daí.
Tobin se levantou. Cambaleou, se apoiou no kid. Partiram, desviando da trilha soprada pelo vento e passando pelo carroção.
Passaram pela primeira armação de ossos e seguiram em frente até onde um par de mulas jazia morto com seus tirantes e ali o kid se ajoelhou com um pedaço de tábua e começou a cavar um abrigo, de olho no horizonte a leste conforme trabalhava. Depois deitaram de bruços sob a proteção daqueles ossos acres como carniceiros saciados e aguardaram a chegada do juiz e a passagem do juiz, se é que ele iria mesmo passar assim.
Não tiveram de esperar muito. Ele surgiu na elevação e parou momentaneamente antes de prosseguir, ele e seu mancebo babão. O terreno a sua frente era soprado em suaves ondulações e embora muito propício a um reconhecimento ali do alto o juiz não perscrutou a região nem deu mostras de ter perdido os fugitivos de seu raio de visão. Desceu a crista e começou a atravessar a imensidão plana, o idiota à frente com uma guia de couro. Carregava os dois rifles que pertenceram a Brown e levava um par de cantis cruzados sobre o peito e carregava um polvorinho de chifre e outro comum e sua valise e um bornal de lona que também devia ter pertencido a Brown. O mais estranho de tudo era o guarda-sol feito de retalhos de pele

podre esticados em uma armação de costelas amarradas com pedaços de tirante. O cabo havia sido a pata dianteira de alguma criatura e o juiz que se aproximava vinha vestido em pouco mais que serpentinas tão dilacerado era seu traje para acomodar sua figura. Segurando diante de si aquela sombrinha mórbida com o idiota em sua coleira de couro cru conduzido pela guia ele parecia um empresário degenerado fugindo de algum espetáculo mambembe e da ira dos cidadãos que o haviam depredado.

Avançaram pela planície e o kid de barriga na chafurda de areia os observou através das costelas das mulas mortas. Ele conseguia enxergar suas próprias pegadas e as de Tobin cruzando a areia, leves e suavizadas mas pegadas mesmo assim, e olhava para o juiz e olhava para as pegadas e escutava a areia se movendo no solo do deserto. O juiz estava talvez a cem metros quando parou e inspecionou o terreno. O idiota se acocorou com as mãos no chão e retesou a correia da trela qual um lêmure de uma espécie sem pelos. Girou a cabeça e farejou o ar, como se estivesse sendo usado para rastrear. Havia perdido o chapéu, ou talvez seu dono houvesse reclamado sua posse, pois o juiz usava agora um par de pampooties cortadas de um pedaço de couro e atadas às solas de seus pés num envoltório de cânhamo resgatado de algum destroço no deserto. O imbecil deu um puxão em sua coleira e gemeu roucamente, os antebraços pendentes diante do peito. Quando ultrapassaram o carroção e continuaram em frente o kid soube que estavam além do ponto onde ele e Tobin haviam se desviado da trilha. Olhou as pegadas. Formas tênues que recuavam através das areias e desapareciam. O ex-padre a seu lado agarrou seu braço e sibilou e gesticulou na direção do juiz e o vento estalou os farrapos de pele na carcaça e o juiz e o idiota seguiram seu caminho pelas areias e sumiram de vista.

Ficaram ali sem dizer palavra. O ex-padre se soergueu ligeiramente e espiou lá fora e depois olhou para o kid. O kid baixou o cão da pistola.

Não vai ter outra chance como essa.

O kid enfiou a pistola no cinto e ficou de joelhos e olhou em volta.

E agora?

O kid não respondeu.

Ele vai estar esperando no próximo poço.

Deixa esperar.

A gente podia voltar pro riacho.

E fazer o quê?

Esperar algum grupo aparecer.

Aparecer de onde? Não tem balsa.

Tem caça que vai no riacho.

Tobin olhava para fora através dos ossos e pele. Quando o kid não respondeu olhou para ele. A gente podia ir pra lá, disse.

Sobraram quatro tiros, disse o kid.

Ficou de pé e esquadrinhou a área putrefata e o ex-padre se levantou e olhou junto com ele. O que viram foi o juiz voltando.

O kid praguejou e mergulhou de bruços. O ex-padre se agachou. Afundaram quanto puderam na chafurda e com os queixos na areia como lagartos ficaram vendo o juiz atravessar o terreno a sua frente outra vez.

Com o bobo na correia e seus petrechos e o guarda-sol balançando ao vento como uma grande flor negra ele passou entre os destroços até chegar de novo à crista da morena arenosa. Ali no topo da encosta se virou e o imbecil se acocorou junto a seus joelhos e o juiz abaixou o guarda-sol a sua frente e se dirigiu ao terreno circundante.

O padre levou você a isso, rapaz. Sei que não ia se esconder. Sei também que você não tem o coração de um assassino comum. Passei na frente da sua mira duas vezes na última hora e vou passar uma terceira. Por que não aparece?

Assassino nenhum, bradou o juiz. E nenhum guerrilheiro tampouco. Tem um lugar com defeito no tecido do seu coração. Acha que eu não ia saber? Só você era insubordinado. Só você reservava um cantinho da alma pra mostrar clemência pelos pagãos.

O imbecil ficou de pé e levou as mãos ao rosto e soltou um gemido agourento e voltou a sentar.

Acha que matei Brown e Toadvine? Eles estão vivos como você e eu. Estão vivos e na posse dos frutos de suas escolhas. Compreende? Pergunte ao padre. O padre sabe. O padre não mente.

O juiz ergueu o guarda-sol e ajeitou seus fardos. Pode ser, exclamou, pode ser que você tenha visto esse lugar num sonho. Que você ia morrer aqui. Então ele desceu a morena e passou mais uma vez pela ossaria conduzido pelo bobo atrelado até os dois se tornarem bruxuleantes e insubstanciais sob as ondas de calor para então desvanecer completamente.

Teriam morrido se os índios não os tivessem encontrado. Por toda a primeira parte da noite haviam mantido Sirius a sua esquerda no horizonte sudoeste e Cetus ao longe vadeando o vácuo e Órion e Betelgeuse girando acima de suas cabeças e dormiram enrodilhados e tremendo na escuridão das planícies e acordaram para dar com os céus totalmente transformados e as estrelas pelas quais haviam progredido não mais encontráveis, como se seu sono houvesse abarcado estações inteiras. Na aurora ruiva viram perfilados ao longo de uma elevação a norte os selvagens seminus agachados ou em pé. Levantaram e seguiram em frente, suas sombras muito alongadas e estreitas imitando dissimuladas cada membro fino e articulado em seu movimento. As montanhas a oeste estavam brancas com o raiar do dia. Os aborígenes se deslocavam ao longo da crista arenosa. Após algum tempo o ex-padre sentou e o kid acima dele parou segurando a pistola e os selvagens desceram as dunas e se aproximaram com corridinhas e paradas súbitas através da planície como duendes pintados.

Eram diegueños. Estavam armados com arcos curtos e se juntaram em torno dos andarilhos e se ajoelharam e lhes deram água de uma cabaça. Já tinham visto peregrinos assim antes e com aflições ainda mais terríveis. Arrancavam uma sobrevivência desesperada daquela terra e sabiam que nada a não ser uma perseguição selvagem podia arrastar homens a tal vicissitude e estavam sempre atentos a que essa coisa se amalgamasse de sua temível incubação na casa do sol e se materializasse no limiar do mundo oriental e quer fossem exércitos ou epidemia ou pestilência ou algo inteiramente indescritível aguardavam com uma estranha imparcialidade.

Conduziram os refugiados a seu acampamento em San Felipe, um aglomerado de cabanas toscas feitas de caniços e que abrigava uma população de criaturas imundas e miseráveis vestidas na maior parte com as camisas de algodão dos argonautas que haviam passado por ali, só as camisas e mais nada. Foram buscar para eles um guisado de lagartos e roedores aquecido em tigelas de cerâmica e uma espécie de piñole feito de gafanhotos secos e moídos e agacharam em torno e os observaram com grande seriedade enquanto comiam.

Um deles esticou a mão e tocou o cabo do revólver no cinto do kid e depois voltou a encolher o braço. Pistola, disse.

O kid comia.

Os selvagens balançaram a cabeça.

Quiero mirar su pistola, disse o homem.

O kid não respondeu. Quando o homem esticou o braço na direção da arma ele interceptou sua mão e a afastou. Quando soltou o homem avançou outra vez e o kid empurrou sua mão outra vez.

O homem sorriu. Esticou o braço pela terceira vez. O kid pôs a tigela entre as pernas e sacou o revólver e engatilhou e encostou o cano na testa do homem.

Ficaram absolutamente imóveis. Os demais observavam. Após algum tempo o kid baixou a pistola e desarmou o cão e a enfiou no cinto e pegou a tigela e começou a comer outra vez. O homem fez um gesto na direção da pistola e falou com os amigos e todos balançaram a cabeça e continuaram sentados como antes.

Qué pasó con ustedes.

O kid observava o homem por sobre a beirada de sua tigela com os olhos escuros e encovados.

O índio olhou para o ex-padre.

Qué pasó con ustedes.

O ex-padre em seu plastrom preto e encrostado virou todo o tronco para olhar o homem que falara. Olhou para o kid. Comia com os dedos e lambeu-os e limpou-os na perna imunda de suas calças.

Las yumas, disse.

Eles fizeram som de chupar no ar e estalaram as línguas.

Son muy malos, disse o homem.

Claro.

No tiene compañeros?

O kid e o ex-padre olharam um para o outro.

Sí, disse o kid. Muchos. Fez um gesto para o leste. Llegarán. Muchos compañeros.

Os índios receberam a notícia sem se alterar. Uma mulher trouxe mais piñole mas haviam ficado sem comer por tempo demais para sentir algum apetite e recusaram com um gesto de mão.

À tarde banharam-se no riacho e dormiram no chão. Quando acordaram eram observados por um grupo de crianças nuas e alguns cães. Quando passearam pelo acampamento viram os índios sentados ao longo de uma saliência de rocha olhando infatigavelmente para o território a leste à espera de qualquer coisa que pudesse vir dali. Ninguém lhes falou nada a respeito do juiz e eles não perguntaram. Os cachorros e as crianças os acompanharam quando deixavam o acampamento e eles tomaram a trilha que subia pelas colinas baixas a oeste para onde o sol já se encaminhava.

Chegaram a Warner's Ranch no fim do dia seguinte e recobraram as forças nas termas sulfurosas que brotavam ali. Não havia ninguém por perto. Seguiram em frente. As terras a oeste eram onduladas e relvosas e mais além montanhas corriam em direção ao litoral. Dormiram essa noite entre cedros anões e pela manhã a relva estava congelada e ouviam o vento na relva congelada e ouviam os chamados de pássaros que pareciam um encantamento contra as melancólicas regiões vazias de onde vinham.

Por todo o dia subiram através de um parque elevado coberto de árvores-de-josué e orlado de picos graníticos lisos. Ao anoitecer bandos de águias alçaram voo através do desfiladeiro diante deles e viram naquelas plataformas gramadas as enormes silhuetas bamboleantes de ursos como se fossem gado pastando em algum chaparral montanhoso. Havia pequenos acúmulos de neve ao abrigo do vento nas saliências rochosas e à noite a neve caía levemente sobre eles. Veios de névoa sopravam pelas encostas quando se puseram em marcha tremendo de frio ao alvorecer e na neve recente viram os rastros de ursos que haviam descido para farejá-los pouco antes do raiar do dia.

Nesse dia não surgiu o sol mas apenas uma palidez na cerração e a terra ficou branca de geada e os arbustos eram como isômeros polares de suas próprias formas. Carneiros selvagens sumiam como fantasmas em meio às ravinas pedregosas e o vento descia em remoinhos cortantes e cinzentos da bruma gélida acima deles, uma região enevoada de vapores furiosos sendo soprados garganta abaixo como se o mundo todo estivesse em chamas. Falavam cada vez menos entre si até finalmente caírem no mais completo silêncio como normalmente acontece com viajantes que se aproximam do final de uma jornada. Bebiam nos regatos gelados da montanha e molhavam suas feridas e mataram uma jovem corça junto a uma nascente e comeram quanto puderam e defumaram finas tiras de carne para levar consigo. Embora não avistassem mais ursos eles viam vestígios de sua proximidade e se afastaram através das encostas uma boa milha de seu acampamento de charqueio antes de parar para passar a noite. Pela manhã cruzaram um leito de aerólitos aglomerados naquele chaparral que eram como os ovos fossilizados de alguma ave primeva. Percorreram a linha da sombra sob as montanhas andando sob o sol apenas o suficiente para obter seu calor e nessa tarde avistaram o mar pela primeira vez, muito abaixo de onde estavam, azul e sereno sob as nuvens.

A trilha descia por entre as colinas baixas e ia de encontro à rota dos carroções e seguiram por onde rodas travadas haviam derrapado e os aros de ferro haviam riscado a rocha e o oceano ali embaixo se escureceu até ficar negro e o sol desceu e a terra em torno ficou azul e fria. Adormeceram tiritando sob uma bossa arborizada em meio a pios de corujas e o aroma de junípero enquanto as estrelas enxameavam na noite abismal.

Era o anoitecer do dia seguinte quando entraram em San Diego. O ex-padre saiu para procurar um médico mas o kid perambulou pelas rústicas ruas de barro e entre os casebres de couro enfileirados e atravessou a orla de cascalho em direção à praia.

Uma faixa de algas cor de âmbar assinalava a linha da maré como um emaranhado de tripas emborrachadas. Uma foca morta. Além da baía interior parte de um recife em uma linha fina como alguma coisa soçobrada sendo denteada pela marola. Ele se agachou na areia e contemplou o sol batendo na superfície martelada da água. Ao longe ilhas de nuvens singravam um sobreoceano etéreo cor de salmão. Silhuetas de aves marinhas. O estouro surdo da rebentação ao longo da praia. Um cavalo parado fitava a distância por sobre as águas progressivamente mais escuras e um potrinho se afastou cabriolando e trotou e depois voltou.

Sentou contemplando o sol que mergulhava chiando nas vagas. O cavalo se recortava negro contra o céu. As ondas estrondeavam no escuro e o couro negro do mar arquejava sob as incrustações cintilantes das estrelas e as longas cristas esbranquiçadas galopavam na noite e estouravam contra a areia.

Ele se levantou e virou na direção da cidade e suas luzes. Poças de maré brilhantes como cadinhos de fundição entre as rochas escuras onde caranguejos fosforescentes escalavam de volta. Ao passar pelo capim da praia ele olhou para trás. O cavalo não se movera. A luz de um navio piscou entre as vagas. O potro recostava no cavalo com a cabeça baixa e o cavalo tinha os olhos fixos ao longe, onde o entendimento humano não alcança, onde as estrelas se afogam e as baleias carregam suas vastas almas pelo oceano negro absoluto.

22

Na prisão — O juiz faz uma visita — Uma acusação
— Soldado, padre, magistrado — Soltura —
Procura um cirurgião — A ponta da flecha
removida de sua perna — Delírio — Viagem para
Los Angeles — Um enforcamento público — Los
ahorcados — À procura do ex-padre — Outro
bobo — O escapulário — Para Sacramento —
Um viajante no oeste — Abandona o grupo —
Os irmãos penitentes — A carroça da morte
— Outro massacre — A anciã nos rochedos.

Voltando através das ruas e passando diante das janelas iluminadas de amarelo e pelos cães latindo encontrou um destacamento de soldados mas com a escuridão eles o tomaram por um velho e seguiram em frente. Ele entrou em uma taverna e sentou em um canto na penumbra observando os grupos de homens em torno das mesas. Ninguém perguntou o que queria naquele lugar. Parecia à espera de que alguém viesse a sua procura e após algum tempo quatro soldados entraram e o prenderam. Nem sequer perguntaram seu nome.

Na cela começou a falar com estranha urgência de coisas que poucos homens presenciaram em uma vida inteira e os carcereiros disseram que sua cabeça havia saído dos eixos com os atos sanguinários de que participara. Certa manhã acordou para dar com o juiz diante de sua cela, chapéu na mão, sorrindo para ele. Vestia um terno de linho cinza e usava botas novas e engraxadas. Seu casaco estava desabotoado e no colete exibia uma corrente de relógio e um alfinete de gravata e no cinto um grampo forrado de couro com uma pequena derringer com enfeites de prata e cabo em madeira de lei. Lançou um olhar pelo corredor do rústico edifício de barro e enfiou o chapéu e sorriu outra vez para o prisioneiro.

Então, disse. Como vai?

O kid não respondeu.

Vieram me perguntar se você foi sempre louco, disse o juiz. Disseram que era a terra. Que essa terra enlouquecia as pessoas.

Onde está o Tobin?

Contei a eles que o cretino era um respeitado Doutor em Teologia no Harvard College ainda bem recentemente, em março deste ano. Que conservara o juízo mesmo tendo viajado tão a oeste como as Aquarius Mountains. Foi a terra depois disso que levou seu juízo embora. Junto com as roupas dele.

E Toadvine e Brown. Onde estão?

No deserto onde vocês largaram eles. Que coisa mais cruel. Seus companheiros de armas. O juiz abanou a cabeça.

O que vão fazer comigo?

Acho que planejam pendurar você pelo pescoço.

O que disse pra eles?

Disse a verdade. Que você foi o responsável. Não que a gente saiba todos os detalhes. Mas eles entendem que foi você e ninguém mais que moldou os eventos na direção de um curso tão calamitoso. Culminando com o massacre no vau do rio perpetrado pelos selvagens com quem você conspirou. Os meios e os fins não são muito importantes aqui. Meras especulações vazias. Mas mesmo que você carregue o esquema do seu plano assassino junto com você para a cova de um jeito ou de outro ele será revelado em toda sua infâmia ao seu Criador e assim sendo igualmente será dado a conhecer até ao mais humilde dos homens. Tudo em seu devido tempo.

Você é que é o louco, disse o kid.

O juiz sorriu. Não, disse. Eu nunca. Mas pra que ficar aí espreitando das sombras? Venha até aqui pra gente poder conversar, eu e você.

O kid estava de pé encostado na parede do fundo. Ele próprio pouco mais que uma sombra.

Venha até aqui, disse o juiz. Venha até aqui, porque tenho mais coisas a dizer.

Olhou pelo corredor. Não tenha medo, disse. Vou falar em voz baixa. Não é pros ouvidos do mundo mas só pros seus. Deixa eu te ver. Não sabe que te amei como um filho?

Esticou os braços através das barras. Venha aqui, disse. Deixa eu tocar em você.

O kid continuou de costas para a parede.

Venha até aqui se não tem medo, sussurrou o juiz.

Não tenho medo de você.

O juiz sorriu. Falou baixinho na direção do cubículo escuro de barro. Você se ofereceu, disse, para tomar parte numa obra. Mas serviu de testemunha contra si mesmo. Levou a julgamento seus próprios atos. Pôs as próprias suposições na frente dos julgamentos da história e rompeu com o corpo com o qual se comprometera a tomar parte e envenenou esse corpo em toda sua empresa. Escuta aqui, homem. Lá no deserto foi a você que falei, a você e a mais ninguém, e você me fez ouvidos moucos. Se a guerra não é sagrada o homem nada é além de barro burlesco. Até mesmo o cretino do padre agiu de boa-fé segundo seu papel. Pois de nenhum homem se exigiu dar mais do que possuía nem tampouco era o quinhão de nenhum homem comparável ao do outro. Apenas se esperava de cada um que entregasse seu espírito ao espírito coletivo e teve um que se recusou. Sabe me dizer quem foi?

Foi você, sussurrou o kid. Quem recusou foi você.

O juiz o observou através das barras, abanou a cabeça. O que une os homens, disse, não é a partilha do pão mas a partilha dos inimigos. Mas se eu fosse seu inimigo com quem você teria me partilhado? Com quem? O padre? Onde ele está agora? Olha aqui. Nossas animosidades estavam formadas e à nossa espera até mesmo antes da gente se conhecer. Contudo, mesmo assim você podia ter mudado tudo.

Você, disse o kid. Foi você.

Eu, nunca, disse o juiz. Escuta. Acha que o Glanton era bobo? Não sabe que ele ia acabar matando você?

Mentira, disse o kid. Mentiras e mais mentiras.

Pense melhor, disse o juiz.

Ele nunca tomou parte nas suas loucuras.

O juiz sorriu. Puxou o relógio do colete e o abriu e segurou contra a luz fraca.

E mesmo que você não arredasse pé de suas convicções, disse, que convicções seriam essas?

Ergueu o rosto. Fechou a tampa e devolveu o instrumento ao seu lugar. Hora de ir, disse. Tenho o que fazer.

O kid fechou os olhos. Quando abriu o juiz se fora. Nessa noite chamou o cabo para que se aproximasse e os dois sentaram cada um de um lado das barras enquanto o kid contava ao soldado sobre a pilha de moedas de ouro e prata escondida nas montanhas não muito longe dali. Falou por longo tempo. O cabo pousara a vela no chão entre eles e o observou como alguém faria com uma criança tagarela e mentirosa. Quando terminou o cabo ficou de pé e levou a vela consigo, deixando-o no escuro.

Foi solto dois dias depois. Um padre espanhol viera batizá-lo e jogara água através das barras como um padre esconjurando espíritos. Uma hora mais tarde quando vieram buscá-lo sentia vertigem de tanto medo. Foi levado perante o alcaide e o homem conversou com ele de um jeito paternal na língua espanhola e depois ele foi deixado na rua.

O médico que encontrou era um jovem de boa família vindo do leste. Cortou suas calças com uma tesoura e olhou para a haste enegrecida da flecha e cutucou a ponta. Uma fístula leve se formara em torno.

Está doendo? disse.

O kid não respondeu.

Apertou a ferida com o polegar. Disse que poderia fazer a cirurgia e que custaria cem dólares.

O kid se levantou da mesa e foi embora mancando.

No dia seguinte quando estava sentado na plaza um menino apareceu e o conduziu de novo ao barracão atrás do hotel e o médico lhe disse que a operação seria de manhã.

Vendeu a pistola para um inglês por quarenta dólares e acordou com a aurora em um pedaço de terra debaixo de umas tábuas para onde rastejara à noite. Chovia e percorreu as ruas enlameadas e vazias e esmurrou a porta do merceeiro até que o homem o deixasse entrar. Quando apareceu no consultório do cirurgião estava muito bêbado, escorando-se no batente da porta, segurando na mão uma garrafa de quarto cheia pela metade de uísque.

O assistente do cirurgião era um estudante de Sinaloa que viera fazer seu aprendizado ali. Seguiu-se uma discussão à porta até que o cirurgião em pessoa se aproximou vindo dos fundos do prédio.

Vai ter que voltar amanhã, disse.
Não planejo estar mais sóbrio amanhã.
O cirurgião olhou para ele. Tudo bem, disse. Me dá o uísque aqui.
Entrou e o aprendiz fechou a porta às suas costas.
Não vai precisar do uísque, disse o médico. Me dá ele aqui.
Como não vou precisar?
A gente tem éter etílico. Não vai precisar do uísque.
É mais forte?
Muito mais forte. De qualquer jeito não posso operar um homem caindo de bêbado.

Ele olhou para o assistente e então olhou para o cirurgião. Pousou a garrafa na mesa.

Bom, disse o cirurgião. Quero que vá com o Marcelo. Ele vai preparar um banho pra você e arranjar uma roupa limpa e mostrar onde pode se deitar.

Puxou o relógio do colete e o segurou na palma da mão e olhou as horas.

São oito e quinze. Você vai ser operado à uma. Descanse um pouco. Se precisar de qualquer coisa é só dizer.

O assistente o conduziu através do pátio até uma casa de adobe caiada nos fundos. Uma edícula com quatro camas de ferro todas vazias. Tomou banho em uma grande caldeira de cobre rebitada que parecia a sucata de algum navio e deitou no colchão rústico e escutou crianças brincando em algum lugar do lado de lá da parede. Não dormiu. Quando vieram buscá-lo continuava bêbado. Foi levado dali e deitado em uma mesa de cavaletes na sala vazia contígua à edícula e o assistente pressionou um pano gelado contra seu nariz e lhe disse para respirar fundo.

Naquele sono e nos sonos que se seguiram o juiz o visitou. Quem mais? Um enorme mutante indolente, silencioso e sereno. Fossem quais fossem seus antecedentes ele era algo inteiramente diverso da somatória total e tampouco existia algum sistema pelo qual decompô--lo até suas origens pois com ele isso não funcionava. Quem quer que se propusesse a escarafunchar sua história através de sabe-se lá que emaranhado de ventres e escriturações fatalmente acabaria ofuscado e emudecido às margens de um vazio sem término ou origem e fosse qual fosse a ciência de que lançasse mão para se debruçar sobre a poeirenta matéria primordial que sopra do fundo dos milênios não descobriria vestígio algum de qualquer ovo atávico fundamental pelo qual determinar seu começo. No recinto branco e vazio lá estava ele em seu terno sob medida com o chapéu na mão a perscrutá-lo com os suínos olhinhos sem cílios dentro dos quais aquela criança havia apenas dezesseis anos sobre a terra podia ler corpos inteiros de vere-dictos insondáveis perante os tribunais dos homens e ver seu próprio nome que em nenhum outro lugar teria conseguido sequer decifrar registrado nos autos como algo já consumado, um viajante conhecido em jurisdições existentes exclusivamente nas reivindicações de posse de certos pensionários militares ou em antigos mapas desatualizados.

Em seu delírio revirou os lençóis do catre à procura de armas mas não encontrou nenhuma. O juiz sorria. O bobo não estava mais lá mas sim outro homem e esse outro homem ele nunca conseguia ver inteiramente mas parecia um artesão e um trabalhador em metal. O vulto do juiz o impedia de enxergá-lo ali agachado em sua ocupação mas era um forjador a frio que trabalhava com martelo e cunho, talvez sob alguma acusação e exilado do fogo dos homens, martelando como se fosse seu próprio destino conjetural por toda a noite de sua gênese uma cunhagem para uma aurora que não viria. É esse moedeiro falso com cinzéis e punções que busca cair nas boas graças do juiz e se empenha em fabricar a partir da escória fria bruta no crisol uma face capaz de passar, uma imagem que torne essa moeda residual corrente nos mercados onde os homens comerciam. Disso é o juiz juiz e a noite não tem fim.

A luz ambiente mudou, uma porta fechou. Ele abriu os olhos. Sua perna estava enfaixada com panos e erguida com o apoio de pequenos rolos de esteira de junco. Sua sede era desesperadora e sua cabeça latejava e sua perna era como uma visita nociva na cama junto com ele tal a dor. Pouco depois o assistente apareceu trazendo água. Ele não voltou a dormir. A água que bebeu correu através de sua pele e encharcou a roupa de cama e ele permaneceu imóvel como que para enganar a dor e seu rosto estava cinzento e exaurido e o cabelo comprido úmido e desgrenhado.

Uma semana mais e já coxeava pela cidade com as muletas que o cirurgião providenciara. Indagava em todas as portas por notícias do ex-padre mas ninguém o conhecia.

Em junho desse ano estava em Los Angeles alojado em uma estalagem que não passava de um albergue noturno, ele e quarenta outros homens de todas as nacionalidades. Na manhã do dia onze todos se levantaram ainda no escuro e saíram para presenciar um enforcamento público no cárcel. Quando ele chegou a luz surgia palidamente e já havia uma tal horda de espectadores no pórtico que mal conseguia enxergar os procedimentos. Ficou na periferia da multidão enquanto o dia nascia e discursos eram proferidos. Então de modo abrupto duas figuras amarradas ascenderam verticalmente em meio a seus semelhantes até o topo da guarita sobre o pórtico e ali ficaram penduradas e ali morreram. Garrafas passaram de mão em mão e os espectadores que haviam permanecido em silêncio começaram a falar outra vez.

Ao anoitecer quando voltou a esse lugar já não se via mais vivalma. Um guarda recostado na porta da guarita mastigando tabaco e os enforcados na ponta de suas cordas pareciam bonecos para espantar os pássaros. Quando se aproximou viu que eram Toadvine e Brown.

Tinha pouco dinheiro e logo dinheiro nenhum mas vivia pelas tascas e casas de jogo, rinhas e bodegas. Um jovem silencioso em um terno grande demais e as mesmas botas arruinadas com que cruzara o deserto. De pé junto à porta de um saloon vicioso com os olhos inquietos sob a aba do chapéu e à luz de uma luminária de parede incidindo lateralmente em seu rosto foi tomado por um prostituto e ganhou bebidas e então o conduziram aos fundos do estabelecimento.

Deixou o cliente sem sentidos em um quartinho onde não havia luz alguma. Outros homens encontraram-no ali no desempenho de seus próprios sórdidos intentos e outros homens levaram sua bolsa e seu relógio. Mais tarde ainda alguém levou seus sapatos.

    Não teve notícia do ex-padre e desistira de perguntar. De volta a seu pouso certa manhã ao raiar do dia sob uma chuva cinzenta viu um rosto babão em uma janela no andar de cima e subiu pela escada e bateu na porta. Uma mulher em um penhoar de seda abriu a porta e olhou para ele. Atrás dela no quarto uma vela ardia sobre a mesa e à luz pálida na janela um meio retardado sentava em um chiqueirinho junto com um gato. Virou para olhá-lo, não o bobo do juiz mas algum outro bobo. Quando a mulher lhe perguntou o que queria deu meia-volta sem dizer palavra e desceu a escada debaixo de chuva e ganhou as ruas enlameadas.

    Com os últimos dois dólares comprou de um soldado o escapulário de orelhas pagãs que Brown usara ao subir no cadafalso. Ele o usava na manhã seguinte quando se engajou a serviço de um condutor independente vindo do estado do Missouri e o usava quando partiram para Fremont no rio Sacramento com um comboio de carroções e bestas de carga. Se o condutor sentiu alguma curiosidade acerca do colar ele a guardou para si.

    Permaneceu nessa atividade por alguns meses e foi embora sem o menor aviso. Viajava pelo país de um lugar para outro. Não evitava a companhia de outros homens. Era tratado com certa deferência como alguém que ajustara contas com a vida pagando mais do que seus anos teriam a dever. Nessa altura conseguira um cavalo e um revólver, algum equipamento rudimentar. Trabalhava em ocupações diferentes. Tinha consigo uma bíblia encontrada nos acampamentos de mineração e carregava com ele esse livro do qual não sabia ler uma única palavra. Com suas roupas escuras e frugais alguns o tomavam por uma espécie de pregador mas ele não lhes dava fé de coisa alguma, nem das coisas que tinham diante de si nem das coisas ainda por vir, ele menos do que qualquer outro homem. Eram remotos demais para as notícias os lugares por onde andava e nesses tempos incertos os homens brindavam à saúde de soberanos depostos e davam vivas à coroação de reis assassinados e já sepultados. Até mesmo de histórias assim tão comungadas ele não tinha informação e embora fosse o costume naquela vastidão parar para qualquer viajante e trocar as novas ele parecia viajar sem tomar tento do que quer que fosse, como se os acontecimentos do mundo fossem por demais nefastos para que deles tomasse parte, ou talvez por demais triviais.

Viu homens mortos com armas e com facas e com cordas e viu brigas até a morte por causa de mulheres cujo valor elas próprias haviam fixado em dois dólares. Viu navios do país da China atracados nos pequenos portos e fardos de chá e sedas e especiarias sendo abertos com espadas por homenzinhos amarelos cujo falar parecia o de gatos. Naquela costa solitária onde as rochas íngremes embalavam como uma bateia o oceano escuro e marulhante ele viu abutres planando cuja envergadura de tal modo apequenava os pássaros menores que as águias guinchando mais abaixo eram como andorinhas-do-mar ou maçaricos. Viu pilhas de ouro que um chapéu mal teria conseguido cobrir sendo apostadas na virada de uma carta e perdidas e viu ursos e leões soltos em covas para lutar até a morte contra touros selvagens e passou duas vezes pela cidade de San Francisco e por duas vezes a viu arder em chamas e não mais voltou, viajando a cavalo pela estrada para o sul onde por toda a noite a silhueta da cidade ardeu contra o céu e ardeu novamente nas águas negras do mar onde golfinhos subiam à tona em meio às chamas, fogo no lago, em meio à queda de vigas queimando e os gritos dos que não tinham salvação. Nunca mais voltou a ver o ex-padre. Do juiz escutava rumores por toda parte.

Na primavera de seus vinte e oito anos partiu com outros pelo deserto a leste, um dentre cinco contratados para guiar um grupo através da vastidão até suas casas no coração do continente. Sete dias após deixar o litoral ele os abandonou em um poço no deserto. Eram apenas um bando de peregrinos de regresso ao lar, homens e mulheres já cobertos pelo pó e esgotados da viagem.

Virou o rosto do cavalo para o norte na direção da cordilheira rochosa que se esparramava em uma linha fina sob o limite do céu e cavalgou com as estrelas morrendo e o sol nascendo. Eram plagas que nunca jamais percorrera e não havia trilhas a seguir naquelas montanhas e tampouco trilha a indicar a saída. E contudo nas profundezas mais recônditas daquelas rochas encontrou homens que pareciam incapazes de tolerar o silêncio do mundo.

Avistou-os pela primeira vez arrastando-se através da planície sob o lusco-fusco entre ocotillos em flor que chamejavam à luz derradeira como candelabros cornígeros. Eram liderados por um pitero assoprando seu símile de clarinete e a seguir em procissão ia uma algazarra de pandeiros e matracas e homens nus da cintura para cima usando mantos negros e capuzes que se autoflagelavam com látegos de iúca trançada e homens que carregavam nas costas nuas enormes fardos de cholla e um homem amarrado a uma corda que era puxado de um lado para outro pelos companheiros e um homem encapuzado com uma veste talar branca carregando uma pesada cruz de madeira sobre os ombros. Estavam todos eles descalços e deixavam um rastro de sangue nas rochas e atrás deles seguia uma rústica carreta sobre a qual se via um esqueleto de madeira esculpida que chacoalhava rigidamente empunhando diante de si um arco e flecha. Compartilhava sua carroça com um carregamento de pedras e rodava sobre as rochas puxado por cordas presas às cabeças e tornozelos dos penitentes e era acompanhado por uma delegação de mulheres levando pequenas flores do deserto nas mãos fechadas ou archotes de sotol ou lanternas primitivas de lata perfurada.

A torturada seita cruzou vagarosamente o terreno sob o despenhadeiro onde o observador se encontrava e seguiu seu caminho por sobre o leque de pedregulhos arrastados pela água da ravina acima deles e em meio a lamúrias e acordes e estrépitos passaram entre as paredes de granito para o lado mais elevado do vale e desapareceram na escuridão iminente como arautos de alguma calamidade além das palavras deixando para trás sobre a rocha apenas pegadas ensanguentadas.

Ele fez seu bivaque em uma baixada inóspita e ele e o cavalo deitaram lado a lado e por toda a noite o vento seco soprou do deserto e o vento era quase silencioso pois não havia em que ressoar entre aquelas rochas. Ao alvorecer ele e o cavalo permaneceram contemplando o leste onde a luz começava a surgir e então ele selou o cavalo e desceram por uma trilha de vegetação esparsa através de um cânion onde encontrou um tanque profundo sob uma elevação de matacões. A água ficava na escuridão e as pedras eram frias e ele bebeu e levou água para o cavalo em seu chapéu. Depois conduziu o animal até o alto do cume e prosseguiram, o homem observando o planalto a sul e as montanhas a norte e o cavalo atrás, cascos retinindo.

Pouco depois o cavalo começou a sacudir a cabeça e logo se recusava a prosseguir. Ele parou com a mão no cabresto examinando a região. Então avistou os peregrinos. Estavam esparramados abaixo dele em uma coulee rochosa mortos no próprio sangue. Ele puxou seu rifle e agachou e ficou à escuta. Conduziu o cavalo para a sombra do paredão rochoso e o prendeu com a peia e se moveu ao longo da rocha e desceu a vertente.

Os penitentes jaziam esfaqueados e trucidados entre as pedras nas mais diversas posições. Muitos tombaram próximos à cruz caída e alguns haviam sido mutilados e outros decapitados. Talvez tivessem se reunido ao pé da cruz em busca de proteção mas o buraco dentro do qual ela fora fixada e o monte de pedras em torno de sua base revelavam como havia sido derrubada e como o pretenso cristo encapuzado fora passado no fio das lâminas e estripado e agora jazia com os pedaços de corda pelos quais havia estado amarrado ainda presos em torno dos pulsos e tornozelos.

O kid se levantou e olhou em torno para a cena desoladora e então viu solitária e ereta em um pequeno nicho nas rochas uma velha ajoelhada e cabisbaixa em seu rebozo desbotado.

Passou entre os cadáveres e parou diante dela. Era muito velha e tinha o rosto cinzento e curtido e a areia se acumulara nas pregas de sua roupa. Não ergueu o rosto. O xale que cobria sua cabeça tinha as cores muito esmaecidas e contudo o tecido exibia como que um padrão de patente com figuras de estrelas e crescentes e outros símbolos de uma proveniência que lhe era desconhecida. Falou com ela em voz baixa. Disse-lhe que era americano e que estava muito longe da terra onde nascera e que não possuía família e que viajara muito e vira muitas coisas e estivera na guerra e passara por extremas dificuldades. Disse-lhe que ia levá-la para um lugar seguro, algum grupo de seus conterrâneos que iriam acolhê-la e que ela deveria se juntar a eles pois não iria deixá-la naquele lugar ou certamente morreria.

Ele ajoelhou sobre uma perna, descansando o rifle diante de si como um cajado. Abuelita, disse. No puedes escucharme?

Esticou a mão dentro do pequeno recesso e tocou seu braço. Ela se moveu ligeiramente, todo seu corpo, leve e rígido. Não pesava nada. Era apenas uma casca seca e estava morta naquele lugar havia muitos anos.

23

Nas planícies do norte do Texas — Um velho
caçador de bisões — As manadas milenares —
Os catadores de ossos — Noite na pradaria —
Visitantes — Orelhas apaches — Elrod quer briga
— Um assassinato — Levando o morto — Fort
Griffin — A Colmeia — Um show no palco — O
juiz — Matando um urso — O juiz fala sobre os
velhos tempos — Preparativo para a dança —
O juiz sobre a guerra, o destino, a supremacia
do homem — O salão de baile — A prostituta
— As latrinas e o que se encontrou por lá —
Sie müssen schlafen aber Ich muss tanzen.

No final do inverno de mil oitocentos e setenta e oito ele estava nas planícies do norte do Texas. Atravessou o Double Mountain Fork do rio Brazos certa manhã quando uma película de gelo fino cobria a margem arenosa e cavalgou por uma floresta anã sinistra de prosópis negras e retorcidas. Montou seu acampamento nessa noite em um trecho de terreno elevado onde uma árvore derrubada por um raio formava uma proteção contra o vento. Nem bem pusera sua fogueira para queimar avistou através da pradaria na escuridão outra fogueira. Como a sua ela se contorcia ao vento, como a sua aquecia um só homem.

Era um velho caçador acampado e o caçador compartilhou seu tabaco com ele e lhe falou sobre o bisão e dos embates que tivera com eles, deitado em uma cavidade em alguma elevação com os animais mortos espalhados pelo terreno em volta e a manada começando a circular confusa e o cano do rifle tão quente que os pequenos retalhos de limpeza chiavam ali dentro e os animais aos milhares e às dezenas de milhares e as peles esticadas cobrindo verdadeiras milhas quadradas de terreno e as equipes de peleiros se revezando dia e noite e a sucessão de semanas e de meses atirando e atirando até as estrias do cano ficarem lisas e o encaixe da coronha ficar solto e as manchas amarelo-azuladas dos ombros aos cotovelos e os carroções em comboios gemendo através da pradaria e as juntas de vinte e de vinte e dois bois e os couros enrijecidos às toneladas e centenas de toneladas e as carnes apodrecendo no chão e o ar zunindo de moscas e os abutres e os corvos e a noite um horror de rosnados e de presas rasgando com os lobos meio enlouquecidos se espojando na vertigem da carniça.

Vi carroças Studebaker com parelhas de seis e oito bois rumando para os campos de caça sem outra carga que não chumbo. Galena pura e mais nada. Toneladas. Só aqui nessa região entre o rio Arkansas e o Concho foram oito milhões de carcaças pois foi esse tanto de peles que chegou no terminal do trem. Faz uns dois anos a gente saiu de Griffin pra uma última caçada. Vasculhamos o território. Seis semanas. Até que acabamos encontrando um bando de oito animais e matamos e fomos embora. Sumiram. Sumiram todos até o último exemplar que um dia Deus pôs neste mundo como se nunca tivessem existido.

O vento soprou fagulhas irregulares. A pradaria em torno estava mergulhada no silêncio. Além da fogueira fazia frio e a noite era clara e as estrelas caíam. O velho caçador se embrulhou na manta. Fico pensando se existem outros mundos assim, ele disse. Ou se esse aqui é o único.

Quando topou com os catadores de ossos vinha cavalgando havia três dias por uma região que nunca vira. As planícies eram ressequidas e de aparência incendiada e as arvoretas negras e deformadas e povoadas de corvos e por toda parte as matilhas rudes de lobos chacais e os ossos desarranjados e brancos causticados de sol das manadas extintas. Ele apeou e conduziu o cavalo. Aqui e ali por entre os arcos das costelas discos achatados de chumbo escurecido como medalhões de alguma antiga ordem de caçadores. À distância juntas de bois sob os varais em passo arrastado e as carroças pesadas rangendo secamente. Dentro desses tabuleiros os catadores jogavam os ossos, derrubando a chutes a arquitetura calcinada, partindo os esqueletos maiores com machados. Os ossos chacoalhavam nos carros, o avanço pesado sob um pó pálido. Ele os observou passar, maltrapilhos, imundos, os bois esfolados e de olhar desvairado. Ninguém lhe dirigiu a palavra. À distância ele avistou uma caravana de carroças movendo-se para o nordeste com imensas cargas de ossos precariamente equilibradas e mais ao norte outros grupos de catadores trabalhando.

Montou e seguiu em frente. Os ossos haviam sido juntados em medas de trinta metros de altura e centenas de comprimento ou em grandes montanhas cônicas encimadas pelos símbolos ou marcas de seus proprietários. Ele emparelhou com uma das carroças sacolejantes, um menino montado no boi esquerdo da roda e conduzindo os animais com uma brida e uma vergasta. Dois rapazes acocorados sobre uma pilha de crânios e ossos da pelve o relancearam de seu poleiro.

A planície ficou pontilhada com suas fogueiras à noite e ele sentou de costas para o vento e bebeu de um cantil do exército e comeu um punhado de milho torrado como jantar. Por todas aquelas extensões os lamentos e ganidos dos lobos famintos se faziam ouvir sem cessar e ao norte os relâmpagos silenciosos encordoavam uma lira quebrada na margem escura do mundo. O ar cheirava a chuva mas nenhuma gota caiu e os rangentes carros de ossos passavam na noite como vultos de navios e ele podia farejar os bois e escutar suas respirações. O odor rançoso dos ossos estava por toda parte. Por volta da meia-noite um grupo o saudou quando se agachava diante das brasas.

Acheguem-se, ele disse.

Saíram das sombras, farrapos humanos taciturnos vestidos com peles. Portavam antigas armas militares a não ser por um deles que carregava um rifle de caçar bisões e não tinham casacos e um deles usava umas botas de couro não curtido escorchadas dos jarretes de algum animal e com as biqueiras amarradas por uma tira.

Noite, forasteiro, exclamou a mais velha das crianças.

Ele olhou para eles. Estavam em quatro mais um menino não muito crescido e pararam na orla da luz e se ajeitaram por ali.

Acheguem-se, disse ele.

Avançaram um pouco mais. Três se agacharam e dois ficaram em pé.

Onde estão seus petrechos? disse um.

Ele não está atrás dos ossos.

O senhor não teria aí consigo um bocadinho de tabaco nos bolsos, teria?

Ele abanou a cabeça.

Também nem um bocadinho de uísque, eu acho.

Ele não tem uísque.

Pra onde o senhor tá indo?

O senhor tá indo pra Griffin mister?

Ele os observou. Estou, disse.

Pra ir na zona aposto que é.

Ele não tá indo na zona.

Lá é cheio de mulher, em Griffin.

Ele já deve ter ido lá mais do que você, diacho.

O senhor já teve em Griffin mister?

Ainda não.

Muita mulher-dama. A dar com pau.

Dizem que a pessoa pega gonorreia a um dia de cavalo se o vento soprar de jeito.

Elas ficam sentadas numa árvore na frente do lugar e a pessoa pode olhar pra cima e ver as calças delas. Contei oito nessa árvore uma noite bem cedo. Empoleiradas lá que nem racum e fumando cigarro e chamando a pessoa.

Vai ser a maior cidade do vício de todo o Texas.

A pessoa tá pra ver um lugarzinho mais animado pra um assassinato.

Briga de faca. A baixeza que a pessoa quiser tem.

Ele olhava de um para outro. Esticou o braço e apanhou um pau e cutucou o fogo e depois jogou o pau no meio da fogueira. Todo mundo aí é chegado numa baixeza? disse.

A gente não senhor.

E de uísque todo mundo gosta.
Ele só falou por falar. Ele não é de bebida.
Diacho, você acabou de ver ele no uísque não faz nem uma hora.
E eu vi ele botar as tripas pra fora também. O que são essas coisas que o senhor tem aí no pescoço mister?
Ele puxou o curtido escapulário da camisa e olhou. Orelhas, disse.
É o quê?
Orelhas.
Que tipo de orelha?
Ele esticou o cordão e baixou os olhos para elas. Estavam perfeitamente negras e duras e secas e sem formato algum.
De gente, disse. Orelha de gente.
Até parece, disse o que estava com o rifle.
Não chama o homem de mentiroso Elrod, é capaz dele meter um tiro em você. Deixa a gente dar uma olhada nisso aí mister se o senhor não se importa.
Ele passou o escapulário pela cabeça e deu para o garoto que falou. Todos se juntaram em volta e apalparam os pingentes secos esquisitos.
De negros, não é? disseram.
Cortam as orelhas dos negros pra poder reconhecer quando eles fogem.
Quantas tem mister?
Não sei. Era uma centena, quase.
Ergueram a coisa e giraram à luz do fogo.
Meu deus, orelhas de negros.
Não é de negros.
Não é?
Não.
É do quê?
Injins.
O cacete.
Elrod tô avisando.
Como podem ser tão pretas se não são de negros.
Ficaram desse jeito. Foram ficando mais escuras até não dar pra ficar mais.
Onde o senhor conseguiu?

Matou os filhos da puta. Não foi mister?

O senhor era batedor nas pradarias, não foi?

Comprei essas orelhas na Califórnia de um soldado num saloon que não tinha dinheiro pra beber.

Estendeu a mão e apanhou o escapulário deles.

Puxa. Aposto que ele era um batedor na pradaria que matou os filhos da puta até não sobrar mais nenhum.

O que se chamava Elrod seguiu os troféus com o queixo e farejou o ar. Não entendo o que o senhor quer andando com essas coisas, disse. Eu não andava.

Os outros olharam para ele com nervosismo.

O senhor não tem como saber de onde vêm essas orelhas. O sujeito que o senhor comprou elas dele pode ter dito que era de injins mas não é por isso que é verdade.

O homem não respondeu.

Essas orelhas podem ser de canibal ou de qualquer tipo de negro estrangeiro. Me contaram que dá pra comprar a cabeça inteira lá em New Orleans. Os marinheiros trazem e a pessoa pode comprar por cinco dólares essas cabeças a hora que quiser.

Cala a boca Elrod.

O homem ficou sentado segurando o colar nas mãos. Não eram canibais, disse. Eram apaches. Conheço o homem que arrancou elas. Conheci ele e cavalguei com ele e vi ele ser pendurado pelo pescoço.

Elrod olhou para os outros e sorriu. Apaches, disse. Aposto que esses apaches aí eram de deixar o cabelo em pé, e vocês o que acham?

O homem ergueu o rosto cansado. Não está me chamando de mentiroso, está, filho?

Não sou seu filho.

Quantos anos você tem?

Isso não é da sua conta.

Quantos anos você tem?

Ele tem quinze.

Cala a boca seu idiota.

Ele virou para o homem. Ele não fala por mim, disse.

Já falou. Eu tinha quinze anos quando levei meu primeiro tiro.

Eu nunca levei tiro nenhum.

Mas também ainda não fez dezesseis.

Vai querer me dar um tiro?

Estou é me segurando pra não dar.

Vam'bora Elrod.

Você não atira em ninguém não moço. Só se for pelas costas ou quando o sujeito estiver dormindo.

Elrod a gente tá indo.

Já fui logo percebendo seu tipo assim que pus os olhos em cima.

Melhor ir indo.

Fica aí sentado falando em meter bala em alguém. Em mim ninguém ainda não meteu bala nenhuma.

Os outros quatro aguardavam no limiar da luminosidade. O mais novo dentre eles lançava olhares para o santuário escuro da noite na pradaria.

Vai indo, o homem disse. Estão esperando você.

O menino cuspiu na fogueira do homem e limpou a boca. Mais além na pradaria para os lados do norte passava um comboio de carroças e os bois sob a canga eram pálidos e silenciosos sob a luz das estrelas e as carroças rangiam debilmente na distância e uma lanterna com um vidro vermelho ia na rabeira como um olho hostil. A região era cheia de crianças violentas orfanadas pela guerra. Seus colegas haviam começado a voltar para buscá-lo e talvez isso o tivesse encorajado ainda mais e talvez houvesse dito outras coisas para o homem pois quando chegaram perto da fogueira o homem se pusera de pé. Vocês mantenham ele longe de mim, disse. Se ele aparecer aqui de novo eu mato ele.

Depois que foram embora ele alimentou o fogo e foi buscar o cavalo e tirou as peias e o amarrou e selou e então se afastou para um lado e abriu o cobertor e então se deitou no escuro.

Quando acordou ainda não havia luz a leste. O menino estava de pé ao lado das cinzas da fogueira com o rifle na mão. O cavalo havia bufado e agora bufava outra vez.

Eu sabia que você ia estar escondido, exclamou o menino.

Ele empurrou a coberta e rolou de bruços e engatilhou a pistola e apontou para o céu onde os aglomerados de estrelas ardiam por toda a eternidade. Centrou a mira na ranhura canelada da alça e segurando a arma assim girou-a pelo escuro das árvores com ambas as mãos até chegar à forma mais escura do intruso.

Estou bem aqui, disse.

O menino girou com o rifle e fez fogo.

Você não ia viver muito mesmo, disse o homem.

Era a aurora cinzenta quando os outros apareceram. Não tinham cavalos. Conduziram o menino menor ao local onde o rapazinho morto jazia de costas com as mãos zelosamente cruzadas sobre o peito.

A gente não queremos problema mister. Só queremos levar ele com a gente.

Podem levar.

Eu sabia que a gente ia acabar enterrando ele aqui nessa pradaria.

Eles vieram pra cá do Kentucky mister. O baixinho aqui e o irmão dele. A mãe dele e o pai dele morreu os dois. O vô dele quem matou foi um lunático e enterraram ele na floresta que nem um cachorro. Ele não sabe o que é ter sorte na vida e agora ficou sozinho no mundo.

Randall dá uma boa olhada no homem que fez você virar órfão.

O órfão em suas roupas grandes demais segurando o velho mosquete com a coronha emendada olhou para ele sem jeito. Devia ter uns doze anos e mais do que lerdo parecia doente da cabeça. Dois outros vasculhavam os bolsos do menino morto.

Onde tá o rifle dele mister?

O homem continuou com a mão no cinto. Fez um gesto de cabeça na direção do rifle encostado em uma árvore.

Foram buscar e deram para o irmão. Era uma Sharp calibre cinquenta e segurando aquilo e o mosquete lá ficou ele absurdamente armado, os olhos dançando.

Um dos meninos mais velhos estendeu-lhe o chapéu do menino morto e depois virou para o homem. Ele pagou quarenta dólares nesse rifle em Little Rock. Em Griffin você compra eles por dez. Não valem nada. Randall, tá pronto pra ir?

Ele não ajudou a carregar porque era muito pequeno. Quando se puseram em marcha através da pradaria com o corpo do irmão sobre os ombros ele seguiu mais atrás levando o mosquete e o rifle do menino morto e o chapéu do menino morto. O homem os acompanhou com o olhar. Não havia nada ali. Simplesmente carregavam o corpo pela vastidão coberta de ossos na direção do horizonte vazio. O órfão virou uma vez para olhar para ele e então apertou o passo e alcançou os demais.

À tarde atravessou o vau do McKenzie no Clear Fork do rio Brazos e ele e o cavalo andaram lado a lado sob o lusco-fusco na direção da cidade onde em meio ao crepúsculo longo e vermelho e à escuridão o agregado aleatório das lamparinas formava lentamente uma falsa costa de abrigo aninhada na planície baixa diante deles. Passaram por imensos amontoados de ossos, diques colossais compostos de crânios com chifres e costelas em crescente como antigos arcos de marfim empilhados após o desfecho de alguma batalha lendária, gigantescos molhes de ossos esparramando-se em curva pela planície para sumir na noite.

Entraram na cidade sob uma chuva fina. O cavalo relinchou baixinho e farejou timidamente os jarretes dos outros animais amarrados diante dos lupanares iluminados por onde passaram. Música de violino ecoava pela solitária rua enlameada e cachorros magros atravessavam seu caminho indo de uma sombra a outra. No fim da cidade ele conduziu o cavalo até um varão e o amarrou entre outros e então subiu os degraus baixos de madeira banhados pela luz fraca que vinha da porta. Virou a cabeça e olhou uma última vez para a rua e para as janelas acesas dispostas aleatoriamente na escuridão e para a luz pálida e agonizante a oeste e as colinas baixas e escuras em volta. Então empurrou a porta e entrou.

Uma canalha vagamente agitada coagulara ali dentro. Como se a estrutura de tábuas grosseiras erigida para seu confinamento ocupasse um derradeiro ralo para o qual haviam gravitado vindos das planícies circundantes. Um velho em um traje tirolês arrastava os pés entre as mesas rústicas com o chapéu estendido enquanto uma garotinha de avental girava a manivela de um realejo e um urso numa crinolina rodopiava estranhamente sobre um tablado delimitado por uma fileira de velas de sebo que gotejavam e crepitavam em suas poças de gordura.

Ele abriu caminho em meio à turba até o balcão onde vários homens em camisas apolainadas tiravam cerveja ou serviam doses de uísque. Meninos pequenos trabalhavam atrás deles indo buscar engradados de garrafas e bandejas de copos fumegantes na copa nos fundos. O balcão era coberto de zinco e ele fincou os cotovelos em cima e jogou uma moeda girando a sua frente e a fez parar de girar com um tapa.

Fale agora ou cale-se para sempre, disse o barman.

Um uísque.

Uísque será. Ele pôs um pequeno copo de vidro sobre o tampo e desarrolhou uma garrafa e serviu cerca de meio gill e pegou a moeda.

Ele parou olhando para o uísque. Então tirou o chapéu e o pousou sobre o balcão e apanhou o copo e bebeu num gesto determinado e baixou o copo vazio outra vez. Limpou a boca e se virou e apoiou os cotovelos sobre o balcão atrás de si.

Observando-o através das camadas de fumaça sob a luz amarelada estava o juiz.

Ele sentava a uma das mesas. Usava um chapéu redondo de aba estreita e estava rodeado por todo tipo de homem, vaqueiro e criador de gado e condutor de carroção e boiadeiro e transportador em caravanas e mineiro e caçador e soldado e mascate e jogador e andarilho e bêbado e ladrão e estava entre o rebotalho desta terra que mendigava havia um milênio e estava entre os descendentes salafrários das dinastias do leste e no meio de toda essa chusma variegada sentava-se junto e no entanto sozinho como se ele fosse um homem de uma espécie inteiramente outra e parecia pouco ou nada mudado em todos aqueles anos.

Ele deu as costas para aquele olhar e baixou o rosto para o copo vazio entre seus punhos. Quando voltou a erguer o rosto o barman olhava para ele. Ergueu o dedo indicador e o barman trouxe o uísque.

Pagou, ergueu o copo e bebeu. Atrás do balcão havia um espelho comprido mas tudo que se via nele eram fumaça e fantasmas. O realejo gemia e rangia e o urso com a língua de fora girava pesadamente sobre as tábuas.

Quando se virou o juiz estava de pé e conversando com outros homens. O showman abria caminho entre a multidão sacudindo as moedas em seu chapéu. Prostitutas vestidas de maneira espalhafatosa saíam por uma porta nos fundos do estabelecimento e ele as observou e observou o urso e quando voltou a olhar para o outro lado do bar o juiz não estava mais lá. O showman parecia envolvido em alguma altercação com os homens de pé junto à mesa. Outro homem se levantou. O showman fez um gesto com seu chapéu. Um deles apontou na direção do balcão. Ele abanou a cabeça. Suas vozes eram incoerentes no meio do burburinho. Sobre o tablado o urso dançava com todo o ânimo de que era capaz e a garota girava a manivela do realejo e a sombra do número que a luz das velas projetava na parede talvez houvesse pedido por referentes em qualquer mundo iluminado pela luz do dia. Quando olhou de novo o showman havia enfiado o chapéu de volta na cabeça e postava-se com as mãos nos quadris. Um dos homens puxara do cinto uma pistola de cavalaria de cano longo. Ele virou e mirou a pistola na direção do palco.

Alguns se jogaram no chão, outros sacaram as próprias armas. O dono do urso ficava como um proprietário de barraca de tiro ao alvo. O estampido trovejou e no terrível desfecho todo o som do ambiente cessou. O urso fora baleado no meio do corpo. Deixou escapar um gemido baixo e começou a dançar mais rápido, dançando em silêncio a não ser pelo ruído espalmado de suas enormes almofadas contra as tábuas. O sangue descia escorrendo por sua virilha. A garotinha presa em suas correias ao realejo ficou paralisada em pleno giro ascendente da manivela. O homem com a pistola fez fogo outra vez e a arma recuou e rugiu e cuspiu um rolo de fumaça negra e o urso gemeu e começou a oscilar como um bêbado. Levara a pata ao peito e um fio de sangue espumoso pendia de seu maxilar e começou a cambalear e a emitir lamúrias como um bebê e deu uns poucos passinhos derradeiros, dançando, para desabar sobre o tablado.

Alguém agarrara o braço do atirador e a pistola abanava no alto. O dono do urso permanecia estupefato, agarrando a aba de seu chapéu do velho mundo.

Matou o maldito urso, disse o barman.

A garotinha desafivelara as correias do realejo e o instrumento caiu arquejante no chão. Ela correu e se ajoelhou segurando a cabeçorra felpuda nos braços e começou a balançar para a frente e para trás aos soluços. A maioria dos homens no saloon estava de pé e permanecia no meio do ambiente amarelo enfumaçado com as mãos repousando

nas armas. Bandos de prostitutas fugiam se atropelando pelos fundos e uma mulher trepou no tablado e passou pelo urso e ergueu as mãos.
    Acabou, disse. Já acabou.
    Acredita que já acabou, filho?
    Ele se virou. O juiz estava junto ao balcão olhando para ele do alto de sua estatura. Sorriu, removeu o chapéu. O enorme domo pálido de seu crânio reluzia como um imenso ovo fosforescente à luz dos lampiões.
    Os últimos de verdade. Os últimos de verdade. Diria que ficaram todos pelo caminho, tirando tu e eu. O que acha?
    Tentou olhar atrás dele. O corpanzil cobria tudo que havia além. Escutou a mulher anunciando o início da dança no salão dos fundos.
    E alguns ainda por nascer motivos haverão de ter para amaldiçoar a alma do Delfim, disse o juiz. Virou-se ligeiramente. Tempo de sobra para a dança.
    Não pretendo dançar coisa nenhuma.
    O juiz sorriu.
    O tirolês e outro sujeito se debruçavam sobre o urso. A garota chorava, a frente de seu vestido vermelha de sangue. O juiz se curvou sobre o balcão e apanhou uma garrafa e fez a rolha saltar com o polegar. A rolha voou ganindo para a escuridão acima dos lampiões com a força de uma bala. Ele entornou uma enorme dose pela garganta e se apoiou de costas no balcão. Mas você está aqui para a dança, disse.
    Preciso ir.
    O juiz fez um ar ofendido. Já vai? disse.
    Ele balançou a cabeça afirmativamente. Estendeu a mão e apanhou o chapéu sobre o balcão mas não o levou à cabeça nem se moveu.
    Que homem deixaria de ser um dançarino se pudesse ser um, disse o juiz. É uma coisa maravilhosa, a dança.
    A mulher se ajoelhava e passava o braço em torno da garotinha. As velas crepitavam e o enorme volume peludo do urso morto em sua crinolina jazia como algum monstro abatido enquanto cometia atos antinaturais. O juiz encheu o copo que estava vazio ao lado do chapéu e o empurrou com o dedo.
    Beba, disse. Beba. Esta noite pode acontecer de tua alma te ser reclamada.

Ele olhou para o copo. O juiz sorriu e fez um gesto com a garrafa. Ele apanhou o copo e bebeu.

O juiz o observava. O que estava passando por sua cabeça esse tempo todo, disse, que se não abrisse a boca não ia ser reconhecido?

Foi você que me viu.

O juiz ignorou isso. Reconheci você assim que o vi e contudo você foi uma decepção pra mim. Na época e hoje. Mas seja como for no fim das contas dou com você aqui comigo.

Não estou com você.

O juiz ergueu o sobrolho calvo. Não? disse. Olhou em torno de si com expressão perplexa e ardilosa e seus dotes dramáticos eram bastante passáveis.

Não vim aqui a sua procura.

Então procurava o quê? disse o juiz.

O que eu ia querer com você? Vim aqui pelo mesmo motivo que qualquer um.

E que motivo seria esse?

Que motivo é o quê?

Por que esses homens estão aqui.

Estão aqui pra se divertir um pouco.

O juiz olhava para ele. Começou a apontar vários homens no saloon e a perguntar se aqueles homens estavam ali para se divertir ou se na verdade não faziam a mais remota ideia do motivo por que estavam ali.

Nem todo mundo precisa de um motivo pra estar em algum lugar.

Assim é, disse o juiz. Eles não precisam de um motivo. Mas a ordem não deixa de existir por causa da indiferença deles.

Ele fitou o juiz com ar desconfiado.

Deixa eu colocar dessa forma, disse o juiz. Se isso é assim mesmo que eles não têm motivo nenhum e mesmo assim eles estão aqui será que não estão aqui por um motivo de alguma outra ordem? E se assim é você consegue adivinhar que outra ordem essa seria?

Não. E você, consegue?

Eu sei muito bem.

Encheu o copo mais uma vez e ele próprio bebeu da garrafa e limpou a boca e se virou para observar o ambiente. Isso é uma orquestração para um acontecimento. Para uma dança, na verdade. Os participantes serão informados de seus papéis no devido tempo. Por ora ter chegado aqui é quanto basta. Como a dança é o negócio que nos interessa e ela contém inteiramente dentro de si seu próprio arranjo e história e conclusão não há necessidade de que os dançarinos também contenham essas coisas em si mesmos. Em qualquer acontecimento a história de todos não é a história de cada um nem tampouco a soma dessas histórias e ninguém aqui no final pode entender o motivo de sua presença pois ninguém tem como saber nem mesmo no que o acontecimento consiste. Na verdade, se a pessoa soubesse é bem provável que se ausentasse e como você pode ver isso não pode ser parte do plano se é que algum plano há.

Sorriu, seus grandes dentes brilharam. Bebeu.

Um acontecimento, uma cerimônia. A orquestração disso. A abertura traz em si certos sinais de seu caráter decisivo. Ela inclui o sacrifício de um grande urso. A progressão da noite não parecerá estranha ou incomum nem mesmo para os que questionam a retidão dos eventos assim ordenados.

Uma cerimônia então. Alguém poderia perfeitamente argumentar que não existem categorias de cerimônia nenhuma mas apenas cerimônias de grau mais elevado ou inferior e em deferência a esse argumento diremos que isso é uma cerimônia de certa magnitude talvez mais comumente chamada de um ritual. Um ritual inclui o derramamento de sangue. Rituais que deixam de cumprir esse requisito nada são além de rituais fajutos. Aqui todo homem identifica o falso logo de cara. Não tenha dúvida. Aquele sentimento no peito que evoca a lembrança de solidão de uma criança como quando as demais foram embora e tudo que restou foi o jogo com sua participante solitária. Um jogo solitário, sem oponente. Onde apenas as regras estão sob risco. Não vire a cara. Não estamos falando de mistérios. Logo você, dentre todos os homens, não pode desconhecer esse sentimento, o vazio e o desespero. É contra isso que pegamos em armas, não é? Acaso não é sangue o agente aglutinador na argamassa que dá a liga entre nós? O juiz se curvou para mais perto. O que acha que é a morte, homem? De quem estamos falando quando falamos de um homem que existiu e não existe mais? Serão esses enigmas incompreensíveis ou não farão parte da jurisdição de todo homem? O que é a morte senão um agente? E quem ela tem em mente? Olhe pra mim.

Não gosto dessa conversa de louco.

Nem eu. Nem eu. Tenha paciência. Olhe pra eles agora. Pegue um homem, qualquer um. Aquele sujeito ali. Olhe pra ele. Aquele homem sem chapéu. Você sabe qual é a opinião que ele tem sobre o mundo. Dá para ler no rosto dele, na postura. E contudo sua queixa de que a vida de um homem não é nenhum negócio da china mascara a verdadeira questão em seu caso. A de que os homens não fazem o que desejam fazer. Que nunca fizeram, nunca vão fazer. É assim que as coisas se dão com ele e sua vida é tão estorvada pela dificuldade e de tal forma se desvia da arquitetura pretendida que constitui pouco mais que uma choupana itinerante dificilmente adequada para abrigar até mesmo o espírito humano. Pode ele afirmar, um homem desses, que não existe nada de maligno voltado contra sua pessoa? Nenhum poder e nenhuma força e nenhuma causa? Que tipo de herético poderia duvidar tanto do agente quanto do queixoso? Será que ele é capaz de acreditar que o fracasso de sua existência está desobrigado de vínculos? Sem penhoras, sem credores? Que tanto deuses de vingança como de compaixão jazem adormecidos em suas criptas e sejam nossos clamores por uma prestação de contas ou pela destruição sumária dos livros-razões eles estão fadados a suscitar apenas o mesmo silêncio e que é esse silêncio que vai prevalecer? A quem ele dirige suas palavras, homem? Consegue ver?

E de fato o homem falava sozinho e percorria com olhar sinistro aquele ambiente onde não parecia haver para ele amigo algum.

Um homem busca o próprio destino e o de mais ninguém, disse o juiz. Quer queira quer não. Qualquer um que fosse capaz de descobrir seu próprio destino e portanto de eleger algum curso contrário conseguiria quando muito atingir a mesmíssima localização na mesma hora designada, pois o destino de cada homem é tão grande quanto o mundo que ele habita e contém dentro de si igualmente todas as oposições. Esse deserto no qual tantos foram subjugados é vasto e exige grandeza de coração mas também é no fim das contas vazio. É impiedoso, é estéril. Sua verdadeira natureza é a pedra.

Encheu o copo. Beba, disse. O mundo continua a girar. Temos dança todas as noites e esta não é exceção. O caminho direto e o tortuoso são um só e agora que você está aqui de que valem os anos decorridos desde a última ocasião em que nos encontramos? As lembranças do homem são incertas e o passado que ocorreu difere pouco do passado que não.

Ele pegou o copo que o juiz encheu e bebeu e então voltou a baixá-lo. Olhou para o juiz. Estive em toda parte, disse. Este é só mais um lugar.

O juiz arqueou a fronte. Você postou alguma testemunha? disse. Para notificá-lo sobre a continuidade da existência desses lugares depois que saiu deles?

Isso é ridículo.

É? Ontem, onde está? Onde estão Glanton e Brown e onde está o padre? Curvou-se para mais perto. Onde está Shelby, que você deixou à mercê de Elias no deserto, e onde está Tate, que você abandonou nas montanhas? Onde estão as damas, ah, aquelas damas belas e carinhosas com quem você dançou no baile do governador quando era um herói ungido com o sangue dos inimigos da república que escolheu defender? E onde está o violinista e onde está a dança?

Quem sabe você pode me dizer.

Vou dizer o seguinte. Quanto mais a guerra cai em desonra e sua nobreza é questionada, mais esses homens honrados que reconhecem a santidade do sangue vão ser excluídos da dança, que é o direito do guerreiro, e por isso a dança vai se tornar uma falsa dança e os dançarinos falso dançarinos. E contudo sempre haverá aquele que é um autêntico dançarino e será que você consegue adivinhar quem pode ser?

Você é que não.

Suas palavras têm mais verdade do que imagina. Mas vou dizer uma coisa. Somente aquele homem que se consagrou inteiramente ao sangue da guerra, que conheceu o fundo do poço e viu o horror de todos os ângulos e aprendeu enfim o apelo que ele exerce no mais fundo de seu íntimo, só esse homem sabe dançar.

Até um animal estúpido sabe dançar.

O juiz pousou a garrafa no balcão. Me escute, homem, disse. Só tem espaço no palco para uma fera, uma e mais nenhuma. Todas as outras estão destinadas à noite que é eterna e sem nome. Uma a uma elas descerão para mergulhar nas trevas diante da ribalta. Ursos que dançam, ursos que não.

Ele se deixou levar junto com a multidão na direção da porta nos fundos. Na antessala havia homens sentados jogando cartas, indistintos sob a fumaça. Foi em frente. Uma mulher recolhia as fichas dos homens conforme eles passavam em direção ao barracão nos fundos do prédio. Ela ergueu o rosto para fitá-lo. Não tinha tirado ficha. Ela o mandou para a mesa onde havia uma mulher vendendo as fichas e enfiando o dinheiro com um pedaço de telha de madeira através de uma fenda estreita em um cofre de ferro. Ele pagou seu dólar e apanhou o tento de latão estampado e o entregou ao chegar na porta e passou.

Viu-se em um amplo salão com uma plataforma para os músicos de um lado e um enorme fogão rústico de chapa de ferro do outro. Batalhões inteiros de prostitutas percorriam o andar. Em seus penhoares manchados, meias verdes e calças cor de melão perambulavam através da luz oleosa e enfumaçada como libertinas de mentira, ao mesmo tempo infantis e lascivas. Uma pigmeia de uma prostituta escura segurou seu braço e sorriu para ele.

Vi você na mesma hora, disse. Eu sempre fico com quem eu quero.

Ela o conduziu por uma porta onde uma velha mexicana entregava toalhas e velas e subiram como refugiados de algum sórdido desastre a escadaria de tábuas às escuras até os quartos do andar de cima.

Deitado no cubículo minúsculo com as calças nos joelhos ele a observava. Observou-a apanhar as roupas e se vestir e observou-a segurar a vela perto do espelho e examinar seu rosto ali. Ela se virou e olhou para ele.

Vamos, disse. Preciso ir.

Vai indo.

Não pode ficar aqui. Vamos. Preciso ir.

Ele sentou e jogou as pernas pela beirada do estreito catre de ferro e ficou de pé e puxou as calças e abotoou e afivelou o cinto. Seu chapéu estava no chão e ele o apanhou e o bateu na lateral da perna e o pôs na cabeça.

O que você precisa é descer lá embaixo e tomar uma bebida, ela disse. Vai se sentir bem.

Já estou me sentindo bem.

Ele saiu. No fim do corredor se virou e olhou para trás. Então desceu as escadas. Ela aparecera na porta. Parou no corredor segurando a vela e escovando o cabelo para trás com uma mão e observou-o descer na escuridão da escada e então fechou a porta atrás de si.

Ele parou diante da pista de dança. Uma roda de pessoas tomara conta do salão e davam-se as mãos e sorriam e gritavam uns para os outros. Um violinista sentava em um banquinho no palco e um homem andava de um lado para outro chamando a ordem da dança e fazendo gestos e batendo os pés do jeito que queria que eles fizessem. Do lado de fora no terreno às escuras grupos de tonkawas miseráveis pisavam na lama com os rostos compostos em estranhos retratos de desnorteio dentro do enquadramento de caixilhos das janelas iluminadas. O violinista se levantou e levou o violino ao queixo. Alguém gritou e a música começou e a roda de dançarinos se pôs a girar pesadamente com um grande arrastar de pés. Ele saiu pelos fundos.

A chuva cessara e o ar estava frio. Ele parou no pátio. Estrelas riscavam o céu em miríades e ao acaso, precipitando-se ao longo de breves vetores desde suas origens na noite até seus destinos no pó e no nada. Dentro do salão o violino guinchava e os dançarinos arrastavam os pés e pisoteavam com força. Na rua homens gritavam procurando a garotinha cujo urso fora morto pois ela sumira. Eles percorriam os terrenos escuros com lampiões e archotes chamando seu nome.

Ele se meteu pelo passeio de tábuas rumo às latrinas. Parou do lado de fora à escuta das vozes que sumiam na distância e olhou outra vez para os rastros silenciosos das estrelas morrendo acima das colinas escuras. Então abriu a rústica porta de tábuas das latrinas e entrou.

O juiz sentava na retrete. Estava nu e se levantou sorrindo e o apertou nos braços contra sua carne imensa e terrível e depois fechou a tranca de madeira às costas dele.

No saloon dois homens que queriam comprar a pele procuravam pelo dono do urso. O urso jazia sobre o tablado numa imensa poça de sangue. Todas as velas haviam se extinguido exceto uma que gotejava vacilante em sua gordura como um círio votivo. No salão de baile um jovem se juntara ao violinista e marcava o ritmo da música com um par de colheres que batia entre os joelhos. As prostitutas no chassé dançavam seminuas, algumas com os seios à mostra. No pátio enlameado atrás do prédio dois homens caminhavam pelas tábuas na direção das latrinas. Um terceiro ali de pé urinava na lama.

Tem alguém aí dentro? disse o primeiro homem.

O que esvaziava a bexiga não ergueu o rosto. Eu não entrava aí dentro se fosse você, disse.

Tem alguém aí dentro?

Melhor não entrar.

Ele se aprumou com um puxão e abotoou as calças e cruzou com eles ao caminhar pelo passadiço na direção das luzes. O primeiro homem o observou indo embora e então abriu a porta das latrinas.

Bom Deus todo-poderoso, disse.

O que foi?

Ele não respondeu. Passou pelo outro e voltou pelas tábuas. O outro homem ficou olhando para ele conforme se afastava. Então abriu a porta e olhou.

No saloon haviam rolado o urso morto para uma lona de carroção e pediam por ajuda a ninguém em particular. Na antessala a fumaça de tabaco circulava as lamparinas como uma neblina maligna e os homens apostavam e davam cartas num murmúrio baixo.

Houve uma pausa na dança e um segundo violinista subiu ao palco e ambos dedilharam as cordas e giraram as pequenas tarraxas de madeira dura até se darem por satisfeitos. Inúmeros dançarinos cambaleavam bêbados pelo salão e alguns haviam se livrado das camisas e paletós e ficaram de peito desnudo e suando ainda que o ambiente estivesse frio o bastante para enevoar o hálito. Uma prostituta enorme batia palmas sobre o palco e clamava ebriamente pedindo música. Não vestia outra coisa além de um par de ceroulas masculinas e algumas de suas colegas trajavam igualmente o que pareciam ser troféus — chapéus ou pantalonas ou fardas de sarja azul da cavalaria. Quando a música voltou a tocar houve um grito geral de animação e um mestre de cerimônias chamou a dança e os dançarinos saíram batendo os pés e gritando e trombando uns contra os outros.

E estão dançando, o soalho de tábuas estrondeando sob as botas de montaria e os sorrisos hediondos dos violinistas pousados em seus instrumentos enviesados. Acima de todos assoma o juiz e ele está nu e dançando, seus pequenos pés animados e rápidos e agora aceleram o passo e ele faz mesuras para as damas, imenso e pálido e sem pelos como um enorme bebê. Ele nunca dorme, diz. Ele diz que nunca vai morrer. Ele faz mesuras para os violinistas e recua na contradança e atira a cabeça para trás e ri guturalmente e é um grande favorito, o juiz. Meneia o chapéu e o domo lunar de seu crânio passeia pálido sob as lamparinas e ele baila pelo salão e se apossa de um dos violinos e dá piruetas e executa um passo, dois passos, dançando e tocando ao mesmo tempo. Seus pés são leves e ágeis. Ele nunca dorme. Ele diz que nunca vai morrer. Ele dança sob a luz e sob a sombra e é um grande favorito. Ele nunca dorme, o juiz. Ele está dançando, dançando. Ele diz que nunca vai morrer.

FIM

Epílogo

Ao alvorecer há um homem que avança através da planície com os buracos que vai abrindo no chão. Ele usa uma ferramenta de dois cabos e crava a ferramenta dentro do buraco e inflama a pedra no buraco com seu aço buraco após buraco ferindo na rocha o fogo que Deus pôs ali dentro. Na planície a suas costas estão os andarilhos à procura de ossos e também os que não procuram e eles se deslocam sincopadamente sob a luz como mecanismos cujos movimentos são monitorados por escapo e âncora de modo que parecem restringidos por um caráter prudente ou meditativo sem realidade interior e cruzam em seu progresso um a um a trilha de buracos que avança rumo ao extremo do terreno visível e que parece menos a busca de alguma continuidade do que a verificação de um princípio, uma validação de sequência e causalidade como se cada buraco redondo e perfeito devesse sua existência ao que o precede ali naquela pradaria sobre a qual estão os ossos e os apanhadores de ossos e os que nada apanham. Ele fere o fogo no buraco e retira seu aço. Então todos se movem novamente.

1ª EDIÇÃO [2009] 2 reimpressões
2ª EDIÇÃO [2020] 9 reimpressões

ESTA OBRA FOI COMPOSTA PELA ABREU'S SYSTEM EM ADOBE GARAMOND
E IMPRESSA EM OFSETE PELA GRÁFICA BARTIRA SOBRE PAPEL PÓLEN
DA SUZANO S.A. PARA A EDITORA SCHWARCZ EM ABRIL DE 2025

A marca FSC® é a garantia de que a madeira utilizada na fabricação do papel deste livro provém de florestas que foram gerenciadas de maneira ambientalmente correta, socialmente justa e economicamente viável, além de outras fontes de origem controlada.